알렉산드르 블로크

알렉산드르 블로크

노을과 눈보라의 시,
타오르는 어둠의 사랑 노래

최종술 지음

이 저서는 2012년 정부(교육부)의 재원으로 한국연구재단의 지원을 받아 수행된 연구임(NRF-201
2S1A6A4021086).

일러두기
알렉산드르 블로크의 원전 시집에서 〈서시〉는 모두 이탤릭체다. 다만 이 책에서는 열린책들의 편집 방식을
따라 이탤릭체 표기를 생략했다.

〈내 러시아 문학의 갈릴리 고향〉 알렉산드르 블로크에게로 나를 이끄신 스승과 내게 늘 채찍이 되어 주는 소중한 동학들께, 내 가족의 뿌리인 〈푸슈킨스키 돔〉에게 누가 되지 않기를 바라는 마음으로 이 책을 바친다. 러시아 문학에 대한 변함없는 사랑으로 이 책이 빛을 보게 해준 열린책들에 마음 깊이 감사드린다. 원고를 꼼꼼히 읽고 고민을 함께 나누어 준 열린책들 편집부에 대한 감사의 마음 역시 각별하다.

차례

1
시대의 비극적 테너

1.

밤, 거리, 가로등, 약국
무의미한 흐릿한 빛
스무 해를 더 산들
다 그렇겠지, 출구는 없다

죽어 다시 산들 어차피
다 예전처럼 되풀이되겠지
밤, 얼어붙은 운하의 잔물결
약국, 거리, 가로등

「밤, 거리, 가로등, 약국」(1912)

20세기 초 어느 겨울. 제정 러시아의 수도 페테르부르크의 밤 풍
경이다. 암울한 거리의 모습이 시인의 시야에 펼쳐진다. 흐릿한 가
로등. 빛은 무의미하다. 죽음을 떠올리는 약국, 얼어붙은 운하. 작
은 파문만이 인다. 모든 것이 움직임 없이 붙박인 세상이다.
생의 한탄이 풍경에 겹친다. 삶은 풍경처럼 광채를 잃고 얼어붙

었다. 어둠과 추위에 질식당했다. 자질구레한 일들의 무의미한 반복 속에 갇혔다. 조금 더 산들, 아니면 아예 죽어 새로 산들, 무의미의 반복은 변함없이 기다린다. 윤회(輪廻)의 희망조차 막혀 버린 삶. 무의미의 영원한 순환······.

시를 여닫는 풍경이 도저한 절망을 가둔다. 풍경에 작은 변화가 있기는 하다. 풍경의 순서가 뒤바뀐 것이다. 하지만 익숙한 사물과 현상의 재배열일 뿐, 변화는 변화가 아니다. 그래서 출구 없이 갇힌 공허한 생의 느낌이 증폭된다. 시를 닫는 말인 가로등의 빛은 희망이 되지 못한다. 쓰라린 진실을 비출 뿐이다.

연작 『무서운 세상』 속의 작은 연작 「죽음의 무도(舞蹈)」에 실린 시다. 〈무서운 세상〉이다. 죽음의 목소리, 희망 없는 삶에 지친 목소리가 나직이 울린다. 삶은 〈죽음의 무도〉다. 냉담한 무감각이 절망에 처한 인간의 영혼을 잠식한다. 쓰라린 냉소만이 지친 영혼에 남는다.

[······]
마침내 소망하던 피로가 찾아오고
　모든 것이 부질없어질 거야······
양심? 진리? 삶? 시시하지 않더냐!
　정녕 우습지 않더냐?
　　　　　　　　　「자잘한 일로 가득 찬 여느 날 같은 하루」(1914)

무의미한 삶으로 인한 신음은 때로 우주적인 차원으로 확대된다.

세상들이 날아가네, 세월이 날아가네, 텅 빈
우주의 검은 눈이 우리를 들여다보네
영혼아, 이제는 지친 황량한 영혼아
다시 행복을 되뇌느냐? 몇 번째더냐?
[……]

「세상들이 날아가네, 세월이 날아가네, 텅 빈」(1912)

암울한 실존의 결산은 이토록 애수에 찬 비극적인 예언이다.

가련한 생을 두고
너희와 나는 얼마나 자주 우는가!
벗들이여, 너희가
앞날의 추위와 어둠을 안다면!
[……]
거짓과 음흉은 한이 없고
죽음은 멀기만 하다
무서운 세상은 내내 더 검어질 것이고
천체의 회오리는 내내 더 광포해지리라
아직도 수 세기, 수 세기를!

그 어떤 세기보다 끔찍한 마지막 세기를
너희와 나는 보리라
혐오스러운 죄악이 하늘을 온통 뒤덮고
조소가, 무(無)의 애수가

모든 입술 위에 얼어붙으리라……

[……]

「합창의 목소리」(1910~1914)

회의와 공포에 질린 영혼은 무서운 세상을 외면하고 싶지만 그럴 수 없다. 잊고 싶지만 잊을 수 없다. 심장을 죄어 오는 애수 때문이다. 잠재울 수 없는 양심의 고통 때문이다. 희망 없이 인간은 살 수 없다. 도저한 절망은 강렬한 희망이 있기 때문이다. 희망 때문에 절망하고, 사랑 때문에 분노한다.

생의 무의미로 인한 신음이 깊을수록 진정한 삶에 대한 갈망이 더욱 타오른다. 무서운 삶의 공포에 떨지만 내면에 밝은 이상을 간직한다. 그래서 비애에 찬 영혼의 신음이 출구 없는 생의 어둠에 대한 완전한 절망에 머무르지 않는다.

어둠 속에서 빛을 믿는다. 삶이 변하리라 믿는다. 삶 자체는 아름다운 것임을 믿는다. 기쁨에 차서 끔찍한 세상을 찬양한다. 어둠과 추위를 찬양한다. 어둠과 추위에 맞선다. 밝고 따뜻한 새 세상의 도래를 믿기 때문이다. 망각을, 무의미한 안락을 거부한다. 깊은 비관의 계곡에서 다른 목소리를 길어 올린다.

지상의 심장이 다시 식는다
심장 가득 한기를 맞아들인다
사람들을 향한 나누지 못한 내 사랑을
인적 없는 거리에서 간직한다

사랑하기에 분노가 무르익는다
경멸이 자라난다, 남자의 시선에서
여자의 시선에서 망각의 소인(燒印)을
선택의 소인을 읽고픈 욕구가 짙어 간다

외쳐 온다. 시인이여, 잊어라!
쾌적한 안락으로 돌아오라!
아니! 차라리 지독한 혹한 속에 스러지리라!
안락은 없다. 평안은 없다

「지상의 심장이 다시 식는다」(1911~1914)

그래. 영감(靈感)은 그렇게 명한다
내내 나의 자유로운 염원은
굴욕의 자리로, 진창과
어둠과 궁핍의 자리로 흐른다
다른 세상이 더 잘 보이는 그곳으로……
더 온순하게, 더 낮게 그곳으로……
[……]
어서 눈을 떠. 눈을 뜨고
칠흑같이 끔찍한 생을 바라봐
네 조국의 모든 것을
거대한 폭풍이 휩쓸기 전에 어서 바라봐
정당한 분노가 무르익게 해
손을 노동에 준비시켜……

그럴 수 없어? 그렇다면 애수와 권태가

네 속에 쌓여 타오르게 해……

이 거짓된 생의

번들거리는 연지만은 닦아 내

겁 많은 두더지처럼 빛을 피해

땅속에 숨어. 꼼짝 말고 있어

모든 생애를 가차 없이 증오하며

이 세상을 경멸하며

앞날을 보지 못해도

지금 시절에 아니라고 말해!

「그래. 영감은 그렇게 명한다」(1911~1914)

러시아 근대 문화에서 문학은 세상의 등불이었고, 시인은 진리의 〈말로 사람들의 가슴을 불태우〉는 〈예언자〉, 민중을 깨치고 이끄는 선생이었다.

[……]

나는 황야에 시체처럼 누워 있었다

그런 내게 신의 목소리가 호소했다

〈일어나라, 예언자여, 보라, 귀 기울이라

내 의지를 이루라

바다와 육지를 다니며

말로 사람들의 가슴을 불태우라〉

알렉산드르 푸슈킨, 「예언자」(1826)

〈사람들을 향한 나누지 못한 내 사랑을 인적 없는 거리에서 간직한〉 시인의 형상에는 세상의 몰이해와 멸시에 처한 레르몬토프의 〈예언자〉의 형상이 겹쳐진다.

영원한 심판관이 내게
예언자의 전지(全知)의 능력을 준 이래
사람들의 눈에서 나는
죄악과 허물의 페이지를 읽노라

사랑과 진리의 정결한 가르침을
나는 설파하기 시작했노라
내 가까운 모든 사람들이
내게 맹렬하게 돌을 던져 댔노라

나는 머리에 재를 뒤집어쓰고
걸인이 되어 도시에서 달아났노라
이제 여기 황야에서 나는
새처럼 신의 양식으로 연명하며 사노라
[……]

미하일 레르몬토프, 「예언자」(1841)

시인이 설파하는 진리의 말을 이해하지 못하는 사람들을 〈사랑하기에 분노가 무르익는다〉. 〈무서운 세상〉에서 자신 속에 칩거한, 시대가 지닌 역사적 의미를 인식하지 못하는 사람들에 대한 분노요

멸시다. 시대를 바라보는 시인의 시각은 선배 시인 튜체프의 세계 지각을 닮았다.

> [······]
> 숙명적인 순간들에
> 이 세상을 방문한 자는 행복하도다!
> 신들이 그를
> 잔치의 말동무로 불렀음이라
> [······]
>
> 표도르 튜체프, 「키케로」(1830)

혼돈과 파멸의 매혹을 노래한다. 어둠의 시대, 고통과 궁핍에 처한 삶과 하나가 된다. 삶의 나락에서 다른 세상의 선명한 모습을 본다. 시대의 혼돈의 불길로 자신을 사르며 새로운 세상을 꿈꾼다. 그것이 시대에 의해 선택받은 자의 소임이다.

산다는 것은 삶과 대결하는 것이다. 광포한 세상과 하나가 되는 것이다. 빛과 온기에 대한 믿음으로 어둠과 추위에 맞서는 것이다. 변화에 대한 믿음으로 끔찍한 세상을 찬양하는 것이다. 삶과의 대결 속에서 삶은 아름답다. 삶의 의미는 삶과의 투쟁에 있다. 싸우다 지쳐 스러질지언정 〈안락〉을 〈평안〉을 거부해야 할 이유다.

마음 한구석의 체념을 떨치고 환희에 차서 삶에 대한 강한 열망과 믿음을 외친다.

오, 나는 미쳐 살고 싶어라!

모든 실재를 영원하게 하고 싶어라!
얼굴 없는 존재를 육화(肉化)하고 싶어라!
이루어지지 않은 것을 구현하고 싶어라!

생의 무거운 잠이여, 짓눌러라
그 잠 속에서, 숨이여, 막혀라
앞날에 올 쾌활한 청년이
나를 두고 이렇게 말할지니

음울함을 용서하자. 그것이야말로
그의 은밀한 동력이 아니던가?
그는 온전히 선과 빛의 아이!
그는 온전히 자유의 영광!

「오, 나는 미쳐 살고 싶어라!」(1914)

세상에 대한 체념과 순응을 대가로 얻는 안락한 삶의 무의미를 꿰뚫어 보는 영혼은 음울하다. 음울한 영혼으로 자유를 선언한다. 거짓된, 불의(不義)한 삶의 틀에 구속되어 순응하기를 거부하는, 〈미친 자〉의 삶을 살 자유를 선언한다. 세상의 얼굴을 담대히 바라 보며 피할 길 없는 파멸의 운명과 대결한다. 선과 빛에 대한 갈망으로 모든 시련을 감내할 준비가 된 강인한 존재로서의 자기 자각이다. 구속이 아닌 자유의 선택은 삶의 부정이자 긍정이다. 〈무거운 잠〉 같은 현재의 일그러진 삶에 대한 부정이자 일찍이 없던 선과 빛의 세상이 실현될 미래에 대한 소망이며 믿음이다. 시인은 〈모든 실

재를 영원하게 하〉기 위해, 〈얼굴 없는 존재를 육화하〉기 위해, 〈이
루어지지 않은 것을 구현하〉기 위해 살기를 원한다. 삶의 목적은
현존의 모든 특징을 시에 구현하여 영원히 기억되도록 하는 것에,
자유롭고 생기로운 인간의 모습을 구현하는 것에, 〈이루어져야 할
것〉을 이루는 것에 있다.

　죽음 같은 애수 속에서 생의 파멸적인 불길이 인다. 타오르는 격
정으로 순응을 떨치고 삶과 대결한다. 영혼과 세상에 드리운 어둠
은 빛의 불가피한 조건이다. 그래서 시인은 어둠을 선택할 자유에
불가피하게 내맡겨진다. 어둠을 불사른다. 광기에 찬 삶은 어둠 속
에서 빛을 창조하는 삶이다. 그 삶이 미래 세대에게 지닌 가치를 믿
는다…….

　비관을 딛고 선 비극의 시를 읽는다. 전율이 엄습한다. 파국에 처
한 저주스러운 생의 느낌이 무겁게 짓누른다. 그 느낌에 질식당할
것만 같다. 그러다가 다시 후련해진다. 희열이 차오른다. 참으로 암
울하고, 참으로 장엄하다.

　　담대하여라, 벗들이여, 열심히 싸우라
　　적수가 되지 못하는 싸움이어도, 희망 없는 투쟁이어도!
　　[……]
　　올림포스의 신들이 부러움에 찬 눈길로
　　불굴의 심장의 투쟁을 바라보게 하라
　　싸우다 쓰러진 자는 단지 운명에 패한 것이니
　　신들의 손아귀에서 승리의 화관을 빼앗았음이라
　　　　　　　　　　　　　표도르 튜체프, 「두 목소리」(1850)

저와 같은 의식의 풍경을 정확히 짚어 내는 시구다. 저 시구를 두고 시인은 이렇게 말했다. 〈비극의 의미는 투쟁의 희망 없음이다. 그러나 여기에 절망은 없다. 힘없이 두 손을 떨어뜨리는 무기력은 없다. 비극에는 지고한 헌신이 요구된다〉(Блок 1960~1963: 7, 87~88). 비극적인 예술은 늘 삶의 의미와 목적에 대한 질문을 제기하고 늘 미래를 향해 있다. 삶을 부정하지 않을 뿐 아니라, 반대로, 이상적인 모습 속의 삶에 대한 영웅적인 확신의 파토스로 점철되어 있다. 비극적인 것은 늘 의지적이고 남성적이다. 비극의 주인공은 이상을 위한 가망 없는 투쟁 속에서 파멸한다. 하지만 비극의 온전한 의미는 주인공의 파멸에도 불구하고 투쟁 속에서 삶이 결국 승리한다는 데에 있다. 비극적인 인간은 파멸의 숙명 앞에서 고분고분 고개 숙이지 않는다. 운명에 저항한다. 저항 속에서 삶은 의미가 있다. 담대하게 파멸의 운명에 맞서 싸우며 스스로의 파멸로 다음 세대에게 길을 열어 준다.

2.

저토록 강렬한 전율에 찬 목소리를 남긴 시인. 한 세기 전의 러시아 시인 알렉산드르 블로크다. 격동의 시대를 살았다. 현대 러시아인의 삶의 운명을 결정한 변혁의 바람이 휘몰아쳤다. 비극적인 사건들이 삶을 뒤덮었다. 러일 전쟁, 1905년 혁명, 벗어날 길 없는 암흑의 시대상, 제1차 세계 대전과 1917년 혁명, 제정 러시아의 몰락, 그리고 사회주의 국가의 수립에 이르는 역사의 소용돌이. 블로크는 두 혁명 사이로 난 삶의 길을 걸었다.

블로크의 시는 온몸과 온 가슴으로 격동의 시대를 살아 낸 삶의 기록이다. 〈시대의 비극적 테너〉(Ахматова 1976: 259). 또 다른 시대의 증언자인 시인 안나 아흐마토바가 그를 그렇게 불렀다. 저 도저한 비관에, 웅혼한 외침에 〈비극적 테너〉라는 말은 참으로 잘 어울린다.

위대한 시인은 늘 자신에 대해 말하며 많은 이를 대변한다. 진정한 시인은 항상 세상의 메아리다. 블로크는 시대의 아이콘, 시대의 대변자였다. 세대의 이름으로, 〈러시아의 무서운 시절의 자식들〉의 이름으로 말할 권리를 지녔던 시인이다.

> 귀먹은 시절에 태어난 자들은
> 제 갈 길을 기억 못하지
> 우리는 러시아의 무서운 시절의 자식들
> 그 무엇도 잊을 수 없네
>
> 잿더미의 시절!
> 그대들 속에 깃든 소식은 광기인가 희망인가?
> 전쟁의 나날, 자유의 나날의
> 핏빛 잔영이 얼굴에 어렸네
>
> 말을 잃었네. 우레 같은 북소리에
> 입이 막혔네
> 한때 환희로 차올랐던 심장들에 자리한

숙명적인 공허여

우리의 죽음의 침상 위로 까마귀 떼가
울부짖으며 날아오르리라
신이여, 신이여, 합당한 자들은
당신의 왕국을 볼지어다!

「지나이다 기피우스에게」(1914)

알렉산드르 블로크는 1880년 11월 16일 페테르부르크에서 태어
났다. 그는 러시아 문화 전통이 살아 숨 쉬었던 인텔리겐치아 집안
출신이다.

인문적인 가풍 속에서 일찍이 시에 눈을 떴던 블로크는 페테르
부르크 대학 학생이던 1903년 잡지 『새로운 길』을 통해 등단했다.
1904년에는 첫 시집 『아름다운 여인에 관한 시』를 출간했다. 그 시
집으로 블로크는 러시아 상징주의 시단의 주목받는 시인들 중 한
명이 되었고, 1906년 대학 졸업 무렵에는 이미 당대의 유명한 시인
이 되어 있었다.

첫 시집 출간 이후 1910년에 이르는 시기 동안 블로크의 창작 활
동은 절정에 달했다. 1차 혁명을 전후한 격동의 시대의 체험을 연이
어 상자(上梓)된 네 권의 시집에 담았다. 『예기치 않은 기쁨』(1907),
『눈 가면』(1907), 『눈 덮인 대지』(1908), 그리고 『한밤의 시간』(1911).

1910년은 블로크의 창작의 새로운 기점이었다. 1898년부터 그
때까지 쓴 시들 중 의식의 삶의 견지에서 중요한 작품들을 추려 내
서 〈시소설〉로 펴낼 구상을 품는다. 그 기획의 결실이 1912년 출간

된 〈3부작〉『시 모음집』이다. 1부『아름다운 여인에 관한 시』, 2부
『예기치 않은 기쁨』, 3부『눈 내리는 밤』.

그때부터 블로크의 시는 계속 써나가는 한 권의 삶의 책으로 독
자의 의식에 자리 잡는다. 1910년대 블로크는 〈3부작〉 시소설의 이
상 속에서 삶의 체험을 시화했다. 〈3부작〉의 이상은 시인의 1910년
대 삶과 창작의 토대로 자리 잡았다. 〈3부작〉의 이상은 이후의『시
집』(1916년과 1918~1921년)에서도 변함없이 견지되었다. 생의 마
지막 해인 1921년 블로크는 새로운 판본의 준비에 착수했으나 1권
을 마무리하는 데 그쳤다. 결국 세 번째 판본이 블로크의 〈3부작〉
시집의 정본으로 남아 있다.

〈3부작〉의 문맥은 모순에 처한 복잡한 삶의 길을 가는 인간의 형
상을 창조한다. 블로크는 자신의 삶의 의미를 늘 〈길〉의 형상 속에
서 모색했다. 그에게 작품은 인간으로서 또 시인으로서 그가 걸어
간 〈길〉의 반영이었다. 그에게 모든 작품은 단일한 예술적 총체였
다. 그러한 시인의 예술적 이상의 구현이 그가 자신의 시 전체에 부
여한 큰 문맥이자 주제인 〈성육신(成肉身)의 3부작〉이다.

블로크는 〈3부작〉의 구조를 통해 실현하고자 한 예술적 이념을
첫『시 모음집』 작가 서문에서 이렇게 밝힌다.

시 한 편 한 편은 장(연작)의 형성을 위해 필수적이다. 여러 장들
이 모여 책을 이룬다. 각 권은 3부작의 부분이다. 3부작 전체를 나
는 〈시소설〉이라 부를 수 있다. 이 〈시소설〉은 시인의 운명의 이정표
들이 투영된 독특한 서정적 일기다. (Блок 1997: 1, 179)

블로크는 나아가 그와 긴밀한 정신적 교감을 나누고 있던 상징주의 시파의 문우 안드레이 벨리에게 보낸 편지에서 〈시소설〉이 반영하고 있는 〈시인의 운명의 이정표들〉, 곧 의식의 삶의 각 단계가 지닌 구체적인 특징에 대해 다음과 같이 말하며 〈성육신의 3부작〉의 이상을 피력한다.

[……] 나의 길은 그러하다. [……] 나는 이 길이 의무임을, 모든 시가 모여 〈성육신의 3부작〉을 이룸을 확신한다. 너무나도 선명한 빛의 순간으로부터 불가피한 늪지대의 삼림을 지나, 절망을 향한, 저주를 향한, 〈보복〉을 향한 [……] 그리고 〈사회적〉 인간의 탄생을 향한, 세상의 얼굴을 담대하게 바라보는, 영혼의 부분적인 상실을 대가로 치르고 형식을 연구하고 〈선〉과 〈악〉의 윤곽을 들여다볼 권리를 획득한 예술가의 탄생을 향한 길. (Блок 1960~1963: 8, 344)

블로크는 이 구절이 지닌 의미를 어디에서도 명확히 해명한 적이 없다. 하지만 상징주의 시인 블로크가 다의적인 형상들 속에 구현한 정신적 삶의 단계들의 윤곽은 그의 연작시들을 읽고 각 권(책)의 개념, 그 형상 체계와 상징 체계를 이해함으로써 어느 정도 포착될 수 있다.

〈성육신의 3부작〉은 세상과 삶에 대한 이해를 향해 가는 길이다. 그것은 사변적인 이해가 아니라, 고행과 환멸, 의심과 고통을 거쳐 삶을 알아 가는 길이다. 〈성육신〉이라는 말 속에는 성서적인 의미가 자리한다. 〈성육신〉은 인간의 모습으로 육화하여 인류를 위해 죽음을 받아들인 그리스도의 지상의 길을 일컫는다.

고행과 고통을 통해 시인은 〈세상의 얼굴을 담대히 바라보는〉 정직한 예술가가 되고, 세대의 얼굴이 되어 말할 권리를 획득한다. 블로크의 창작의 길은 〈나〉로부터 〈우리〉를 향해 나아가는 길이다. 〈성육신의 3부작〉 1부(권)의 시들에서 그는 온전히 자기 내면에 침잠해 있다. 신비로운 아름다운 형상들이 시인의 영혼을 물결치게 한다. 그러나 2부(권)의 어두운 정열의 회오리와 3부(권)의 〈무서운 세상〉을 거치며 시인은 담대하게 말한다.

또다시 젊은 시절의 격정
또다시 힘의 분출. 또다시 극단적인 생각들……
하지만 행복은 없었다, 그리고 없다
더 이상 미련 둘 바 없어!

위험한 시절을 지나가라
곳곳에서 널 감시하고 있다
몸 성히 나온다면 그때
너는 마침내 기적을 믿게 되리라

마침내 너는 볼 것이다
행복은 필요 없었음을
이 실현될 수 없는 꿈은
반평생도 충분치 않았음을

창조의 환희의 술잔이
차고 넘쳤음을
이미 더 이상 내가 아닌
우리의 세상과의 결속이 확립되었음을

오직 부드러운 미소와 함께
넌 때로 회상하게 되리라
저 미숙한 꿈을
우리가 행복이라 부르는 데 익숙했던 불안한 꿈을!

「또다시 젊은 시절의 격정」(1912)

집 잃은 존재의 비극적인 파국의 느낌은 평범한 인간의 삶의 행복에 대한 생각과 양립할 수 없다. 성숙한 시인은 창작의 기쁨과 고통에 자기 삶을 대가로 바쳤다고 쓰라린 심정으로 토로한다. 시인은 비극적인 운명을 대가로 치르고 세대의 이름으로 말할 권리를 획득한다.

블로크의 〈3부작〉의 제1권에는 시인이 1898~1904년 사이에 쓴 시들이 창작 연대에 따른 순서로 배열된 세 연작 『빛이 있기 전』, 『아름다운 여인에 관한 시』, 『기로(岐路)』에 선별되어 실려 있다.

1권에 실린 첫 시들은 첫 연작의 제목이 상징하는 바와 같이 〈빛이 있기 전〉의 정신적 상태를 구현한다. 뭔가 알 수 없는 미래에 대한 기대와 불안이 시인의 의식을 지배한다. 시인은 다가올 파국과 변화에 대한 예감 속에서 살며 정신적 토대를 갈구한다. 묵시록적인 정신적 경향 속의 미증유의 새로운 세계에 대한 예감은 세계의 비밀과의 신비로운 접촉의 느낌과 함께한다. 낭만주의의 〈이원론적 세계 지각〉으로부터 발원하는 진정한 존재의 세계로서의 〈저 세계〉에 대한 믿음을 견지한 시인은 불구적인 삶의 현실에 조화로운 삶의 이상이 실현되기를 희구하고, 두 세계가 합일되는 신비로운 순간을 노래한다. 그와 같은 세계 지각의 이중성이 블로크의 상징주의 시의 토대 중의 가장 중요한 부분이다.

〈빛〉이 비추인다. 지고지순한 여인에 대한 신비로운 내밀한 사랑의 노래 속에서 세계 변혁에 대한 기대가 울려 퍼진다. 개인적인 사랑에 세계사적이고 우주적인 의미가 결부된다. 시인은 그의 내밀한 사랑을 세계 변혁의 우주적 신비극으로 받아들인다.

블로크가 이 시기를 두고 〈너무도 선명한 빛에 의해 눈멀었음〉을 고백한 것은 구체적인 현실로부터 유리된 젊은 시절의 정신 상태에 대한 반성적 술회다. 영원한 조화의 이상을 변함없이 소중히 간직한 시인은 〈기로〉에 서서 정신적 추구의 방향을 변화시킨다. 그는 곧 〈영원의 꿈〉에서 깨어나 서서히 현실에 눈뜨기 시작한다.

2권에는 1904~1908년 사이에 창작된 시들이 여섯 연작 『대지의 기포』, 『여러 시』, 『도시』, 『눈 가면』, 『파이나』, 『자유로운 생각』에 분산되어 수록되어 있다. 블로크는 「서시」로 2권을 열고 있으며, 여섯 연작 외에 서정적 서사시 「밤 제비꽃」을 2권에 수록했다.

2권에 실린 시들은 1권의 문맥에서 받아들일 때 복잡하고 기묘한 느낌을 자아낸다. 1권의 시적 주인공이 순결한 〈어린아이〉, 〈현명한 사제〉, 성스러운 존재인 연인에게 헌신하기 위해 세속적 가치와 절연한 〈기사도적 인간〉이라면, 2권의 시적 주인공은 집 없는 곤궁한 〈부랑자〉, 〈생의 무게에 신음하는 소시민〉, 〈한밤의 선술집의 취객〉이다. 새로운 모티프와 형상들이 출현하며, 세계와 연인의 형상의 변모에 상응하여 사랑의 모습이 근본적으로 변한다. 2권은 파국의 비극에 대한 예감과 파괴적이고 파멸적인 어두운 정열로 점철되어 있다.

1905년 1차 혁명기의 사회상은 시인의 세계 지각의 변모와 이에 따른 시세계의 근본적인 변화를 야기한 직접적인 계기다. 시인은 젊은 시절의 추상적인 염원을 대신하는 다른 〈지상의〉 가치를 추구한다. 모순적인 현실과 삶의 체험이 시에 침투한다. 시인은 혼란스러운 삶의 체험 속에서 순간적인 조화의 체험에 몰입한다. 순간적인 절대의 체험의 엑스터시는 죄의식과 절망의 느낌과 함께 한다. 이 시기 시인의 삶과 사랑은 다시 상징주의적인 상응의 코드 속에서 시적 의미를 부여받는다. 그것은 개인의 삶의 모순과 우주적 삶의 모순의 구현이다.

〈성육신의 3부작〉의 이상을 구체화하던 1910년을 전후한 무렵은 블로크에게 정신적 혼란으로부터 출구를 찾기 위한 자기 정돈의 시간이었다. 시인은 이탈리아 여행을 통해 얻은, 삶의 절망으로부터 (영원한 조화에 대한 갈망과 창조의 원칙의 구현으로서) 구원이 되어 주는 예술과 조국 러시아에 대한 믿음을 통해 삶의 지주(支柱)를 재발견한다. 그에게 그의 개인적 삶이 부딪힌 절망과 러시아의 삶의 절망은 동등한 의미를 지녔다. 역사는 가족과 개인의 삶의 운명 속으로 침투한다. 민족사와 개인사는 분리될 수 없이 결합되어 시대의 〈단일한 음악의 선율〉(Блок 1960~1963: 3, 297)을 이룬다. 개인의 운명과 조국의 운명의 융화 속에 상징주의자 블로크의 일관된 면모가 자리한다.

희망의 좌절은 파국이 아니라 그와 조국에 부여된 오랜 가시밭 길의 시작이다. 조국의 형상은 시인에게 미래에 대한 희망의 상징이 된다. 햄릿적인 선택의 기로에 직면한 블로크는 러시아와 예술, 그리고 미래에 대한 믿음 속에서 삶에 대한 믿음을 견지한다. 〈성육신의 3부작〉 3권은 현실에 맞서는 강한 거부의 몸짓 속에서 현재와 미래에 대한 믿음을 견지하는 웅혼한 영혼의 삶의 기록이다.

3권에 수록된 시들은 1907~1916년에 걸쳐 창작되었다. 3권에는 『무서운 세상』, 『보복』, 『얌비(약강격)』, 『이탈리아 시』, 『여러 시』, 『하프와 바이올린』, 『카르멘』, 『조국』, 『바람은 무엇을 노래하는가』 등의 9개의 연작이 순서대로 배열되어 있다.

블로크의 시의 가장 중요한 주제는 블로크 자신이다. 그의 시는 모순적이지만 일관된 삶을 살아가는 인간 블로크의 형상을 창조한다. 시소설이 창조하는 인간의 형상이 실제 시인을 대신한다 (Тынянов 1977: 118). 블로크의 시가 창조한 블로크는 변혁의 시대의 삶의 모순적이고 다층적인 정신적-정서적 체험과, 이에 수반되는 환멸과 절망의 체험에도 불구하고 이상을 향한 길을 부단히 걸어가는 시대적 인간이다. 독자들은 그 창조된 시인의 형상을 실제 시인으로 받아들이고 그를 숭배했다. 시대의 모순을 집약하는 그 인간의 폭넓은 정신적 삶의 모습을 통해 블로크는 시대의 표상이 되었다.

19세기 말 시작된 블로크의 인간의 길은 1910년대 중엽 사실상 종결된다. 그 무렵 블로크의 창작 활동은 현저하게 쇠퇴한다. 세계대전의 암운과 징집은 시인의 영혼을 황폐하게 했다. 1917년 2월 혁명과 더불어 전선에서 페테르부르크(당시에는 페트로그라드)로 돌아온 블로크는 10월 혁명 이후 〈혁명이 지닌 정화의 힘〉에 대한 믿음으로 고양되어 정신적 소생을 맞이한다. 1918년 1월 마지막으로 찾아온 짧고 격렬한 창조적 열기 속에서 쓴 혁명 서사시 「열둘」은 소비에트 문학사의 첫 장을 열었다.

블로크의 시는 파국성의 느낌으로 읽는 사람을 전율하게 한다. 〈파멸〉은 그가 사랑했던 말이다. 세상의 파국성, 사랑의 파국성, 창작의 파국성을 그는 노래했다. 그의 많은 시가 운명의 바람이 휩쓰는, 〈눈보라 치는 광장〉의 느낌에 침윤되어 있다.

전 생애에 걸쳐 시인의 내면에는 생의 저주스러움과 파멸성에 관한 무서운 느낌이 살았다. 근대 문명은 의미를 다했고, 그 파멸은 피할 수 없고 무시무시하다. 블로크는 파멸의 재앙을 인류의 죄악과 실수에 대한 보복으로 이해했다. 그래서 그는 안락과 축복을 거부한 시인, 파멸의 시인이 되었다.

시인은 세계를 파괴할 재앙을 예감했고, 재앙의 불길의 예감 속에서 세계를 아름답게 갱신시킬 정화의 뇌우를 보았다. 오직 그 소망으로 러시아 혁명의 재앙을 받아들였다. 블로크는 혁명을 믿었다. 혁명이 〈모든 것을 새로 만들어야 함을〉, 〈거짓되고 추악하고 무료한 생이 정의롭고 순결하고 즐거우며 아름다운 것이 되도록 해야 함을〉(Блок 1960~1963: 6, 12) 믿었다. 예감이 실현되었다. 그의 가슴에 희열이 들끓었다. 그러나 기쁨은 오래가지 못했다. 위대한 뇌우가 그치고 삶이 변모된 것이 아니라 더 잔혹하고 쓰라린 것이 되었을 때, 무시무시한 애수가 그를 덮쳤다. 시를 쓸 수 없었다.

시인이 감당할 수 없었던 말년의 우울은 심장병을 동반한 정신

착란으로 심화되었다. 1921년 8월 7일 시인은 영면했다(알렉산드르 블로크 2009: 13~25).

블로크는 복잡한 길을 걸었다. 현실과 유리된 낭만적 몽상의 시인으로 등단해서 폐부 깊숙이 시대의 대기를 들이마신 시인으로 생을 마감했다. 시대의 요구에 이끌린 길이었다. 역사의 행보가 시인의 삶과 문학의 방향을 결정했다. 그는 날카로운 모순들로 점철된 복잡하고 힘겨운 길을 꿋꿋하게 걸었다.

3.

⟨러시아 문화가 낳은 기묘하고 아름다운 현상의 하나⟩(Паустовский 1979: 304)인 블로크의 시를 소개한다. 고유한 문화적 가치와 보편적인 인문적 가치, 두 견지 모두에서 블로크가 좋은 시인이라는 믿음 때문이다. 좋은 시의 핵심적인 조건이 무엇인가? 좋은 시는 다수의 사람이 시인의 ⟨나⟩를 통해 그들의 ⟨나⟩와 만나게 한다. 가장 주관적인 형태의 문학이 보편적인 정신적 삶의 묘사를 지향한다. 그 역설에 대한 충실함, 그것이 좋은 시의 핵심적인 조건의 하나다. 좋은 시인의 얼굴에는 시대정신이, 나아가 시대를 관류하여 면면이 이어져 오는 민족정신이 각인되어 있다. 민족정신의 집약체인 시인의 목소리에는 인간 보편의 정신적 가치 또한 담겨 있다.

블로크의 시는 값진 선물처럼 심장을 파고든다. 그는 서정시가 지닌 문화적 가치와 예술적 힘에 있어 러시아 최고의 시인들 중의 한 명이다. 비단 러시아뿐 아니라 세계 문학을 통틀어 최고의 시인 들 중의 한 명이라 말할 수 있다. 그는 세계 문학의 비극적 테너다. 러시아 문화의 토양이 낳은 그의 시에서 우리는 러시아 정신의 정수를 발견함은 물론, 시대와 민족을 초월하여 늘 현재적인 의미로 다가오는 폭넓은 정신적 삶의 모습을 본다.

어느 시대를 막론하고 많은 사람이 블로크의 시에서 〈나〉를 발견할 것이다. 첫사랑에 빠진 순수한 영혼이 마주하는 찬란한 노을이 있다. 사랑에 속고 시대에 절망한 〈나〉가 있다. 지금 누군가는 블로크처럼 출구가 보이지 않는 갑갑한 생의 막다른 골목에서 신음하다 지쳐 갈 것이다. 분노가 냉소가 되고, 냉소가 환멸이 되어 죽음 앞에 선 영혼이 있을 것이다. 또 누군가에게는 블로크의 시가 절망의 벽에 부딪쳐 쓰러졌다 굳건히 일어날 힘을 줄 것이다. 블로크의 시를 읽고 어둠을 사르는 불길이 되어 일어설 것이다.

오, 봄! 끝도 한도 없어라!
오, 염원! 끝도 한도 없어라!
생이여, 이제 너를 아노라! 너를 받아들이노라!
방패 부딪는 소리로 너와 인사를 나누노라!

실패여, 너를 받아들이노라!
성공이여, 네게 인사를 보내노라!
[……]

충혈된 내 눈을 자극해 다오, 봄이여!

봄이여! 날 취하게 해다오!

황량한 촌락들을 받아들이노라!
지상의 도시들의 뒷골목을 받아들이노라!
드넓은 밝은 하늘과
노예의 노곤한 노동을 받아들이노라!
[……]

바라보노라, 적의를 가늠하노라
널 질시하노라, 널 저주하노라, 널 사랑하노라
고통이어도 파멸이어도, 나는 아노라
그래도 널 받아들이노라!

「오, 봄! 끝도 한도 없어라!」(1907)

블로크의 시에서 〈나〉를 만나며 우리는 러시아 문화의 세계로
들어선다. 블로크는 남다른 문화적 가치를 지닌 시인이다. 그의 시
는 러시아 정신 문화사의 가장 중요한 사료(史料)의 하나다. 블로
크는 19세기 러시아 고전 시의 상속자로서 시인의 길을 나섰다. 그
의 길이 다다른 황혼은 그를 소비에트 문학의 창시자로 자리매김
했다. 시인 블로크의 길의 여명과 황혼이 지닌 그와 같은 모습은 러
시아 문화사의 경계가 그의 시의 몸을 관통하고 있음을 말한다. 블
로크 자신이 그 점을 뚜렷이 느끼고 있었음은 그가 생애의 마지막
해인 1921년에 일종의 유언으로 쓴 시 「푸슈킨스키 돔에게」에서 볼
수 있다.

학술원의
　　푸슈킨스키 돔의 이름!
이해되는 익숙한 소리
　　심장에 공허하지 않은 소리!

이것은 장엄한 강에서
　　유빙이 흘러가는 소리
기선과 기선이 멀리에서
　　주고받는 기적 소리

이것은 서서히 일렁이는 물결을
　　시선으로 뒤쫓는 고대의 스핑크스
움직이지 않는 준마를 타고
　　질주하는 청동 기마상

은밀한 네바 강 위의
　　우리의 정열적인 슬픔
작렬하는 백야에
　　우리는 검은 하루를 어떻게 맞이했던가

강은 우리에게
　　타오르는 저 너머 멀리 무엇을 열어 주었던가!
하지만 우리는 이 나날이 아니라
　　미래의 세기를 불렀다

가혹한 나날의 일시적인 기만을
　　지나치며
앞날의 푸르른 장밋빛 안개를
　　통찰했다

푸슈킨!
　　우리는 당신을 뒤따라
은밀한 자유를 노래했네!
　　궂은 날 우리에게 손을 건네주시게
말 없는 투쟁 속에서 도우시게!

그 시절에 당신의 음성의 달콤함이
　　영감으로 타오르게 하지 않았던가?
푸슈킨, 당신의 기쁨이
　　그때 우리에게 날개를 달아 주지 않았던가?

바로 그래서 심장에
　　그토록 익숙하고 친근한 이름
학술원의
　　푸슈킨스키 돔의 이름

바로 그래서 노을이 지는 시각에
　　한밤의 어둠 속으로 떠나며
원로원의 하얀 광장에서

그에게 조용히 고개 숙이네

　서정시인 블로크의 창작의 길은 〈3부작〉을 닫는 해인 1916년
사실상 종결되었다. 이후 블로크는 혁명의 열기로 고양되어 창작
한 서사시 「열둘」과 시 「스키타이」(1918) 외에 서정시는 거의 남기
지 못했다. 그중 예외적인 의미를 지닌 시가 바로 「푸슈킨스키 돔에
게」이다.
　시인은 〈청동 기마상〉이 있는 〈원로원 광장〉에서 〈푸슈킨스키
돔〉을 고요한 희열에 잠겨 바라보며 고개 숙인다. 시인의 목례는
푸슈킨에게 바친 경의 속에서 지나온 삶에 고하는 이별의 의식이자
유언이다.

　　[……]
　　바로 그래서 심장에
　　　그토록 익숙하고 친근한 이름
　　학술원의
　　　푸슈킨스키 돔의 이름

　　바로 그래서 노을이 지는 시각에
　　　한밤의 어둠 속으로 떠나며
　　원로원의 하얀 광장에서
　　　그에게 조용히 고개 숙이네

　푸슈킨의 이름은 영혼을 삶의 출구 없는 구속의 암흑에서 벗어

나 비상하게 하는 내적인 자유의 가치를 구현한다. 시인은 푸슈킨의 시어가 구현하는 아름다운 선율과 이상적 삶에 대한 꿈이 자신의 〈잔혹한 시대〉의 방주였다고 말한다. 임박한 종말을 앞둔 시인은 푸슈킨에게 마지막 구원의 손길을 내민다. 이때 블로크의 삶에 드리운 〈노을〉과 그가 걸어 들어가는 〈어둠〉은 비단 시인 개인의 노을과 어둠만이 아니다. 블로크가 말하는 황혼은 인간의 〈내적 자유〉, 자기표현의 자유의 소멸이다. 시인은 역사의 무대로부터의 자신의 퇴장이 푸슈킨의 이름이 대표하는 자유의 가치에 기초한 문화적 시대 전체의 종말임을 낮은 목소리를 통해 절제된 비탄과 함께 말한다. 곧 시인 블로크의 비탄은 개인적인 것이 아니라 〈우리〉의 비탄이며, 시인이 목전에 앞둔 〈한밤의 어둠〉은 〈우리〉의 세대 전체의 문화에 닥친 암흑이다.

근대 러시아 고전 문화의 정신을 체현했던 블로크는 생을 마감하며 푸슈킨의 이름이 대변하는 러시아 고전 문화의 시대가 자신의 죽음과 함께 종말을 고함을 예감했다. 이 시는 소비에트 러시아의 문화 독재에 의해 고전 문화의 정신적 지향과 가치를 상실하고 문화적 공황을 맞이하게 될 20세기 러시아인의 암울한 삶에 대한 예언이다. 생애의 마지막 해에 블로크가 심혈을 기울였으나 실현되지 못한 3부작의 개작 판본에서 아마 이 시는 3부작 전체에 대한 에필로그를 이루었을 것이다.

블로크의 시에는 러시아 문화사의 두 시대가 착종되어 있다. 그와 같은 블로크의 문학사적 위치는 그가 민족 문화 내적인 정신의 대화적 소통 구조의 중심에 서 있음을 말해 준다. 한 민족 문화의 정체성을 〈집〉에 비유할 때, 그것은 완성된 불변의 구조물이 아니

라 부단한 건축 과정 자체다. 창작은 창조적 독서 행위다. 독자로
서의 작가는 전통을 읽고, 가치를 재발견하고 재구축하는 과정에
서 그 가치의 담지자들과 대화적 관계를 맺는다. 다양한 대화적 소
통 관계는 민족 문화의 〈집〉의 생생한 변모 과정을 드러낸다. 의식
의 〈대화적 만남〉은 민족 문화의 정체성을 형성하는 주요 정신적
가치의 계승과 굴절의 면모를 보여 주는 것이다. 정신의 대화가 부
단한 건축 과정으로서의 〈문화의 집〉의 구체적인 면모를 이룬다
(Венедиктова 1998: 103~109).

시인 블로크의 목소리에는 많은 선배 시인들의 목소리가 함께
담겨 있다. 블로크는 〈나〉에 대해 말하며 그들과 대화한다. 그래서
우리는 블로크를 읽으며 다른 많은 러시아 시인들을 만난다. 다른
많은 시인들의 시가 폭넓은 스펙트럼을 지닌 블로크의 목소리를
통해 새로운 울림을 얻는다. 그렇듯 블로크는 정신적 전통과의 관
계 속에서 자신을 발견하며 규정한 시인, 또 후대의 시인들에게는
그들의 정신적 자화상을 비추는 거울이 된 시인이다. 블로크의 시
가 러시아 시와 정신의 세계로 들어가는 중요한 관문의 하나가 되
는 이유다.

심장을 파고드는 힘과 매력을 지닌 블로크의 시. 그 웅혼한 외침
과 섬세한 떨림을 독자와 함께 향수하는 것, 이 책의 근간을 이루는
목표다. 그러므로 블로크가 남긴 방대한 시의 숲에서 주옥같은 시
들을 간추려 소개할 것이다. 블로크를, 러시아 정신을 깊이 느끼게
하는 시, 시인의 정신적 부침 과정에서 이루어지는 다른 시인과의
대화적 만남을 들여다보게 하는 시를 간추려 옮길 것이다. 그 과정
에서 블로크의 목소리가 지닌 보편적 울림에도 주목할 것이다. 독자

가 블로크의 시를 향수하며 그 울림에 매혹되고 또 러시아 정신의 윤곽을 가늠할 수 있게 하는 것, 필자가 이 책을 통해 꿈꾸는 바다.

당연히 일차적으로 요구되는 것이 번역의 힘이다. 원론적으로 말해 시의 번역은 불가능하다. 민족어의 가장 내밀한 본성과 불가분 연관되어 있는 시를 다른 민족어의 토양에 이식하는 것은 근원적인 한계를 지닌다. 무엇보다도 말의 울림과 선율을 잃기 십상이기 때문이다. 그렇다고 해서 시의 향기를 전하기를 포기한 채 시인에 대한 책을 쓴다는 것은 어불성설이다. 필자는 〈번역 불가능성의 가능성〉(Попова 1984: 48)이라는 시 번역의 역설, 그 두렵고 지난한 과제와 마주한다. 누구나 번역가가 될 수는 없다. 시 번역가는 원시의 시인과 그를 양육한 민족 문화의 토양에 정통해야 한다. 그리고 번역가는 타 문화에 정통한 식자인 동시에 그 자신이 시인이거나, 아니면 최소한 모국어의 섬세한 선율에 민감한 시의 독자여야 한다. 과문함을 무릅쓰고 블로크의 시의 정념과 향기를 시 자체를 통해 전하는 과제를 감당해 보려 한다.

시인의 개성에 대한 명징한 이해와 더불어, 시인의 목소리를 통해 울리는 시대정신과 그의 영혼에 각인된 민족성을 포착해야 하는, 좋은 번역의 관건의 하나는 이 책이 기대는 방법론의 근간이기도 하다. 역사와 더불어 부침하는 민족성의 특질에 대한 이해에 다다르지 못하는 시 읽기는 불완전하며, 정신적 기초에 대한 탐색이 없는 문화의 이해는 피상적이다. 시 읽기와 문화의 이해 사이의 적극적인 소통의 장이 마련되어야 하는 이유다. 시와 문화의 통섭의 지평에서 블로크의 시가 소개되고 음미될 것이다.

비관을 딛고 선 삶의 찬미는 어디에서 기원하는가? 블로크 시의 정신적 근원을 들여다보자. 시인의 의식 깊숙한 곳에서 우리는 러시아 정신의 중요한 한 축과 만나게 될 것이다.

2
은밀한 열기

정열의 은밀한 고통
눈물의 비애, 독기 어린 입맞춤
적들의 복수와 벗들의 비방
황무지에서 탕진한 내 영혼의 열기
그 모든 것, 그 모든 것에 대해 당신께 감사한다
삶에서 나를 기만했던 모든 것, 모든 것에 대해
그저 조금만 더 이 삶에서
당신께 감사하도록 해주오

미하일 레르몬토프, 「감사」(1840)

블로크에게는 마법적인 말이 있다. 은밀한 열기……. 그 말은 나의 영혼, 나의 시 전체에 대한 열쇠다.

마리나 츠베타예바, 「푸슈킨과 푸가쵸프」(1937; Цветаева 1965: 186)

1.

블로크의 시에 대한 이해는 간단치 않은 일이다. 그는 러시아 상
징주의 시를 대표하는 시인이지만 그 틀에 갇히지 않는 폭과 깊이
를 지닌, 그래서 복잡하고 모순된 개성을 지닌 시인이다. 관건은 블
로크의 시적 여정의 토대에 자리한 일관된 정신적 용모, 그의 삶과
시의 신조를 이해하는 것이다.

진정한 낭만주의는 결코 문학의 조류에 그치지 않는다. 그것은
순간적으로 새로운 정서적 체험, 새로운 삶의 체험 방식이 되기를
지향했고 그렇게 되었다. 문학의 혁신은 갱생되어 삶을 새롭게 바
라보고, 세계와의 관계에 의해 동요된, 그리고 전율과 격앙으로, 은
밀한 열기로, 미지의 먼 곳에 대한 느낌으로 점철된, 아울러 세계영
혼에 대한 근접에 따른 환희로 넘쳐 난 영혼 속에서 이루어진 깊은
균열의 결과일 뿐이다.

「낭만주의에 관하여」(1918; Блок 1960~1963: 6, 363)

삶이 가치 있는 것은 오직 삶에 한없는 요구를 제기하기 위함이

다. 전부가 아니면 무다. 예기치 않은 것을 기다리기 위함이다. 〈세상에 없는 것〉이 아니라 세상에 반드시 있어야 할 것을 믿기 위함이다. 비록 지금은 그것이 없다 해도, 오래도록 없을 것이라 해도 말이다. 삶은 우리에게 그것을 내어 줄 것이다. 삶은 아름다운 것이니까.

「인텔리겐치아와 혁명」(1918; Блок 1960~1963: 6, 14)

블로크가 생애의 말년에 쓴 두 강연문의 구절이다. 여기에 블로크의 시와 삶의 신조가 응축되어 있다.

「낭만주의에 관하여」에서 블로크는 그의 문학의 신조를 피력한다. 낭만주의자로 일관한 시인의 길에 대한 고백, 삶을 사랑하고 시대를 긍정한 낭만주의자의 자기 고백이다. 블로크는 낭만주의가 삶으로부터의 도피가 아닌, 격정에 찬 생의 갈구라고 말한다. 낭만주의는 〈미지의 먼 곳〉, 〈세계영혼〉과의 접촉의 느낌 속에서 삶이 충만한 의미로 다가오는 순간에 대한 몰입이다.

〈세계영혼〉이라는 말을 통해 블로크는 자신이 신플라톤주의와 독일 낭만주의의 철학적–문학적 전통의 계승자임을 밝힌다. 〈세계영혼〉은 우주를 움직이는 원리, 이상적인 세계와 물리적 감각의 세계의 매개자다. 존재의 신성한 근원, 〈삶의 비밀〉이 세계와 인간의 영혼에 깃들어 있다. 낭만주의자는 그 비밀을 포착할 것을 요청받는다. 그래서 〈미지의 먼 곳〉에 대한 동경은 삶으로부터의 이탈이 아니라, 삶의 긍정이자 삶에 대한 몰입이 된다.

삶의 지각이 혁신되는 순간, 영(靈)의 세계와 감각의 세계가 통일되는 충일감의 순간은 신비롭다. 유한 속에 깃든 무한, 신성의 포착은 물리적 경험에 함몰된 의식에는 허락되지 않는다. 낭만주의에는 신비주의가 불가분 결부되어 있다.

젊은 블로크의 신비주의자로서의 자기 고백이다.

신비주의는 [……] 자신의 내부에서 그리고 주변의 모든 것 속에서 비밀스럽게 생동하는 파괴될 수 없는 상호 연관을, 그리고 이를 통한 미지와의 연관을 부단히 느끼고, 그것에 관해 말하는 것이다. [……] 신비주의자는 〈다른 세계〉와의 연관을 특히 선명하게 그리고 부단히 느끼는 사람의 부류다. [……] 〈신비주의〉란 바로 그런 것이다. 그것은 내 속에 온통 스며 있다. 내가 신비주의 속에 있고, 신비주의가 내 속에 있다. 신비주의는 나의 본성이다. 신비주의는 내 시작(詩作)의 출발인 것이다. (Блок 1978: 107~108)

신비주의는 시인 블로크의 창작의 토대다. 시인은 신비주의자의 시선으로 삶을 포착하고 느낀다. 신비주의는 사물들 사이의 그리고 물리적 세계와 미지의 세계 사이의 연관에 관한 비밀스러운 느낌이다. 자신의 삶과 주변 현실에서 체험되는 상응의 부단한 느낌은 미지의 세계에 대한 생생한 지각과 결부되어 있다. 블로크에게 신비주의란 바로 〈이 세상〉의 삶이 〈저 세상〉의 삶과 맺는 관계에 대한 부단하고 생생한 지각이다.

신비주의에 물든 낭만주의자는 〈신비주의적 허기〉(Жирмунский 1928: 209)에 시달린다. 그는 무한과 접촉하는 신비로운 순간에 탐닉하며 유한한 삶에 몰입한다. 〈미지의 먼 곳〉에 대한 느낌, 무한과의 접촉의 느낌이 영혼을 휘감는다. 곧 낭만주의는 삶에서 신적인 것을 느끼고자 하는 지향이다. 낭만주의자에게 삶은 감각적인 세계와 초월적인 세계를 통일시키고자 하는 지향 속에서 의미를 지닌다. 낭만주의자의 삶에 대한 갈구의 토대에는 〈무한함과 성스러움과 경이로움이 이 세상에 있다는 생생한 의식〉(Жирмунский 1928: 190)이 자리하고 있다. 말년의 블로크가 타성에 젖은 삶의 한계를 거부하고 삶을 충만하게 체험하고자 하는 격정적인 지향으로서 낭만주의를 옹호했을 때, 그것은 그가 시인으로서의 삶의 시초부터 견지한 성스러움의 생생한 감각에 대한 신비주의자적 갈망의 표출이다.

한편 「인텔리겐치아와 혁명」에서는 완전한 세계 개조에 대한, 혁명이 지닌 강력한 징화의 힘에 대한 블로크의 오랜 염원이 피력된다. 그러면서 블로크는 삶이 아름다운, 그래서 가치 있는 이유에 대해 말한다. 모든 것이 새롭게 완전한 모습으로 바뀌리라는 희망 속에서 삶은 아름답다. 그렇게 되도록 무한히 삶을 갈망하고 삶에 요구해야 한다. 전부가 아니면 무(無). 〈정신적 절대주의자〉의 삶을 대하는 태도다.

블로크에게 낭만주의는 단순히 문학의 조류가 아니다. 그것은 삶을 대하는 방식, 삶의 철학이다. 그래서 블로크의 낭만주의의 동의어는 정신적 절대주의다. 신비주의적 낭만주의의 전통과 정신적 절대주의의 전통이 블로크의 시에서 만난다. 낭만주의자 블로크는 신비주의자다. 낭만주의자 블로크는 절대주의자다. 삶이 반편(半偏)의 모습을 벗고 이상적인 모습으로 경이롭게 다가오는 신비로운 순간을 꿈꾸었고, 그 꿈을 역사에 투사했다.

2.

러시아 시에서 블로크의 신비주의적 낭만주의의 기원은 약 한 세기 전으로 거슬러 올라간다. 러시아 시에서 최초로 낭만주의 시의 철학이 표명된 바실리 주콥스키의 시 「말로 할 수 없는 것」(1819)을 읽어 보자.

> [······]
> 신성한 비밀들이여, 오직 가슴만이 그대들을 아노라
> 저녁의 대지의 모습이 변모되는
> 위대한 시각에
> 위대한 환영(幻影)의 예언으로
> 곤혹한 영혼이 가득 차고
> 무한을 향해 내달렸을 때
> 가슴에서 병적인 감정이 소용돌이칠 때
> 흔히 비상 중의 황홀경을 붙잡고 싶지 않은가?
> 말해지지 않은 것에 명칭을 부여하고 싶지 않은가?
> 그리고 예술은 무력하게 침묵하지 않는가?
> 눈에 보이는 것, 고요한 하늘을 따라 나는
> 구름들의 이 불길
> 반짝이는 수면의 이 떨림
> 화려한 노을의 화재 속에 놓인
> 강변의 이 광경들
> 그토록 선명한 이 모습들

사색의 날갯짓은 쉽게 그것들을 붙잡고
그것들의 눈부신 미를 위한 말들이 있다
그러나 이 눈부신 미와 섞여 있는 것
그토록 어렴풋하고 우리를 격동케 하는 이것
눈길을 빼앗는, 한 영혼이 몰두하는 이것
먼 곳을 향한 이 지향, 지난 나날의 이 인사
(언젠가 꽃이 피었던 조국의 초원에서
갑작스럽게 불어 닥친 바람과 같은
강렬한 회망이 살았던 신성한 젊음)
옛 시절의 사랑스럽고 즐거우며 애처로운 것에 관해
영혼에 속삭인 이 회성
천상으로부터 내려오는 이 성소
피조물 속의 창조주의 이 임재(臨在)
이들을 위한 언어는 어떤 것인가?……
영혼은 상승의 날갯짓을 하고
아우를 수 없는 모든 것이
한 번의 깊은 숨결 속으로 밀려든다
그리고 침묵의 말만이 이해될 수 있을 뿐

주콥스키는 삶의 지각이 혁신되는 순간 주체의 내면에 일어나는
변화에 대해 말한다. 시인은 삶의 지각이 혁신되는 순간을 〈위대한
시각〉이라 부른다. 그 순간에 〈일상의 잠〉에서 깨어난 의식이 나래
를 편다. 끝 모를 저 먼 곳을 지향하는 의식은 시공의 변모를 체험한
다. 확장된 영혼은 동요하며 동시에 환희에 젖는다. 자아의 의식에

각인된 삶의 모습이 파편화된 무질서의 양상을 벗어나 조화로운 통일성을 찾기 때문이다. 시적 통찰의 순간은 존재의 통일성이 회복되는 계기다. 삶의 〈지금, 여기〉에서 반복적으로 현현될 수 있고, 또되어야 하는 이상적 존재상이 출현하는 순간이다. 〈신적인 것〉의 예기치 않은 현현, 곧, 〈에피퍼니〉의 순간(Kermode 1976: 13~42; Taylor 1989: 456~493; 남진우 2001: 44~45, 48~49)이다.

시인이 순간적으로 목도하는 자연의 경이로운 모습은 현상의 세계와 본질의 세계를 나누는 장막으로, 현상의 이면에 놓인 본질을 가리는 덮개로 대두된다. 덮개의 존재를 인지하는 것은 경험적 시선으로는 포착할 수 없는 삶의 비밀스러운 이상적 의미를 인지하는 것을 의미한다. 시적 통찰의 순간에 덮개가 걷힌다. 그 내밀한 시적 체험은 순간적이다. 삶의 비밀스러운 이상적 모습은 오직 시적 통찰의 순간에 순간적으로 자아 앞에 열린다.

일상의 지속적인 시간 속에서 예기치 않게 대두되는 의식의 갱생의 체험. 그것은 〈선적 시간〉을 〈원형적 시간〉으로 되돌린다. 시가 구현하는 〈원형적 시간〉은 현재와 과거 그리고 미래 사이의 잃어버린 고리를 되찾는다. 원형적 시간은 과거와 미래를 향해 열려 있다. 그래서 그것은 〈선적 시간〉 속에서 와해된 존재의 연속성이 회복되는 순간을 품고 있다(옥타비오 파즈 1999: 246; 프랭크 커모드 1993: 61). 시간을 자신의 내부에 아우르는 확장된 의식이 겪는 삶의 충일감은 「말로 할 수 없는 것」에서 보는 바와 같이 정신의 병적인 곤혹감과 정서적 강렬함을 동반한다. 〈전율〉과 〈불안〉, 그리고 〈환희〉는 〈에피퍼니〉의 순간에 확장된 인간의 내면을 채우는 정서의 자질이다. 예술이 재현하는 정태적인 조화의 모습 속에 그러

한 정신의 지향이 지닌 역동성과 내적인 시공 감각의 혁신의 순간
이 개입할 여지는 없다. 삶에 깃든 지고한 현실의 비밀스러운 감각
을 재현할 수 있는 예술은 없다. 시인은 이상적 존재상과의 신비로
운 접촉의 순간을 표현할 말을 찾을 수 없다. 황홀경의 순간은 느
낄 수 있을 뿐 말로 전달되지 않는다. 그래서 〈침묵〉의 모티프가 시
의 전면에 대두된다.

　주콥스키 이래로 낭만주의 시인들은 〈말로 할 수 없는 것〉의 모
티프에 빈번히 매달렸다. 저마다 고유한 시적 개성에도 불구하고
감정과 사색의 풍요를 담아낼 수 없는 언어의 한계를 한탄했다.

　　침묵하라, 숨어 있으라
　　감정과 염원을 감추어라
　　영혼의 깊은 바닥에서
　　밤하늘의 별처럼 말없이
　　그것들이 일어나 서성이거든
　　즐기라, 그리고 침묵하라

　　가슴을 어찌 말하겠는가?
　　다른 이가 어찌 널 이해하겠는가?
　　네가 무엇으로 사는지 그가 이해하겠는가?
　　말해진 생각은 거짓인 것
　　너는 샘을 폭파시켜 망치리니
　　샘으로 살라, 그리고 침묵하라

오직 자신 속에서 사는 법을 알라
매혹적인 은밀한 명상의
전 세계가 네 영혼 속에 있다
바깥세계의 소음이 죽이고
한낮의 빛이 몰아내리니
명상의 노래에 귀 기울이라, 그리고 침묵하라!……

표도르 튜체프, 「침묵」(1830)

나의 소중한 벗, 너는 보이지 않는가?
우리가 보는 모든 것은
눈으로 보지 못하는 것의
반영일 뿐, 그림자일 뿐

나의 소중한 벗, 너는 들리지 않는가?
타닥거리는 삶의 소음은
장엄한 화음의
일그러진 반향일 뿐

나의 소중한 벗, 너는 느끼지 못하는가?
말 없는 인사 속에서
가슴이 가슴에 전하는 말
온 세상에 그 말 한 마디 뿐

블라디미르 솔로비요프,
「나의 소중한 벗, 너는 보이지 않는가?」(1892)

주콥스키 이후 러시아 시에서 침묵을 노래한 가장 유명한 시를 쓴 시인 튜체프. 그는 내적 삶은 타인에 의해 이해될 수 없기에 침묵할 것을 호소한다. 인간의 깊은 내적 세계는 일상의 언어로 옮길 수 없는 것이다. 말로 표현된 모든 생각은 거짓이다. 시인은 주변의 몰이해와 자기표현의 불가능성으로 인해 고독에 처한다. 그러나 침묵 속의 고독은 튜체프의 시인을 구원한다. 그것이 축복된 자기 내적 세계에 집중할 가능성을 주기 때문이다.

주콥스키가 독일 낭만주의를 이어받아 〈말로 표현할 수 없는 것〉의 모티프 속에 구현한 낭만주의 시의 철학은 19세기 러시아 시를 관류하며 러시아 상징주의자들에게로 이어진다. 시인이자 철학자인 블라디미르 솔로비요프는 러시아 상징주의자들의 직접적인 정신적 스승이었다.

솔로비요프는 그의 철학과 시에서 존재하는 모든 것의 이중적 속성을 설파했다. 그의 가르침에 따르면 외적인 가시적 세계는 소수의 선택된 자에게만 열리는 지고한 영적 세계의 창백한 반영일 뿐이다. 솔로비요프의 해석 속에서 〈말로 할 수 없는 것〉은 〈보이지 않는 것〉, 비가시적인 영적 세계의 신비로운 체험이다.

19세기 러시아 시를 관류하는 〈말로 할 수 없는 것〉의 모티프에는 낭만주의의 이원론적 세계 지각이 투영되어 있다. 곧 〈침묵〉의 모티프는 낭만주의적 세계 지각의 핵심과 결부되어 있다. 이때 현실의 세계와 초현실의 세계는 서로 단절된 것이 아니다. 두 세계는 서로 연관되며 단일한 우주를 이룬다. 자연에도 사람의 영혼에도 성스러움이 내재한다. 〈말로 할 수 없는 것〉은 그러므로 신과 인간, 신과 세계의 조화로운 전일성의 체험 순간이다. 〈말로 할 수 없는 것〉

을 느끼는 능력이 현실과 초현실의 세계의 연계성을 확립하며, 그 능력 덕분에 유한과 무한, 인간과 신이 합일된 세계상이 얻어진다.

〈말로 할 수 없는 것〉의 모티프는 주어진 현실의 세계와 초현실의 세계의 연관을 정서적으로 포착하려는 지향을 표현한다. 시인은 두 세계에 걸쳐 살며 통합의 세계를 구축하는 과제를 부여받는다. 신비로운 직관과 통찰을 통해 인간은 권태로운 일상으로부터 날아올라 이상적 존재상의 세계에 들어선다. 그 직관적 느낌의 세계를 표현하기 위해 말은 개념적 규정이 아닌 정서적 환기를 적극적으로 요청받는다. 예술은 두 세계가 일체된 우주를 창조하는 주술이다.

주콥스키로부터 약 한 세기 후에 블로크가 쓴 시를 보자.

위대하고 부단한 고요 속에서
모든 존재와 현상이 조화롭네
관심 어려 혹은 무심히 그곳을 본들
내겐 마찬가지, 우주가 내 속에 있네
나는 느끼네, 나는 믿네, 나는 아네
공감으로 선지자를 유혹하지 마라
네가 타오르는 그 불길이
내 속에 넘쳐 나네
약함도 힘도 더 이상 없네
과거와 미래가 내 속에 있네
위대하고 변함없는 정적 속에서
모든 존재와 현상이 얼어붙었네

통찰로 충만하여 여기 끝에 선 나
나는 경계의 모습을 건넜네
오직 약속된 환영을 기다려
다른 무 속으로 날아가려네

「위대하고 부단한 정적 속에서」(1901)

〈고요〉의 모티프는 〈다른 생〉, 〈다른 세계〉의 모티프와 결부되어
있다. 〈다른 생〉은 일종의 형이상학적 고요의 공간이다. 시적 통찰
에 준비된 고양된 시인의 영혼은 그 〈고요〉의 세계에 들어선다. 〈고
요〉는 시적 통찰의 순간 고양된 시인의 영혼이 거주하는 토포스다.
현실이 심미적으로 말소된, 한 인간의 고독한 몽상만이 자리하는
공간이다. 〈고요〉의 세계 속에서 시인은 일상의 〈잠〉 속에서는 불
가능했던 영묘한 기운의 느낌과 미지의 목소리를 감지할 수 있게
된다. 〈고요〉의 세계 속에서 시인은 존재의 신성하고 이상적인 모
습을 대면한다. 〈고요〉와의 대면을 통해 시인은 존재의 경계를 넘
는다. 고요 속에서 감각적인 것과 영적인 것이 융합된다.
　〈고요〉는 창조하는 의식의 상태다. 〈고요〉는 시와 예술 창조 과
정의 본질을 표현한다. 시작(詩作)은 곧 〈삶의 창조〉다. 창조 행위
의 본질은 자아와 자연, 자아와 우주, 자아와 신성이 일체가 되는
순간의 수립이다. 창조적 의식의 발현 속에서 자연과 세계는 변형
된다. 예술적 세계상, 시인의 미적 의식 속의 세계는 창조되는 세계
다(Поплавская 1999: 36). 창조적 의식의 순간은 조화로운 전일
성 속의 세계와 삶이 출현하는 순간이다. 그 황홀경의 세계상은 신
과 인간의 공동의 창조 행위의 결과다. 창조하는 의식의 삶 속에

서 〈지상〉과 〈천상〉의 낭만주의적 대립은 절대적인 이원적 고착성
을 벗는다. 〈지상〉에서 〈천상〉의 상징을 보고 이를 구현하는 시인
의 삶을 통해 〈지상〉의 가치는 정당화된다(Осанкина 2001: 21).
반드시 〈이곳〉에 있어야 할 것으로서의 〈저곳〉의 삶을 창조하는 행
위가 시다(Аверинцев 1996: 152~153). 그와 같이 창조적 의식의
상태인 〈고요〉는 내적 통찰과 정신적 엑스터시의 순간에 이루어지
는 영적 변형의 과정 속의 신과 인간의 합일이다. 그래서 〈고요〉는
〈천상으로부터 내려오는 성소〉이며 〈피조물 속의 창조주의 임재〉
다. 〈시는 지상의 신성한 염원 속의 신이다〉(Виницкий 1998: 10).
시인은 에피퍼니의 순간이 가져오는 지각의 혁신을 통해 경험
적 차원과는 다른 변모된 시공 속의 삶을 수립하고자 지향한다. 시
인은 〈시적인 순간〉을 통해 변모된 삶을 수립하고자 지향하고, 그
견지에서 삶을 받아들인다. 블로크는 신비주의의 빛 속에서 변모
된 삶의 순간, 유한한 생이 무한과 접촉하는 변모의 순간, 감각의
세계와 영의 세계의 통일의 순간에 대한 몰입을 예술가 정신의 이
상으로 간주한다. 블로크의 시인으로서의 삶의 길을 이끈 것이 바
로 〈세계 속에 존재하는 무한과 신성(神性), 경이로움의 생생한 의
식〉(Жирмунский 1928: 190)이다.
블로크가 속한 계보의 시인들에게 예술의 본질과 의의는 바로
러시아 문화의 기독교(정교)적 토대와 결부된 신비주의(Бердяев
1990a: 8; 이규영 2009: 325~333)에 있다. 시는 자기 내면 속의
신성의 발견에 대한 추구다. 〈말로 할 수 없는 것〉의 시학은 〈부정
신학〉과 〈헤시키즘(정적주의)〉를 특징으로 하는 정교회의 신비주
의적인 종교적 의식의 지평(강태용 2010: 85; 이덕형 2008: 65)과

본질적으로 관계한다. 〈유한한 피조물의 외양〉 속에서 절대적인 무한의 이상의 자질들을 포착하는 것은 오직 신비주의적으로 고양된 정서 속에서 가능하다(Канунова 1998: 159~160). 서구의 몽상적 낭만주의는 러시아의 토양으로 건너와서 신비주의의 빛 속에서 재창조된다(Аверинцев 1996: 160~163; Виницкий 1997: 151~152).

3.

〈온밀힌 열기〉는 신비주의에 물든 낭만주의자를 격정적으로 삶에 몰입하게 만드는 영적 충만감의 갈구를 시적으로 표현한 말이다. 이제 갓 시인의 길을 진지하게 모색하기 시작하던 열여덟 젊은 블로크는 그것을 〈타오르는 심장의 열기〉라 말하며 삶으로부터의 이탈이 아닌 삶에 대한 몰입으로서의 낭만주의를 선언했다.

하늘의 평원에서 달 아래로 흘러가는
자욱한 먹구름을 벗이여 보라
형체 없는 대기를 꿰뚫은
영혼 없는 창백하고 텅 빈 달빛이 보이는가?

저 별의 바다는 이제 그만 들여다보자
차가운 달에 대한 갈망은 이제 거두자
드넓은 세상에 행복이 적으냐?

타오르는 심장에 열기가 적으냐?

차가운 달은 네게 대답하지 않을 거야
별은 너무 멀리 있어 닿을 힘이 없어……
생기 없는 천체들의 먼 나라에서 너는
곳곳마다 무덤의 한기와 만나게 될 거야

「나의 어머니에게」(「하늘의 평원에서 달 아래로 흘러가는」, 1898)

시인 블로크는 삶에 대한 낭만주의자적 태도의 한 유형인 〈이 세상〉의 삶에 대한 낭만주의적 극기의 태도를 거부한다. 곧 〈이 세상〉의 삶은 인내하고 초월해야 할 대상이 아니다. 시인은 지상의 삶, 지상의 열정의 세계에 천상의 세계를 대치시킨다. 익숙한 낭만적 대립이지만 시인이 지향하는 삶은 격정에 찬 지상의 삶이다. 블로크의 낭만주의는 지상의 삶에서 꿈꾸는 충일의 느낌이다.

〈심장의 열기〉, 〈영혼의 열기〉, 〈은밀한 열기〉……. 이 시적 동의어들이 의미하는 바는 영적 엑스터시, 〈에피퍼니〉의 순간이 가져오는 내밀한 축복의 감각이다. 내밀한 축복의 감각 없이 낭만주의자에게 삶은 불가능하다. 산다는 것은 심장이, 영혼이 뜨겁게 타오름을 의미한다. 열에 들뜬 영혼의 소유자는 절대적 이상의 견지에서 삶을 지각하고 체험한다. 〈은밀한 열기〉는 절대주의자적 추구 속에서 삶을 갈구하는 낭만주의자의 격정에 찬 영혼을 의미한다.

열에 들뜬 영혼은 기적을 원한다. 불완전하고 제한된 세태에 만족하지 못한다. 영혼은 삶의 〈지금, 여기〉에서, 삶의 매순간에 존재의 절대적 완전성을, 영적 포만감을 체험하기를 원한다.

만족을 모르는 영적 허기에 차서 삶을 대하는 시인 블로크는 러시아 시에서 또한 외로운 존재가 아니다. 저 절대주의자의 계보가 있다. 한 단면이다.

[⋯⋯]
나는 기억한다, 어릴 적부터 내 영혼은
경이를 찾았다⋯⋯
나는 행동이 필요하다. 위대한
영웅의 그림자처럼 매일 나는
불멸의 존재를 이루고 싶다. 나는
휴식의 의미를 이해할 수 없다
[⋯⋯]

미하일 레르몬토프, 「1831년 6월 11일」(1831)

불길의 넓은 띠가 되어
처형의 연속인 길을 가네
넌 오직 불가능한 것으로 약 올리네
생각할 수 없는 것으로 날 녹초로 만드네⋯⋯
[⋯⋯]

알렉산드르 블로크, 「불길의 넓은 띠가 되어」(1907)

그리스도와 신이여! 나는 기적을 갈망한다
지금 이 순간 하루를 맞으며!
[⋯⋯]

어제는 전설이 되어야 해!
하루하루가 광기에 찬 삶이어야 해!

마리나 츠베타예바, 「기도」(1909)

영적 허기로 인해 불완전한 세태의 틀에 안주할 수 없는 시인은 창조주에게 반항한다. 시인은 악마적 존재가 된다. 시가 죄의 노래가 된다. 선-악의 경계를 넘어 존재하는 시혼이 저주스럽다.

전능한 이여, 나를 비난하지 마소서
그리고 내가 애원하노니 나를 벌하지 마소서
지상의 무덤의 암흑을
그 정열과 함께 내가 사랑한다고 해서
[……]
영감의 용암이
내 가슴에서 끓어오른다고 해서
[……]
신이여, 내가 자주 죄악의 노랫가락으로
기도하는 이는 당신이 아니네
[……]

미하일 레르몬토프, 「기도」(1829)

엄습한 전율에 사로잡혔을 때
그는 애수 속에서 넋을 잃었네
신을 찬양하는 법을 잊고

죄악의 노래를 부르기 시작했네

[……]

알렉산드르 블로크, 「죽음이 말한다.」(1916)

[……]

악도 선도 아닌 너는 전부. 네 시원은 저곳
너에 대해 태평하게들 말하지
타인들에게 너는 시혼이자 기적
나에게 너는 고통이자 지옥

[……]

알렉산드르 블로크, 「시혼에게」(1912)

[……]

너는 사악하지도 선하지도 않아
그저 그렇게 너는 먼 존재지

[……]

마리나 츠베타예바, 「시혼」(1921)

레르몬토프는 정신적 절대주의자 블로크의 가장 뚜렷한 선배다. 그는 19세기 러시아 시에서 절대주의자의 비극적인 시혼을 찬란하게 구현했다. 〈영혼의 열기〉로 인해 절대자와 대립할 수밖에 없는 존재의 비극이 레르몬토프의 시를 관류한다.

초기 시에서 레르몬토프는 비극적 존재상의 원인을 자신 속에서 찾는다. 시 「기도」의 후반부다.

[……]
하지만 이 경이로운 불길을
모든 것을 불태우는 장작불을 꺼 주소서
내 가슴이 돌이 되게 해 주소서
굶주린 시선을 거두어 주소서
노래하고픈 끔찍한 갈망에서
창조주여, 날 벗어나게 해 주소서
그러면 나는 당신을 향해
좁은 구원의 길 위로 다시 나아가리다

죽음을 앞둔 시인의 삶에 대한 종결적인 성찰은 자기 존재의 모든 비극성의 원인을 신에게 돌린다. 시 「감사」가 그렇다.

정열의 은밀한 고통
눈물의 비애, 독기 어린 입맞춤
적들의 복수와 벗들의 비방
황무지에서 탕진한 내 영혼의 열기
그 모든 것, 그 모든 것에 대해 당신께 감사한다
삶에서 나를 기만했던 모든 것, 모든 것에 대해
그저 조금만 더 이 삶에서
당신께 감사하도록 해주오

시 「감사」는 모든 희망, 인간적 감정, 그리고 삶이 지닌 매력에 보내는 레퀴엠이자, 아이러니와 지독한 염세주의로 점철된 삶에 대한 성찰이다. 시인은 전 생애에 대한 장례의 노래를 부르고 있다. 거대한 의식의 삶을 산 인간의 절망이다. 인간의 행복에 대한 기대는 거의 없다. 그것을 대신하여 시인의 삶의 버팀목이자 창작의 토대가 되는 것은 낭만주의적 극기이다.

원인이 자신에게 있던 신에게 있던, 이 비극성의 근원에는 〈영혼의 열기〉가, 〈모든 것을 불태우는〉 〈경이로운 불길〉이 자리한다. 레르몬토프에게서 삶에 대한 과잉된 갈망은 삶에서 어떠한 위안도 찾을 수 없는 절망, 그리고 삶과 인간적 감정에 대한 완전한 불신과 화해할 수 없는 갈등을 빚는다(Белинский 1986: 491). 〈영혼의 열기〉는 시인을 삶에 대한 환멸에 처하게 한다. 보다 엄밀히 말하자면, 시인은 공허하게 탕진된 〈영혼의 열기〉로 인해 삶에는 분노에 찬 아이러니와 회의의 시선을, 그리고 신에게는 비난의 화살을 돌린다. 시인은 〈은밀한 열기〉로 인해 세상과의 운명적인 결렬에 처한다. 그래서 최종적으로 삶은 그토록 〈공허하고 어리석은 장난〉이 된다.

권태롭고 우울하다. 손 건넬 이 하나 없는
고난에 찬 영혼의 순간······
바람······! 부질없는 영원한 바람이 무슨 소용이더냐······?
시절이 간다. 최상의 시절이 전부 간다!

사랑······ 누굴 사랑한단 말이더냐······? 한동안의 사랑은 가치
가 없고
영원한 사랑은 불가능하다

네 자신을 들여다보려느냐? 네 속에 과거는 흔적도 없다
기쁨도 고통도, 네 속에 있는 모든 것이 하잘 것 없다……

정열이 무어냐? 실로 이르던 늦던 정열의 달콤한 멍에는
이성의 말 앞에서 사라지리라
차가운 눈으로 주위를 둘러보려느냐?
삶이란 얼마나 공허하고 어리석은 장난이더냐……

미하일 레르몬토프,
「권태롭고 우울하다. 손 건넬 이 하나 없는」(1840)

레르몬토프에게서 완전한 삶, 완전한 행복에 대한 영혼의 열망
은 시인의 전 생애를 일관하여 불완전하고 변덕스러운 삶과 수렴될
수 없는 갈등에 놓인다. 열정적이고 반항적인 인간은 끝없는 내적,
외적 갈등에 처한다. 갈등과 부조화로 인한 고통은 동시에 그것이
예외적 존재의 징표임에 대한 자긍심과 함께 한다. 레르몬토프의
인간은 세상과의 갈등 속에서 자신의 존재 가치를 확인하고, 〈영혼
의 열기〉가 야기하는 비극적 운명을 인내한다.

블로크의 길을 이끈 〈은밀한 열기〉는 새로운 문화적 토양 위에서
변주된다. 변혁의 시대의 삶의 혼돈에 몰입하며 블로크는 자신의
영혼 속에 깃든 레르몬토프적인 〈은밀한 열기〉를 인식한다. 동시
에 레르몬토프의 〈영혼의 열기〉는 블로크의 상징주의자적 세계 지
각 속에서 재해석되어 다른 울림을 얻는다. 그 뚜렷한 면모를 구현
하는 것이 블로크가 1907년에 쓴 연작 「화염과 암흑에 거는 주문」,
특히 앞에서 읽은 연작의 첫 시 「오, 봄! 끝도 한도 없어라!」이다.

블로크는 레르몬토프의 시 「감사」를 연작 「화염과 암흑에 거는 주문」의 제사(題詞)로 인용했다. 레르몬토프의 영혼의 열기에 깊은 정신적 교감을 표한 것이다. 블로크는 동시에 레르몬토프의 염세주의에 대해서는 거리를 둔다. 그것은 레르몬토프 시의 마지막 세 행을 제외시킴으로써 가능해진다. 마지막 세 행이 제외됨으로써 연작의 숨은 텍스트인 레르몬토프의 시의 의미는 말 그대로 감사가 된다. 블로크는 원시의 일부를 제외시킴으로써 삶에 대한 절대주의자적 갈망 그 자체가 지닌 가치를 강조한다.

열정의 불길은 영혼을 소진시키고 삶에 대한 환멸을 가져온다. 그럼에도 불구하고 블로크는 레르몬토프의 냉소적인 아이러니를 거부한다. 열정의 불길이 야기하는 삶의 고통은 창조적 에너지로 변모됨으로써 축복된, 그래서 소망스러운 것이 되기 때문이다. 블로크는 연작의 첫 시 「오, 봄! 끝도 한도 없어라!」에서 이 고통을 무릅쓴 삶의 갈구에 대해 천명한다.

오, 봄! 끝도 한도 없어라!
오, 염원! 끝도 한도 없어라!
생이여, 이제 너를 아노라! 너를 받아들이노라!
방패 부딪는 소리로 너와 인사를 나누노라!

격앙된 사랑으로 삶을 찬양한다. 삶의 고통과 기만에 굴하지 않는 강인한 정신으로 삶에 격정적인 찬가를 보낸다. 삶의 어둡고 밝은 전체적인 면모를 받아들이고 긍정한다.

레르몬토프처럼 블로크도 〈열정의 은밀한 고통〉과 〈눈물의 비

애〉를, 그리고 실패와 적의를 알았다. 그러나 블로크의 주인공은
〈증오하며, 저주하며, 동시에 사랑하며〉 있는 그대로의 삶을 담대
하게 받아들인다.

시인은 〈낭랑한 선물〉과 같은 삶을 낙관한다. 그러나 동시에 삶
은 고통과 파멸의 비극으로서 비관적으로 다가온다. 삶은 경이로
우며, 아프고, 또 달콤하다. 삶은 존재에 대한 시험을 준비하고 있
는 매력적인 대상이어서 경이롭다. 그리고 삶은 고통스럽게 체험된
다. 늘 〈역경의 순간〉이 도사리고 있기 때문이다. 또한 삶의 수용은
달콤하다. 왜냐하면 세상과의 열정적인 교통이 영혼을 고무시키기
때문이다. 블로크의 시적 주인공은 그 〈독기〉를 영원히 들이킬 준
비가 되어 있다.

시인은 삶의 혼돈의 소용돌이와 대결한다. 블로크의 세계에서
〈영혼의 열기〉는 영적인 엑스터시이자 몰아(沒我)적 몰입을 통한
사회적–역사적 삶의 혼돈과의 결합이다. 생의 의지가 시인의 의식
에 잠재된 레르몬토프적 염세주의를 억누른다. 블로크는 삶을 긍
정하며, 지상의 존재와 지상의 삶의 행복을 믿는다. 지상의 삶의 격
동으로부터, 인간에 대한 믿음으로부터 멀어진 채 〈영혼의 열기〉가
탕진될 수 있을지라도, 〈은밀한 열기〉의 가치에 대한 믿음은 변하
지 않는다.

절대자와의 정태적인 갈등에 고착된 바이런적 〈나〉의 내적 상태
가 레르몬토프의 쓰라린 냉소를 낳는다면, 패배와 영혼의 소진을
무릅쓴 블로크의 자아의 삶에 대한 몰입은 자아와 세계 사이의 경
계를 무화시키고 삶을 역사주의적 전망에서 바라보게 하는 상징주
의자적 세계 인식에서 비롯된다. 블로크의 신비주의자적 세계 지

각에 기반을 둔 〈상응〉의 체계 속에서 〈이 세계〉의 일은 〈저 세계〉의 일에, 개인의 정신사는 〈세계영혼〉의 역사에 상응한다(Минц 1974: 134~141). 시인은 신화적 의식의 발로로 〈영혼의 열기〉를 정당화한다.

다음은 혼돈스러운 삶의 어둠을 수용하며 삶을 긍정하는 블로크의 목소리가 뚜렷하게 울리는 시다.

있었던 모든 일을 축복한다
나는 최상의 운명을 찾지 않았다
오, 가슴이여! 너는 얼마나 사랑했던가!
오, 지혜여! 너는 얼마나 활활 타올랐던가!

행복과 고통이
제 슬픈 자국을 놓았다 해도
정열의 우레 속에서 오랜 권태 속에서
나는 예전의 빛을 잃지 않았다

새로워진 나로 인해 고통받은 너
나를 용서해 다오. 우리 둘은 하나의 운명
말로 하지 않을 모든 것을
네 모습 속에서 나는 알았다

주의 깊은 눈이 바라보고
심장이 동요하며 가슴을 친다

눈 내린 밤의 차가운 어둠 속에서
올바른 제 길을 지속하며

「있었던 모든 일을 축복한다」(1912)

시인은 복잡다단했던 삶의 길에 회고의 시선을 던진다. 지나온 삶을 되돌아보며 그 어떤 것도 애석해 하지 않는다. 삶의 길이 정당한 것이었음을 확신한다. 〈길〉의 주제가 시의 낙관적인 울림을 결정한다.

정신적 상흔과 역경에도 불구하고 운명에 대한 시인의 긍정은 흔들림 없다. 시인은 다가올 미래 역시 믿음과 희망으로 확신한다. 미래의 담보는 과거 속에 있다. 과거가 축성(祝聖)되는 것이기에 미래 역시 그러하다. 축성의 이유는 〈은밀한 열기〉가 지닌 정당한 가치 때문이다. 시인은 삶을 긍정한다. 극도로 충만한 열정적인 정신의 삶이 〈빛〉을 보존해 주기 때문이다. 그와 같은 삶의 태도에 대해 시인은 또 다른 시에서도 확고한 어조로 말한다.

이 모든 것은 있었다, 있었다, 있었다
세월의 순환이 실현되었다
어떤 거짓, 어떤 힘이
지난날아 너를 되돌릴 텐가?
[……]
하지만 나는 믿는다. 내가 그토록 정열을 다해
사랑한 모든 것이 흔적 없이 지나가진 않으리라
이 가련한 생의 모든 떨림이!

이 이해할 수 없는 모든 열기가!

「이 모든 것은 있었다, 있었다, 있었다」(1909)

　시인은 자신을 소진시키는 〈영혼의 열기〉가 무의미하지 않음을 믿는다. 그것이 삶에 대한 변함없는 믿음과 굳건히 확립된 삶과의 유대의 토대이기 때문이다. 비록 〈영원 회귀〉의 허무 의식에 물든 레르몬토프적인 환멸과 조소의 어조가 시인의 영혼을 잠식할지라도 다른 한 편에서 〈영혼의 열기〉는 시인의 영혼을 구조해 낸다.

[……]
끝도 시작도 없네
출구 없는 강철의 연속
한때 내게 다정하던 저 먼 곳이
이제는 쓸모없는 황무지가 되어
궁핍한 영혼을 둘러쌌네

나는 당신들 앞에서 숨지 않는다
나를 보라
지옥의 불길의 혀에
타버린 내가
잿더미 가운데 서 있네
[……]

「어떻게 이루어졌는가, 어떻게 일어났는가?」(1912)

[······]

마침내 이루어졌어. 온통 황무지가 되어 버린 세상

주위에 어른거리는 불빛 하나 없네

별들이 전하는 말을 이해하지 못한 자는

둘러싼 어둠을 참을 길이 없네

과거가 있음을, 미래의 밤이

텅 비지 않았음을 알지 못한 자들은

피로와 복수심에 심장에 먹구름이 끼었네

혐오감에 입술이 일그러졌네

[······]

「너는 내가 차갑고 닫혀 있고 메마르다 되풀이 말하는구나」(1916)

이 시구들 속에 토로된 블로크의 정신의 한 축은 레르몬토프와
같은 권태와 애수의 느낌으로 채워져 있다. 삶에 대한 무한한 요구
를 지닌 낭만주의적 절대주의자로서 레르몬토프와 블로크가 지닌
유사한 정서의 표현이다. 삶에 대한 강렬한 열망으로 끓어오르며
동시에 자신이 부르는 〈죄의 노래〉로 인해 비탄에 잠기는 시인의
형상은 레르몬토프와 블로크에게 공통적이다. 〈참회의 기도 속에
서 영적 겸손을 희구하며 자신에게 돌아올 것을 요구하는 절대자
의 시선에 대한 부단한 느낌과 오만한 영혼의 격정적인 지향 사이
의 비극적인 분열〉(Мануйлов 1981: 284)은 레르몬토프와 블로크
의 시에서 지속적으로 울리는 영혼의 이중주다.

하지만 블로크에게서 주도적인 것은 황폐화되고 소진된 영혼에

대한 한탄이 아니다. 아이러니도, 조소도, 전지자(全知者)에 대한
항의도 아니다. 블로크는 〈상응〉의 느낌으로 실존을 대하며 레르
몬토프의 냉소적 아이러니를 긍정의 찬미로 전환시킨다.

전율이 엄습했을 때
그는 애수에 미쳐
신을 찬양하는 법을 잊고
죄악의 노래를 부르기 시작했네

그러나 혼란에 빠진 그는
다시 보게 되었네. 옛 환영(幻影)의
희미한 무리가, 기이한 형상이
때로 그를 뒤쫓았네

그러나 그는 지쳤네. 젊음의
때 이른 열기는 식어 버렸네. 이제
신성한 회상의 허무가
그의 앞에 서서히 고개를 드네

더 이상 그 무엇도 믿지 않네
스스로를 속이려고만 하네
스스로 축복된 내 문을 향해
느릿느릿 길을 찾네

그를 통해 신은 충분히 찬양되었도다
그는 이미 목소리가 아닌 신음일 뿐
내 문을 활짝 열어 놓으리라
그를 조금 더 고통받게 하라

「죽음이 말한다」(1915)

삶은 시인의 기대를, 행복에 대한 내밀한 기대를 기만할 수 있다. 그러나 한 편의 정신적인 피로감과 싸우며 블로크는 그의 전율에 찬 시구들 속에 있는 〈은밀한 열기〉를 믿는다.

[……]
너는 사랑할 누구도 없어
고통의 바닥에서 한 평생을 저주하겠지
그러나 전율에 찬 내 시 속에 답이 있어
내 시의 은밀한 열기가 네 삶을 도우리라

「오, 안 돼! 가슴의 마력을 빼앗지 마라」(1913)

블로크의 저 시구는 젊은 동시대인이었던 시인 마리나 츠베타예바의 특별한 관심을 끌었다. 츠베타예바는 블로크의 시구를 인용하며 시어 〈은밀한 열기〉가 자신의 영혼과 서정시 전체를 해명하는 궁극적인 열쇠라고 천명한다. 츠베타예바는 이 말을 통해 자신이 블로크의 시인 정신의 계승자임을 밝히고 있지만, 동시에 이로부터 나아가 블로크에 대해 이렇게 논쟁적인 자세를 취한다. 〈삶을 도울 것이다. 아니다! 있음으로 산다. 은밀한 열기가 있다. 산다……〉(Цветаева 1965: 186).

츠베타예바의 논쟁적인 어조는 제스처의 성격이 짙다. 블로크의 시에서 시인은 자신의 전율에 찬 시구 속에 구현된 응축된 내적 열정이 시적 여주인공의 삶의 지주가 될 것을 희망한다. 츠베타예바는 시적 여주인공의 입장에 자신을 동화시켜 블로크의 말에 대해 논쟁적 자세를 취한다. 〈은밀한 열기〉는 단지 삶의 버팀목이 아니라 삶이자 시 그 자체다. 츠베타예바는 이처럼 논쟁의 제스처 속에서 블로크의 시인 정신이 자신에게 지닌 절대적인 가치를 선언한다.

4.

사회적-윤리적-미적-종교적 이상 등의 추구에서 중용과 타협을 모르는 극한에 대한 지향은 러시아인의 정신의 중요한 한 특질을 이룬다. 러시아 영혼의 절대주의자적 추구의 기원에는 러시아인의 삶의 자연적 환경이 자리하고 있다. 높은 산에 의해 가로막힘 없이 끝없이 펼쳐진 드넓은 평원은 〈저 먼 곳〉에 대한 신비로운 낭만적 동경과 함께 이상에 대한 절대주의자적 추구를 러시아 영혼의 본질적 자질로 만들었다.

러시아인의 문화적 자의식 속에서 러시아는 늘 부단히 움직이는 존재, 생성의 존재다. 바로 〈저 먼 곳〉을 향해 한없는 평원 위를 〈질주하는 트로이카〉의 형상이 러시아를 대변한다. 러시아 시인들의 시에는 평원이, 〈저 먼 곳〉이 자리 잡고 있다. 절대주의가, 삶에 대한 절대주의자적 요구가 저마다 상이한 시적 개성을 지닌 시인들에게 단일한 문화적 정체성을 부여한다. 인간의 삶의 바탕을 이루는 주요 정신적 가치들의 고유한 문화적 함의가 정신적 절대주의와 결부되어 있다.

조국에 대한 사랑을 노래한 블로크의 시 한 편을 읽어 보자.

탁 트인 길로 나선다
바람에 능청거리는 덤불
돌 부스러기가 깔린 산비탈
노란 점토의 성긴 지층

축축한 계곡에서 가을이 한바탕 흥청거렸다
대지의 무덤을 발가벗겼다
하지만 길가 마을 저 멀리
무성한 마가목 열매가 붉게 물결친다

여기 나의 흥이 춤춘다
덤불 속에 사라져 울린다, 울린다!
너의 무늬 진 소매가, 너의 다채로운 소매가
저 멀리 저 멀리 애틋한 손짓을 보내온다

누가 나를 익숙한 길로 이끌었나?
누가 감옥의 창 너머로 내게 미소 지었나?
돌길에 이끌리며
찬송가를 부르는 걸인인가?

아니다. 누구도 초대하지 않은 길을 나는 가리라
대지는 내게 버겁지 않으리라!
술 취한 루시의 목소리를 들으리라
선술집 지붕 아래 쉬어 가리라

내 성공에 관해 노래할까?
취기 속에 파산한 내 젊음을?
네 밭의 슬픔을 울리라
네 광야를 영원히 사랑하리라……

자유롭고 젊고 우람한 많은 우리들
사랑을 모른 채 죽어간다……
너는 광활한 저 멀리에 깃들라!
너 없이 어찌 살며 어찌 울까!

「가을의 자유」(1905)

블로크에게 조국에 대한 사랑은 곧 조국의 광활한 대지에 대한
사랑이다. 가을날 길을 나선 시인의 시야에 탁 트인 광활한 대지의
풍경이 들어온다. 버림받은 땅이다. 척박함 일색인 대지의 모습이
시를 관류한다. 그 모습을 마주하며 시인은 슬픔에 젖는다. 조국을
사랑하기에 슬프다. 사랑과 눈물은 분리될 수 없다.
슬픔만이 시인의 영혼을 채우는 것은 아니다. 그의 내면에는 희
열 또한 자리한다. 우울한 풍경은 흥분을 야기하는 매혹적인 대상
이기도 하다. 풍경의 변주가 희열을 낳는다. 익숙한 풍경 속에서 새

로운 무엇이 예기치 않게 목도된다. 무채색의 풍경을 다채롭게 하며 대두되는 선명한 점들이 그것이다. 시인의 내면에 간직된 격정에 그 점들이 화답한다. 시야에 펼쳐진 준혹하고 척박한 풍경 속에서 시인은 제 영혼에 깃든 격정을 인지한다. 바로 저 멀리서 붉게 물든 마가목 열매의 손짓이다. 어딘가로 부른다. 저 먼 곳으로 이끄는 손짓이 흥을 돋운다. 시인은 〈너의 무늬 진 소매가〉, 〈너의 다채로운 소매가〉 이끄는 대로 길을 떠난다. 그 선명한 점에 가까이 가고자 하는 욕망은 자연과 하나가 되고자 하는 욕망으로 자라나고, 시의 말미에서 조국의 대지와의 강한 정신적 일체감을 낳는다.

시인과 조국은 일체다. 그는 버림받은 대지, 술에 취한 궁핍한 대지를 닮았다. 제 멋대로 흥겨운 가을날 대지의 춤이 시인의 춤이고, 〈취기 속에 파산한 그의 젊음〉이 〈술 취한 루시〉의 모습에 겹친다.

조국의 대지가 지닌 매력은 아우를 수 없이 광활한 평원의 유혹이다. 숲을 지나 비탈을 지나 평원 저 멀리 사라지는 길의 유혹이다. 조국에 대한 사랑은 평원 사이로 끝없이 이어진 길에 대한 사랑이다. 그 길로 인해 시인은 슬픔과 희열의 착종 가운데 조국의 대지를 사랑하지 않을 수 없다. 시인은 아우를 수 없는 〈저 먼 곳〉으로 떠나고 싶은 욕구를 억누를 수 없다. 〈저 먼 곳〉 없이는 삶이 불가능하다.

시의 제목이 낯설다. 〈가을의 자유?〉 이중적인 의미를 내포한 제목이다. 우선, 자유의 주체가 가을이다. 가을이 여성의 형상인 〈너〉로 의인화된 까닭이다. 가을날 조국의 대지의 모습이 여성적 존재로 의인화되어 있다. 그러므로 가을의 자유는 여성적 존재인 〈너〉, 곧 조국 루시의 자유다. 〈가을의 자유〉는 또 슬픔과 희열이 착종된 사랑의 감정에 의해 조국의 대지와 하나 된 〈나〉의 자유다. 그렇듯 자유는 사랑하는 조국의 존재와 시인의 삶의 이상이다. 그렇다면 무엇이 진정 자유로움인가?

광활한 공간은 늘 러시아인의 심장을 사로잡아 왔다. 그것은 다른 언어에는 없는 여러 개념과 표상으로 모습을 드러내었다. 예를 들어, 〈볼랴воля〉는 〈스보보다свобода〉와 어떻게 다른가? 차이는 다음과 같은 점에 있다. 무한한 자유, 이것은 광야, 그 무엇으로도 가로막히지 않은 공간과 결합된 〈스보보다〉이다. 다른 한편으로 협소함의 개념, 인간의 활동 공간을 빼앗는 것과 연관된 개념이 〈토스카тоска〉이다. 인간을 압박하는 것, 이것은 무엇보다도 그의 공간을 빼앗는 것, 갑갑하게 하는 것이다. 〈아, 속이 메슥거려!〉 러시아 여인의 탄식이다. 이 말은 속이 안 좋다는 의미만이 아니다. 갑갑하다는 것, 아무 데도 갈 데가 없다는 말이기도 하다. (Лихачев 1984: 6)

20세기 러시아의 지성 드미트리 리하쵸프의 〈러시아성〉에 대한 사색 중의 일부 구절이다. 리하쵸프의 말은 일종의 해제로 블로크의 시에 투영된다. 자유의 러시아어 〈볼랴〉가 담고 있는 고유한 문화적 의미에 대한 리하쵸프의 사색이 블로크의 시에 겹쳐지는 것이다.

자유는 인간 보편의 핵심적인 정신적 가치다. 그래서 자유의 개념을 뜻하는 말이 모든 언어에 존재한다. 개념의 번역이 가능하다는 말이다. 그러나 개념의 상관관계는 표면적인 것에 불과하다. 엄밀한 의미에서 번역어가 없다. 사전에 상응하는 뜻이 제시되어 있지만 실제로 진정한 상응은 아닌 것이다. 동일한 것 같지만 깊은 내적 차이가 존재한다. 그 차이가 한 문화의 기초가 되는 정신의 〈얼굴〉을 드러낸다(Корнилов 2003: 141~142, 149; Лихачев 1993: 3~9).

리하쵸프는 러시아어에서 자유는 공간적 표상이라고 말한다. 그에 따르면, 러시아어에서 자유는 러시아인의 삶의 외적 환경의 주도적인 특성인 광활한 공간의 표상에 결부되어 있다. 곧 〈볼랴〉는 광활하고 끝없는 평원과 연상 관계를 이룬다.

리하쵸프의 말은 러시아인의 삶의 공간이 의식에 대해 지닌 의미에 대한 오랜 생각의 연장선이다. 자연의 문화적 의미에 대한 많은 말에서 어김없이 언급되는 것이 자연의 광활함에 상응하는 정신의 광대함, 그 자유로움이다. 시에서도 광활한 공간의 자유는 자연의 시적 지각을 관류하는 표상이다. 공간과 결부된 자유의 표상이 민족시의 단일한 전통을 이룬다.

> [……]
> 숲이여, 골짜기여, 들판이여, 산이여, 물이여
> 너희를 축복한다!
> 자유를 축복한다!
> 푸른 하늘을 축복한다!
> 내 지팡이를 축복한다!
> 이 초라한 배낭을
> 걸인이 되어 내가 걸어가는
> 외로운 오솔길을

들판의 풀잎 하나하나를
하늘의 별 하나하나를 축복한다!
오, 전 생을 내가 너희와 섞을 수 있다면
전 영혼을 너희와 함께 녹일 수 있다면
오, 적이여, 벗이여, 형제여,
전 자연이여, 내가 너희를
내 이 두 팔에 아우를 수 있다면!
[……]

알렉세이 톨스토이, 「요한 다마스킨」(1859)

[……]
너의 길을 너와 함께 가는 행복을
조국이여 감사한다
새로운 힘든 산길을 넘어
너와 단둘이
숨 쉬는 행복을 감사한다

계속된 길의 행복을 감사한다
크든 작든
아, 아주 작다 해도
상관없어

너의 승리는 나의 것
너의 슬픔은 나의 것

너의 부름

나와 함께 가자
저 멀리 너머 멀리로 가자
저 멀리 너머 또 먼 곳이 있음을 알자!
[……]

알렉산드르 트바르돕스키, 「저 멀리 너머 멀리」(1960)

러시아어에는 공간적 표상인 〈볼랴〉와 더불어 자유를 뜻하는 또 다른 말이 있다. 리하쵸프가 〈볼랴〉와 구별하는 〈스보보다〉가 그 것이다. 흔히 동의어로 간주되고 쓰이지만, 〈볼랴〉와 〈스보보다〉 는 엄연히 다른 개념이다. 문화 언어학자들의 말을 종합해 보면 (Арутюнова 2003: 73~74; Вежбицкая 2001: 235~240; Гре-бенщикова 1998: 51~56; Корнилов 2003: 141~142; Кошелев 1991: 61~64; Петровых 2002: 207~217; Шмелев 2000: 362~365; 길윤미 2011: 1~19), 두 말은 러시아인의 언어 의식에서 일종 의 〈나〉와 〈타자〉의 관계를 맺는다. 곧 〈볼랴〉가 고래로 러시아어 에 고유한 말이라면, 〈스보보다〉는 서구 근대정신에 상응하는 의미 를 지닌 말이다. 러시아의 광활한 공간의 토포스와 긴밀히 연관된 말인 〈볼랴〉의 경우 규제와 제한을 모르는 무한한 공간의 존재가 핵심적인 의미소라면, 〈스보보다〉의 의미는 자유의 실현을 위한 외 적 조건, 곧 법적–사회적 조건과 관계된다. 〈볼랴〉는 자연 그대로 의 자유분방함이다. 반면 〈스보보다〉는 규제와 질서를 전제로 하 는 사회적 개념이다.

〈러시아인이 원하는 자유는 《스보보다》만이 아니다. 러시아인은 《볼랴》를 원한다〉(Лихачев 1984: 10). 자유롭게 노니는 바람 같은 존재를 원한다. 블로크의 표현을 빌면, 〈한바탕 흥청거린 가을〉 같은 존재를 원한다.

자유의 러시아적 표상은 〈토스카〉, 곧 〈애수〉의 정서와 분리될 수 없이 결부되어 있다. 리하쵸프는 광활한 공간의 자연적 조건이 두 개념을 결부시킨다고 말한다. 〈볼랴〉와 마찬가지로 애수로 번역되는 〈토스카〉 역시 공간적 표상으로서 고유한 문화적 함의를 지니는 것이다. 그래서 〈토스카〉 역시 엄밀한 의미에서 상응하는 번역어를 찾을 수 없다(이기웅 2012: 140~159; 이기웅 2013: 73~78). 애수는 정신적 무력감이 낳는 무겁고 침울한 정서적 상태이지만, 러시아어에서 애수는 자유롭게 노닐 공간을 상실하고 구속된 상태와 결부된다. 광활한 공간의 형상을 매개로 하여 〈볼랴〉와 〈토스카〉는 반의어의 관계를 맺는 것이다. 그래서 평원의 토포스와 결부된 두 말 〈볼랴〉와 〈토스카〉는 서로를 배제한 채로는 고유한 뉘앙스에 대한 이해를 주지 않는다.

블로크의 시에서 광활한 공간의 형상과 결부된 주된 두 시적 정서가 바로 애수와 자유다. 시인이 가을의 대지에서 느끼는 자유로움은 바로 〈볼랴〉로서의 자유다. 리하쵸프의 말처럼 블로크는 장애 하나 없이 시야에 탁 트인 평원을 마주하며 무엇에도 구속되지 않은 해방감을 만끽한다. 시인은 자연과 자신만이 자유롭게 노니는 곳으로 이끌린다. 노닐며 함께 즐기고자 한다. 자유분방한 가을 풍경이 시인의 흥을 돋운다. 길을 나서기 전까지 그는 구속된 존재였다. 애수로 신음했다. 이제 그는 그야말로 자유를 향해 해방되어 광활한 자연 속에서 노닌다. 경쾌하고 가벼운 걸음이다. 내일에 대한 근심 없이 무사태평하게 현재를 누린다.

시 「가을의 자유」에서 애수의 모티프는 잠재된 채 전면에 부각되지 않는다. 공간의 형상과 분리될 수 없이 결부된 자유와 애수의 모티프가 공히 선명한 울림을 얻고 있는 블로크의 다른 시를 읽어 보자. 또한 조국을 주제로 한 시다.

강이 펼쳐졌다. 굼뜨게 흐르며 슬퍼한다
강변을 적신다
노란 절벽의 메마른 흙 위에서
초원에서 건초 더미들이 슬퍼한다

오, 나의 루시여! 나의 아내여! 고통스럽도록
우리에게 선명한 긴 길이여!
우리의 길은 고대의 타타르의 자유의 화살로
우리의 가슴을 꿰뚫었다

우리의 길은 초원의 길
우리의 길은 한없는 애수에 잠긴 길
오, 루시! 너의 애수에 잠긴 길
심지어 어둠도, 한밤의 국경 밖의 어둠도
나는 두렵지 않아

밤이 오게 하라. 단숨에 달려가자

초원 저 멀리

모닥불을 타오르게 하자

초원의 연기 속에서 신성한 깃발과

칸의 검의 강철이 번뜩일 것이다

[……]

「강이 펼쳐졌다. 굼뜨게 흐르며 슬퍼한다」(1908)

러시아의 역사적 숙명에 대한 시적 명상인 연작 「쿨리코보 들판에서」(1908)의 첫 시다. 의미상 전반부인 첫 4연을 인용한 것이다. 과거와 현재의 겹침 속에서 〈아우를 수 없는 저 먼 곳〉의 형상과 결부된 자유와 애수의 모티프가 영원한 현재적 의미를 얻는다.

광활한 공간의 우수가 자연 정경을 채운다. 시인에게 고통스럽도록 사랑스러운 조국, 그 형상의 라이트모티프가 자유로운 길의 형상이다. 자유로운 길은 구속 없이 제멋대로 흐르는 강의 형상과 연상 관계를 이룬다. 의식에 선명하게 각인된 끝없는 길이다. 심장을 파고드는 화살처럼 고통스럽다. 정주를 모르는 쏜살같은 질주의 길. 고대 타타르의 자유의 길이다. 길의 형상에 정주와 구속을 모르는 〈볼랴〉로서의 자유의 모티프가 결부된다. 루시의 길은 초원의 길이다. 한없는 애수에 처한 길이다. 자유와 애수는 공간적 표상으로서 한 몸이다. 광활하고 거친 러시아 자연의 정서적 표상이자 러시아인의 정신의 풍경이다.

그처럼 러시아어에서 애수는 〈아우를 수 없는 저 먼 곳〉에 대한 갈망이다. 예세닌의 표현을 빌면 〈끝없는 평원의 애수〉다. 〈마차 바퀴의 노랫가락〉이, 〈벌판의 러시아〉가 가슴에 새긴 정서다.

뚝뚝 흐르는 칙칙한 달빛
끝없는 평원의 애수
활기찬 젊은 시절 내가 본 것
나 홀로 사랑하며 저주했던 것이 아니다

길마다 늘어선 메마른 버드나무와
마차 바퀴의 노랫가락……
이제는 그 노래를
결코 듣고 싶지 않구나

나는 오두막에 무심해졌다
화덕의 불길도 소중치 않다
사과 꽃 흩날리는 봄날 눈보라에 대한 사랑조차
초라한 들판이 싫어 접었다

이제 다른 사랑을 품는다
폐병 걸린 달빛 속에서
돌과 강철을 통해
고향 땅의 힘을 본다

벌판의 러시아여!
이제
쟁기질은 그만 두자!
자작나무도 백양나무도

네 가난이 아프다

내가 어찌될지는 모르지……
아마 난 새 삶에 쓸모가 없겠지
하지만 그래도 나는
초라한 궁핍한 루시 대신 강철의 루시를 보고 싶구나

발동기 짖는 소리에 귀 기울이며
휘몰아치는 눈보라 속에서, 거센 폭풍과 뇌우 속에서
마차 바퀴의 노랫가락을
이제는 결코 듣고 싶지 않구나

세르게이 예세닌, 「뚝뚝 흐르는 칙칙한 달빛」(1925)

자유와 애수의 러시아적 표상은 러시아 문화에 특징적인 〈광활한 평원과 끝없는 길의 호로노토프〉(Кондаков 1997: 53)의 산물이다.

평원과 끝없는 길의 호로노토프가 러시아 문화에 대해 지닌 일차적인 의미는 비단 자유와 애수의 개념에 구현된 고유한 러시아적 뉘앙스를 이해하는 데 국한되지 않는다. 자유 및 애수와 직접적인 개념적 연관 관계를 맺는 일련의 다른 개념어들 역시 공간적 표상을 띤다.

용기의 러시아적 표상인 〈우달удаль〉이 그렇다. 〈토스카〉가 〈우달〉을 낳는다. 〈우달〉 역시 러시아어에 고유한 말이다. 그것은 남성적 담대함을 뜻하지만, 그럼에도 다른 말이다. 〈우달〉은 〈저 먼 곳으로의 떠남〉을 의미한다. 러시아어에서 용기는 아우를 수 없이 광활하고 먼 공간을 전제로 한다.

러시아적 용기는 광포한 무모함이다. 애수를 잠재우고자 하는 열망이 앞뒤를 가리지 않는 광포하고 무모한 용기를 낳는다. 러시아적 용기는 합리적 계산을 모르는 저돌적인 돌진이다. 그래서 러시아인의 자유와 용기에는 〈크게 휘두름〉(〈라즈마흐 размах〉), 〈흥청거림〉(〈라즈굴 разгул〉, 〈자굴 загул〉) 등의 말이 결부된다. 긍정적인 의미로는 계산적인 삶에 대한 태도를 거부하는 정신이면서 동시에 무분별한 방종의 부정적인 뉘앙스를 지니는 것이다(Шмелев 2000: 362~365).

「가을의 자유」의 자유로운 시인이 처한 내적 상태와 그가 보는 러시아의 삶의 모습이 또한 그렇다. 〈취기 속에 탕진한 젊음〉과 〈술 취한 루시〉의 모습 속에서 용기가 발현된다. 〈축축한 계곡에서 가을이 한바탕 흥청거렸고〉, 시인은 〈취기 속에 젊음을 탕진했다〉. 시인은 모든 것을 버리고 방랑하는 걸인이 되어 용기이자 방종인 그 삶에 몰입한다.

〈러시아 문화에서 《볼랴》로서의 자유와 광활한 평원은 예로부터 인간의 가장 큰 미적-윤리적 축복으로 여겨져 왔다〉(Лихачев 1984: 12). 보편적인 미적-윤리적 이상인 안정과 조화에 대한 러시아적 이해에 자리한 모순이 여기에서 기인한다.

「가을의 자유」에서 자유의 이상을 천명하며 조국과 하나가 되고자 하는 시인의 바람에는 모순이 깃들어 있다. 그가 조국과의 일체감을 통해 추구하는 것은 평안과 사랑이 깃든 안식처다. 그런데 그는 〈아우를 수 없는 저 먼 곳〉을 향한다. 그곳은 평안하게 〈깃들

수〉없는 곳이다. 다른 시 「강이 펼쳐졌다. 굼뜨게 흐르며 슬퍼한다」에서 블로크는 아우를 수 없는 평원 사이로 끝없이 이어진 길의 자유의 이상을 천명하며 평안이 있을 수 없음을 말한다. 시인의 말은 끝없는 길의 자유 속에 평안이 있다는 의미로 읽힌다. 〈영원한 전투〉속에서 평안이 꿈꾸어진다.

> 영원한 전투! 평안은 우리에게 오직
> 피와 먼지를 통해서만 꿈꾸어진다……
> 질주한다, 초원의 말이 질주한다
> 풀을 짓밟는다……
>
> 끝이 없다! 이정표가 비탈이 어른거린다……
> 멈춰!
> 간다, 놀란 먹구름들이 간다
> 피에 젖은 노을!
>
> 피에 젖은 노을!
> 심장에서 피가 물결쳐 흐른다!
> 울어라, 심장아, 울어라……
> 평안은 없다! 초원의 말이
> 전속력으로 질주한다!

광포한 질주에서 벗어나고 싶은 절망에 찬 시적 주인공의 외침은 소용없다. 영원한 질주 속에 평안은 없기 때문이다. 〈영원한 전투!

[⋯⋯] 평안은 없다!〉 시 「지상의 심장이 다시 식는다」에서 읽은 시구 〈안락은 없다. 평안은 없다〉와 함께 블로크의 역사의식과 삶의 철학을 대변하는 유명한 시구다.

〈볼랴〉가 평안이다. 블로크에 앞서 이 점을 삶의 철학으로 제시한 시인이 다름 아닌 푸슈킨이다.

> 때가 되었네. 나의 벗이여, 때가 되었어! 가슴이 평안을 구하네
> 나날이 날아가고, 매 시각이 존재의
> 작은 조각을 가져가네. 너와 나 둘이서
> 삶을 계획하지만⋯⋯ 보라! 한순간 우리는 죽으리라
> 세상에 행복은 없네, 하지만 평안과 자유는 있지
> 오래전부터 나는 부러운 운명을 꿈꾸었네
> 오래전부터 지친 노예인 나는 도주를 궁리했네
> 노동과 순수한 기쁨의 먼 처소로의 도주를
>
> 「때가 되었네. 나의 벗이여, 때가 되었어!
> 가슴이 평안을 구하네」(1834)

말년의 푸슈킨이 삶을 결산하며 아내에게 건네는 말이다. 시간과 공간의 대립이 시의 구조를 이룬다(Эткинд 1988: 66~68). 시간은 움직인다. 움직이며 움직임 없는 인간에게 죽음을 가져온다. 누구도 시간의 압제로부터 달아날 수 없다. 그래서 삶은 덧없고 의미 없다. 영원한 충만이 없기에 〈세상에 행복은 없다〉. 행복은 시간, 사멸의 운명에 처한 삶이 추구하는 가치다. 〈행복〉이라는 이름의 충만한 삶은 한순간, 시간의 한 파편일 뿐이다.

행복을 대신하는 가치가 평안이다. 그것은 근원적인 무의미에 처한 삶의 대안인 죽음이 아니다. 평안은 삶에서 추구할 가치, 삶에서 추구하는 시간으로부터의 구원이다. 파편적인 순간에 붙박인 삶으로부터의 해방이다.

그 자체로 움직임이 없는 공간이 인간에게 시간으로부터의 구원을 가져다 줄 수 있다. 시간, 삶의 근원적인 무의미로부터의 구원을 얻는 인간은 열린 공간을 향해 움직이는 인간이다.

열린 세계를 향한 부단한 움직임으로서의 자유 속에 평안이 있다. 〈볼랴〉로서의 자유는 비단 사회적 압제로부터의 해방만이 아니라, 닫힌 삶의 억압으로부터의 정신의 해방이다. 광활한 공간은 인간 의식의 상태로서의 〈볼랴〉를 함축한다. 〈볼랴〉의 궁극적인 귀결점은 〈내적 자유〉다.

블로크가 유언으로 쓴 시에서 밝힌 대로, 푸슈킨은 바로 그 〈내적 자유〉의 이상의 구현이었다.

> 푸슈킨!
> 우리는 당신을 뒤따라
> 은밀한 자유를 노래했네!
> 궂은 날 우리에게 손을 건네주시게
> 말없는 투쟁 속에서 도우시게!
>
> 「푸슈킨스키 돔에게」(1921)

〈볼랴〉에 대한 지향은 정신을 구속하는 모든 제도와 질서에 대한 부정을 이끈다. 그래서 〈볼랴〉의 극한은 러시아의 무정부주의와 허무주의, 러시아 혁명이다(Петровых 2002: 215). 자유에 대한 러시아적 표상은 긍정적-부정적 자질의 집약체인 러시아 민족 정신의 모순의 핵심에 자리한다. 자유에 대한 사랑이 무원칙성과, 용기가 방종과 뗄 수 없이 결합되어 있다. 〈볼랴〉는 무정부주의와 허무주의에까지 이르는 자유의 느낌이다. 제한된 틀에 가두어진 그 무엇에도 만족하지 못하는 러시아 정신의 절대주의적 속성의 유기적 발현이다. 그래서 애수가 자유와 한 몸이다.

레르몬토프의 시 「권태롭고 우울하다. 손 건넬 이 하나 없는」과 더불어 러시아적 애수의 선연한 표현인 블로크의 시다.

질퍽거리는 빗속의 거리
무엇을 슬퍼할지 모르는 너
권태롭다, 울고 싶다
어찌할 도리 없는 생의 힘

까닭 없는 황량한 애수
흩어지지 않는 사색의 유독 가스
장작을 쪼개
사모바르 불이라도 피우자!

어쩌면 차에 취해
투덜거리는 내 말이
우연한 농으로
네 졸린 눈을 밝혀 줄지 모르지

옛 관습에 충실하기 위해!
서두르지 않고 살기 위해!
차를 맛본 영혼은
슬픔을 끓이겠지!

「질퍽거리는 빗속의 거리」(1915)

다시 사랑도, 추억도, 기쁨도, 심지어 고통도, 영원하고 절대적인
것은 그 무엇도 없는 삶의 덧없음에 대한 고백이다. 애수에 신음한
다. 절대에 대한 갈망으로 넘쳐 나는 생의 힘을 분출할 삶의 무대를
찾지 못하고 닫힌 삶으로 인한 절망이다.

5.

블로크 시의 정신문화적 토대에 대한 이해를 배경으로 그의 사
랑의 시를 읽는다. 블로크는 〈혁명 시인〉이기에 앞서 〈사랑의 시
인〉이다. 사랑에 관한 최상의 시인이다. 러시아 문화의 토양에 뿌
리내린 신비주의적 낭만주의와 정신적 절대주의가 주옥같은 사랑
의 시를 낳는다.

블로크에게 사랑은 하나의 주제에 그치지 않는다. 사랑은 블로
크의 가장 중요한 삶의 체험이며 삶을 이해하는 프리즘이다. 시인
에게 사랑의 이해는 삶의 이해와 동질적이다. 〈시인의 길은 사랑
을 통한 삶의 이해의 길로 우리 앞에 대두된다. 연인의 상징적 형상
의 교체 속에는 시인의 내적 체험의 상이한 단계들이 투영되어 있

다〉(Жирмунский 1928: 195). 블로크의 사랑의 시에는 그의 정신이, 시대가, 나아가 러시아 정신의 면모가 뚜렷이 각인되어 있다.

〈폭풍우가 몰아치는 격동의 시대에는 부드럽고 내밀하기 그지 없는 시인의 영혼의 지향도 폭풍우와 격동으로 넘쳐난다〉(Блок 1960~1963: 6, 83). 블로크가 고대 로마 시인 카툴루스의 사랑의 시에 관해 한 말이다. 블로크의 사랑의 시가 그렇다. 격동의 시대 러시아의 사랑 노래를 듣는다.

3
노을을 노래하다

1.

너를 예감하네. 세월이 스쳐가네
오로지 한결 같은 모습의 널 예감하네

온통 불길에 휘감긴 지평선, 참을 수 없이 선명하네
애수에 젖으며 사랑하며 말없이 기다리네

온통 불길에 휘감긴 지평선, 출현이 가깝네
하지만 난 무섭네, 넌 모습을 바꾸리라

넌 결국 내가 아는 네가 아닌 모습으로 나타나
무례한 멸시를 일깨우리라

치명적인 염원을 떨쳐 내지 못한 채
아, 어떻게 쓰러질까, 비애에 차서 낮게!

지평선은 얼마나 선명한가! 찬란한 빛이 가깝네

하지만 난 두렵네, 넌 모습을 바꾸리라

「너를 예감하네. 세월이 스쳐가네」(1901)

나는 어두운 사원들로 들어가
초라한 의식을 치르곤 하네
그곳에서 붉은 등불의 흐릿한 빛 속에서
아름다운 여인을 기다리네

높은 원주 곁 어둠 속에서
삐걱거리는 문소리에 떠네
빛나는 누군가가 내 얼굴을 바라보네
단지 형상, 그저 꿈일 뿐이네

아, 위대한 영원한 여인의
이 예복에 나는 얼마나 익숙한가!
저 높이 횡목들을 따라
미소가, 동화가, 꿈이 달려가네

오, 신성한 여인이여, 촛불은 얼마나 다정한가!
그대의 모습은 얼마나 상냥한가!
숨결도 말도 들리지 않네
하지만 나는 믿네, 다정한 그대여

「나는 어두운 사원들로 들어가」(1902)

〈3부작〉시집의 1권을 이루는 젊은 블로크의 사랑의 시. 젊은 시인이 한 여인에게 바치는 찬미의 노래다. 그 여인은 훗날 시인의 아내가 된 연인 류보피 멘델레예바이다. 이 사랑의 노래가 바로 〈너무도 선명한 빛의 순간〉이었다. 『아름다운 여인에 관한 시』는 노을이 내려앉은 광대한 러시아의 평원이 낳은 사랑의 시다. 젊은 블로크는 말년의 레르몬토프가 애수에 차서 냉소를 퍼부었던 바로 그 절대적인 〈영원한 사랑〉을, 사랑을 통한 영혼의 비상과 삶의 신비로운 전일성의 체험을 꿈꾸고 노래했다.

첫 만남부터 혼인에 이르기까지의 사랑의 역사가 펼쳐진다. 범상치 않은 사랑이다. 〈아름다운 여인〉의 모습은 이중적이다. 한 남자의 〈다정한〉 연인이자 〈위대한 영원한 여인〉, 사원의 형상과 결부된 〈신성한 여인〉이다.

시인은 여인을 〈너〉라고 부르지만, 늘 〈너〉를 대문자로 쓴다. 시집 『아름다운 여인에 관한 시』의 각 단어도 대문자로 썼다. 〈너〉는 사람 사이의 친밀감의 표현이 아니다. 인간이 신을 향해 기도할 때의 호칭이다. 연인에게 바치는 사랑의 노래는 기도에 찬 찬송이다. 사랑의 갈구는 곧 신의 갈구다.

여인은 신비롭다. 그녀는 이름도 명확한 모습도 없다. 빛의 물결에 둘러싸여 있을 뿐이다. 그녀는 순간적인 빛이자 영원한 비밀이다. 시인은 세상의 모든 것을 그가 소망해 마지않는 여인의 출현을 알리는 기호로 지각한다. 신비주의의 빛에 의해 정화된 이 섬세한 에로스의 감촉은 존재를 감싸는 순수하고 부드러운 빛으로서의 신성과 교감하는 순간이다.

젊은 블로크의 낭만적 동경은 시인으로 하여금 지상의 처녀, 자신의 아름다운 연인의 모습 속에서 신성의 자질을 보게 한다. 여성적 형상으로 존재하는 신성, 비밀에 감싸인 〈천상의〉 여인이다. 여성적인 모습의 이상적 존재상과의 신비로운 접촉의 순간(Минц, 1964: 213). 신비로운 황홀경의 순간이 사랑하는 여인의 형상을 에워싼다. 여인에 대한 사랑은 신의 세계 창조의 산실이자 신의 피조물의 보호자, 신과 세계, 내재적인 것과 초월적인 것, 이상적인 애초의 형상과 그 실제 발현, 피조물과 창조주의 결합인 〈세계영혼〉에 대한 신비주의적인 연정이다. 세상으로 와서 세상을 정화시키고 파멸의 운명으로부터 구원할 〈영원한 여성성〉. 러시아 문화에서 〈세계영혼-영원한 여성성〉의 형상은 러시아 문화의 주요 구성소인 〈소피아〉의 형상과 합일된다(박영은 2004: 59~61; 이명현 2011: 194~195). 〈아름다운 여인〉은 세계의 조화의 비밀의 담지자, 반목과 혼돈으로부터의 세상의 구원자인 〈소피아〉의 시적 상징이다. 한 여인에 대한 실제 사랑의 역사가 신비롭고 성스러운 사랑의 신화가 된다.

경배의 기도를 올리며 여인을 기다린다. 무상한 시간이 흐른다. 올곧게 만남을 기다린다. 지독한 사랑이다. 격렬한 감정의 소용돌이가 인다. 만남의 예감으로 가슴이 부푼다. 예감의 강도가 점차 짙어진다. 예감이 확신이 된다. 만남의 순간이 가까이 왔다. 만남의 순간, 사랑이 이루어지는 순간 삶은 조화롭고 행복한 것이 된다. 그러나 확신의 순간 회의가 깃든다. 두려움에 휩싸인다. 사랑이 기대와 다르지 않을까? 사랑의 성취가 삶의 파탄이 되지 않을까?

노을빛 희망의 파탄, 신비로운 낭만적 사랑이 비극이 될 것임에 대한 예감이다. 예감은 실현된다.

[……]

모든 환영은 그토록 순간적이다

그것을 믿을 것인가?

하지만 우주를 주재하는 여인의

말해지지 않은 미의

사랑을 얻게 되지 않을까

우연하고 초라한, 썩어갈 존재인 내가

[……]

「일찍이 없었던 생각들이 꿈의 행렬로」(1902)

보잘것없는 유한한 존재가 얻고자 희구하는 〈우주를 주재하는 여인〉의 사랑. 시인이 조심스럽게 바라 마지않는 이 사랑이 시인의 삶을 비극으로 내몬 숙명이었다. 시인의 〈아름다운 여인〉은 그의 사랑의 신비주의를 이해하지 못하는 〈지상의〉 평범한 여인이었다. 이해할 수 없는, 그래서 곤혹스러운 신비주의 대신 평범한 인간의 사랑을 원했다. 블로크는 신비로운 몽상을 이해하지 못하는, 그래서 쉽사리 접근을 허락하지 않는 여인에 대한 오랜 외사랑을 노래했다. 시인은 늘 사랑하는 여인과 자신 사이에 놓인 심연 같은 거리를 느낀다. 끊임없이 오라고 속삭이며 그녀를 기다린다. 기다림과 예감과 의혹과 당혹, 갈망과 절망이 수년에 걸친 시인의 일상이 된다. 그리고 성스러운 여인이 아내가 되었을 때, 드라마틱한 갈등의 연속 속에서 부부 각자의 삶은 파탄으로 치달았다. 이상주의자인 시인과 그의 신비주의에 물든 성스러운 사랑을 이해하지 못하는 평범한 여인의 결합이 초래한 비극.

『아름다운 여인에 관한 시』는 제목처럼 아름답다. 그러나 한편으로는 끔찍하기도 하다. 불가분 결부된 시와 삶이 흘러가는 모습을 결정한 독특한 영혼의 풍경을 찬찬히 구경하고 났을 때 드는 느낌이다.

세계 문학에 깊고 넓게 뿌리 내린, 낭만주의적 사랑의 숭고한 세계. 블로크는 여성 숭배의 오래고 폭넓은 시적 전통의 맥을 잇고 있다. 그러나 『아름다운 여인에 관한 시』의 끔찍한 아름다움은 러시아 문화의 고유한 토양에서 피어났다. 문화적 의미에 주목하며 스무 살 청춘의 파탄난 고결한 사랑의 기록을 읽는다.

2.

외조부 알렉세이 베케토프로부터 물려받은 시인의 영지 샤흐마토보. 중부 러시아의 광대한 평원에 자리하고 있다. 블로크가 사십 평생 중 삼십육 년의 여름을 보낸 샤흐마토보는 그의 정신적 고향이었다. 그는 그 땅에 대한 부드럽고도 강렬한 사랑을 평생 간직했다. 우거진 백양목 아래 집, 지평선에 늘어선 숲, 샤흐마토보의 언덕에 서면 시야에 펼쳐지는 광활한 평원, 여기 저기 흩어진 가난한 잿빛 마을들, 굽이굽이 굼뜨게 흐르는 강. 샤흐마토보는 사랑하는 조국 러시아의 상징으로 시인의 마음에 영원히 남는다.

블로크의 미완의 자전적 대하 서사시 「보복」(1910~1921)의 초고에는 그 땅에 바친 여러 시행이 있다.

[……]

거대한 은빛 백양나무가

집에 차양을 드리웠네

마당에 들어서면 담을 이룬

향기로운 들장미가 맞아 주었네

[……]

삐걱대는 발코니 문을 열면

보리수들 속에 라일락 속에

푸른 하늘의 둥근 지붕 속에

주변 마을들의 게으름 속에 빠져들었네

짙푸른 좁은 길들이

언덕을 따라 좁은 골짜기를 따라 달리고

밝은 호밀밭 사이를 지나

헛간들로 모여드네……

새하얗게 빛나는 강둑 위 교회

교회 너머에는 다시 숲, 들판……

봄이 수놓은 온갖 아름다움으로

러시아의 대지가 빛나네……

[……]

　샤흐마토보는 시인의 영감의 주요 원천이었다. 러시아의 자연이
그를 시인으로 키웠고, 바로『아름다운 여인에 관한 시』를 낳았다.
　샤흐마토보와 이웃한 마을 보블로보에서 블로크는 운명의 여인
류보피를 만났다. 보블로보에는 주기율의 발명자로 널리 알려진

드미트리 멘델레예프가의 영지가 있었다. 블로크의 외조부 알렉세이 베케토프와 드미트리 멘델레예프는 페테르부르크 대학 동료 교수이자 절친한 벗이었다. 베케토프에게 샤흐마토보의 영지를 구입하도록 권유했던 이가 바로 멘델레예프였다. 베케토프의 손주 알렉산드르와, 멘델레예프가 두 번째 결혼에서 얻은 첫 딸 류보피의 운명적인 만남의 조건이 그렇게 마련되었다. 그리고 노을이 내려앉은 광대한 러시아의 평원이 낳은 성스러운 사랑의 시가 그렇게 창조된다. 『아름다운 여인에 관한 시』는 이웃 마을의 처녀를 향한 한 젊은이의 사랑의 시적 기록이다.

　페테르부르크의 도시 토포스가 공존하고 있지만, 『아름다운 여인에 관한 시』에서 주도적인 것은 러시아 전원의 토포스다. 전원의 풍경이 신비주의의 빛을 만나 이상적인 사랑의 세계로 탈바꿈된다.

　　휴식은 소용없네, 길이 험하네
　　저녁이 아름답네, 문을 두드리네

　　너는 지상의 두드림 소리에 낯설고 엄정하네
　　사위에 진주를 흩뿌리네

　　성이 높네, 노을이 걸음을 멈추었네
　　붉은 비밀이 입구에 놓였네

　　누가 노을 위에서 성을 불 밝혔는가?
　　무엇을 공주는 스스로 세웠는가?

지붕 꼭대기에 새긴 말 문양이 저마다
붉은 불꽃을 네게 던지네

둥근 지붕이 드높은 푸른 하늘로 치솟아 오르네
짙푸른 창들이 장밋빛으로 타올랐네

종들이 모두 울려대네
노을 지지 않는 화려한 옷이 봄으로 넘쳐나네

너는 나를 노을 위에서 기다렸던가?
성에 불을 밝혔던가? 문을 열었던가?
「서시」(「휴식은 소용없네, 길이 험하네」, 1903)

시집 『아름다운 여인에 관한 시』에서 창작 연대에 따른 시의 배
열 순서를 유일하게 파괴하고 있는 시. 『아름다운 여인에 관한 시』
의 「서시」다. 「서시」가 바로 노을이 내려앉은 평원의 토포스로 『아
름다운 여인에 관한 시』의 독자를 안내한다.

시에는 기대의 정서와 힘든 길의 예감이 짙게 배어 있다. 여인은
저 높은 곳에 있고, 〈나〉는 아래에 있다. 노을 위에서 그녀의 모습
이 보인다. 〈나〉의 삶의 의미가 온전히 그녀에게 달려 있다.

화려한 문양이 새겨진 아름다운 높은 성. 성의 둥근 지붕은 드높
이 치솟아 있다. 성문을 향해 난 험한 길. 시각적인 형상들은 저마
다 상징적이다. 높은 성은 도달할 수 없는 것, 낭만적이고 동화적인
무언가의 상징이다. 푸른 하늘로 치솟은 둥근 지붕은 영원한 불멸

의 존재에 대한 시적 주인공의 염원의 상징으로 읽힌다. 또한 험한 길은 그 이상의 추구의 어려움을 나타낸다. 시적 주인공은 성에 닿아 문을 두드린다. 염원의 실현이 가까웠다.

붉은색의 색채 이미지가 시를 지배하고 있고, 기본적인 형상들이 노을의 모티프와 연관되어 있는 것은 우연이 아니다. 노을이 성으로 올라가는 시인의 행보를 온통 물들였다. 노을은 새 시대의 도래를 알리는 기치다. 새롭고 순결한 무언가가 태동하고 있다. 종소리와 봄의 형상이 그 느낌을 강화한다.

생생한 회화적 광경이다. 동시에 다의적이다. 실제 자연 정경의 요소들이 환상적인 다른 세계의 모습과 뒤섞인다. 평범한 여인이 동화와 민담의 여주인공이 된다. 「서시」는 『아름다운 여인에 관한 시』 전체에 신비주의의 코드를 부여한다. 실제 만남의 상황과 자연 정경이 신비주의의 빛에 물든다.

「서시」의 신비로운 사랑 노래를 채우는 장엄한 형상들의 배후에는 바로 실제 러시아의 자연 정경이 자리하고 있다. 신비롭고 이국적인 동화적 상징을 해독하면 평범한 일상적 정경이 얻어진다. 시적 공간의 실제 세계는 보블로보 언덕, 시간적 배경은 저녁이다. 시인이 멘델레예프가에 도착한다. 류보피는 차갑고 소원한 태도로 그를 맞이한다.

이처럼 지극히 고상한 형상들을 해독하면 또 지극히 세태적인 실제 이야기가 얻어진다. 실제 연애의 국면들이 다른 차원으로 옮겨져 시가 된다. 문을 단단히 걸어 잠근 채 쉽게 접근을 허락하지 않는 복잡하고 모호한 형상들의 세계. 그러나 안개 낀 듯 모호하고 복잡한 상징들을 뚫고 구체적 사건들이 비쳐 나온다. 시인은 평범한 일상사의 무더기로부터 아름다운 지고한 비밀을 창조한다. 그리하여 평범한 시골의 집이 상징의 비밀을 알지 못하는 사람은 접근이 차단된 비밀을 간직한 동화적인 가파른 성채로 변모한다.

「서시」는 신비주의적 추상이 극대화된 시다. 실제의 윤곽이 상대적으로 보다 뚜렷한 다음 시편들의 은밀한 비유도 들여다보자.

> 오늘 너는 외로이 걸었네
> 나는 네 기적을 보지 못했네
> 저기 너의 높은 산 위로
> 침엽수림이 펼쳐졌네
>
> 촘촘히 닫힌 이 숲이
> 이 산길이 날 방해했네
> 미지의 세상과 하나 되지 못했네
> 네 푸르름으로 피어나지 못했네
>
> 「오늘 너는 외로이 걸었네」(1901)

멀리서 홀로 걷는 여인의 모습이 보인다. 〈너〉의 세계는 침엽수림이 펼쳐진 높은 산이다. 푸른 하늘과 맞닿은 성스러운 미지의 세상이다. 숲이 〈너〉와 〈나〉의 세계를 가로막고 섰다. 〈나〉는 아래에서 숲길을 헤매며 〈너〉의 세계에 닿지 못한다. 높은 산의 주위를 서성일 뿐이다. 단테의 『신곡』의 문맥의 작용을 통해 숲은 기만과 방황으로서의 지상의 삶의 상징이 된다. 지상에 붙박인 〈나〉는 푸른 하늘로 피어나는 〈너〉의 기적에 동참하지 못한다. 〈나〉는 〈너〉와 하나가 되지 못한다.

너는 높은 산 위에서 타오르네
너의 성채에 다다를 수 없네
저녁이 오면 쏜살같이 달려가려네
　환희에 차서 염원을 얼싸 안으려네

[……]
나는 불꽃의 원과 함께 달려가려네
성채로 가서 널 만나려네

「너는 높은 산 위에서 타오르네」(1901)

〈높은 산〉, 〈성〉, 〈저녁〉의 형상을 통해 「서시」와 직접적인 관련을 맺고 있는 시다. 타오르는 불길의 붉은 색채 이미지도 익숙하다. 〈나〉의 염원인 〈너〉는 높은 산 위에서 타오른다. 〈너〉가 있는 성이 노을과 함께 타오른다. 시적 주인공은 소용돌이치는 노을의 불길의 원에 실려 한달음에 염원하는 여인에게로 가서 뜨거운 포옹을 나눌 강렬한 기대에 차 있다. 만남의 실현에 대한 희망에 찬 시다.

이 신비로운 형상들의 배후에 자리한 것은 다름 아닌 보블로보의 정경이다. 맑은 날 샤흐마토보에서 바라다 보이는 지평선 위의 침엽수림으로 덮인 언덕. 신비로운 푸르름의 공간이자 붉은 불길의 공간인 〈너〉의 높은 산의 세계는 숲의 벽에 의해 샤흐마토보로부터 떨어진 보블로보 언덕이다.

샤흐마토보와 보블로보는 대립적인 두 세계의 상징이 된다. 〈아

래〉와 〈위〉, 〈지상〉과 〈천상〉, 〈어둠〉과 〈빛〉, 〈추〉와 〈미〉, 〈구속〉
과 〈자유〉, 〈죽음〉과 〈불멸〉의 두 세계가 대립한다.

영문 모를 투명한 그림자들이
네게로 흐르네, 그림자들과 함께 네가 흐르네
우리는 이해 못할
푸른 꿈의 품에 안기네

바다도 들도 산도 숲도
네 앞에서 한 없이 푸르네
새들이 자유로운 하늘에서 서로 외쳐 부르네
안개가 일어서네, 하늘이 붉게 물드네

여기 아래에서 먼지를 뒤집어쓰고
굴욕에 처한 한 이름 없는 노예가
한순간 불멸의 모습을 보고 영감에 차올라서
널 노래하네. 너는 그를 모르네

자유롭지 못한 한 사람이 한순간 너의 불멸을 맛보고
갈구에 찬 눈길로 널 뒤쫓을 때
사람들의 무리 속에서 그를 구별해 내지 못할 것이네
그에게 미소의 상을 내리지 않을 것이네

「영문 모를 투명한 어둠이」(1901)

시적 주인공은 대기 중을 흘러가는 뭔지 모를 투명한 그림자의 무리를 본다. 〈다른 세상〉의 흔적이고 신호인 그림자들. 그림자들이 〈너〉에게로 흘러 이윽고 함께 흐른다. 〈푸른 꿈의 품에 안긴다.〉 〈나〉는 〈다른 세상〉에 속한 〈너〉를 본다. 〈너〉는 그 〈푸른 세상〉의 주재자다. 온 세상이 〈네 앞에서 한없이 푸르다.〉

〈나〉는 〈너〉의 푸른 꿈의 세상을 이해하지 못하는 〈우리〉의 무리에 속해 있다. 〈너〉의 세계는 노을이 붉게 물드는 안개 너머의 푸른 하늘이고, 〈우리〉는 아래에서 먼지를 뒤집어쓰고 굴욕에 처한 존재들이다. 〈너〉의 세상은 순결함이고 자유이고 불멸이다. 〈여기〉는 타락과 속박이 판치는 죽음의 세상이다.

〈우리〉의 무리 속에서 〈한 이름 없는 노예〉가 한순간 〈너〉의 존재를 알아차리고 〈영감에 차올라서 널 노래한다.〉 타락한 세상의 노예인 상태를 벗어나 자유롭고 영원한 〈너〉의 세계로 비상하기를 갈구한다. 그러나 〈나〉는 〈이름이 없다〉. 〈너〉는 〈나〉를 〈모른다〉. 〈너〉는 〈우리〉의 무리 속에서 〈나〉를 알아보지 못할 것이다. 〈나〉에게 〈미소의 상을 내리지 않을 것이다〉. 〈너〉의 세상은 〈나〉에게 허락되지 않을 것이다. 절망이 〈나〉를 휘감는다.

이원적 세계상은 〈위〉와 〈아래〉의 수직적 구도에만 국한되지 않는다. 샤흐마토보와 보블로보 사이를 흐르는 강이 수평적인 〈존재의 경계〉를 이루기도 한다.

　　황혼, 봄날의 황혼
　　발을 적신 차가운 물
　　가슴에 품은 이곳에 속하지 않은 희망

모래 위를 달리는 물결

메아리, 먼 노랫가락
하지만 알아들을 수 없네
저기 강 건너 기슭에서
고독한 영혼이 울고 있네

나의 비밀이 이루어지는가?
네가 저 멀리서 부르는가?
배가 빠질 듯 흔들리며 나아가네
무언가 강을 따라 달리네

가슴에 품은 이곳에 속하지 않은 희망
누군가 맞이하러 달려오네……
그림자, 봄날의 황혼
강 건너 기슭의 울음소리

「황혼, 봄날의 황혼」(1901)

샤흐마토보에서 보블로보로 가는 길의 풍경이 상징적인 의미를 띠고 있다. 두 땅 사이를 흐르는 강의 두 기슭이 떨어진 두 연인의 상징이 되었다. 봄날 저녁이다. 〈나〉는 강 이쪽 기슭에서 차가운 물에 발을 적시고 있다. 생생히 전해져 오는 〈이 세상〉의 감각. 그러나 가슴은 〈이곳에 속하지 않은 희망〉을 품고 있다. 강 건너 기슭이 〈희망의 땅〉이다. 거기에서 〈고독한 영혼이 울고 있다〉. 시적 주인공을 기다리는 여인의 형상이다.

〈나〉는 멀리서 들려오는 메아리를 듣는다. 알 수 없는 노랫가락의 환청을 듣는다. 고독한 영혼이 부르는 노래. 만남, 비밀스러운 희망의 실현을 예감케 한다. 배가 위태롭게 나아가고 신비로운 〈무언가가 강을 따라 달린다〉. 〈나〉를 맞이하러 달려오는 〈누군가〉. 강을 건너는 것은 존재의 경계 이월이다. 신비로운 〈누군가〉와의 만남의 〈이곳에 속하지 않은 희망〉의 실현이다.

이 시들을 통해 대두되는 평원의 토포스와 결부된 신비로운 사랑의 세계는 러시아 전원의 풍경이 지닌 문화적 의미에 대한 이해를 다시 환기시킨다. 러시아 평원의 끝 모를 광활함. 뚜렷한 윤곽과 구획 없이 연이어지는 한결 같은 고요한 모습이 평원을 마주한 인간을 침범될 수 없는 고요와 고독한 내적 침잠, 그리고 음울한 몽상의 상태에 빠져들게 한다. 그래서 명징한 분석적 사고를 대신하는 신비주의적 직관이 러시아인의 세계 지각의 특질이 되게 한다 (Бердяев 2008: 301; Ключевский 1987: 86). 러시아 전원의 풍경이 지닌 문화적 의미로 언급되는 주요 요소들이 『아름다운 여인에 관한 시』에 녹아들어 있다. 블로크의 신비로운 사랑은 바로 평원의 고요 속에서 흐르는 고독한 영혼의 절대적 존재에 대한 몽상이다.

봄을 암시하는 노래를
바람이 멀리서 실어 왔네
어딘가 밝고 깊네
하늘 한 구석이 열렸네

이 바닥없는 푸르름 속에서
가까운 봄의 노을 속에서
겨울의 눈보라가 울었네
별들의 꿈이 솟구쳤네

소심하게, 어둡게, 그리고 깊게
나의 선율이 울었네
낭랑한 네 노래를
바람이 멀리서 실어 왔네

「봄을 암시하는 노래를」(1901)

붉은 노을 속으로 끝없는 원 속으로
너는 멀어져 가네
너의 먼 걸음의 작은 메아리를
나는 들었네

네가 사라져 간 높은 하늘은
가까운가 먼가?
이 낭랑한 고요 속에서
갑작스런 만남을 기다릴 텐가 말 텐가?

너의 먼 걸음의 메아리가
고요 속에서 내내 커져 가네
너는 타오르며

끝없는 원을 닫는가?

「붉은 노을 속으로 끝없는 원 속으로」(1901)

푸르러 가는 안개 사이로
누군가 속삭이며 웃네
정적 속에서 나만 우울에 잠기겠네
소중한 나라들로부터 다시 들려오는 웃음소리!

다시 속삭임, 속삭임 속
누군가의 애무, 꿈속인 듯
어떤 여성적인 숨결 속에서
보이는 나의 영원한 기쁨!

속삭여라, 웃으라, 사랑이여
사랑스러운 모습, 부드러운 꿈
너는 초자연적인 힘을
타고나 비상하누나

「푸르러 가는 안개 사이로」(1901)

1901년 초의 고독한 산책이 신비주의에 물든 영혼에 남긴 자국
들이다. 푸른 하늘, 별, 노을, 바람, 눈보라, 안개, 노래, 메아리……
낭만주의 시에 뿌리를 둔 형상들이 블로크의 시로 옮겨 와서 신비
로운 상징적 의미를 획득한다(Гинзбург 1974: 267~268).
여명이 밝아 오는 새벽바람결에 노랫가락을 듣는다. 고요한 저

녁, 시적 주인공의 귓전에 하늘 높이 멀어져 가는 여인의 걸음 소리
가 들려온다. 푸른 안개가 펼쳐 놓은 신비 속에서 여인의 속삭임과
웃음소리를 듣는다.

여명의 새벽 바람결에 들려오는 노랫가락은 때 이른 봄소식을 전
하는 노래다. 저 멀리 열린 밝고 깊은 하늘 한 구석에서 들려온다.
〈너〉의 낭랑한 노래이다. 〈너〉는 푸른 하늘이고 봄이고 별들의 꿈이
다. 겨울 눈보라 속에서 〈나〉는 봄을 갈구한다. 별들의 꿈을 꾼다.

두 세계가 대립한다. 눈보라 치는 주위의 세상과 티 없이 맑은 창
공의 세계, 미지의 저 먼 아름다운 봄의 세상. 즐거움 없는 어두운
주변 세상에서 시인의 영혼은 은신처를 찾을 수 없다. 저 멀리 열린
바닥없이 푸르른 하늘을 향해 비상한다. 지상이 아닌 지고한 이상
의 세계를 지향한다. 다른 차원의 세상의 존재를 암시하는 〈너〉의
노래를 축복의 소식같이 맞이한다. 영혼이 끔찍한 환영들에 사로
잡힌 무거운 잠에서 깨어나고 아름다움을 맞이하여 열린다.

〈나〉의 선율은 소심하고 어둡고 깊다. 지상의 하찮은 존재인
〈나〉의 형체 없는 〈너〉, 별 같이 닿을 수 없는 지고한 이상인 〈너〉
를 향한 마음은 소심하다. 〈너〉는 밝은 존재이고 〈나〉는 지상의 어
둠에 사로잡힌 존재다. 창공의 바닥 모를 깊이만큼이나 〈너〉에 대
한 갈구는 깊다.

〈나〉는 내내 노을을 바라본다. 밝아 오는 여명의 노을이 아닌 저
녁노을은 봄의 소식으로 다가오는 〈너〉와의 만남의 기대가 아닌
멀어져 가는 〈너〉를 붙잡지 못하는 안타까운 마음의 갈등을 전한
다. 고요한 저녁이 〈나〉를 애태운다. 지상의 인간인 시인과 여인이
자리한 노을 진 하늘 사이의 멀기만 한 거리. 안타까운 마음으로

거리를 가늠한다. 확신 없는 만남에 대한 기대가 절망과 갈망을 동시에 키운다. 〈너〉의 발걸음 소리가 고요 속에서 커져만 간다.

원은 완전성의 상징이다. 이콘의 후광이기도 하다. 그래서 신성한 의미를 지닌다. 너는 끝없는 붉은 노을의 원을 닫는다. 완전한 존재의 신성한 세계를 시인에게 열어 주지 않는다. 〈너〉의 세계에 들어갈 수 없어 〈나〉는 절망한다.

〈너〉의 존재의 감각은 영원한 기쁨이지만, 〈너〉의 소중한 나라들에 참여할 수 없는 〈나〉는 환희로 넘쳐나며 동시에 우울에 잠긴다. 조화로운 시적 세계상의 순간은 기쁨이자 슬픔이다. 〈고요〉의 토포스, 〈조화로운 전일성〉의 세계상은 행복이자 불행이다. 〈창조하는 의식의 고요〉 속에서 변모되는 세계의 체험이 지닌 문제는 그것이 지속적이지 않다는 것이다. 조화의 찰나적인 순간은 곧 허물어질 불안한 균형의 상태다. 그 점에 대해 주콥스키는 이렇게 말한다.

이것[황홀경]은 존재하지 않는 것만을 의미하지 않는다. 황홀경은 존재한다. 그러나 그것은 부재한다. 왜냐하면, 말하자면, 그것은 오직 사라지기 위해 우리에게 나타나기 때문이다. 우리에게 말해지기 위해, 영혼을 생기롭게 하고 새롭게 하기 위해 나타나기 때문이다. 우리는 그것을 붙잡을 수도, 식별할 수도, 이해할 수도 없다. 그것은 이름도 형상도 지니지 않는다. 그것은 삶의 최상의 순간에(자연의 장엄한 광경, 인간 영혼의 훨씬 더 장엄한 광경) 우리를 방문한다.

「삶과 시에서의 멜랑콜리에 관하여」
(1846; К.Н. Григорьян 1990: 75)

시가 구현하는 〈창조적 고요〉의 그와 같은 본질로부터 시인의 세계 지각에 결부되는 지속적이고 전체적인 정서적 주조음인 멜랑콜리가 대두된다. 멜랑콜리는 독특한 정서다. 그것은 〈슬픔〉의 일종이지만, 그 조음은 단일하지 않다. 멜랑콜리는 〈활기를 빼앗는 것이 아니라 생기롭게 하는, 달콤한 슬픔〉이다(Веселовский 1999: 211). 멜랑콜리는 〈결핍〉의 느낌이다. 곧 멜랑콜리는 어딘가에 존재하는 〈충만〉에 대한 증거가 된다. 그러므로 멜랑콜리는 〈충만〉에 대한 영혼의 지향과 분리될 수 없이 결부된 무력감이다. 〈결핍〉은 충만을 예고하고, 〈충만〉은 다시 〈결핍〉을 이끈다. 〈결핍〉의 느낌과 〈충만〉에 대한 지향, 이 두 계기의 동시적 공존이 멜랑콜리를 즐겁고 동시에 우울한 (혹은 우울하고 동시에 즐거운) 복합적인 정서적 상태로 만든다. 멜랑콜리는 황홀경의 미적 전율, 창조적 고요의 순간을 에워싼다. 여기에 멜랑콜리의 〈성스러운 달콤함〉이 자리한다. 멜랑콜리는 창조적 의식의 본질적인 정서적 조건이다.

삶이 무의미의 굴레를 벗고 순수한 이상적 의미를 회복하는, 충일감의 무시간성의 세계. 내적 삶의 갱생의 그 절대적 현재의 세계의 태동은 〈위대한 신비극〉이다. 신비주의의 계기는 〈고요의 이상〉과 〈멜랑콜리의 윤리학〉의 토양을 이룬다.

시인은 계속 여성적인 존재의 웃음과 속삭임을 듣고 싶다. 여인의 다정한 모습을 꿈꾸기를 원한다. 속삭이는 소리와 부드러운 숨결로 가득 찬 고요를 즐기고 싶다. 〈고요〉가 〈소피아〉와의 만남의 순간, 조화로운 신적 세계상의 체험 순간이기 때문이다. 그래서 〈나〉는 속삭이라고, 웃으라고 주문을 건다.

합리주의적 사고에 길들여진 의식에는 쉽사리 이해를 허락하지 않는 이 기묘한 시적 세계. 블로크와 19세기 말부터 20세기 초의 〈은 세기〉 러시아 문화의 지평을 공유했던 비평가 지르문스키는 신비로운 종교적 이상의 견지에서 현실을 수용하고 긍정하는 그와 같은 시인 정신의 속성을 〈신비주의적 리얼리즘〉으로 규정했다(Жирмунский 1996: 21~22, 34, 59, 69).

블로크의 〈평원의 신비로운 고요의 시〉의 〈신비주의적 리얼리즘〉은 러시아 시 문학의 한 주도적인 특징에 국한되지 않는다. 그것은 〈존재론적 정향〉이라고도 일컬어지는, 종교적 이상주의의 견지에서 세계와 삶을 대하는 러시아인의 사고 체계의 특성(Зеньковский 1991: 37~40), 곧 러시아의 기독교적 정신문화의 토양과 맞닿아 있다.

러시아 종교 철학자들은 〈존재론〉을 서구 철학의 〈인식론〉에 대립되는 러시아 철학의 주도적인 특성, 나아가 러시아 철학의 본질 자체로 내세운다(Бердяев 1997: 114; Лосев 1991: 509; Франк 1992: 478). 인식과 존재는 동떨어진 것이 아니다. 〈인식함〉은 곧 〈존재함〉이다. 〈존재〉란 〈전일성〉의 상태다(Франк 1990: 20). 인식함은 존재의 자유로운 통일의 상태, 유기적인 전체로서의 존재상을 포착함이며, 또 그와 같은 인식이 가능하기 위해서는 주체가 바로 〈존재〉 내에 자리 잡아야 한다.

유기적 전체를 이루는 사물의 비밀스러운 면모에 대한 인지는 개념적 사유로는 불가능하다. 그것은 (직관에 의해) 체험될 수 있을 뿐이다. 철학이 추구하는 진정한 인식 대상은 가시적인 시-공적 규정성 속의 사물이 아니라, 바로 유기적인 전체로서의 존재상이다. 인식 주체는 직관적 통찰을 통해 유기적인 전체로서의 존재상을 직접적으로 체험한다. 〈직관〉은 곧 〈존재〉의 직접적인 〈경험〉이다 (Франк 1990: 481). 경험에 대한 기초가 서구적 사고의 합리성에 대비되는 〈러시아 인식론〉의 고유성을 규정한다. 그와 같은 의미에 서 〈러시아 정신은 리얼리즘을, 존재론을 지향한다〉(Франк 1990: 479).

신비주의적 직관의 지평에 결부된 〈리얼리즘〉은 러시아 정신이 지닌 고유한 면모의 요체가 된다. 내적인 직관 속에서 유기적인 전 체적 세계상 속의 주체의 존재가 체험된다. 〈리얼리즘〉은 바로 그 와 같은 내적 직관의 계기로서의 생생한 생의 체험에 대한 지향을 의미한다. 〈리얼리즘〉과 〈존재론〉의 개념에는 정서적 삶, 종교적인 체험의 삶에 대한 러시아 정신의 지향이 표현되어 있는 것이다. 직 관적 통찰의 계기를 통한 지각의 순간적 혁신의 계기는 러시아 정 신에 고유한 면모가 된다. 내면성의 계기가 인식론과 존재론의 계 기를 아우르는 토대이며 엑스터시의 순간이 본질적 의의를 지니고 대두된다. 그것은 시—공적 한계를 벗어난 전일성의 무한한 세계 속 에서 자아를 체험하고 인식하게 하기 때문이다. 이처럼 〈신비주의 적 낭만주의〉를 통해 대두되는 러시아 근대시의 고유한 한 면모는 〈러시아 정신의 존재론적 정향〉에 뿌리를 두고 있다.

〈다른 나라들이 서로 얼굴을 맞대고 있다면, 러시아는 신과 얼굴 을 맞대고 있다.〉 독일 시인 릴케의 말이다. 오스트리아 작가 슈테 판 츠바이그는 행복과 만족과 부와 권력을 추구하는 서구 문학의 주인공들과 달리 도스토옙스키의 주인공들은 누구도 그것들을 추 구하지 않는다고 말했다(Дунаев 1996: 4). 〈신성 루시.〉 신을 체현 한 민족, 신을 갈망하는 민족, 물질보다 영을 중시하는 민족으로서의 러시아인의 민족적 자의식은 서구 지성의 입을 통해서도 확인된다. 신의 은총에 의해 변모된 삶의 인지에 대한 지향인 〈존재론적 정향〉, 정교적 세계관이 러시아 문화와 예술의 토대를 이룬다.

〈양심〉, 〈영적 부활〉, 내면의 느낌이자 삶의 실천 과제인 〈신의 정의와 심판〉의 의미로서의 진리를 뜻하는 〈프라브다правда〉(Ким Чжин Кю 2001: 59~60; 이기웅 2007: 254~259)에 대한 갈망, 물리적이고 심리적인 세계 외에 영적, 〈존재적〉 세계가 있다는 믿음이 러시아 문학과 예술을 관류한다. 예술 속의 〈존재론〉의 발현이 바로 〈영적(관념적) 리얼리즘〉이다. 도스토옙스키의 〈영적 리얼리즘〉은 〈비판적 리얼리즘〉의 대두 이전, 그리고 이후에도 지속된 러시아 문화 토양 고유의 리얼리즘이다. 그의 〈세상을 구원하는 미〉의 이상은 〈성스러움〉의 내적 체험에 대한 러시아 민족혼의 갈망에 상응한다. 구원은 신의 은총의 체험을 통한 영혼의 변모, 부활로부터 온다. 〈부활의 기적〉이 러시아 문학을 관류한다.

그래서 러시아 문화는 〈부활절의 문화〉라 일컬어진다. 〈러시아인에게는 늘 다른 삶, 다른 세계에 대한 갈망이 있다. 늘 현재에 대한 불만족이 있다. 종말론적 지향은 러시아인의 영혼의 구조에 속한다〉(Бердяев 1990a: 217). 〈다른 삶, 다른 세계에 대한 갈망〉, 부활의 빛의 소망으로 〈지금, 여기〉의 어둠의 삶을 받아들이는 것. 부활을 향한 고난과 속죄의 길로 삶을 인내하는 것. 준혹한 조건에 처한 삶을 있는 그대로, 그러나 그래야만 하는 삶의 모습의 이름으로 받아들인다. 다른 세상에 대한 깊은 믿음과 느낌. 새로운 삶을 향한 힘겨운, 하지만 은총에 찬 길로 삶을 평가하고 기뻐한다. 〈밝은 슬픔〉(푸슈킨)으로 삶의 고난에 온유하게 순종한다. 고인을 두고 러시아인은 〈고통에서 해방되었다〉고 말한다. 해방, 부활로서의 죽음에 준비된 태도로 삶을 대한다. 비극적 낙관주의가 삶을 대하는 러시아인의 태도를 물들인다.

갑자기 죄인에서 성자로 변모되는 도스토옙스키의 주인공들. 도스토옙스키의 소설은 영혼의 갱생과 부활의 드라마다. 부활의 순간은 어느 때고 예기치 않게 〈기적적으로〉 올 수 있다. 푸슈킨의 시인은 〈그 누구보다도 무가치한 인간〉에서 다시 태어나는 존재, 부활하는 인간이다. 시인의 탄생은 완전한 내적 정화, 가슴과 영의 정화, 그리스도의 몸의 불길을 통한 세례를 통해 가능하다. 고행과 죽음은 시인이 내적 시선과 영적 통찰을 지닌 존재로 다시 태어나는 기적의 필수적인 조건이다(Мальчукова 1998: 170). 존재의 정화로서의 기적은 푸슈킨 시학의 본질을 이룬다. 영혼의 변모, 부활은 푸슈킨 시의 중심 주제다. 푸슈킨의 시적 자아는 정화된 내적 시선을 통해 신적인 이상적 질서를 본다. 그는 악에 사로잡힌 세계의 조건 속에서 낙원의 존재 상황을 시적으로 실현한다(Казин 1999: 71). 푸슈킨에게 기적은 신적인 세계의 궁극적 질서를 통찰하는 내적인 시선의 회복을 의미한다.

나는 경이로운 순간을 기억하오
내 앞에 그대가 나타났소
스쳐 날아가는 환영처럼
순수한 미의 정령처럼

희망 없는 슬픔의 피로 속에서

소란스런 공허의 불안 속에서
다정한 목소리가 오래도록 내게 울렸소
그리고 나는 사랑스런 모습을 꿈꾸었소

세월이 흘렀소. 격렬하게 휘몰아치는 폭풍우가
예전의 염원을 흩어 버렸소
그리고 나는 그대의 다정한 목소리를
그대의 천상의 모습을 잊었소

벽촌에서, 유배의 암흑 속에서
내 나날들은 고요히 흘러갔소
신성 없이, 영감 없이
눈물도, 삶도, 사랑도 없이

이제 영혼이 소생하고
바로 당신이 다시 나타났소
스쳐 날아가는 환영처럼
순수한 미의 정령처럼

가슴은 환희로 고동치고
그를 위해 되살아났소
신성도, 영감도
삶도, 눈물도, 그리고 사랑도

「……에게」(「나는 경이로운 순간을 기억하오」, 1825)

푸슈킨의 〈기적〉의 모티프는 영적인 각성과 함께 〈지금-여기〉
에서 조화로운 세계상의 체험이 가능함에 대한 시인의 믿음의 구현
이다. 영감은 예기치 않게 시인을 찾아온다(Гей 1999: 57). 합리적
으로 설명될 수 없는 영감의 비논리성이야 말로 역설적으로 실존의
어느 순간에 조화로운 세계상이 예기치 않게 열릴 수 있음에 관한
시인의 믿음의 토대가 된다. 푸슈킨에게 시인은 우주의 섬세한 귀
이며, 시는 이상적인 존재상의 발현이다. 푸슈킨의 〈기적〉은 〈앞날
의 요행〉을 뜻하는 〈아보시 авось〉와 〈네보시 небось〉의 〈문화적
개념어〉에 구현된 예기치 않게 찾아오는 신의 은총에 대한 러시아
영혼의 믿음(Кузьмина 2012: 33~38)을 반영한다.

러시아 예술은 늘 〈소피아〉의 이상을 지향해 왔다. 러시아 문학의
토대는 〈소피아적 전일성〉의 시학이다. 푸슈킨을 뒤따라 러시아 문
학은 세계의 〈존재론적 드라마〉, 인간이 〈소피아적〉 세계 지각을 상
실하고 되찾는 드라마를 탐구했다. 〈소피아적〉 세계 지각이 러시아
문학의 존재론적 시학을 결정한다. 예술가는 신적인 조화로운 세계
상을 창조하며 〈소피아〉를 통한 신의 세계 창조 계획을 증명하는
존재다. 그는 신의 창조 행위를 지속하는 마법사, 세상에 의해 왜곡
된 신의 계획을 여는 존재다. 그는 〈지상의〉 삶의 발현 속에서 지고
한 신적인 원칙을 보는 능력을 부여받는다(Крохина 2011: 19~20).

『아름다운 여인에 관한 시』의 시인 블로크는 러시아 문화의 토대
에 자리한 〈소피아〉의 이상의 유기적인 계승자다. 러시아 문화의
토양에서 낭만주의적 여성 숭배의 전통은 정교적 성스러움의 전통
과 결합된다. 사랑 속에서 〈소피아적〉 세계상의 체험 순간이 열린
다. 사랑은 세계의 조화로운 통일의 원칙이다. 〈시인은 천상의 세

계의 증거자다〉(Булгаков 1990: 279). 〈미가 세상을 구원〉하는 까닭은 〈소피아적〉 성스러움의 구현이기 때문이다.

3.

시 「너를 예감하네. 세월이 스쳐가네」는 『아름다운 여인에 관한 시』에 대한 이해의 관건이 되는 중요한 의의를 지닌 시로, 시집의 일종의 제사(題詞)라 할 수 있다. 이 시에는 그 자체의 제사로 솔로비요프의 시구가 붙어 있다. 솔로비요프의 시 「말이 무슨 소용인가? 한없는 푸르름 속에서」(1892)의 다음 구절이다.

> 너는 애수에 젖으며 사랑하며
> 속세의 의식의 무거운 잠을 떨쳐 내리라

솔로비요프의 문맥, 특히 제사와 시에서 반복되는 〈애수에 젖으며 사랑하며〉의 시구가 『아름다운 여인에 관한 시』를 이해하는 핵심적인 열쇠가 되는 것이다. 솔로비요프의 구절은 블로크의 사랑의 핵심을 전달한다.

솔로비요프의 경우와 마찬가지로(박종소 1999: 80~90, 99~100), 〈지상의 사랑〉과 〈천상의 사랑〉, 두 층위의 사랑이 공존한다. 시인은 두 사랑의 합일을 지향한다. 현실의 여인을 〈사랑하며〉 동시에 〈애수에 젖는다〉. 사랑을 통해 빛, 지고한 삶의 의미의 세계를 갈망한다. 시인은 두 사랑의 합일을 지향하며 사랑하는 현실의 여인의 모습에서 세상을 구원할 〈영원한 여성성〉을 본다.

　〈애수에 젖은〉 시인은 실제의 사랑을 신비주의의 차원으로 계속 이월시킨다. 그러나 시인과 지상의 경배의 대상 사이에 가로놓인 몰이해의 심연으로 인해 블로크의 낭만주의적 신비주의는 지속적으로 삶의 산문에 부딪쳤다. 신비주의의 빛으로 넘쳐 나던 영혼이 잦아들 때는 현실의 사랑이 정신적 피로감을 동반한 구체적 모습을 띠고 대두한다.

　　노을이 물든 저녁 너와 나는 만났네
　　너는 노를 저어 만(灣)을 가르며 나아갔네
　　나는 너의 새하얀 옷을 사랑했네
　　고상한 염원을 더 이상 사랑하지 않았네

　　침묵의 만남은 이상했네
　　저 앞 모래톱 위에서
　　저녁 촛불이 타올랐네
　　누군가 창백한 미에 대해 생각했네

　　접근도 친근함도 타오름도
　　푸른 고요는 허용하지 않네……
　　우리는 저녁 안개 속에서 만났네
　　강가 갈대밭에서 잔물결이 일었네

　　애수도 사랑도 울분도

모두 꺼졌네, 지나갔네, 멀어져 갔네……
새하얀 몸통, 추도의 목소리
그리고 너의 금빛 찬란한 노

「노을이 물든 저녁 너와 나는 만났네」(1902)

지극히 실제적인 두 연인의 만남에 대한 회상이다. 노을이 지고 안개가 낀 저녁, 강가 갈대밭에서 이루어진 만남이다.『아름다운 여인에 관한 시』의 전형적인 만남의 상황이다. 그러나 신비로운 초월적 존재와의 접촉이 아닌 현실의 만남이다. 이 점에 대해 시적 주인공이 분명하게 말한다. 〈나〉는 〈고상한 염원〉 대신 〈너의 새하얀옷〉을 사랑했다. 그러나 동시에 시적 주인공은 사랑의 〈육체성〉, 현실성에도 불구하고, 자신이 〈염원의 세계〉에 속해 있음을 고백한다. 〈나〉는 〈침묵의 이상한 만남〉이 염원의 환영적인 〈창백한 미〉에 대한 누군가의 명상을 배경으로 지닌 부자연스러움을 고백한다. 〈저녁 촛불이 타오르는〉 가운데의 만남은 이상하다.

〈저녁 촛불〉, 〈창백한 미〉는 〈고상한 염원〉의 영역에 속한 형상들이다. 여기에 덧붙여지는 형상이 이어서 등장하는 〈푸른 고요〉다. 시적 주인공은 〈염원을 더 이상 사랑하지 않는〉 이유를 밝힌다. 〈푸른 고요가 접근도 친근함도 타오름도 허용하지 않았기〉 때문이다. 사랑을 통해 염원의 세계에 닿을 수 없었기 때문이다. 그래서 염원에 대한 애수 뿐 아니라 사랑도 울분도 다 부질없는 것이 되었다. 〈모두 꺼졌고, 지나갔고, 멀어져 갔다〉. 주인공들에게는 미래가 없다. 그러므로 만남에 대한 회상은 곧 이별에 대한 회상이기도 하다.

시의 후반부에서 주도적이 되는 〈이별〉의 모티프는 전반부에 이미 잠재되어 있다. 노을은 낭만적 은밀함의 느낌뿐 아니라 연인의 관계에 드리운 석양에 대한 느낌 역시 자아낸다. 여인은 〈노를 저어 만을 가르며 나아갔다〉. 관계의 비가역성이다. 물살에 실려 가버린 사랑의 상징으로 읽힌다.

원환 구성을 통해 시의 말미에서 반복되는 도입부의 형상들. 반복된 형상들에는 구체적인 현실의 윤곽이 탈각되어 있다. 주인공 자신의 투명한 환영의 세계, 염원의 세계 속으로 최종적으로 녹아든 순수하고 부드러운 형상들이다. 〈노을〉이 〈추도의 목소리〉에 녹아들고, 지상의 실존의 구현인 〈옷〉은 육체의 가벼운 스케치, 〈몸통〉이 된다. 〈만을 가르는 노〉는 이제 고른 수면에 잔물결을 일으키는 노가 아니라 움직임 없이 고정된 〈금빛 찬란한 노〉로 보인다.

주인공의 정서는 모순적이다. 한편으로 신비로운 환영들과 곤혹스러운 꿈들로부터 깨어났음을 말한다. 실제 삶으로 돌아왔음을 말한다. 〈애수〉와 함께 〈사랑〉도 멀어져 갔음을 말한다. 주인공의 영혼에는 공허만 남았다. 그러나 순결과 성스러운 빛의 상징인 여인의 〈새하얀 몸통〉과 〈금빛 노〉는 여전히 소중하고 값지다. 이별에도 불구하고 주인공에게 여인의 형상은 영원한 행복, 영원한 기쁨, 미의 원천이다. 마지막 두 시행은 위대한 여성성, 초월적인 미와 사랑에 바치는 찬미의 노래로서 울린다.

이처럼 〈사랑〉과 〈애수〉, 〈지상의 사랑〉과 〈천상의 사랑〉은 다툼하면서도 불가분의 관계를 맺는다. 〈애수〉 없이는 〈사랑〉이 불가능하다. 시인은 전적인 추상 속으로 떠날 수도 없고 지상의 사랑에만 만족할 수도 없다. 의식의 모순과 연인의 몰이해에 따른 정신적 피곤함에 맞서며 두 사랑의 합일을 지향한다.

묵시록의 계시에 대한 믿음이 시인의 지향을 지탱한다. 두 사랑의 합일은 곧 역사의 종말, 영의 왕국의 도래와 세계의 변모를 의미한다.

약속의 태양을 믿는다
저 멀리 노을을 본다
우주를 주재하는 빛을 기다린다
봄의 대지로부터

거짓의 숨결을 지닌 모든 것이
몸서리치며 물러섰다
금빛 찬란한 오솔길이
내 앞에 펼쳐지다 사라진다

유훈의 백합의 숲을 지난다
내 위에는
천사의 날갯짓으로 가득 찬 하늘

알 길 없는 빛의 물결이 떨었다
약속의 태양을 믿는다
그대의 눈동자를 본다

「약속의 태양을 믿는다」(1902)

세상이 변화할 새로운 눈부신 날의 예감으로 가득 찬 밝은 시다.

시는 다음 구절을 제사로 지니고 있다. 〈성령과 신부가 말씀하시기를 오라 하시는도다.〉 이 구절은 『요한계시록』의 마지막 장(22장) 17행의 첫 구절이다. 이 계시의 마지막 시행은 앞장에서 보다 분명하게 표현된 〈새로운 하늘〉과 〈새로운 땅〉을 향한 길의 과업의 완수, 해방과 행복의 성취의 의미를 담고 있다. 이 시에서 봄의 토포스가 곧 〈신세계〉의 도래에 대한 묵시록적 계시와 결부된 것임을 이해하는 것은 어렵지 않다.

시적 주인공은 은닉된 열광 속에서 초현실적인 미지의 여주인공을 기다린다. 이 여인의 형상의 순백의 이미지는 묵시록의 빛, 태양의 광휘와 결부되어 있다. 장밋빛에 대한 흰빛의 승리는 온유와 사랑이 지배하는, 시간이 소멸된 영원의 시대상의 시작을 의미한다. 그것은 신적인 원칙의 최종적인 승리를, 〈지상〉과 〈천상〉의 진테제를 의미한다.

그러나 시 「너를 예감하네. 세월이 스쳐가네」에서 보듯 블로크는 앞으로 자신의 삶에 닥칠 비극을 내다보고 있었다.

너와 만나는 것이 두렵다
너를 만나지 않는 것은 더 두렵다
나는 모든 것에 놀라게 되었다
모든 것 위에서 자국을 포착했다

그림자들이 거리를 배회한다
산 것인지 잠든 것인지 이해하지 못한다
교회 계단에 들러붙어

되돌아보기를 두려워한다

내 어깨에 손을 놓는 사람들
하지만 나는 이름을 기억하지 못한다
오래지 않은 거대한 장례식의 소리들이
귓속에서 울린다

찌푸린 하늘이 낮게 깔렸다
성당 자체를 뒤덮었다
나는 안다, 너는 이곳에 있다, 너는 가깝다
너는 이곳에 없다, 너는 저곳에 있다

「너와 만나는 것이 두렵다」(1902)

시적 주인공은 순결하고 밝은 사랑, 〈영원한 여성성〉에 대한 기
다림과 더불어 고독과 애수를 느낀다. 그녀와의 만남을 갈망하지
만, 그녀가 그가 생각했던 모습이 아니리라는 두려움에 떤다. 주인
공은 두려워하기 시작한다. 그들의 결합, 즉 〈아름다운 여인〉의 실
제 삶으로의 도래가 그 자신의 정신적 파국으로 바뀌리라는 두려
움이다.

이 시의 형상 구조는 「나는 어두운 사원들로 들어가」와 같은 다
른 사원 시의 형상 구조에 대립적이다. 색채의 변화가 일어난다. 사
원의 형상과 연관된 사물의 계열은 유지되고 있지만, 보충적인 심
리적 뉘앙스를 얻고 있다. 〈붉은 램프의 빛〉 대신 〈찌푸린 하늘이
성당을 뒤덮었다〉. 삶의 흔적이 시에 대두된다. 실제 세계가 〈아름

다운 여인〉의 세계로 명백히 침투한다. 〈노을〉과 〈안개〉와 〈푸른 하늘〉의 고양된 낭만주의의 세계 대신 잿빛 일상의 세계가 출현하여 주도적이 되고 분열의 느낌을 낳는다. 이에 상응하여 여인의 형상은 두 세계의 프리즘을 통해 지각된다. 비애에 찬 가까운 〈이곳〉과 아름다운 〈저곳〉. 그렇게 〈영원한 여성성〉이 음울한 현실과 하나로 결합된다. 그녀는 가깝다. 지극히 현실적이다. 동시에 신성같이 포착할 수 없다. 주인공은 이상의 실재를 확신하며 동시에 〈영원한 여성성〉이 지상에 구현될 수 없음에 절망한다.

시와 삶 사이에 생겨난 해결될 수 없는 모순에 절망한 블로크는 막다른 골목에 도달했다. 결혼이냐 아니면 자살이냐? 운명은 드라마틱한 전환을 준비하고 있었다. 청혼과 결혼이 이루어진다. 청혼이 받아들여진 다음날 신비주의적 비유와 종교적 엑스터시로 가득 찬 시가 태어났다.

나는 부동의 파수꾼, 요한의 교회 구석에 그것들을 간직했네
램프의 불꽃을 간직했네

여기 그녀, 그리고 그녀를 향한 나의 호산나
노력의 화환은 어떤 포상보다 고귀하네

나는 얼굴을 감추었네, 세월이 흘러갔네
나는 오랜 세월 의식을 치렀네

이제 저녁 빛으로 창공이 타오르기 시작했고

그녀가 내게 제왕의 답변을 주었네

여기 나 홀로 등불을 밝히며 지켜 왔네
나는 향로 연기 속에서 홀로 떠는 예언자

그날의 만남에 홀로 참여한 나
누구와도 이 만남들을 나누지 않았네

「나는 부동의 파수꾼,
요한의 교회 구석에 그것들을 간직했네」(1902)

　오랜 시간에 걸친 경배의 의식으로서의 사랑의 이념과 실현의 주제, 원시의 약강격 운율과 6연 2행시의 연 형식 등이 이 시와 시「너를 예감하네. 세월이 스쳐가네.」를 묶어 준다. 블로크가 두 시의 연관성에 중요한 의의를 부여했음을 의미한다.
　신실한 〈부동의 파수꾼〉인 〈나〉는 기다리고 기다려 마침내 〈도래한〉 〈그녀〉와의 〈만남〉을 이루었다. 〈신비로운 사랑〉의 시간들, 사원에서의 만남의 시간들이 암시된다. 마침내 〈제왕의 답변〉을 얻었다. 〈그녀〉에게 바치는 기도가 열광적인 〈호산나〉가 되어 울린다. 이 장엄한 축복과 찬미의 노래 뒤에는 마침내 이루어진 고백과 사랑하는 여인이 아내가 되기로 동의한 삶의 사실이 숨어 있다. 사랑에 빠진 젊은이가 오랜 세월 기다린 끝에 얻은 행복한 응답이 우주적 차원의 보편적 의미를 얻는다.
　〈요한의 교회〉의 형상이 세례 요한과 사도 요한의 모습을 시적 주인공의 형상에 투영시킨다. 세례 요한의 형상은 새로운 세기에 대한 기다림과 위대한 변화의 도래를 예언하는 인간이자 시인으로서의 자신에 대한 시인의 생각을 함축하고 있다. 또한 사도 요한과의 연상 관계도 중요하다. 사도 요한의 형상은 계시록을 떠올린다. 〈그날〉은 바로 계시록의 표현이다. 〈나〉는 〈그날의 만남에 홀로 참여했다〉. 〈나〉와 〈너〉의 만남의 실현은 전 우주의 변혁을 예비하는 〈개별 인간의 변모〉의 의미를 띤다.

마침내 이루어졌다! 1902년 말과 1903년에 걸쳐 신부에게, 이어서 어린 아내에게 바친 시는 『아름다운 여인에 관한 시』에 부치는 에필로그다. 청혼과 승낙 직후의 블로크의 심정을 반영하고 있는 시 한 편이다.

고독한 영혼으로 권능의 곁에 선다
나는 지상의 미의 주권자
너는 정열로 가득 찬 밤꽃
너는 내 모습을 사랑했다

내 가슴에 낮게 기대 오는
네 모습이 슬프다, 나의 봄꽃이여
여기에서 심장은 가깝지만, 저 앞의 생에
해답은 없다

많은 권능을 지닌 나는 예전처럼 셈한다
다시 주문을 걸고 점친다
나는 슬기로운 황제, 류보피 너를

정열의 생과 어찌 결부시킬까?

「고독한 영혼으로 권능의 곁에 선다」(1902)

성스러운 사랑이 세상으로 내려왔다. 〈나〉는 〈권능〉의 존재, 〈지
상의 미의 주권자〉가 되었다. 그러나 〈나〉의 영혼은 고독하고 두렵
다. 〈지상〉의 존재가 된 〈너〉는 신비로운 〈하얀 꽃〉이 아닌 〈정열로
가득 찬 밤꽃〉이다. 〈지상〉에서 이루어진 사랑이 앞으로 어떻게 될
지 〈저 앞의 생에 해답이 없다〉. 당혹에 차서 앞날을 셈하고 점친다.
〈지상〉과 〈천상〉의 결합이 인간적 지혜로는 감당할 수 없는 과제임
을 안다. 〈사랑〉을 뜻하는 러시아어 〈류보피〉는 신비주의적 숭배의
대상인 〈영원한 여성성〉이자 시를 바치는 실제 연인의 이름이다.

시인은 행복한 동시에 당혹감에 처한다. 부부로서의 삶이 행복
이 아니라 힘겨운 의무임을 안다. 정신적 피로감을 무릅쓰고 예전
의 이상에 대한 신의를 맹세한다. 〈저 앞의 생의 해답〉을 지혜의 존
재인 신부에게 의탁하며 겸허히 순종하리라는 다짐으로 당혹한 심
정을 애써 떨치려 한다. 그러나 세상이 다시 〈황량하고〉 〈심장이
불행하다〉. 악천후의 불길한 예감에 사로잡힌다. 느닷없이 찾아온
〈행복이 끝날까 두렵다〉. 〈너〉와 함께 자유롭게 비상하지 못하고
다시 지상의 삶에 〈구속될까 두렵다〉. 그러면서도 성스러운 여인과
의 부부의 삶의 운명에 대한 책임감을 벗지 않는다. 장엄한 묵시록
의 언어로 자신의 의무에 대해 말한다.

나는 양날이 날카로운 검
나는 그녀의 운명을 주재하는 대천사

나의 방패에서 타오르는 초록 돌
내가 아닌 주의 손길로 타오르네

영원한 잠을 향해 곁을 떠날 때
나의 권능을 이 돌에 맡기리라
그녀를 위해 세상에 나의 등불을 남기리라
나의 돌을, 나의 이곳의 소리를 남기리라

소리 나는 시구를 파수 삼으리라
그녀의 심장에서 초록 돌이 타오르게 하리라
돌이 그녀의 벗과 신랑이 되리라
내가 거짓을 말하지 않듯 그녀에게 거짓되지 않으리라

「나는 양날이 날카로운 검」(1903)

샤흐마토보와 보블로보 사이에 있는 마을 타라카노보의 강변 위
에 있는 새하얀 교회. 지금은 폐허로 오래도록 방치되었던 그 작은
시골 교회에서 알렉산드르 블로크와 류보피 멘델레예바는 1903년
8월 혼례를 올린다.

많은 혼란과 분규로 휩싸인 부부의 삶을 예정한 혼례와 함께 〈아
름다운 여인〉을 향해 쓴 시적 일기는 끝을 맺는다. 그러나 시인은
이제 아내가 된 여인 류보피 블로크에게 바치는 시를 계속 쓴다. 시
로 쓴 방대한 기도문이 마무리되자 찬미의 대상으로서의 류보피
멘델레예바의 형상은 시에서 사라진다. 이후의 시에서 아내의 형상
은 축복된 회상, 고통스러운 양심과 쓰라린 참회의 주제의 새로운

자질 속에서 대두된다. 〈너〉가 〈돌아오지 않는 길을 떠나〉 〈네 운명을 다른 이에게 맡겼고 나는 아름다운 얼굴을 잊었을〉지라도 〈우리에게 선고된 긴 생애〉를, 〈우리에게 드리운 가족의 저주〉를 사랑했다. 〈너〉는 〈나〉의 〈수호천사〉이고, 〈술과 정열에 생을 찢긴〉 〈부활하지 않은 그리스도〉인 〈나〉가 돌아가야 할 〈갈릴리 고향땅〉이다. 〈노을을 함께 바라보았던〉 연인이 부부가 되어 〈잿더미의 시절〉의 〈검은 심연을 함께 바라보았다〉.

너는 벌판을 향해 돌아오지 않는 길을 떠났다
그 이름이 거룩히 여김 받으라!
노을의 붉은 창끝이
다시 나를 겨누었다

검은 날 내 입술은
오직 네 황금 피리에 매달리리라
간구의 선율이 모두 멎는다면
나는 지쳐 들판에서 잠들리라

황금 법의를 입고 네가 지나가리라
나는 이미 눈을 뜰 수 없으리라
이 잠결에 젖은 세상에서 숨통을 틔어 다오
빛나는 길에 입맞춤하게 해다오……

바다와 육지를 주재하는 너

오, 녹슨 영혼을 뽑아 버려라!
나를 성자들과 함께 영면하게 하라
변함없이 섬세한 손길로!

　　　「서시」(「너는 벌판을 향해 돌아오지 않는 길을 떠났다」, 1905)

어둠에 잠긴 수호천사, 너를 사랑하네
지상에서 항상 나와 함께 하는 어둠에 잠긴 너를

네가 밝은 신부였음으로
네가 나의 비밀을 앗아 갔음으로

비밀과 밤이 우리를 묶어 주었음으로
내게 너는 누이이자 신부이며 딸이므로

긴 생애가 우리에게 선고되었음으로
아, 심지어 너와 내가 남편과 아내이므로!

나의 사슬과 너의 주문을 사랑하네
우리에게 드리운 가족의 저주를 사랑하네

내가 사랑하는 것을 너는 사랑하지 않음으로 너를 사랑하네
내가 초라하고 궁핍한 자들을 가슴 아파함으로 너를 사랑하네

조화로운 생이 우리의 몫이 아니므로 사랑하네

불꽃 없이 산, 내 민족과 나를 그토록 비천하게 만든

자유롭고 강인한 이들을 감옥에 감금한
내 불길을 오래도록 믿지 않은

내 하루를 돈으로 빼앗고자 안달하는
개 같은 굽실거림을 내게서 사고자 하는

저 비겁한 자들을 죽이고 그들에 복수하고 싶지만
그럴 수 없기에 널 사랑하네⋯⋯!

널 사랑하네. 내가 유약하여 굴종할 준비가 되어 있음으로
내 선조들은 노예의 세대이므로

다정의 독약이 영혼을 죽였음으로
이 손이 칼을 들지 않음으로⋯⋯

내 유약으로 인해, 쓰라린 운명으로 인해
그리고 너의 힘으로 인해, 나는 너를 사랑하네

누구도 감히 부술 수 없을 것이
불타고 납범벅이 되었음으로!

이 노을을 너와 함께 바라보았다

이 검은 심연을 너와 함께 바라본다

운명은 우리에게 두 갈래 길을 명령한다
우리는 자유로운 영혼들이다! 우리는 사악한 노예들이다!

순종하라! 주저하지 마라! 떠나지 마라! 물러서라!
불길인가 어둠인가, 저 앞에는?

누가 소리쳐 부르는가? 누가 우는가? 우리는 어디로 가는가?
둘이서 함께, 떨어지지 않고 영원히 둘이서 함께!

부활할 것인가? 파멸할 것인가? 죽을 것인가?

「수호천사」(1906)

네가 떠나고, 난 황무지에 남아
뜨거운 모래에 드러누웠네
이제부터 혀는
오만한 말을 내뱉을 수 없네

있었던 것을 한탄하지 않으며
나는 네 높이를 이해했네
그래. 나 부활하지 않은 그리스도에게
너는 갈릴리 고향

다른 이가 너를 어루만지게 하라
난잡한 소문이 무성하게 하라
그의 머리를 어디에 놓을지
사람의 아들은 모르네

「네가 떠나고 난 황무지에 남아」(1907)

소박한 테두리 속 네 얼굴이
내 앞 탁자 위에서 빛났을 때
애처로운 지상에서 나는
선행을 공적을 영예를 잊곤 했다

하지만 때가 도래했고, 너는 집을 떠났다
나는 약속의 반지를 밤 속으로 던졌다
너는 네 운명을 다른 이에게 맡겼고
나는 아름다운 얼굴을 잊었다
[……]

「소박한 테두리 속 네 얼굴이」(1908)

시인의 비문에는 다음의 구절이 새겨져 있다.

내가 평안을 향해 시간을 떠날 때
비방과 칭찬을 떠날 때
내가 꽃피고 숨 쉬었던 저 다정함
저 정다운 꿈을 너는 추억하라

결혼 직후에 쓴 이 시 「내가 평안을 향해 시간을 떠날 때」(1903)
의 첫 구절의 바람대로 혁명 이후의 힘든 마지막 삶의 시절을 류보
피 블로크는 시인 곁에 있었다. 그녀 홀로 시인의 임종을 지켰다.
바로 이 임종의 비가(悲歌)인 연작 『바람은 무엇을 노래하는가』가
〈3부작〉 시소설을 마무리한다.

우리만 홀로 지상에서 잊혔구나
조용히 온기 속에 잠시 앉아 있자꾸나

따스한 이 방구석에서
시월의 어둠을 바라보자꾸나
[……]

「우리만 홀로 지상에서 잊혔구나」(1913)

[……]
우린 그토록 오랜 생을 살았고
그토록 오래되었다
세상의 질주도
[……]
봐라, 봐라
한밤의 소음과 함께
노을에게서 우리에게로 바람이 온다……
마지막 빛이
꺼졌다. 죽어라

노을의 마지막 빛이 꺼졌다

「노래한다, 노래한다」(1913)

4.

    블로크에게 〈아름다운 여인〉의 주제는 비단 시의 주제였을 뿐 아니라 실존 그 자체였다. 이상적인 사랑만으로 부부 아닌 부부의 삶을 살 수 있다는 믿음은 블로크 부부의 삶을 시초부터 파괴했다. 그리고 삶이 된 예술이 어떤 비극을 초래하는지 스스로 경험하기 전에 블로크는 이를 이미 알고 두려워했다. 블로크가 두려운 예감에도 불구하고 예술을 삶으로 실천하고자 선택했던, 그래서 비극이 된 이 사랑의 기원에 바로 정신적 절대주의자의 영혼의 풍경이 있다.

    섬세한 젊은 영혼이 순정을 바친 〈아름다운 여인〉의 형상과 사랑을 통한 〈천상〉과 〈지상〉의 합일에 대한 지향은 블로크 시에 고유한 현상이 아니다. 〈영원한 여성성〉의 주제는 세계 문학의 뿌리 깊은 나무다. 블로크는 동시대 러시아 문화에서 외로운 존재가 아니었고, 또 그의 앞에는 페트라르카, 단테, 괴테, 주콥스키, 폴론스키, 솔로비요프 등의 러시아 문학과 세계(서구) 문학의 오랜 전통이 자리하고 있다.

    이때 『아름다운 여인에 관한 시』가 지닌 끔찍한 매력은 바로 블로크의 삶에 대한 절대주의자적 태도에서 기원한다. 〈아름다운 여인〉의 주제가 이미 블로크의 〈혁명〉이었다(Тарановский 2000:

322). 〈영원한 여성성〉에 대한 믿음은 〈세상에 반드시 있어야 할 것〉에 대한 믿음이었다. 그래서 그는 세기 전환기의 〈사랑의 묵시록〉을 삶으로 실천하고자 했다. 〈혁명 시인〉 블로크의 길은 〈아름다운 여인〉의 주제를 통해 이미 노정되었다.

4

푸른, 푸른, 푸른 눈동자

별이 흩뿌려진 긴 치맛자락

푸른, 푸른, 푸른 눈동자

「별이 흩뿌려진 긴 치맛자락」(1906)

1.

그녀는 열다섯이었지, 하지만 심장의 박동은
내 아내가 될 수 있었지
내가 웃으며 그녀에게 손을 내밀었을 때
그녀는 웃음을 터뜨리며 멀어졌다네

어느덧 오래전 일이네, 그 후로
누구도 모르는 세월과 단계가 흘러갔지
우리는 드물게 만났고 말수가 적었지
하지만 침묵은 심오했어

겨울밤이면 난 몽상을 믿으며
갑갑한 가면들이 노래에 미소 짓고
갈구에 찬 시선으로 내가 그녀를 좇곤 했던
북적이는 휘황찬란한 홀을 나섰지

순종하는 그녀가 나를 뒤따라 나왔지

그 순간 이후의 일을 알지 못한 채
도시의 검은 밤만이
신부와 신랑이 지나 가 사라지는 모습을 보았지

맑고 붉은 추운 겨울날
우리는 깊은 정적이 감도는 사원에서 만났지
침묵의 세월이 선명함을
일어난 것은 천상에서 일어났음을 우리는 이해했지

노래 가락으로 터질 듯한 내 가슴은
이 오랜 축복된 추구에 관한 이야기로 가득해
이 노래들로 나는 집을 지었어
이제 다른 노래를 언젠가 난 부르리

「그녀는 열다섯이었지, 하지만 심장의 박동은」(1903)

우주를 주재하는 성스러운 여인에 대한 오랜 경배의 의식인 사
랑이 끝났다. 지상의 사랑의 드라마가 종결되자 초월적인 시적 신
비주의도 종말을 고한다. 고양된 사랑의 신비주의의 종결은 새로
운 사랑의 편력의 시작이었다. 시인은 이제 지난 일이 된 〈축복된〉
사랑의 추구에 대해, 그리고 앞으로 맞이할 사랑이 다른 모습일 것
임에 대해 담담한 어조로 말한다. 〈어느덧 오래전 일〉인 보블로보
에서의 첫 만남에 대해, 무도회에서의 고백에 대해, 사원에서의 만
남들에 대해 말한다. 드물게 나눈 대화도 오랜 이별도 침묵의 시절
도 은밀하고 심오한 의미를 지닌 것이었다. 〈일어난 것은 천상에서

일어났음을 우리는〉알고 있었다. 이제 그 지고한 초월적인 사랑이 끝났음을, 〈다른 노래를 부를〉 것임을 시인은 말한다. 다른 사랑을 예감하고, 사랑을 통한 미적–정신적 추구의 변화를 예언한다.

그 다른 사랑의 노래 한 편이 블로크를 일약 당대 최고의 대중적 인기를 누리는 유명 시인의 반열에 오르게 한다.

저녁이면 레스토랑 위
뜨거운 대기는 거칠고 황량하다
봄의 부패한 정기가
술 취한 고함들을 지배한다

멀리 교차로의 먼지 위에서
교외 다차의 권태 위에서
금빛 둥근 꽈배기 빵이 흐릿하게 빛나고
아이의 울음소리가 울려 퍼진다

매일 저녁 철도 건널목 너머에서
경험 많은 익살꾼들이
중절모를 꺾으며
도랑 사이를 산책한다

호수 위에서 노대가 삐걱거리고
여자의 새된 소리가 울려 퍼진다
하늘에는 모든 것에 익숙한

원반이 무의미하게 얼굴을 찡그린다

매일 저녁 유일한 친구가
내 잔에 어린다
시큼하고 은밀한 물기에 취해
나처럼 유순하고 귀먹었다

나란히 이웃한 탁자들에서
졸린 급사들이 얼굴을 내밀고
토끼 눈이 된 취객들이 외친다
〈In vino veritas!〉

매일 저녁 예정된 시각에
(아니면 이것은 그저 내가 꾸는 꿈인가?)
비단을 두른 처녀의 모습이
안개 낀 창에서 움직인다

그리고 천천히 취객들 사이를 지나가며
항상 동행 없이 홀로
향수와 안개를 들이쉬며
그녀는 창가에 앉는다

그녀의 탄력 있는 비단은
고대의 전설을 풍긴다

장례의 깃털을 지닌 모자와
반지 낀 좁은 손

기묘한 가까움에 붙박여
나는 어두운 베일 뒤를 본다
매료된 기슭을 본다
매료된 저 먼 곳을 본다

황량한 비밀들이 내게 맡겨져 있다
누군가의 태양이 내게 맡겨져 있다
내 영혼의 모든 굽이마다
시큼한 포도주가 스며들었다

구부러진 타조 깃털이
나의 뇌에서 흔들린다
바닥없는 푸른 눈동자가
먼 기슭에서 꽃 피어난다

내 영혼 속에 자리한 보물
열쇠는 오직 내게 맡겨져 있다!
네가 옳다. 술 취한 괴물아!
나는 안다. 술 속에 진리가 있다

「미지의 여인」(1906)

「미지의 여인」. 시인의 당대에 통속적 유행의 대상이 될 정도로 (Верховский 1981: 355) 가장 널리 애송되어 온 블로크의 시 중 한 편이다. 〈저녁이면〉, 〈매일 저녁〉, 〈매일 저녁〉, 〈매일 저녁〉. 시의 축조 기반은 시간적 배경의 반복을 통한 대조의 시학이다. 대조적인 두 세계의 광경과 형상이 서로 연관되고 서로의 모습에 반영된다.

시의 전반부 1~6연에서 〈저녁〉의 반복적인 시적 상황은 소시민적 실존의 답답한 단조로움, 숨 막히는 권태를 전달한다. 시의 첫 부분에서 시인은 자기만족에 찬 방종한 속물적 일상을 그린다. 되풀이되는 시간적 배경은 시의 광경이 익숙한 일상임을 말한다.

1연은 시공간적 배경을 시적 주인공의 평가가 결부된 전체적인 분위기와 함께 제시한다. 봄날 저녁. 레스토랑들이 늘어선 거리. 뜨거운 대기와 취객들의 고함 소리가 시공간을 채운다. 부패와 갈등이 전체적인 분위기로 대두된다. 레스토랑은 단순한 공간 이상의 의미를 지닌다. 그것은 대도시의 삶의 추하고 숨 막히듯 공허한 몰골의 환유다.

이어지는 세 개의 연에서 시인은 속물적인 세계의 광경을 구체화한다. 구체적인 동시에 보편적 의미를 띤 광경이다. 부르주아 사회의 타락한 분위기를 전하는 일상의 디테일들이 묘사된다. 세계의 부조화를 강조하며 무의미가 야기하는 권태의 모티프를 강화하는 디테일들이다. 이 디테일들이 창조하는 광경은 신랄한 아이러니의 빛에 물들어 있다. 혐오스러운 속물적 세계의 모습이 참을 수 없어 달의 원반조차 얼굴을 찡그린다. 시인과 미지의 여인이 등장하지 않은 세계의 모습. 모든 것이 권태로 숨 쉰다. 사람들은 철도 건널목 너머 도랑 사이를 산책한다. 건널목은 일종의 정체의 상징. 사람들의 길을 차단하며 레스토랑의 유희의 이 속된 세계에서 그들을 내보내 주지 않는다. 〈봄의 부패한 정기〉. 서정시에 어울리지 않는 이질적인 형용어의 이웃이 이 모든 아이러니적 상황과 연관되어 있다.

이렇게 시의 첫 부분은 현격하게 부정적인 의미를 내포한 비시적인 어휘들 뿐 아니라 고전시의 전통과 유기적으로 결부된 『아름다운 여인에 관한 시』에서 온 시어들로도 이루어져 있다. 고전적 시에서 〈봄〉은 생명의 계절이며, 〈저녁〉은 하루 중 가장 시적인 시간, 평안의 시간이다. 또한 〈달〉은 가장 시적인 형상 중의 하나다. 블로크의 1권에서 저녁은 시적 주인공이 신비로운 연인과 만나는 신성한 시간이다. 〈너는 노을 위에서 나를 기다렸는가?〉 『아름다운 여인에 관한 시』의 「서시」의 이 구절처럼, 〈어스름이 깔린 저녁〉, 〈봄날의 황혼〉의 시각의 〈위대한 만남〉의 모티프는 〈아름다운 여인〉에 대한 사랑을 관류한다. 호수, 하늘, 대기, 봄의 자연은 〈그녀〉의 존재 영역이다. 〈저 먼 곳〉(〈멀리 교차로의 먼지 위에서〉) 또한 여주인공의 익숙한 공간이다. 그러나 부정적인 어휘들과의 결합 속에서 이 모든 〈그녀〉의 존재의 기호들은 의미가 절하되고 탈각되어 은닉되거나 공공연히 드러난 조소의 대상이 된다. 초기 시에서는 불가능한 〈저녁〉과 〈레스토랑〉의 결합. 〈영원한 여성성〉을 대신하는 〈여자의 새된 소리〉. 〈냄새〉와 심지어 〈악취〉의 동의어로 해석되는 〈정기〉. 〈돔 지붕〉이 아닌 〈둥근 꽈배기 빵〉이 〈금빛으로 물들〉고, 〈하늘〉에 보이는 것은 〈선명한 노을〉이 아니라 〈무의미한 원반〉이다. 그렇게 시적인 시어들이 속된 산문적 세계로 옮겨져서 아이러니의 효과를 낳는다. 시인의 시야에 몰골사나운 세태의 모습이 들어와서 미와 조화를 상실한 무의미한 실존의 광경을 펼쳐 보인다.

이어지는 5연과 6연은 시적 주인공의 모습을 등장시키며 시적 광경의 변화를 준비한다. 〈나〉는 레스토랑 안에 술잔을 마주하고 앉아 있다. 그러므로 앞선 연들의 광경은 레스토랑 안에서 밖을 바라보는 그의 시선에 포착된 장면들이다. 〈나〉는 술에 취해 유순해지고 주위의 소란에 귀를 닫은 존재다. 〈졸린 급사들〉과 〈토끼 눈이 된 취객들〉의 모습과 〈나〉의 모습, 세상의 소란과 〈나〉의 침묵 속의 고독이 대비된다. 〈나〉는 술잔에 어린 자기 자신과만 마주한다. 〈시큼한 물기〉가 〈나〉의 유일한 위안이다. 술은 새로운 세계를 마주하게 하는 까닭이다.

세 번째 〈매일 저녁〉과 함께 후반부(7~13연)에서 시는 다른 음조로 옮겨간다. 이 세 번째 지속적인 상황은 소시민적 삶의 단조로움과 연관된 것이 아니라, 진정한 아름다움과 자유로운 삶에 대한 시인의 변함없는 염원과 연관된다. 색채와 형상이 변한다. 시의 후반부에서 출현하는 〈미지의 여인〉의 형상은 바로 그 새로운 세상, 이상적인 조화로운 세상의 상징이다. 그녀는 부조화의 세상의 부정으로서 시인의 눈앞에 나타난다. 우리 앞에 놓인 것은 이미 〈교외 다차의 권태〉가 아니라 〈매료된 기슭〉, 〈매료된 저 먼 곳〉이며, 〈토끼 눈〉이 아니라 〈먼 기슭에서 꽃 피어나는 바닥없는 푸른 눈동자〉다. 비밀에 휩싸인 여인의 형상은 현실과 환상이 교차하는 지점에서 태동한다.

7~9연에서 묘사되는 홀로 레스토랑 창가에 앉는 〈미지의 여인〉의 모습은 구체적이면서도 환상적이다. 〈비단을 두른 처녀의 모

습〉, 〈탄력 있는 비단〉, 〈장례의 깃털을 가진 모자〉, 〈반지 낀 좁은 손〉. 그녀는 〈항상 동행 없이 홀로〉 레스토랑에 오는 여인이다. 블로크의 시대에 품위 있는 정숙한 여인은 남자의 동행 없이 홀로 레스토랑에 올 수 없었다. 그녀는 유행하는 차림새를 한 도시의 거리의 〈아름다운 여인〉이다. 〈미지의 여인〉은 그런 구체적인 외양을 지닌 여인이자 동시에 포착할 수 없는 비밀스러운 무언가에 둘러싸인 존재다. 그녀는 마치 안개가 빚어낸 환영이거나 꿈속에서 보이는 형상 같다.

시인은 그녀의 형상에 〈고대의 전설〉, 〈황량한 비밀〉, 〈누군가의 태양〉, 〈보물〉을 연관시킨다. 〈미지의 여인〉은 주변의 속물적인 상황의 더러움이 건드리지 못하는 존재, 속물적인 일상 위로 비상하는 듯한 존재이다. 그녀는 다른 세계의 사자(使者)인 존재이다. 이어지는 세 연에서 시인은 〈미지의 여인〉의 모습, 〈어두운 베일〉을 통해 다른 세상을 본다. 〈매료된 기슭〉, 〈매료된 저 먼 곳〉, 비밀에 감싸인 아름다운 세상의 모습이 보인다. 〈미지의 여인〉이 모습을 드러내는 창은 다른 지고한 세상으로 열려 있고, 그 세상의 〈매료된 기슭〉은 그녀의 베일 뒤에 감추어져 있다. 시적 주인공을 체념에 잠기게 했던 속물성의 세계가 물러나고, 그의 영혼은 삶의 다른 기슭을 향해 〈존재의 강〉을 건넌다. 〈태양〉과 〈먼 기슭〉은 행복과 사랑이 충만한 새로운 삶의 상징이다. 또한 〈기슭〉은 『아름다운 여인에 관한 시』에서와 같이 시인과 신비로운 여인 사이의 〈존재적 거리〉의 상징이다.

시적 주인공은 자기 내면 깊숙이 은닉된, 세상에는 보이지 않는 보물을 열어 보인다. 상상 속에서 그녀의 내적 상태, 모두에게 비밀인 그녀의 과거와 현재를 그린다. 남모를 비밀에의 참여를 자랑스러워한다.

〈내 영혼의 모든 굽이마다 스며든 시큼한 포도주〉가 〈나〉의 영혼을 거짓된 일상의 속박에서 해방시켜 〈바닥없는 푸른 눈동자가 꽃 피어나는〉 다른 세상으로 흘러가게 한다. 〈미지의 여인〉은 시적 몽상이자 동시에 술 취한 주인공의 상상의 산물이다. 술이 창조적 영감을 불러일으킨다. 술에 취한 시인의 영혼이 일순간 아름다움의 세계와 접촉한다. 〈바닥없는 푸른 눈동자.〉 이것은 비밀스러운 매력으로 가득한 실제 여인의 눈동자이자, 동시에 추한 일상의 억압에도 불구하고 아직 존재하는, 단지 염원 속에서일 뿐이라도 존재하는, 꽃 피어나는 봄의 세상의 영원한 아름다움의 상징이다. 〈취객들의 토끼 눈〉과 〈바닥없는 푸른 눈동자〉의 두 세계가 충돌한다. 이 충돌로부터 아름다운 미지의 여인에 대한 꿈이 태동하고, 바로 이 충돌로 인해 미지의 여인의 모습이 사그라진다. 현실과 이상의 충돌이 형상의 이중성과 아이러니를 낳는다.

시는 두 감탄문이 자아내는 비극적인 각성으로 마무리된다. 〈미지의 여인〉은 일순간 안개로부터 나와서 매료시키고는 안개처럼 녹아 사라진다. 아름다운 염원이 일순간 인간 영혼의 모든 구석에 빛을 비추어 영혼을 풍요롭게 하고는 다시 거짓된 현실로 되돌아간다.

이 시는 무미한 일상을 금빛 찬란한 시로 변모시키는 인간의 상상력이 지닌 창조적 힘에 관해, 〈매료된 미지의 강변을〉 향한 영적 상승의 영원한 지향에 관해 노래하는 발라드다. 동시에 그 지향의 찰나성에 대한 아이러니적 절망이다.

「미지의 여인」은 1906년 봄 시인의 고독한 산책의 산물이다. 책 속에 파묻혀 대학 졸업 시험을 준비하던 블로크는 틈틈이 홀로 집을 나서 도시와 근교를 배회하곤 했다. 그렇게 시의 실제 무대인 오제르키가 포착된다.

당시 오제르키는 궁벽한 다차촌이었다. 시인은 역에 붙은 볼품없는 작은 레스토랑을 마음에 들어 했다. 그는 베네치아식 넓은 창가에 앉아 값싼 적포도주를 천천히 마셨다. 취기에 발아래 마루 판자가 흔들리기 시작하면 모든 것이 점차 변모된다. 무료한 잿빛 일상이 환상적인 환영으로 변모된다. 〈미지의 여인〉은 술처럼 순간적인 망각을 주는 악마적 신기루였다. 일상적인 모든 것이 기관차 증기처럼 흩어지고 단 하나 경이로운 푸른 눈의 환영만이 영혼을 사로잡는다.

「미지의 여인」을 쓸 무렵 시인은 가장 복잡한 삶의 시기 중의 한 시기에 처해 있었다. 아내와의 갈등, 다른 상징주의 시인들과의 단절, 그리고 세상에 대한 환멸. 애수와 절망과 불신의 느낌이 시인의 세계 지각에서 주된 것이 된다. 그의 시에서 〈무서운 세상〉의 모티프가 대두되는 무렵이다. 이 시기 많은 시들의 음울한 모티프들은 미가 아닌 잔혹과 거짓과 고통이 지배하는 세상에 대한 저항의 표현이다. 시인은 술과 광란의 격정이 주는 위안에 의탁한다. 부정적인 세상으로부터의 다른 출구는 없다. 〈술 속의 진리〉의 추구는 현실과의 화해가 아닌 갈등이다. 속악한 세상에 미, 자신의 〈미지의 여인〉을 대치시킨다.

시인은 술잔에 절망을 따른다. 하지만 여전히 사랑을 노래한다. 블로크는 삶의 밝은 원칙의 담지자로서의 여인에 대한 믿음을 변함없이 견지한다.

시에는 〈이곳〉과 〈저곳〉의 낭만주의적인 이원적 세계 지각이 변함없이 구현되어 있다. 시인은 여전히 〈저곳〉, 곧 조화로운 미의 세계를 꿈꾼다. 그러나 두 세계의 관계는 『아름다운 여인에 관한 시』에서와는 다르다. 〈이곳〉은 더 이상 시인의 의식 바깥에 머물지 않는다. 〈이곳〉의 모습을 가리던 장막이 걷히고 비속한 잿빛 현실의 모습이 전면에 대두된다. 그리고 시인은 〈이곳〉에서 미를 추구한다. 소란스러운 도시의 일상이, 레스토랑과 술집의 데카당의 세계가 신비로운 전원의 토포스를 대체한다(Минц 1999: 532~539; Жирмунский 1928: 198~200; Громов 1986: 160; Эткинд 1963: 381).

시적 주인공은 이제 술에 취해 떠들썩한 군중들 속에 있다. 한때 신비로운 〈아름다운 여인〉과의 결합을, 미래의 조화를 믿었던 그는 이제 성스러운 환영의 파괴를 겪는다. 〈오래 전에 별은 나의 잔속에 빠졌다〉(「시월에」). 그의 영혼에서 분열이 일어난다. 그렇게 〈미지의 여인〉의 형상이 대두된다. 무의미하고 추한 일상 속에서 〈나〉는 〈너〉의 모습을 꿈꾼다. 〈나〉와 〈너〉의 만남의 상황은 저속하다. 시인은 저속한 이 세상에서 자신의 여주인공을 찾는다. 〈토끼 눈이 된 취객들〉 사이에서 술 취한 시인에게 매력적인 환영이 되어 은밀한 처녀의 모습이 나타난다. 권태롭고 속물적인 먼지 낀 일상이 한순간 희미하게 물러나고 은밀한 미의 모습이 비쳐 나온다. 그러나 만남은 시인에게 기쁨도 안정도 가져다주지 않는다. 지상에는 그녀가 존재할 수 없음이 명백하기 때문이다.

여인의 형상은 두 세계의 프리즘을 통해 이중적으로 지각된다.

비애에 찬 가까운 〈이곳〉과 지고한 아름다움의 〈저곳〉. 그렇게 〈영원한 여성성〉이 비애에 찬 현실과 결합된다. 시인이 화가의 재능을 지녔더라면 창조했을 브루벨의 〈악마〉의 모습과 같은 세계상(Блок 1960~1963: 5, 430). 《〈이곳〉과 《저곳》, 선과 악, 삶과 죽음, 빛과 어둠의 이원적 분별이 사라지고 난 뒤의 어스름한 세계〉(이형구 2000: 315).

사랑은 여전히 삶의 밝은 원칙을 일깨우며 시인을 사로잡지만, 이제 〈아름다운 여인〉에 대한 사랑같이 눈부시고 선명하지 않다. 시적 주인공은 아이러니를 통해 현실과 환상 사이의 타협을 모색한다. 진정한 사랑의 행복은 단지 과거 속에 있을 뿐이다.

> 소박한 테두리 속 네 얼굴이
> 내 앞 탁자 위에서 빛났을 때
> 애처로운 지상에서 나는
> 선행을 공적을 영예를 잊곤 했다
>
> 하지만 때가 도래했고, 너는 집을 떠났다
> 나는 약속의 반지를 밤의 품에 던졌다
> 너는 네 운명을 다른 이에게 맡겼고
> 나는 아름다운 얼굴을 잊었다
>
> 저주받은 무리가 되어 맴돌며 세월이 날아갔다……
> 술과 정열이 내 생을 찢었다……
> 설교단 앞에서 너를 떠올리고

내 젊음을 부르듯 너를 불렀다……

너를 불렀다. 하지만 너는 눈길을 주지 않았다
눈물을 흘렸다. 하지만 너는 내려오지 않았다
너는 푸른 망토를 슬피 둘렀다
너는 축축한 한밤에 집을 떠났다

소중한 사랑아, 정다운 사랑아, 네가
네 긍지의 은신처를 어디에서 찾았을지 나는 모른다……
나는 깊이 잠든다. 축축한 밤에 네가
입고 떠난 푸른 망토를 꿈에 본다……

다정을 영예를 더 이상 꿈꾸지 않는다
모든 것은 스쳐갔다. 젊음은 지나갔다!
소박한 테두리 속 네 얼굴을 난
내 손으로 탁자에서 치웠다

「소박한 테두리 속 네 얼굴이」(1908)

연인(아내)은 시적 주인공을 버리고 멀리 떠났다. 그는 떠나 버린
연인이 자신의 말을 듣기라도 하는 것처럼 연인의 초상화에 대고
원망과 간구로 가득 찬 심정을 토로한다. 시적 주인공과 그가 사랑
하는 여인의 두 형상의 대조가 시를 일관하며 두 사람 사이의 극복
될 수 없는 거리를 강조한다.
　첫 연은 두 연인이 헤어지기 전의 시적 주인공의 삶의 상황이

다. 〈소박한 테두리 속 네 얼굴이 내 앞 탁자 위에서 빛났을 때〉, 곧 〈너〉가 〈나〉의 곁에 있었을 때, 〈나〉의 삶은 조화로웠다. 둘만의 세계가 〈나〉의 삶의 전부였다. 〈애처로운 지상에서〉 〈너〉는 다른 모든 삶의 가치가 범접할 수 없는 유일한 희망이자 기쁨이었다. 〈하지만 때가 도래했고〉, 사랑하는 여인은 주인공을 저버렸다. 그와 함께 삶의 의미도 사라져 버렸다. 〈선행〉, 〈공적〉, 〈영예〉……. 그 무엇보다 소중한 사랑의 체험이었기에 상실의 슬픔은 거대하고 한이 없다. 둘만의 〈집〉의 세계의 상실과 함께 삶의 정향(定向)을 잃은 주인공은 신실한 사랑의 상징인 〈약속의 반지〉를 버리고 그의 〈생을 찢〉는 정열에 내맡겨진 채 〈저주받은 세월〉, 빛이 아닌 암흑의 삶의 시절을 견뎌야 했다. 연인의 얼굴이 빛나던 시절을 〈저주받은 무리가 되어 맴〉도는 무서운 시절이 대체했다. 〈축축한 한밤〉이 여주인공이 입고 떠난 과거의 〈푸른 망토〉와 대조를 이룬다. 〈너〉와 함께 〈푸른〉 과거가 떠나고 〈나〉는 〈축축한 한밤〉에 잠겼다.

시적 주인공의 저주받은 시절의 삶은 축복된 시절에 대한 회상과 상실의 인식으로 인한 고통으로만 채워져 있다. 〈너〉의 존재는 〈나〉의 젊음과 등가다. 사랑과 함께 주인공의 최상의 삶의 시절이 떠났다. 하지만 마지막 연에서 주인공은 마침내 성숙한 결정을 내린다. 잃어버린 사랑을 내려놓기로 한 것. 주인공은 온유한 사랑의 젊음을 뒤로 하고 혹독한 성숙의 시기를 맞는다.

〈소박한 테두리 속〉에서 빛나는 얼굴의 〈너〉, 주인공이 〈설교단 앞에서 떠올리고〉 부르는 〈너〉는 배신 이후에도 변함없이 신성한 존재다. 하지만 시적 주인공은 젊음의 이상과 결별하고 들어선 새로운 삶의 길, 술과 정열에 찢긴 생의 불가피함을 선언한다. 세상과 유리된 젊음의 순수가 돌이킬 수 없이 멀어졌음을 명확히 인식한다. 〈모든 것은 스쳐갔다. 젊음은 지나갔다!〉 그때서야 〈소박한 테두리 속 네 얼굴을 난 내 손으로 탁자에서 치웠다〉.

그는 사랑의 상실과 함께 삶에 대한 환멸에 처하고 윤리적 지주를 상실했다. 영혼을 불태우고 공동화시키는 파멸적 정열, 〈술 속의 진리〉의 추구가 이 신성한 여인에 대한 사랑을 통한 구원의 추구를 대신한다.

라틴어(〈In vino veritas〉)와 러시아어 원어로 두 번에 걸쳐 반복되는 〈술 속에 진리가 있다〉라는 구절. 러시아어 구절에는 다른 의미도 담겨 있다. 러시아어에는 〈술 속에〉의 의미와 함께 〈죄악 속에〉의 의미도 담겨 있다. 〈죄악 속에 진리가 있다.〉 그러므로 이 구절은 술의 취기와 함께 끓어오르는 열정과 시적 영감의 환희와 함께 주인공의 의식을 지배하는 죄의식의 감정도 표현한다. 그가 그의 젊음의 시절에 영원히 남겨 둔, 하지만 마지막 숨을 거둘 때까지 잊을 수 없을 첫 여인에 대한 죄의식이다. 〈미지의 여인〉을 향한 열정에는 환희와 죄의식이 함께 결부된다.

그와 같은 영혼의 상실을 대가로 시적 주인공은 비애와 애수에 찬 채 어둠의 세상과 담대한 결속을 이룬다. 성숙, 어둠의 세상과 담대한 결속을 이루기까지 거쳐야 하는 좌절과 방황, 자학적 방탕 속의 자기 파괴적 위로, 그리고 강인하게 단련된 정신의 성숙 이후에도 불가피한, 영혼의 잃어버린 한 축에 대한 회환⋯⋯. 블로크 시의 〈다성악〉에서 〈미지의 여인〉의 주제와 형상이 갖는 울림이다.

2.

「미지의 여인」은 논쟁의 여지없는 블로크의 걸작 중 한 편이다. 하지만 이 시는 느닷없이 우연히 생겨난 게 아니다. 블로크의 모든 걸작은 시인이 그 시의 탄생 전후로 쓴, 그와 연관된 시들의 문맥 속에 놓이며 이해의 틀을 얻는다. 시인은 모티프와 형상을 다듬으며 걸작을 향해 다가가서는 또 새로운 의미와 뉘앙스를 부여하며 걸작에서 물러간다.

블로크에게 모든 시는 몇몇 〈어휘-창끝〉, 〈어휘-별〉 위에 걸린 〈장막〉이다(Блок 1965: 84). 블로크의 시의 이해에는 〈어휘-창끝〉, 〈어휘-별〉들의 의미를 낳는 문맥에 대한 이해가 중요하다(Гинзбург 1974: 261). 〈미지의 여인〉의 형상은 태동에서 소멸에 이르는 역사를 가진다. 그것이 개별 시에 국한되지 않는 형상의 문맥을 낳고 이 부분적인 문맥은 다시 블로크 시의 전체 문맥에서 다른 핵심적인 형상-상징들과의 상호 작용 속에서 의미를 부여받는다.

블로크는 1906년 4월에 쓴 「미지의 여인」과 연관된 첫 시를 1905년 8월 썼다.

저기 한밤의 울부짖는 혹독한 추위 속에서
별들의 벌판 속에서 나는 고리를 찾아냈다
이제 레이스에서 얼굴이 생겨난다
레이스에서 얼굴이 생겨난다

이제 그녀의 눈보라가 떠는 소리가 흘러간다

치맛자락으로 밝은 별들을 끈다
눈보라의 날아오르는 탬버린의
방울을 짤그랑대며 부른다

가볍게 차악 부채가 펼쳐졌다
아, 무슨 의미인가? 마실 수도 먹을 수도 없다!
그러나 북방을 향한 두 눈에 담긴
차가운 내게 전하는 뜨거운 소식……

그리고 순간 위에 장막을 드리우며
온통 눈보라의 별들에 휘감겨서
너는 눈의 어스름 속으로 흘러간다
영원부터 예측된 나의 벗이여

「저기 한밤의 울부짖는 혹한 속에서」(1905)

〈미지의 여인〉의 형상의 첫 스케치다. 시적 주인공의 눈에 모습을 드러내고는 흘러가 버리는 여인의 모습이 노래된다. 얼굴의 출현, 외양의 디테일의 형성, 시선의 마주침, 형상의 소멸에 각 연이 상응한다. 곧, 여인의 환영이 나타나서 시적 주인공의 시선에 강렬한 인상을 남기고 멀어져 가는 과정이 시의 내용 전개를 이룬다. 시의 서두에서 시공간적 배경과 함께 등장하는 시적 주인공의 모습. 맹렬한 추위가 기승을 부리고 눈보라가 휘몰아치는 겨울밤, 〈나〉는 〈별이 흩뿌려진 벌판〉을 본다. 눈보라에 의해 지워진 땅과 하늘의 경계. 물리적인 윤곽이 소멸된 환상적인 공간에서 어떤 여인의 얼굴이 보인다. 〈나〉가 보는 여인의 얼굴은 별과 눈이 함께 만든 것으로 보인다. 〈별들의 벌판〉에 눈이 펼쳐 놓은 레이스에서 고리가 생겨나고 얼굴이 대두된다. 도치를 통한 시구의 반복이 〈얼굴〉의 의미를 부각시키며 시적 주인공의 환희를 전한다.

2~3연에서 묘사되는 여인의 외양의 디테일. 여인은 눈보라와 분리될 수 없는 존재다. 그녀가 눈보라를 휘몰아치게 하고 눈보라의 〈부채〉를 펼친다. 별이 수놓아진 눈보라의 옷을 입은 여인. 눈보라의 춤 속에서 솟구쳐 올라 낭랑한 소리와 함께 눈보라의 세계로 시적 주인공을 유혹한다. 여인은 눈의 여왕이다. 동시에 그녀는 〈치맛자락으로 밝은 별들을〉 끌며 〈눈의 어스름 속으로 흘러가〉는 혜성이다. 〈눈의 여왕-혜성〉은 눈보라의 떨리는 소리, 눈보라의 탬버린 소리에 맞춰 〈밝은 별들을 치맛자락으로 끌며〉 난다. 부채를 펼치고 탬버린 소리에 맞춰 춤추는 여인은 또한 정열의 집시 여인을 연상시킨다. 시적 주인공은 여인의 모습 앞에서 극도의 정신적 긴장 상태에 처한다. 〈나〉는 〈마실 수도 먹을 수도 없다〉! 〈나〉는 여인이 자신에게 주는 신호의 의미를 이해할 수 없다. 그 이전에 여인은 얼굴의 모습도 드러나 있지 않다. 거기에는 어떤 여인이든 나타날 수 있다. 다만 그녀의 두 눈에는 시적 주인공이 속한 〈차가운 북방〉에 〈전하는 뜨거운 소식〉이 담겨 있다. 차가운 동시에 뜨거운 눈보라……. 눈보라의 격정, 〈집시 여인〉의 형상이 상징하는 자유롭지만 파멸적인 열정을 예고한다(Лотман 1964: 137~138).

눈보라 속에서 어른거리던 여인은 이제 4연에서 일순간 어스름의 장막 뒤로 사라진다. 시인은 마치 반드시 나타나야 할 여인을 고통스럽게 고르고 있는 듯하다. 이 시의 여주인공의 형상에는 온기와 한기, 빛과 어둠이 하나로 결합된 치명적인 미의 유혹을 구현하는 〈눈 처녀〉와 〈파이나〉의 형상이 〈미지의 여인〉의 형상과 분화되지 않은 채 담겨 있다. (블로크의 시에서 〈미지의 여인〉의 형상과 병렬적으로 『눈 가면』과 『파이나』의 여주인공의 형상이 출현하는 것은 1906년 말이다.) 여인은 〈영원부터 예측된 나의 벗〉, 숙명적인 만남의 대상이다. 현실과 유리된 〈집〉의 세계의 〈서정적 고독〉을 벗어나 〈광장〉과 〈거리〉, 나아가 대지의 삶의 대기를 호흡하고자 하는, 블로크 2권의 주도적인 지향이 투영된 시다. 〈집〉에서 〈광장〉과 〈거리〉로, 나아가 〈무한한 평원〉의 자유로운 공간으로 나아가고자 하는 지향에 〈미지의 여인〉의 형상에서 분화되어 나오는 〈눈 처녀〉와 〈파이나〉의 형상이 상응한다. 인적 없는 혹한의 도시의 거리에서 영계(靈界)의 시선을 마주하는 이 시의 시적 주인공은 〈집〉을 잃은 도시의 부랑자다(Блок 1960~1963: 5, 71~75). 그에게 남은 유일한 위안은 〈술 속의 진리〉다. 시에 명시적으로 드러나 있지 않지만, 이 시의 주인공은 「미지의 여인」의 주인공을 닮았다. 동시에 여주인공의 형상은 〈미지의 여인〉의 형상이 『눈 가면』과 『파이나』의 문맥과의 유기적인 관계 속에서 변주될 것임을 예고한다.

「미지의 여인」에 인접한 시들이 창조하는 문맥은 〈미지의 여인〉의 형상에 혜성, 떨어지는 별의 은유를 부여한다. 다음 1906년 3월에 쓴 시 「내가 신호를 주었던 그날보다」에서 여인은 지상으로 추락한 혜성이다. 〈미지의 여인〉은 별을 닮은 여인이 아니다. 그녀는 별이다. 하늘에서 반짝이던 별이 그녀의 삶의 전사(前史)다. 그녀는 하늘에서 반짝이다가 불길에 휩싸인 혜성이 되어 지상으로 추락했다. 여기에 시인이 (「미지의 여인」에서) 예측하는 〈황량한 비밀〉이 들어 있다(Мочульский 1997: 93~94).

내가 신호를 주었던 그날보다
네가 주저하다가
저녁을 앞둔 가벼운 걸음을 서둘렀던 그날보다
네 얼굴은 더 창백하다

여기 모든 것에 순종하는 내가
불빛 없는 벽에 기대선다
심장이 무어냐? 정열과 비애가 함께 엮인
기적의 두루마리!

믿으라, 우리 둘은 하늘을 알았었다
피에 물든 별이 되어 네가 흘렀다
네가 떨어지기 시작했을 때
나는 슬픔에 젖어 너의 길을 가늠했다

우리는 말해지지 않은 앎으로
같은 높이를 알았었다
그리고 사선을 그리며
안개 뒤에서 함께 떨어졌다

하지만 나는 너를

불 꺼진 문 안에서 찾았고 만났다
그리고 이 시선은
안개 낀 저 높은 곳 못지않게 밝았다!

혜성이여! 나는 천체들 속에서
너의 때 이른 이야기를 전부 읽었다
그리고 검은 비단 아래에서
사랑스런 성좌들의 거짓 광채를 알아보리라!

너는 내 앞에서 길을 마무리하고
그때처럼 어둠 속으로 멀어져간다
네 뒤에는 같은 하늘
그리고 그 별처럼 긴 옷자락을 끈다!

지체하지 마라. 검은 어둠 속에 깃들며
회상하고 바라보기를 주저하지 마라
너의 좁은 은빛 허리띠는
마법사에게 예정된 은하수

「내가 신호를 주었던 그날보다」(1906)

〈미지의 여인〉이 거의 모습을 드러냈다. 〈미지의 여인〉의 우주적 속성이 아름다운 별의 추락의 신화 속에서 제시된다. 시인은 거리에서 우연히 만난 여인에게 말을 건넨다. 다시 만난 여인. 첫 만남의 〈그날〉보다 더 창백한 얼굴이다. 삶의 고통이 묻어난다. 〈나〉 역시 지상의 정열의 비애에 젖어 삶에 대한 체념과 환멸에 처해 있다. 이제는 떠나지 않고 그의 곁에 머무르는 여인을 향해 그들의 삶의 전사에 대해 회상하며 말한다. 지상의 정열에 순종하지만, 과거의 〈영혼의 높이〉를 회상한다.

    믿으라, 우리 둘은 하늘을 알았었다
    피에 물든 별이 되어 네가 흘렀다

 여인은 지상으로 떨어졌고, 하늘에서 〈슬픔에 젖어 너의 길을 가 늠〉하던 〈나〉도 〈사선을 그리며 안개 뒤에서 함께 떨어졌다〉. 추락 한 그들이 지상에서 다시 만났다. 〈나〉는 〈너〉의 지상의 모습에서 〈하늘을 알았던〉, 영혼의 고귀한 높이를 지녔던 〈너〉의 옛 모습을 〈말해지지 않은 앎〉으로 알았다.
 이제 여인은 영계의 비밀 뿐 아니라 지상의 세태의 유혹도 구현 한다. 그녀는 〈불 꺼진 문 안에서〉 시적 주인공에게 나타난다. 그 녀의 초상에는 이미 〈지상적인〉 면모가 충분하다. 검은 비단 옷을 입은 그녀. 그리고 앞의 시에 이어 다시 등장하는 치맛자락. 하지 만 이번에는 별이 없다. 별은 빛이 꺼지고 사라졌다. 별을 대신하는 〈좁은 은빛 허리띠〉. 이제 여인의 형상은 훨씬 선명하다.
 천상의 천사, 별 처녀가 갑자기 지상으로 추락했다. 처녀의 〈형 이상학적〉 추락이 주인공을 동요케 하고 슬픔에 잠기게 한다. 하 지만 그다음에 그는 불 꺼진 지상에서 자신의 연인을 발견하고 〈이 시선도 안개 낀 천상에서 못지않게 빛남을〉 이해한다. 〈하늘〉에서 내려온 여주인공은 자신의 미, 매혹적인 매력을 잃지 않았다. 그렇게 세상에 〈미지의 여인〉이 탄생한다. 천상에서 지상으로 내려온 천사. 〈추락하는 별〉의 형상은 〈미지의 여인〉의 형상에 지상에 사로잡힌 〈세계영혼〉(〈소피아〉)에 대한 그노시즘의 신화를 투영시킨다. 추락으로 인해 지상의 여인의 모습 속에 갇혀서 천상의 고향에 대한 애수로 신음하는 〈세계영혼〉. 그럼으로써 천상과 지상을 결합하는 존재(Магомедова 1997: 70~84; 김희숙 2014: 129; 박경미 2003: 73~98).

『아름다운 여인에 관한 시』의 블로크는 〈소피아〉의 이상의 구현인 여인에 대한 낭만주의적 사랑을 통해 혼돈에 처한 지상세계로부터 신적인 조화의 세계로의 초월을 꿈꾸었다. 이제 〈미지의 여인〉의 형상의 대두와 함께 블로크의 여인의 형상들은 혼돈과 조화가 분리될 수 없이 통일된 삶의 모습을 구현한다.

블로크의 시적 변화는 문학사적-문화사적 변화의 축소판이다. 추락과 파국에 처한 〈소피아〉의 형상과 더불어 비고전적 세계상이 대두된다. 여인의 이중적 속성은 대립적 가치가 모순적으로 통일된 양가적 세계상을 구현한다. 〈소피아적〉 여주인공은 혼돈의 담지자로 변모되고, 혼돈의 원칙의 구현인 여주인공의 모습 속에서 〈소피아적〉 의미가 깨어난다(Крохина 2010: 156).

〈너의 좁은 은빛 허리띠〉를 통해 〈나〉는 〈은하수〉로의 비상을 꿈꾼다. 시의 마법을 통해서……. 그렇게 신비로운 〈영원한 여성성〉의 형상이 지상에 사는 〈미지의 여인〉의 형상으로 대체된다. 쓰라린 열정으로 가득 찬 시적 주인공도 여인의 모습도 「미지의 여인」으로 자연스럽게 옮겨간다. 연작 『도시』에서 시 「미지의 여인」은 바로 이 시 다음에 배치된다.

중심이 되는 시 「미지의 여인」에서 지상으로 내려온 여인은 레스토랑을 전전한다. 〈레스토랑〉과 〈선술집〉은 〈세계영혼〉이 사로잡힌 지상의 〈지옥〉으로 드러나고, 그럼으로써 두 세계의 경계로서의 호로노토프를 지닌다(Магомедова 2009: 45). 〈반지들을 낀 가녀린 손가락.〉 여인의 모습은 더 구체화되어 있다. 그러나 이 시에서도 시적 주인공은 여주인공의 얼굴을 보지 못한다. 그녀의 모습은 사라지고 〈바닥없는 푸른 눈동자〉가 그의 젊음의 먼 기슭에 남는다. 이번에도 그녀는 가까워질 새 없이 멀어진다.

시인은 여인의 지상의 모습을 낭만화한다. 그는 그녀를 선술집의 불결한 상황에서 떼어 낸다. 〈이건 단지 나의 꿈인가.〉 여인이 환영, 방탕과 현실의 공포가 지배하는 곳에서 마지막 기쁨이 된다.

익숙한 주제와 형상이 「미지의 여인」 이후 1906년 9월에 쓴 두 편의 시에서 다시 나타난다.

별이 흩뿌려진 긴 치맛자락
푸른, 푸른, 푸른 눈동자
땅과 하늘 사이
회오리가 들어 올린 장작불

삶과 죽음의 영원한 순환
촘촘한 비단을 온 몸에 두르고
은하에 열린 너
뇌우의 먹구름 속에 은신한 너

숨 막히는 안개가 드리우고 있었다
꺼져라, 꺼져라 빛이여, 흘러라 암흑이여……
새하얗고 가녀린 이상한 손으로 너는
횃불의 잔을 내 손에 건넸다.

나는 횃불의 잔을 푸른 하늘에 던진다
은하에 파문이 일리라
황무지 위로 너 홀로 솟아올라
혜성의 치맛자락을 펼치리라

은빛 치맛주름을 만지게 해다오
무심한 심장으로 알게 해다오
내 고행의 길의 달콤함을
가볍고 밝은 죽음을

「별이 흩뿌려진 긴 치맛자락」(1906)

저기에서 부인들이 유행하는 옷차림을 뽐낸다
저기에서 리체이 학생들이 갖가지 익살을 떤다
다차들의 권태 위에서, 텃밭 위에서
햇살에 빛나는 호수의 먼지 위에서

먼지 낀 정거장 위
도달할 길 없는 노을이
붉은 손가락들로 저기로 유혹한다

헛되이 다차 주민들을 흥분시킨다

내가 그토록 고통스럽게 숨 막혀 하는 그곳에서
뻔뻔스럽게 매력적이고
굴욕적으로 오만한 그녀가
가끔 내게로 온다

두꺼운 맥주잔들 뒤에서
익숙한 소란의 꿈 뒤에서
반점 무늬로 뒤덮인 베일이 보인다
두 눈과 작은 코와 입

나의 행복한 별에 매료된 나는
포도주로, 노을로, 너로
몽롱해지고 흥분한 나는
대체 무엇을 기다리는가?

고대의 미신으로 숨 쉬며
검은 비단으로 소란 대는 너
장례의 깃털을 가진 투구를 쓴
너도 포도주에 취해 몽롱한가?

이 은밀한 비속 가운데에서
말하라, 희부연 푸른 저녁 같이

닿을 길 없는 유일한 여인인

너를 내가 어찌하랴?

「저기에서 부인들이 유행하는 옷차림을 뽐낸다」(1906~1911)

낭만적 초월의 마법과 저속한 세태 속의 애수……. 시인이 비슷한 시기에 쓴 〈미지의 여인〉의 주제의 두 변주는 저토록 대조적이다. 하지만 여인의 모습 속에는 변함없이 두 차원의 삶의 계기가 결부되어 있다. 첫 번째 시에는 여인의 〈천상적인〉 면모가 부각되고, 두 번째 시에는 세태적인 면모가 주도적이다.

첫 번째 시. 레스토랑의 여인의 경험적 형상이 드넓은 별의 심연에 빠져 자취를 감추었다. 여인의 〈천상적인〉 면모를 구현하는 장엄하고 눈부신 은유의 향연. 〈별이 흩뿌려진 긴 치맛자락〉, 〈촘촘한 비단〉. 그녀의 긴 치맛자락은 별들에 둘러싸인 혜성의 꼬리다. 〈촘촘한 비단〉은 〈뇌우의 먹구름〉. 여인은 윤기 나는 검은 비단치마를 입었다. 그래서 그녀의 치마에 〈별〉과 〈먹구름〉의 형상이 결부되고, 〈은빛 치맛주름〉의 비유를 낳는다. 〈뇌우의 먹구름 속에 은신한〉 그녀가 〈혜성의 치맛자락을〉 펼치고 〈은하〉를 비행하기를 기다린다.

삶과 죽음의 경계를 허무는 〈영원 회귀〉의 허무주의적 세계. 디오니소스적 순간의 유희를 통한 존재의 충일감의 환희. 〈너〉와 〈나〉가 함께 준비한다. 「미지의 여인」에서와 마찬가지로 너의 용모에서 강조되는 〈푸른, 푸른, 푸른 눈동자〉. 영원의 세계로의 통로, 땅에서 하늘로 존재를 들어 올리는 회오리의 〈장작불〉이다. 〈너〉의 눈동자의 일렁이는 불길. 〈햇불의 잔〉의 형상으로 이전된다. 눈동자와 술잔이 불의 형상의 매개로 결부된다. 〈너〉가 〈새하얗고 가녀린 이상한 손으로〉(〈반지들을 손가락에 낀 가녀린 손〉 ── 「미지의 여인」) 〈나〉의 손에 〈횃불의 잔〉을 건네고 〈나는 횃불의 잔을 푸른 하늘에 던진다〉. 〈은하에 파문이 일〉고 〈너〉의 비행이 시작된다. 〈나〉는 〈너〉와의 치명적인 사랑을 통해 지상의 〈황무지〉 위로 비상하기를 갈구한다.

여인-별의 은유의 실현은 하나의 요소가 다른 요소를 잠식하지 않는다. 〈미지의 여인〉은 동시에 지상의 실제 여인이자 하늘의 별이다. 이 모순의 통일이 시의 기적, 블로크의 낭만주의 예술의 절정을 이룬다. 〈땅과 하늘 사이.〉 바로 〈미지의 여인〉이 존재하는 공간이다. 그녀는 눈보라의 회오리 자체다.

이 시에는 여인의 형상의 동질성을 배경으로 「미지의 여인」과의 차이가 대두되어 있다. 이 시의 여주인공은 디오니소스 신의 자질을 지닌다. 그녀는 먹구름 속에 번개를, 어둠 속에 빛을 은닉한 채 순간적인 타오름으로 영혼의 무한한 확장과 비상을 약속하는 존재다. 이 열정의 환희에는 죽음의 공포가 결부된다. 시인은 삶과 죽음의 경계를 허무는 〈영원 회귀〉의 세계로 비상하게 하는 강렬한 열정의 환희에 결부된 죽음의 공포, 죽음으로 위협하는 어두운 열정의 심연이 지닌 매력을 노래한다. 여주인공의 형상에는 블로크의 시에 곧 등장할 〈눈 처녀〉의 면모가 스케치되어 있다. 빛이 아닌 어둠을 요청하고 열정의 불길 속의 〈가볍고 찬란한〉 죽음을 기꺼이 선택하는 이 시의 주인공의 모습도 『눈 가면』의 시적 주인공의 모습을 이미 구현하고 있다. 블로크의 시적 주인공은 자신이 희구하는 대로 곧 디오니소스적 어둠의 열정에 침잠하게 된다. 「미지의 여인」이 〈비가〉라면, 이 시는 〈주문(呪文)〉이자 찬가다.

연작 『도시』에서 「미지의 여인」 바로 다음에 배치된 시 「저기에서 부인들이 유행하는 옷차림을 뽐낸다」는 구성과 리듬과 형상 체계에 있어 「미지의 여인」과 아주 유사한 시다. 그러나 세계와 여주인공의 묘사에서 드러나는 공통점을 토대로 차이가 부각된다.

이 시를 읽는 첫 인상은 「미지의 여인」과 똑같은 주제의 변주라는 느낌이다. 똑같이 저속한 세계가 묘사된다. 〈부인들〉, 〈경험 많은 익살꾼들〉에 전적으로 상응하는 〈리체이 학생들〉. 그들도 저마다 〈익살을 떤다〉. 〈호수〉, 〈먼지〉, 〈권태〉……. 〈먼지 낀 정거장 위〉에서 생겨나서 〈헛되이 다차 주민들을 흥분시〉키는 〈도달할 길 없는 노을〉의 형상은 또한 「미지의 여인」에서처럼 익숙한 시적 상황을 파괴한다. 그리고 매력적인 여인이 등장한다. 똑같은 〈고대의 미신〉, 〈검은 비단〉, 〈장례의 깃털〉.

하지만 그녀는 이제 눈뿐 아니라 얼굴 모습이 제시되어 있다. 그렇게 비밀스럽고 경이로운 음악이 점차 사라진다. 이제 그녀는 완전히 지상의 여인이다. 그녀의 모습은 저 은밀한 비밀을 상실했다. 여인의 모습은 지극히 구체적이다. 그녀가 쓴 것은 단순히 모자가 아니라 당대에 유행하던 〈투구〉. 그리고 그녀의 〈베일〉은 이제 〈반점 무늬로〉 뒤덮였다. 저속한 유행의 취향. 〈베일〉 너머로 〈나〉가 보는 것은 〈매료된 저 먼 곳〉이 아니라 〈눈과 작은 코와 입〉이다. 〈푸른, 푸른, 푸른 눈동자〉가 아닌, 어떠한 형용어도 없는 그저 평범한 눈. 〈작은 코와 입〉은 형상의 가치를 저하시켜 〈지상화〉한다.

〈미지의 여인〉의 모든 것이 비밀로 숨 쉬고, 그녀의 영혼에는 그 어떤 〈지상적인〉 감정도 없다면, 이 시의 여주인공은 〈뻔뻔스럽게 매력적이고 굴욕적으로 오만〉하다. 병적으로 일그러진 부자연스러운 형용. 〈미지의 여인〉이 술에 취한 세계에 속하지 않은 반면, 이 시에서 여주인공의 모습은 〈맥주잔〉과 레스토랑의 〈익숙한 소란〉을 배경으로 그려진다. 여인도 〈포도주에 몽롱해졌다〉. 즉 주위의 모든 사람처럼, 주인공처럼 술에 취했다. 「미지의 여인」의 여주인공이 두 세계에 걸친 존재라면, 이 시의 여주인공은 이 세상의 일부다. 〈은밀한 비속.〉 그녀의 형상에는 도스토옙스키 소설의 여주인공처럼 매혹과 타락이 공존한다.

두 세계 사이에서 동요되고 찢긴 시인은 〈미지의 여인〉에게 묻는다.

이 은밀한 비속 가운데에서
말하라, 희부연 푸른 저녁 같이
닿을 길 없는 유일한 여인인
너를 내가 어찌하랴?

데카당의 세계에 물든 낭만주의 시인의 삶의 노곤한 무게가 묻어난다.

이 시에서 범속하게 저하된 〈미지의 여인〉의 형상은 이 시가 1911년 마무리된 것과 무관치 않다. 이 시의 여인의 형상은 그 기간 사이에 시인이 계속 스케치한 〈미지의 여인〉의 모습에 부합된다.

크리스털의 안개에서 나오는
미증유의 꿈에서 나오는
누군가의 형상, 누군가의 이상한……

(레스토랑의 별실에서
포도주 병을 마주하고)

집시 선율의 새된 소리가
먼 홀들에서 날아들었다
먼 바이올린들의 안개 낀 절규……
바람이 들어온다, 줄무늬 거울들의
심연 속으로 처녀가 들어온다

마주한 시선과 시선, 불타는 푸른
광활한 땅이 보였다
마그달리나! 마그달리나!
모닥불을 일으키는
바람이 황야에서 불어온다

너의 좁은 술잔과 귀 먼
유리창 너머 눈보라
오직 반편인 생이여!
하지만 눈보라 너머에는
남쪽의 태양에 그을린 나라!

모든 고통의 해결
모든 비방, 모든 칭찬
똬리를 트는 뱀의 모든 미소

모든 애원하는 몸짓의 해결
내 술잔처럼 삶을 부수어라!

긴 밤의 침상을 감당하기에
정열의 힘이 모자라도록!
바이올린의 황량한 절규 속에서
죽음의 어스름이
놀란 눈을 끄도록

「크리스털의 안개에서 나오는」(1909)

결코 잊지 않으리라 (이 저녁이
있었던가, 아니면 없었던가) 노을의 화재에
창백한 하늘이 불타서 버그러졌다
노란 노을 위 가로등들

북적대는 홀. 나는 창가에 앉아 있었다
어디선가 바이올린 활들이 사랑을 노래하고 있었다
나는 하늘같은 금빛 아이 샴페인 잔에
검은 장미를 꽂아 네게 보냈다

너는 바라보았다. 나는 당황하며 대담하게
오만한 시선을 맞이했고 인사를 보냈다
파트너를 향해 짐짓 날카롭게
너는 말했다. 〈이 남자도 내게 빠졌어.〉

이제 대답으로 현들이 무언가를 노래하기 시작했다
활들이 격앙된 연주를 시작했다……
하지만 모든 젊음의 멸시로, 은연히 느껴지는 손의 떨림으로
너는 나와 함께 있었다……

너는 놀란 새의 동작으로 달려나갔다
너는 마치 내 꿈처럼 가볍게 지나갔다……
한숨에 향수가 묻어나고, 속눈썹이 졸았다
비단이 불안하게 속삭였다

하지만 거울들의 심연에서 너는 내게 시선을 던졌다
던지며 소리치고 있었다.〈잡아!……〉
목걸이가 짤랑거렸고, 집시 여인이 춤을 추었다
노을에게 사랑에 대해 새된 소리를 질렀다

「레스토랑에서」(1910)

3권을 여는 연작 『무서운 세상』에 수록된 두 편의 시. 이제 이상과 현실의 소통이 아닌 결렬의 느낌이 부각된다.

시 「크리스털의 안개에서 나오는」의 서두에서 시적 주인공은 잠결에 겨운 모습이다. 모든 것이 흐릿한 안개에 잠긴, 미증유의 꿈결 같은 세상이다. 모든 것이 어딘가 멀리 있는 듯 느껴진다. 그렇게 누군가의 환영이 시적 주인공에게 다가온다.

하지만 시인은 몽환적 세계를 제시하며 그 즉시 이 은밀한 모호함을 제거한다. 괄호 속에 제시되는 세태. 시적 주인공은 레스토랑

별실에서 포도주에 취해 선잠에 빠져들었다. 이 세계의 일상이 꿈을 탈각시킨다. 시적 주인공이 잠기는 포도주의 취기는 레스토랑의 세계의 저속함의 구현이다.

하지만 〈먼 홀들에서〉 예기치 않게 날아든 〈집시 선율의 새된 소리가〉 시적 주인공을 〈안개〉와 〈꿈〉의 몽환적 상태로 되돌린다. 바이올린들이 삶에 대한 환멸에 처한 그의 상처 입은 영혼과 함께 운다. 이 선율은 집시의 자유로운 삶의 세계를 상기시킨다. 바람결에 처녀의 모습이 거울에 어린다. 시적 주인공은 그녀의 눈동자에 잠긴다. 두 눈에 자리한 〈불타는 푸른 광활한 땅〉. 〈집시〉의 형상과 연관된 〈남방의 세계〉의 모티프. 황야에서 불어오는 바람이 거세지며 〈모닥불을〉 일으킨다. 〈너〉의 눈동자가 자유롭고 정열적인 생의 꿈에 불을 지핀다. 처녀는 마그달리나…….

〈좁은 술잔〉에 잠긴 〈나〉의 생은 〈오직 반편〉일 뿐이다. 〈유리창 너머 눈보라〉와 차단된 레스토랑의 좁은 세계에 갇힌 생을 속죄하는 모닥불이 거세게 타오른다. 술잔을 부수듯 저속한 취기의 정열에 빠진 〈반편인 생〉을 부수어야 한다. 시적 주인공은 〈눈보라〉의 세상을 거쳐 〈남쪽의 태양에 그을린 나라〉의 밝고 건강한 자유로운 정열의 삶을 갈구한다. 그는 선택의 기로에 서 있다. 술잔에 잠긴 생의 세계에 남을 것인가, 아니면 속죄한 성처녀 마그달리나를 따라 거울 너머의 이글거리는 태양의 세상으로 떠날 것인가.

〈미지의 여인〉은 그 형상이 어떻게 변주되든 늘 비밀에 감싸인 채 이상의 세계로 유혹하는 정열의 여인이다. 여기서 〈마그달리나〉는 영적 정화의 상징이다. 〈미지의 여인〉의 성스러움은 이 시에서 광활한 땅에서 누리는 자유로운 정열의 삶의 이상과 결부된다. 그녀는 거짓의 안개에 잠긴 세상에서 자유로운 정열로 충만한 참된 삶의 세계로 이끈다. 삶에 대한 극도의 환멸에 처한 주인공에게 그 삶으로부터의 유일한 출구는 마그달리나를 따라 황야로 떠나는 것이다.

주인공이 처한 의식의 분열, 이원적 세계상이 시를 비극적으로 만든다. 『아름다운 여인에 관한 시』의 주인공을 살게 했던 저 지고한 감정과 미증유의 세상의 도래에 대한 기대는 이제 돌이킬 수 없이 상실되었다. 시인의 염원은 저속한 산문적 세계와의 충돌을 견뎌내지 못했다. 저속한 정열의 나락으로 떨어진 주인공이 기대할 수 있는 유일한 구원은 죽음뿐이다. 처절한 고독 속에서 자기파괴를 지향하는 영혼의 비극이 짙게 밴 시다. 연작 『무서운 세상』의 주도적인 시적 울림이다.

〈시선의 결투〉의 모티프, 〈레스토랑〉과 〈거울〉과 〈집시 여인〉의 형상이 앞의 시와 두 번째 시를 묶어 준다. 괄호의 활용 역시 공통적이다. 하지만 괄호의 기능은 상이하다. 「미지의 여인」에서처럼 시적 사건의 실제성에 대한 주인공의 의심으로 시가 시작된다. 〈이 저녁이 있었던가, 아니면 없었던가.〉 이어지는 풍경의 스케치. 페테르부르크의 〈노을〉. 〈노란 노을 위 가로등들.〉 절망의 느낌을 낳는다. 저속한 현실의 세계에서 사는 낭만주의자의 정신적 피로를 짙게 하는 북방의 하늘의 풍경이다.

시적 주인공은 사람들로 북적대는 레스토랑의 홀에 있다. 그에게 사랑을 노래하는 바이올린 선율이 들려온다. 어디서 들려오는 음악인지 분명치 않다. 레스토랑의 홀에서? 레스토랑의 세계와는 다른 창 너머의 어느 세계에서? 주인공이 자리한 곳도 흥미롭다.

창가 자리에 앉은 인물이 그가 처음이 아니다. 바로 〈미지의 여인〉
이 창가 자리에 앉아 있었다.

> 그리고 천천히 취객들 사이를 지나가며
> 항상 동행 없이 홀로
> 향수와 안개를 들이쉬며
> 그녀는 창가에 앉는다

「미지의 여인」에서처럼 창은 역시 사랑과 조화의 빛의 세계로의
출구의 상징이다. 그러나 「미지의 여인」에서와 달리 다른 존재상은
제시되지 않는다.

시적 주인공은 에티켓에 어긋나는 스캔들적인 행동을 한다. 파
트너와 함께 온 여인에게 꽃을 보낸다.

> 나는 하늘 같은 금빛 아이 샴페인 잔에
> 검은 장미를 꽂아 네게 보냈다

검은색은 고통과 비애의 색이다. 하지만 이로 인해 장미의 아름
다움이 덜한 것은 아니다. 〈검은 장미〉는 〈고통받는 미〉, 삶의 고난
속에서 자기 존재의 아름다움을 모르는 여주인공의 모습을 상징한
다. 또한 붉음이 지나쳐 〈검은 장미〉는 뜨거운 격정의 상징이기도
하다. 그러므로 〈검은 장미〉를 보내는 주인공의 행동은 격정에 찬
영혼의 소유자인 여인에게 바치는 환희의 표현이자 그 여인을 지상
의 삶의 고통에서 구하려는 시도로 읽을 수 있다. 〈고통받는 미〉의

구원의 맥락과 무관치 않은 것이 시적 주인공이 〈검은 장미〉를 꽂는 〈금빛 아이 샴페인 잔〉의 형상이다. 첫눈에 보기에 이상한 〈하늘 같은 금빛〉의 비유. 사랑의 격정을 통해 지상에서 하늘로, 산문적인 세상의 불협화음으로부터 영원과 조화의 세계로 비상하고픈 갈구를 표현한다. 동시에 이 시적 상황 속으로 침투하는 아이러니의 뉘앙스. 〈아이〉는 19세기 이래 유행한 러시아의 대표적인 샴페인. 블로크의 시에서 그것은 세련되고 섬세한 취향, 보헤미안적 삶의 분위기를 전달한다. 격정으로 충만한 삶의 느낌에 대한 낭만적 갈구가 레스토랑의 보헤미안적 삶의 세태와 결부되어 있다.

여주인공은 주인공에 대한 끌림을 애써 외면한다.

> 파트너를 향해 짐짓 날카롭게
> 너는 말했다. 〈이 남자도 내게 빠졌어.〉

시선의 결투. 그는 〈당황하며 대담하게〉, 그녀는 〈오만한 시선으로〉 바라본다. 그녀는 그가 신물이 나는 구애자의 무리 중의 한 명일 뿐이라고 단언한다. 하지만 의도된 단호함 속에서 〈은연히 느껴지는 손의 떨림〉을 통해 동요가 묻어난다. 고조되는 음악의 선율을 배경으로 끌림의 강도가 짙어진다. 〈모든 젊음의 멸시〉, 곧 젊은 여인은 오만한 멸시의 태도를 보이지만 내적으로 동요한다.

> 이제 대답으로 현들이 무언가를 노래하기 시작했다
> 활들이 격앙된 연주를 시작했다……
> 하지만 모든 젊음의 멸시로, 은연히 느껴지는 손의 떨림으로

너는 나와 함께 있었다……

여주인공은 주인공을 떠난다.

너는 놀란 새의 동작으로 달려 나갔다
너는 마치 내 꿈처럼 가볍게 지나갔다……

「미지의 여인」에 이어 다시 등장하는 꿈의 모티프. 낭만주의자에게 꿈은 이상적인 세계로의 출구다. 블로크의 시적 주인공은 자주 꿈속에서 미를 본다. 의식의 심연에 변함없이 간직된 미에 대한 갈망. 그래서 그는 미를 도처에서, 심지어 사람들로 북적대는 레스토랑의 홀에서도 본다.

왜 여주인공은 재빠르게 달아나는 〈놀란 새〉처럼, 가벼운 여운을 남기는 〈꿈처럼〉 달려 나갔을까? 〈사랑의 결투〉를 계속하는 것. 그녀는 주인공이 있는 레스토랑의 홀을 달려 나가서 〈거울들의 심연〉 속으로 멀어져 간다. 그러며 주인공을 시선으로 부른다. 그렇게 환영의 세계로 멀어져 가는 미. 주인공이 남겨진 레스토랑의 홀에서는 목걸이를 짤랑대는 집시 여인이 춤추며 사랑에 대해 〈노을에게 새된 소리를〉 지르고 있다.

하지만 거울들의 심연에서 너는 내게 시선을 던졌다
던지며 소리치고 있었다. 〈잡아……!〉
목걸이가 짤랑거렸고, 집시 여인이 춤을 추었다
노을에게 사랑에 대해 새된 소리를 질렀다

이 시에도 〈무서운 세상〉의 부정성이 부각되어 있다. 시를 시작하는 의심의 모티프에 「미지의 여인」에서와 같은 낭만적 아이러니의 계기는 없다. 모호성은 이미 중요하지 않다. 〈사랑에 대한 새된 소리〉가 울려 대는 지상의 세계는 〈노란 노을 위 가로등들〉이 그렇듯 비루하고 부자연스럽다. 〈노란 노을〉과 〈가로등들〉은 부패와 거짓의 상징이다. 〈새된 소리〉가 노래하는 것은 매매의 대상인 사랑이다. 집시 여인이 노란 노을을 향해 질러 대는 격렬한 소리. 북방의 하늘의 노란 노을이 자신의 병든 광채를 죄악에 찬 사람들의 세상에 던진다. 노란 도시의 노란 세상 속에서 미는 모욕과 멸시에 처해져 소멸되었다.

「미지의 여인」에서 시적 주인공과 여주인공이 〈무서운 세상〉에 대척적인 존재라면, 시 「레스토랑에서」에서는 그들 자신이 이 세상의 산물이다. 이 세상의 모순이 그들의 영혼을 관통한다. 〈미지의 여인〉이 〈오만한 시선〉을 가진 레스토랑의 유혹하는 여인으로 변모되어 있다. 시적 주인공도 그의 여성적 이상도 보헤미안의 삶에 길들어 있다. 사랑을 노래하는 바이올린의 활들은 집시의 자유로운 정열의 표상이지만, 이 시에서는 낭만주의적 자유의 울림을 잃고 세기 초 레스토랑의 보헤미안적 세태의 징표로 자리 잡는다. 형이상학이 지상적인 것에, 영계적 관계가 남녀의 노닥거림에 자리를 내어 주었다.

여주인공 속에는 조화의 원칙이 부재한다. 레스토랑의 세계와 같은 혼란성이 그녀의 영혼에 자리 잡는다. 집시 여인의 짤랑대는 목걸이와 새된 목소리, 바이올린의 격앙된 선율처럼 시적 여주인공도 날카로운 목소리로 말하고, 〈놀란 새의 동작으로〉 달려 나가고,

시선을 〈던졌다〉.

시인은 섬세한 심리적 광경을 통해 보헤미안적 사랑의 세태를 그린다. 〈미지의 여인〉과의 만남은 시적 주인공에게 사랑의 감정, 행복의 가능성에 대한 희망을 불러일으킨다. 하지만 인간의 삶의 진정한 가치의 왜곡은 깊은 비애와 애수를 낳는다. 음악도 풍경도 이루어지지 못한 행복을 향한, 영혼을 갉아먹는 애수를 담는다.

시인에게 세상이 무서운 것은 무엇보다도 인간의 삶의 가장 소중한 가치인 사랑의 변질 때문이다. 삶의 굴욕적인 거짓이 사랑조차 일그러뜨린다. 진정한 인간적 행복을 얻을 가능성에 대한 믿음의 좌절이 시 「밤, 거리, 가로등, 약국」에서와 같은 냉담과 권태와 출구 없는 애수를 낳는다.

시 「레스토랑에서」에서 〈집시 선율의 새된 소리〉는 삶의 반(反)음악성, 속물성과 저속함의 징후다. 반미(反美)적인 소리인 〈새된 소리〉는 삶의 불협화음에 대해 말한다. 소리는 삶의 상태, 영혼의 상태에 상응한다. 〈무질서한 바이올린은 늘 전체의 조화를 파괴한다. 바이올린의 울부짖는 새된 소리는 고통을 안기는 음조로 세계의 오케스트라의 조화로운 음악 속으로 침투한다〉(Блок 1960~1963: 6, 417).

블로크의 대조의 시학은 소리의 차원에서도 실현된다. 「미지의 여인」에서 〈여자의 새된 소리〉와 여타의 모든 속물성의 징표에 〈매료된 기슭〉, 〈매료된 저 먼 곳〉, 〈바닥없는 푸른 눈〉의 시각적 형상이 대치되었다면, 시 「레스토랑에서」에는 음성적, 음악적 대조가 직접적으로 실현되어 있다.

〈어디선가 바이올린 활들이 사랑을 노래하고 있었다.〉 ― 〈집시 여인이 [……] 사랑에 대해 새된 소리를 질렀다.〉

삶의 음성적 등가물로서의 음악. 삶의 일그러진 몰골을 전달하는 불협화음의 소리와 시인의 염원과 현실의 최상의 면모의 지각을 표현하는 아름다운 선율이 대립된다. 〈사랑을 노래하는 바이올린의 연주〉는 주인공과 여주인공 둘만의 시적인 내밀한 사랑에 결부된 진정한 삶의 행복의 추구에, 레스토랑 가수의 〈새된 소리〉는 저속한 열정에 상응한다. 섬세하고 조화로운 사랑의 감각의 축복이 죽고 거친 불협화음의 정열만이 이 세계에 남았다.

〈집시 선율의 새된 소리.〉 시 「미지의 여인」에서 등장해서 주제의 마지막 두 변주에서 전면에 부각된 〈새된 소리〉의 모티프. 날카로운 불협화음의 의미는 이중적이다. 〈집시 선율〉이 상징하는 한계와 구속을 모르는 자유로운 정열의 분출이 주는 환희, 강렬한 사랑의 체험을 통한 영적 비상의 느낌에는 애수에 찬 고통과 죄의식이 함께 한다. 〈3부작〉의 3권, 특히 『무서운 세상』과 『보복』에 실린 후기 시들의 사랑의 모습에는 첫 정열의 시행들의 장엄한 영혼의 비상 대신 영혼의 분열과 추락의 의식이 강화되며 시인을 옥죈다. 〈미지의 여인〉의 형상의 마지막 두 변주가 이 문맥 속에 놓인다.

〈미지의 여인〉의 주제와 형상의 태동과 완성, 그리고 변주는 블로크의 시에서 여성의 미의 이상이 움직이는 길의 모습을 그려 준다. 여주인공은 구름 너머 천상에서 암흑이 지배하는 지상의 삶의 밀실로 내려왔다. 그녀는 〈존재의 사다리〉를 따라 내려오는 길 위에서 자신의 〈비지상적인〉 미의 은밀함을 점점 상실한다. 그녀의 모습에는 단지 지상의 여인이 아니라 심지어 타락에 젖은 여인의 자질이 점차 더 부각된다. 그녀는 경배의 대상에서 매매의 대상, 질시의 대상이 된다.

지상의 삶에 사로잡혀서 고통당하고 타락한 미. 블로크의 신화 시학에서 〈미지의 여인 - 소피아〉는 구원의 주체에서 대상으로 변모된다. 여기에 블로크가 그의 시의 전체 문맥인 〈3부작〉의 이념에서 말하는 시적 주인공의 〈성숙〉, 곧 〈사회적 인간의 탄생〉의 문맥이 결부된다.

〈미지의 여인〉의 주제가 시인을 세상과 삶에 대한 이해를 향해 가는 길로 이끈다. 고행과 환멸, 의심과 고통을 거쳐 삶을 알아 가고, 〈영혼의 부분적인 상실을 대가로 치르고〉 세상의 얼굴을 담대히 바라보며 삶의 어둡고 밝은 면모 전체를 받아들이는 인간이 되는 길 위에서 〈미지의 여인〉의 형상이 변주된다.

「미지의 여인」의 시기부터 시작해서 블로크의 시에는 기독교 윤리의 관점으로 볼 때 시인 스스로 죄악과 추락, 신적인 사랑의 형상에 대한 배신으로 간주하는 새로운 요소들이 나타난다. 하지만 바로 그 시기에 블로크의 창작은 정적인 기도의 면모, 관조적인 순결성의 상태를 점차 벗어나고, 고통과 죄악에 찬 지상의 삶의 복잡하고 모순되고 혼란스러운 내용으로 풍요해진다. 영혼의 고통을 대가로 블로크의 시적 성취는 정점에 도달한다.

세태의 층위와 환상적, 신비적 층위가 분리될 수 없이 결합된 〈미지의 여인〉의 형상의 특질은 세태의 인상을 신비적이고 낭만적인 코드에서 해석하고자 하는 시인의 지향을 담고 있다. 이제 블로크는 현실의 시적 묘사에 전념한다. 하지만 여전히 현실은 〈마법의 빛〉 속에서 지각된다. 현실에 환상성과 신비로움의 자질이 변함없이 부여된다. 블로크는 이렇게 변모된 자신의 시학을 〈일상의 신비주의〉로 규정했다(Блок 1997: 2, 542~544). 〈일상의 신비주의〉는 1904~1907년에 걸쳐 블로크가 견지한 새로운 창작 방법이다. 시인은 〈일상의 신비주의〉를 통해 동시대의 삶의 체험에 적극적으로 몰입한다.

초월적 실재와 일상적, 역사적 삶 사이의 탄력적인 관계를 모색하고자 하는 블로크의 지향은 절대 순수의 천상 세계로부터 죄스런 지상 세계로의 추락, 〈삶의 사다리를 타고 내려오는 하강 운동〉(Андреев 1997: 419)을 낳는다. 시인의 시는 〈고행의 길이자 죄스러운 지상의 삶의 복잡하고 모순적이며 혼란스런 내용〉(Жирмунский 1928: 201)으로 채워진다. 시인은 동시대 대도시의 삶의 일상에 눈을 뜬다. 노을이 내려앉은 평원의 신비로운 사랑을 도시의 퇴폐적인 신비주의가 대체한다. 페테르부르크는 전율로 가득한 독특한 도시, 모순으로 가득한 도시다. 끔찍하면서도 마법적인 매력을 간직한 도스토옙스키적인 세계. 도시의 산문적인 잿빛 외양 뒤에서 〈불가사의한 도시〉의 다른 면모, 낭만적인 용모가 비쳐 나온다. 도시에서 신비극이 창조된다. 〈저기, 마법적인 회오리와 빛 속에 끔찍하고 아름다운 삶의 지각이 있다〉(Блок 1997: 2, 512).

「미지의 여인」은 북구의 도시 페테르부르크가 낳은 음울한 퇴폐적 사랑의 시다. 블로크는 동시대 도시의 추한 면모를 그리는 가운데 실제와 환상, 추와 미의 두 층위가 교차하는 지점의 형상들을 창조한다. 블로크는 〈일상의 신비주의〉를 통해 도스토옙스키의

〈환상적 리얼리즘〉을 계승한다. 후에 블로크 시 전집의 2권을 이루게 되는, 죄인에게 나타나 그의 영혼의 부활을 이끄는 성모의 환영을 그린 유명한 이콘의 제목을 딴 두 번째 시 선집 『예기치 않은 기쁨』의 세계가 이 이중성의 기호 아래 펼쳐진다. 시인은 〈기로〉에 서 있다. 천상의 연인의 형상은 과거로 물러나서 안개에 덮였다. 시인은 비밀에 감싸인 예감과 환영의 세계를 떠나 〈지상의 삶〉의 세계에 들어선다. 동시대 삶의 모티프와 형상이 그의 시에 나타난다. 전등 빛과 한밤의 레스토랑의 소란과 〈지상의 여인들〉의 얼굴로 가득 찬 한밤의 도시다. 시인은 초월적인 환영의 편린을 이 세계의 삶 속에서 찾는다. 그와 같은 세계 지각의 선명한 표현이 발라드 「미지의 여인」이다. 도시의 추한 일상 속에서 미가, 〈예기치 않은 기쁨〉이 시인을 사로잡는다. 「미지의 여인」, 〈일상의 신비주의〉와 함께 블로크는 당대의 대표적인 페테르부르크 시인이 된다. 그리고 러시아 문학 속의 〈페테르부르크 문학 전통〉의 유기적인 계승자가 된다.

3.

눈보라가 거리를 휩쓴다
휘말린다. 풀린다
누군가 내게 손을 건넨다
누군가 내게 미소 짓는다

나를 이끈다. 나는 본다. 심연

검은 화강암에 눌려 있다

그녀가 흐른다. 그녀가 노래한다

그녀가 부른다, 빌어먹을

[……]

「눈보라가 거리를 휩쓴다.」(1907)

〈검은 화강암에 눌〉린 〈심연〉. 러시아 문학 속의 〈페테르부르크 신화〉의 간결하고 정확한 표현이다. 〈돌〉에 눌린 〈물〉. 습지의 진창에서 솟아오른 돌의 도시 페테르부르크의 형상이다. 바다의 존재는 도시 안에서 늘 느껴진다. 어디를 가든 도처에 물의 심연이 도사리고 있다. 돌에 의해 가두어지고 짓눌린 물은 금방이라도 포로 상태에서 벗어날 준비가 되어 있다. 물과 돌의 이중성의 통일에서 도시의 존재에 대한 상충된 평가와 문학적 신화가 생겨났다(Орлов 1980: 218~219).

페테르부르크는 물과 돌, 자연과 인공이 충돌하는 갈등의 장이다. 자연에 대한 인간의 도전에서 출발한 인공의 도시는 자연의 힘에 대한 인간 이성의 승리 혹은 자연 질서에 대한 거역이라는 상충적인 의미를 부여받는다. 그래서 자연의 원시적인 힘과 인공적인 문화, 문화 창조의 신화와 종말론의 신화가 부단히 갈등하고 충돌한다(Лотман 1992: 2, 10; 김수환 2009: 91~92).

절대 군주의 의지에 의해 18세기 초에 갑자기 탄생한 도시는 시초부터 이중적인 태도를 야기했다. 한편으로는 표트르의 〈철의 의지〉에 의해 변모된 새로운 러시아의 구현으로서 찬양의 대상이었

고, 다른 한편으로는 저주스러운 악마의 산물이었다. 〈북방의 팔
미라.〉〈북방의 베니스.〉 표트르의 도시가 지닌 엄정한 모습. 그것
은 북방의 도시의 경이로운 아름다움이다. 그 화려한 외양 뒤에서
그와는 완전히 다른 도시의 형상이 대두된다. 〈인간의 뼈 위에 건
설된 도시.〉 인간의 비애와 고통이 넘쳐 나는 차갑고 잔혹한, 죄악
에 찬 파멸의 세계로서의 도시. 도시의 창조자 역시 한편으로는 신
적인 존재로 추앙되었고, 다른 한편으로는 적그리스도의 화신이었
다. 표트르 대제와 그의 도시에 대한 그와 같은 이중적 태도가 지속
되며 러시아 문학 속에 투영된다.

18세기 고전주의 문학에서 페테르부르크는 질서정연한 체계를
갖춘 군사 도시, 러시아 제국의 이념 체계를 지향하는 통일성을 지
닌 도시였다. 고전주의 시대의 러시아 시인들은 표트르 대제의 위
업과 화려한 수도의 외관을 찬양했다.

러시아 문학 전통 속에서 페테르부르크의 이미지를 새롭게 창조
한 작가는 푸슈킨이었다. 푸슈킨의 문학에서 도시가 지닌 모순적
인 면모가 제기되었고, 19세기 이래 러시아 문학 전통 속에서 페테
르부르크 텍스트는 이제 양면성과 이중성을 갖는 복합적 구조로
자리 잡는다.

푸슈킨은 표트르를 〈기적의 창조자〉로 찬양하는 공식화된 신화
를 재현하는 한편으로 페테르부르크의 세계의 종말 또한 예언했
다. 그는 시초부터 존재하던 신화들의 전통을 이어받아 이를 하나
의 통합적인 틀 속에 넣었다. 페테르부르크의 공간의 양면성을 뚜
렷이 보여 준 작품이 그의 서사시 「청동 기마상」(1833)이다.

[……]

예브게니는 펄쩍 뛰었다. 저번의 공포가

생생히 떠올랐다. 그는 서둘러

일어나서 걷기 시작하더니 갑자기

멈춰 섰다. 그리고 주위를

조용히 둘러보기 시작했다

끔찍한 공포가 스민 얼굴

그는 큰 집의 기둥들 아래에서

정신이 들었다. 현관 계단에

살아 있는 것처럼 한 발을 들어올리고

경비를 보는 사자들이 서 있었다

울타리를 두른 암석 위의

어둠 속 저 높이

우상이 팔을 뻗고

청동의 말 위에 곧추 앉아 있었다

예브게니는 움찔 떨었다. 그의 안에서

끔찍한 생각들이 분명해졌다. 그는

홍수가 뛰놀던 곳도 알아보았다

맹수 같은 물결들이 몰려들어서

그와 사자들과 광장 주위에서

암흑 속에서 청동의 머리로

움직임 없이 우뚝 솟은 자의 주위에서

숙명적인 의지로 바다 밑에

도시의 기초를 두게 한 그 자의 주위에서

악랄하게 날뛰었다……

주위의 암흑 속에서 그는 끔찍하다!

어떤 생각이 이마에 깃들었는가!

어떤 힘이 그의 안에 감추어져 있는가!

이 말 안에는 어떤 불길이!

오만한 말이여, 너는 어디로 달려가는가?

어디에서 너는 발굽을 내릴 텐가?

오, 운명의 강력한 지배자여!

그렇게 네가 심연 바로 위 저 높이

철의 굴레로 러시아를

뒷발로 곧추세우지 않았는가?

[……]

「청동 기마상」에 투영된 도시의 면모는 이중적이다. 러시아에 실현된 유럽인 페테르부르크의 국가적 의의가 찬양된다. 그와 동시에 국가주의의 기치 아래 러시아적 전통을 무시하고 무수한 민중을 희생시키며 이룩된 서구화 개혁의 결코 지워지지 않는 어두운 그늘이 동등하게 조명된다. 화려한 동시에 가난한 도시. 화려한 궁전들과 나란히 궁핍한 사람들의 낡은 집들이 자리한다. 기마상 위에 높이 앉아 시선을 먼 곳으로 향하고 있는 개혁 군주 표트르와 어느 건물 앞의 나지막한 사자상 위에 걸터앉아 있는 소시민 예브게니의 대조는 도시의 화려한 외관과 처참한 내면을 대조시킨다.

청동 기마상은 불쌍한 예브게니의 시선을 붙박고 그의 병든 의식을 변모시킨다. 주인공 예브게니의 눈으로 보는 기념비의 모습.

표트르의 형상의 거의 전부를 어둠이 덮고 있다. 특징적인 디테일들만이 눈에 띨 뿐이다. 〈바위〉, 〈청동의 머리〉, 〈뻗은 팔〉, 〈청동 말〉. 그 순간 예브게니는 표트르를 본다. 움직임 없는 거대한 모습이다. 자신의 규모와 힘으로 짓누르며 어둠을 찢는다.

자연의 모습 또한 예브게니의 형상과 관련된다. 어둠의 형상이 예술적 공간을 채우고, 자연 현상(밤)뿐 아니라 주인공의 정서 및 상태에도 관련된다. 예브게니의 의식은 흐려져 있다. 그의 이성은 불이 꺼졌다. 광기는 〈작은 인간〉이 잠긴 암흑, 어둠이다.

암흑 속에서 솟아오르는 〈청동 말에 올라탄 우상〉은 어둠을 잡아 찢고 예브게니의 불 꺼진 생각과 감정들을 움직이게 한다. 주인공에게 의식이 돌아오는 장면의 묘사는 말줄임표에 의해 단절된다. 일련의 감탄문과 의문문이 번갈아 뒤따른다. 기수와 말의 모습의 인상이 불러일으키는 환호성들. 러시아의 미래에 대한 질문들은 예브게니의 것이 아니라 작가의 목소리다. 형용어들이 작가가 느끼는 기마상의 인상을 전달한다. 청동 기사와 결부된 형용어들은 상이한 의미들에도 불구하고 〈강력한〉이란 말 속에 직접 표현된 힘의 형상을 창조한다. 푸슈킨은 표트르가 은닉하고 있는 힘과 그가 탄 말 속의 불길의 자질과 정도를 규정하지 않는다. 감탄문 자체가 비규정성뿐 아니라 군주와 그에게 합당한 〈오만한 말〉의 자질의 무한함을 강조한다.

암흑의 형상을 제압하고 정적인 상태를 역동적으로 만드는 불길의 형상. 표트르의 이마 위의 사색의 움직임이기도 하고 그의 말 속에서 뛰노는 불길이기도 하다. 시인은 팔코네가 창조한 형상대로 기수의 형상 속에서 감추어진 움직임을 느낀다.

예브게니와 독자가 기념비에서 받는 느낌은 상이하다. 단지 한 순간 〈거만한 우상〉에 대항하여 날뛰었던 예브게니는 처음에는 개인적 비극에 의해 야기된 분노를, 그다음에는 당황과 고통과 혼미를 체험한다. 독자는 예브게니에게 공감하면서도 작가의 입장을 공유한다. 표트르는 끔찍한 동시에 황홀하다.

광기가 예브게니를 실제 삶에서 떼어 내어 그의 시간을 멈춘다. 예브게니와 작가의 표트르 기념비의 지각은 대조적이다. 푸슈킨은 움직임 속의, 의지와 초인적인 (그래서 〈작은 인간〉에게는 끔찍한) 힘의 긴장 속의 표트르를 본다.

한편으로 푸슈킨은 표트르의 도시에 대한 사랑을 노래한다. 페테르부르크가 〈러시아처럼 흔들림 없이〉 아름다움을 뽐내며 서 있기를 호소한다. 그러나 도시는 사람들에게 무심하다. 평범한 인간에게 그 도시에서 사는 것은 불편하고 춥고 무섭다. 푸슈킨은 강력한 국가 권력의 확립이 된 도시의 힘에 짓눌린 〈작은 인간〉의 비극에 대해 말했다. 시인은 표트르의 과업을 한 목소리로 찬양할 수 없었다. 표트르의 모두를 위한 축제의 지고한 염원은 실현되지 않았다. 여기에서 축복된 축제의 삶을 누리는 사람은 오직 선택된 소수뿐이다. 바다 밑에 기초를 둔 도시. 자연은 자신에 대한 부주의에 대해 보복했고, 그때 표트르가 전혀 염두에 두지 않았던 사람들의 삶은 고통에 처해졌다. 그래서 표트르의 계획의 실제적인 결실이 어떤 것인지를 아는 시인의 아이러니는 무자비하다. 적그리스도로서의 표트르에 대한 민중의 평가가 그렇게 문학적 표현을 얻는다. 이전까지 미화되고 영웅시되던 도시 페테르부르크는 「청동 기마상」을 통해 도시에 거주하는 사람들의 적대자로 인식되기 시작했다. 청동의 기수가 모는 청동 말의 발굽으로 인간을 짓밟으려 하는 광포한 도시. 〈오만한 우상.〉이 도시는 사람들의 꿈과 행복에 대한 희망을 앗아 간다. 정신 자체를 잃게 하는 도시다.

푸슈킨과 더불어 〈페테르부르크 텍스트〉의 또 다른 정초자인 고골은 포착하기 힘든 페테르부르크의 실체를 그로테스크의 형식을 통해 그려 냈다. 고골은 1830년 초부터 약 10여 년에 걸쳐 쓴 〈페테르부르크 이야기〉를 통해 푸슈킨의 작품에 등장하는 페테르부르크의 (사실성과 환상성, 있을 수 있는 일과 믿기 어려운 일, 고상함과 범속함 등의) 양면성을 여러 층위의 삶을 통해 구체적으로 표현했다. 고골의 페테르부르크는 인간을 속이고 그들을 정신병의 상태로까지 몰고 가거나, 상징적으로 형상화된 자아(〈코〉, 〈외투〉)나 인간 자체의 정체성을 상실하게 만드는 환상과 기만의 공간이다. 고골은 페테르부르크를 〈이중적인 존재〉의 도시로 즐겨 묘사했다. 외양은 산문적인 〈정확한 독일인〉. 하지만 깊숙이 들여다보면 페테르부르크는 도무지 믿기지 않는 사건들이 일어나는 무대다. 고골에게 페테르부르크는 산문적인 관료의 도시이자 어떤 신비로운 장소다. 넵스키 대로를 달려가는 마차 안에서 인간의 코를 베어가고, 〈칼린킨 다리〉 곁에서는 제복을 입은 망인이 행인들을 놀래고 외투를 벗겨가는 곳이다.

19세기 러시아 문학에서 페테르부르크 텍스트의 또 다른 중요한 작가는 다름 아닌 도스토옙스키다. 도스토옙스키의 문학에서 페테르부르크는 거의 모든 작품의 배경이다. 고골의 그로테스크한 페테르부르크는 도스토옙스키의 소설에 이르러 개인 실존의 문제를 천착하는 어둡고 음침한 비극의 공간으로 변모된다. 도스토옙스키는 페테르부르크의 풍경을 인물의 내면세계 표출을 위한 수단으로 사용했다. 화려한 무대 뒤의 숨 막히고 악취 나는 도시의 모습은 바로 삶의 구석으로 내몰린 그의 인물들의 모습이다. 도시는 인간 영혼의 풍경이다. 도시가 사람들의 의식, 세계관, 정서와 행위 양식을 형성한다. 그런 의미에서 도스토옙스키의 소설에서 페테르부르크는 단지 배경, 행위 장소가 아니라 주인공 자체라 할 수 있다.

이렇듯 푸슈킨 이후의 19세기 러시아 문학에서 페테르부르크의 모습에는 모욕과 파멸에 처해진 〈예브게니의 관점〉이 주도적으로 대두된다. 푸슈킨 이후의 러시아 작가들은 페테르부르크의 화려한 외양 뒤에서 인간의 비애와 고통으로 점철된, 차갑고 잔혹하고 죄악에 찬 파멸의 세계를 본다. (여기에는 네크라소프와 아폴론 그리고리예프의 전통도 중요하다.) 페테르부르크는 〈신기루〉, 〈늪의 환영〉, 〈흔들리는 심연〉이다(Орлов 1980: 219).

20세기 초 러시아 문학은 러시아 역사의 페테르부르크 시기에 대한 일종의 비극적 결산이다. 러시아 문학의 페테르부르크 주제가 르네상스를 맞았던 모더니즘 문학에서 페테르부르크와 표트르의 주제는 새로운 힘을 얻으며 울린다. 거의 모든 굵직한 작가들이 19세기 문학의 페테르부르크 주제의 전통을 지속했다. 불안에 찬 암울한 예언들과 함께 페테르부르크는 20세기로 진입한다. 도시를 축복했던 푸슈킨의 말은 완전히 잊혀졌다. 세기 초 문학에는 파멸의 운명에 처한 도시의 느낌이 극도에 달한다. 세기 전환기 문학의 거울에 비친 페테르부르크의 모습은 암울하고 불안하다. 도시의 모습은 불가피하고 심지어 필수적인 파국의 느낌으로 점철되어 있다.

상징주의자들의 해석 속에서 페테르부르크는 변함없이 악마적인 환영의 도시로 대두된다. 증오의 대상인 도시-악마. 도시 속의 모든 것이 기묘하고 무섭다. 도시의 환영성과 공포의 느낌은 사회적 위기와 구세계의 파괴의 예감과 결합되었다. 상징주의자들은 임박한 사회적 소요와 폭풍우의 느낌을 신비주의적 형식과 묵시록적 사건들의 형태 속에서 표현했다. 이때 고골과 도스토옙스키의 페테르부르크 산문 전통에서 주된 것이 분기되어 나온다. 바로 휴머니즘적 내용, 삶의 궁지에 몰려 파멸의 운명에 처한 인간의 운명에 대한 관심이다(Орлов 1980: 220).

블로크의 시에서 페테르부르크 주제는 〈일상의 신비주의〉와 함께 1904년부터 본격적으로 대두된다. 세상에 대해 눈뜸은 우선 자기 도시에 대한 눈뜸이었다. 혁명적 사건들이 정점에 달한 시기에 블로크는 페테르부르크에 대한 환희에 푹 젖어들었다.

여러 날을 하루 종일 도시를 배회하며 주위를 본다……. 내 생각에 이 시월의 나날에 페테르부르크는 세상의 다른 어느 도시보다 환희에 차게 만든다. (Блок 1936: 43)

블로크는 페테르부르크의 산책자였다. 그는 자기 도시를 잘 알았다. 눈길 가는 대로 도시를 걷기를 좋아했다. 그는 고독한 방랑에 대한 사랑을 평생 지속했다. 그가 사랑하는 경로는 때마다 달랐지만, 점점 더 교외로 확장되었고, 도스토옙스키가 열어 보인 〈기묘하게 속물적인 세계〉의 자질들이 그의 시로 침투한다.

시인을 환희에 젖게 하는 암울한 동시에 장엄한 비극적 도시 페테르부르크의 매력. 페테르부르크가 지닌 아주 독특한 분위기를 전쟁과 혁명이 짙게 했다. 동시대 인텔리겐치아들과 함께 젊은 블로크는 그 매력을 한껏 들이쉬었다.

블로크의 페테르부르크 주제를 언급할 때 빼놓을 수 없는 이름이 시인의 벗인 예브게니 이바노프다. 이바노프가 산문에서 그린 페테르부르크의 모습에 블로크는 깊은 공감을 표했다. 이바노프의 에세이 「기사(騎士)(도시 페테르부르크에 대해 무언가)」(1907)의 글 솜씨는 블로크에게 유보적인 태도를 취하게 했지만, 그의 벗이 서투르게 말하고자 했던 것은 블로크에게 깊은 공감과 이해의 대상이었다.

이바노프는 그의 에세이에서 바로 인간을 극도의 불행한 삶의 느낌에 사로잡히게 만드는 페테르부르크의 신기루 같은 상황에 대해 말한다. 〈우리 도시에는 비밀이 있다. 그것은 폭풍우가 몰아칠 때 더 선명해진다.〉 실제 페테르부르크의 홍수들에 의해 암시된 위대한 대홍수의 주제가 전면에 대두된다. 이바노프는 자신과 자신의 도시를 집어삼키려 달려드는 대홍수 위로 말을 타고 솟구쳐 오르는 표트르의 형상을 그렸다. 이를 통해 그는 표트르가 창조한 국가질서에 적대적일 뿐 아니라 강제와 기만의 정의롭지 못한 세상 전부를 쓸어버리려 위협하는 어두운 자연의 힘에 대한 신비화된 관념을 제시했다. 이바노프는 또한 후에 자신의 상징을 이렇게 풀이했다. 〈바다에서 어떤 미지의 폭풍우가 다가온다.〉 〈청동 기마상의 형상은 나에게 폭풍우와 혁명과 연관되어 있었다. 기사의 뻗은 손 바닥 아래에서 들끓는 물과 민중이 일어선다.〉 〈광기에 찬 먹구름〉인 페테르부르크의 느낌. 묵시록의 형상이 이와 결부되어 대두된다. 이바노프에게 페테르부르크는 〈짐승 위에 앉아 있고〉 〈많은 물

위에 앉아 있는〉〈큰 음녀〉다. 이바노프의 비유는 데카당스와 상징주의 문학에 폭넓게 확산되어 있던 묵시록과 악마론의 표현의 일환이었다(Орлов 1980: 221~222).

페테르부르크 묵시록에서 공통적인 지점은 옛 슬라브주의자들의 관념으로 거슬러 올라가는, 우연한 페테르부르크와 뿌리 깊은 모스크바의 대조다. 페테르부르크는 자연 조건과 민족 문화의 본래 원칙을 거스르고 사람들의 뼈 위에 세워진, 불경하고 비정한 도시다. 이 도시는 텅 빌 운명이다(Орлов 1980: 222). 도시에 적대적인 자연이 도시를 물에 잠기게 할 것이다. 그와 같은 예언의 반향이 세기 초 시인들의 시에서 울린다.

[……]
아니, 너는 검은 진창에 빠지리라
저주받은 도시여, 신의 적이여!
늪의 구더기가, 집요한 구더기가
너의 돌뼈를 갉아먹으리라!

지나이다 기피우스, 「페테르부르크」(1909)

[……]
너는 침묵의 손가락을
입술에 댔고, 속삭임 사이로 나는
달려가는 청동 말의 숨죽인
무거운 발굽소리를 듣는다……
〈[……]

발굽이 시체에

걸리고, 걸리고, 또 걸리네……〉

뱌체슬라프 이바노프, 「청동 기마상」(1905~1907)

페테르부르크의 겨울의 노란 안개

포석 위에 우글거리는 노란 눈……

어디에 그대들이 있고 어디에 우리가 있는지 나는 모른다

내가 오직 아는 건 우리가 굳게 하나로 섞였다는 것

황제의 칙령이 우리를 지어낸 것인가?

스웨덴 사람들이 우리를 물에 빠뜨리는 것을 잊은 것인가?

옛 시절의 동화 대신 우리에게는

오직 돌들과 무시무시한 실화들

마법사는 우리에게 돌들만 주었다

갈황색의 네바 강도

해가 뜨기 전에 사람들을 처형했던

침묵하는 광장들의 황야들도

우리 땅에 무엇이 있었던가

우리의 쌍두독수리는 무엇을 우쭐댔던가

검은 월계관을 쓴 암석 위의 거인

내일은 아이들의 놀잇감이 될 터

과연 그는 무엇을 위해 무섭고 용감했던가
그래 성난 준마가 그를 내주었다
황제는 뱀을 눌러 뭉갤 줄 몰랐다
짓눌린 뱀이 우리의 우상이 되었다

성채도 아닌, 경이도 아닌, 성소도 아닌,
신기루도 아닌, 눈물도 아닌, 미소도 아닌……
오직 얼어붙은 황무지에서 나온 돌들
그리고 저주 받을 실수의 인식

심지어 백야의 그림자들이
물결들 위로 쏟아진 오월에도
거기에 봄의 염원의 매력은 없다
불임의 욕망의 독물이 거기 있다

인노켄티 안넨스키, 「페테르부르크」(1910)

블로크 역시 〈페테르부르크 묵시록〉에 동참한다. 그의 페테르부르크 시다.

석양이 붉게 물든 동안 그는 잔다
졸음에 겨운 갑옷이 장밋빛으로 물든다
말발굽에 짓눌린 뱀이 나직이 식식거리며
안개 사이로 제 모습을 바라본다

귀 먼 밤들이 내려올 것이다
뱀이 집들 위에서 커다랗게 소용돌이칠 것이다
길게 뻗은 표트르의 손아귀에서
횃불의 불길이 춤추기 시작할 것이다

가로등들의 실들이 타오를 것이다
쇼윈도와 보도들이 번쩍일 것이다
침침한 광장들의 어렴풋한 빛 속에서
쌍을 이룬 남녀들이 열 지어 늘어설 것이다

암흑이 모두를 망토로 가려줄 것이다
유혹하는 시선 속에 시선이 빠질 것이다
동정이 구석에서 느릿느릿
자비를 빌게 하라!

저기 암석 위에서 유쾌한 황제가
악취를 풍기는 향로를 흔들었다
도시의 그을음이 유혹하는 가로등에
제의를 입혔다!

모두 부름에 달려가라! 포획에!
달빛 어린 거리의 교차로들로!
온 도시에 가득한 목소리들
남자들의 왁자지껄, 여자들의 현악기 소리!

그는 자기 도시를 지킬 것이다
길게 뻗은 손아귀에 쥔 검이
고요해지기 시작하는 수도 위에서
아침노을이 지기 전에
붉게 물들어 번득일 것이다

「표트르」(1904)

두 편의 시로 이루어진 작은 연작 「페테르부르크 서사시」의 첫 번째 시다. 블로크는 최종 시집에서 연작 『도시』에 이웃하여 수록된 두 시를 예브게니 이바노프에게 바친다.

암울한 페테르부르크의 환상이 창조되어 있다. 많은 목소리로 가득한 소란스런 도시, 〈동정이 구석에서 느릿느릿 자비를 비는〉, 밤의 오락으로 가득한 도시 위에 유혹하는 사악한 뱀이 떠오른다. 어둠과 죄악의 상징인 뱀. 표트르 자신도 악마적 빛 속에서 대두된다.

저기 절벽 위에서 유쾌한 황제가
악취를 풍기는 향로를 흔들었다

기적을 낳은 창조주의 묘사에 있어 다소 기묘한 양상. 하지만 그 즉시 페테르부르크의 〈끔찍한 이중성〉이 대두된다. 표트르가 다른 존재, 기념비적인 영웅적 얼굴로 변모되는 것이다. 시는 러시아 고전 문학을 통해 잘 알려진 일련의 연상으로 되돌아간다. 떠오르는 노을의 빛 속에서 밤의 환상이 흩어지고, 〈악취를 풍기는 향로〉는 악과 죄악을 징벌하는 눈부신 〈검〉으로 변모된다.

그는 자기 도시를 지킬 것이다
길게 뻗은 손아귀에 쥔 검이
고요해지기 시작하는 수도 위에서
아침노을이 지기 전에
붉게 물들어 번득일 것이다

푸슈킨의 텍스트와 비교할 때 20세기의 시인 블로크는 청동 기마상의 모습에서 전혀 다른 것을 본다. 이미 첫 연부터 이상한 느낌이 든다. 자고 있는 표트르. 기념비가 아니라 살아 있는 존재인 청동기사. 광기 속에서 〈청동 말을 탄 우상〉의 비밀을 본, 푸슈킨의 불쌍한 예브게니의 일화를 닮은 장면이다.

실제 기념비의 인상은 잠과 자고 있는 황제의 연상은 불러일으키지 않는다. 그것은 온통 푸슈킨의 서사시에서 보는 바와 같은 돌격, 움직임이다. 하지만 블로크의 시의 첫 연에서 석양은 황제의 형상을 낭만적 음조로 물들인다. 뱀을 무찌르고 부드러운 석양빛 속에서 자고 있는 기사. 팔코네의 작품에는 없는 갑옷. 원시에서 대문자로 쓴 뱀은 다양한 연상을 불러일으키는 범상치 않은 괴물, 악마를 암시한다.

하지만 또한 잠은 이미 영원하지도 길지도 않다. 첫 행에서 이미 〈동안〉이란 말이 굳어있는 표트르의 비(非)행위 시간을 단호하게 제한한다. 이 작은 단어가 이내 안식(잠)과 활동(움직임)의 대립을 창조하고 신비로운 느낌을 불러일으킨다. 아직 감추어져 있지만 이제 곧 나타날 무언가에 대한 기다림의 느낌. 세 번째 행부터 불안이 대두된다. 뱀은 완전히 패배한 것이 아니라 말발굽에 짓눌린 채 안개 사이로 바라본다. 마치 무언가를 기다리는 듯하다. 이렇게 이미 첫 연에서 블로크는 외적으로는 정적이고 평온하지만 실제로는 내적 긴장, 견고하지 못한 균형으로 가득 찬 광경을 그린다.

두 번째 4행시는 새로운 광경이다. 〈귀 먼 밤들〉. 굳어 있는 형상, 기념비가 시간의 움직임 속에서 제시된다. 많은 의미 부여가 가능한 형용어 〈귀 먼〉은 페테르부르크의 형상의 디테일화로 이끈다. 안개 때문에 도시의 모든 소리들이 가라앉는 밤들. 누구도 서로의 말을 알아듣지 못하는 밤들. 밤들이 페테르부르크로 〈내려온다〉. 즉 위쪽 어딘가에서 다가오며 천천히 점차 도래하고 있다. 모든 소리도 또한 점차 사그라진다. 바로 뱀이 기다리고 있는 것! 뱀이 말발굽 밑에서 기어 나와서 해방된다. 신비로운 변모는 앞선 시행들에 준비되어 있었다. 안개는 (안개 사이로 뱀이 바라본다.) 뱀의 동맹자, 뱀과 등가이다. 〈뱀이 소용돌이친다〉는 은유는 뱀의 똬리와도 연기, 안개와도 연상을 이룬다. 도시 위를 기어가는 것이 뱀인지 안개인지 이미 분간할 수 없다.

표트르의 동상은 따로 존재하지 않는다. 도시의 광경 속에서 묘사되는 동상은 그 광경의 중심에 있고 주위에서 일어나는 모든 것을 결정한다. 페테르부르크의 혼. 그것이 깨어나고 있다. 표트르의 손아귀에서 느닷없이 출현하는 횃불. 횃불이 춤춘다. 밤의 도래와 함께 광경이 움직인다. 세 개의 행에서 모든 새로운 변화가 드러난다. 밤들이 내려오고, 뱀이 소용돌이 치고, 불길이 춤춘다. 그렇게 텍스트 전체를 관류하는 또 하나의 대립관계가 생성된다. 어둠(밤, 안개)과 빛(석양, 횃불). 하지만 빛의 형상도 단일하지 않다. 자연의 빛(석양)과 인공적인 빛(횃불).

도시는 역설적으로 반(反)자연적으로 부자연스럽게 행동한다. 저녁이면 잠드는 것이 아니라 뱀과 표트르와 함께 깨어난다. 가로 등과 진열창의 자연적이지 않은 빛이 페테르부르크를 밝힌다. 하지만 그 빛은 어둠을 몰아낼 힘이 없다. 침침한 광장들. 가로등 빛 속에서 어른거릴 뿐이다. 또 하나의 디테일인 은유 〈가로등들의 실들〉. 이 은유는 어둠과 안개 속에서 가는 줄들을 그을 뿐인 인공적인 빛의 빈약함을 전한다. 빛과 어둠의 대립 속에서 어둠이 자신의 망토로 모두를 감춰주며 승리한다. 낭만적 연상을 불러일으키는 새로운 은유. 스페인의 구애자의 망토. 어두운 남방의 밤의 장막 아래 사랑의 밀회. 정열. 시……. 돈주앙 모티프. 〈동정이 구석에서 느릿느릿 자비를 빌게 하라!〉

도시는 사랑의 낭만과 고상한 시를 폐기하는 광란에 돌입한다. 표트르는 광란의 중심에도 그 위에도(바위 위에) 있다. 여기에서 블로크는 이미 표트르를 기사가 아닌 유쾌한 황제로 부른다. 표트르의 야회, 끔찍한 주연, 교회의 의식에 대한 조롱이 상기된다. 세계상을 전도시키는 모순 형용인 〈악취를 풍기는 향로〉의 형상. 평온 대신 환락, 순결 대신 방탕, 향기 대신 악취. 신 대신 뱀, 태양 대신 춤추는 횃불의 불길. 이 거짓된 가짜 빛으로 주민들이 달려간다. 하지만 그 빛도 어둠에 굴복당해 있다. 제의(祭衣) 같은 도시의 그을음이 가로등들을 덮는다. 교회어에 속하는 두 어휘(〈향로〉, 〈제의〉)가 부정적인 음조의 어휘들(〈악취〉, 〈그을음〉)과 결합되어 악몽, 환상의 분위기를 낳는다. 도시의 주민들은 익숙해져서 그 비정상성을 모른 채 그 속에서 살아간다.

이미 달이 투명한 흐릿한 빛을 도시에 쏟고, 시인이 〈달빛 어렸다〉라고 표현하는 거리들은 다시 낭만적이고 비밀스러워 보인다. 이 인상도 달빛처럼 기만적이다. 명령법 동사로 인해 부서져 흩어지는 비밀. 〈모두 부름에 달려가라! 포획에!〉 도시의 주민들은 무엇에 불려 가는가? 누군가를 잡기 위해, 아니면 붙잡히기 위해? 누가 누구를 페테르부르크에서 붙잡는가? 답은 명백하다. 악마, 뱀! 하지만 시의 문맥은 다른 답으로 이끌 수도 있다. 영혼의 포획자는 표트르. 그의 햇불은 남자들과 여자들이 달려가는 등대. 그렇게 읽을 때 끔찍한 의미가 드러난다. 〈표트르는 악마다.〉 즉, 뱀은 포로가 아니라 악마 표트르의 무기다. 성서 상의 뱀의 신화가 떠오른다. 〈부름〉에, 악마의 포획에 서둘러 달려가는 아담들과 이브들. 그들의 목소리들이 귀 먼 밤들을 채운다. 표트르는 새로운 낙원의 창조자로 대두되고, 이 도시에서 그는 자신에게 뱀을 종속시키는 황제이자 신이다. 그래서 뱀도 산 채로 남는다. 시인은 추측한다. 〈그는 자기 도시를 지킬 것이다.〉 진정한 빛, 진정한 사랑으로부터 지킬 것이다.

결말부에서 황제는 밤의 광기에서 벗어나 잠잠해진 수도와 함께 잠이 든다. 그리고 그의 손에는 이제 붉게 물들어 번뜩이는 〈검〉이 출현한다. 솟아오르는 태양 빛에 물들었거나, 아니면 인간의 피에 물들었거나. 검의 형상은 의미가 단일하지 않다. 태양에 대한 위협일 수도 어둠의 힘으로부터 낮의 도시를 수호함의 상징일 수도 있다. 표트르의 형상이 둘로 분화된다. 블로크에게도 청동기사는 도시의 혼이지만, 표트르에 대한 시인의 태도는 선배 작가들보다 복잡하다. 전통의 계승과 혁신의 한 면모다(Рыжкова 2009).

두 번째 시를 보자.

밤낮으로 나는 무력하다
기적을 기다린다, 꿈 없이 존다
먼 종루들의 노래 속에서
봄이 깨어난다

억압당한 표트르의 수도 위에서
예민하게 바람이 분다
저녁노을이 아침노을에 달라붙는다
저녁보다도 더 이루 말할 수 없다

투명한 장막 뒤에서
노을에 물들어
지친 두 눈 앞에 선
찬란히 빛나는 여인……

황금 갑옷을 입은 빛나는 온유한 이가
갑자기 전투의 용맹과 함께 날아오른다
무사의 투구를 쓴 머리
그가 모스크바를 세웠다!

천사가, 수난자가, 사자(使者)가
낭랑한 나팔을 들어올렸다……
나는 말들이 힘겹게 춤추는 소리를 듣는다
죽음의 전투를 본다……

밝은 남자가 노인을 쳤다!
하얀 말이 검은 말을 쳤다!……
최후의 승리가 나 없이
이루어지게 하라!……

나는 싸움의 열기에 지쳐
자유로운 대기로 달려간다……
광야의 종이여, 쳐라
봄의 소리를 퍼뜨려라!

언쟁들에 낯선, 붉은 저녁들의 처녀의
시선들에 충실한 나는
무늬 진 성채들의 그늘 속으로
다시 순찰을 간다

저 높이 방안에서 빛이 어른거리지 않을까?
성채에 불을 밝히지 않을까?
찬란히 빛나는 여인 스스로
신전에서 내려오지 않을까?

「결투」(1904)

　페테르부르크와 모스크바가 화해할 수 없는 두 적대적 원칙의
상징으로 제시되어 있다. 악마적인 형상의 표트르와 빛나는 성자
의 형상인 옛 모스크바의 수호자 게오르기 포베도노세츠의 싸움이

묘사된다. 〈밝은 남자〉가 〈노인〉을 쳐서 승리한다. 게오르기 포베도노세츠의 승리, 곧 페테르부르크에 대한 모스크바의 승리인 것. 그리고 모스크바의 〈무늬 진 성채〉의 〈그늘〉 속에서 〈찬란히 빛나는 여인〉의 출현의 기적이 일어난다.

블로크는 서사시의 이 두 번째 부분이 불만스러웠다. 〈인위적이고 유치했다.〉 〈모스크바 주제〉에 대한 관심은 사실 우연하고 부자연스러운 것이었다. 블로크는 페테르부르크의 시인으로 남는다 (Орлов 1980: 225).

〈일상의 신비주의〉와 〈환상적 리얼리즘〉의 관계에서 보듯, 블로크의 페테르부르크 주제에서 주도적인 것은 도스토옙스키의 전통이었다. 영혼이 깃든 존재로서의 페테르부르크의 느낌. 페테르부르크는 스스로 고유한 삶을 사는 존재, 알 수 없는 모습으로 인간의 실존과 운명에 작용하는 존재였다. 1905년 여름 샤흐마토보에서 도스토옙스키를 다시 읽은 블로크는 『미성년』에 전율한다. 그리고 페테르부르크로 돌아와서 어머니에게 쓴 편지에서 이렇게 말한다. 〈도스토옙스키가 도시에서 부활한다.〉 〈다시 도스토옙스키적인 냄새가 몹시 난다.〉 〈세상에서 가장 산문적이며 동시에 가장 환상적인 아침을 가진 도시〉(『미성년』). 도스토옙스키가 이해한 대로, 본질은 현실과 꿈, 산문과 시, 일상적인 것과 동화적인 것으로의 삶의 분할이 아니라, 심지어 이 대립적인 원칙들의 공존이 아니라, 그것들의 혼합성, 분리 불가능성, 분리될 수 없는 단일성에 있다(Орлов 1980: 228).

블로크는 자신의 〈일상의 신비주의〉 속으로 도스토옙스키의 예술 세계, 그의 〈환상적 리얼리즘〉의 창작 방법을 적극적으로 받아들인다. 도시의 어두운 뒷골목과 다락들에 대한 특별한 애착뿐 아니라 도시의 주제의 해석 자체가 도스토옙스키적이다. 묘사 대상을 비극적 뉘앙스로 물들이며 일상성과 낭만성, 저속성과 이상성을 뒤섞고 엮는다. 저속한 일상에 저항하며 그것을 받아들이기를 거부하는 동시에 저속성을 시화하며 환상과 상징적 울림으로 이끈다. 현실의 광경은 날카롭게 지각되면서도 수수께끼 같다.

사람들이 움직일 생각 않고 게으름을 피우던 이른 아침
겨울의 마지막 날들의 잿빛 꿈을 예감하며
방안에서 남자와 창녀가 깨어났다
탄내 자욱한 어둠 가운데 서서히 정신이 들었다

아침이 꿈틀거렸다. 양초들이 가망 없이 다 타버렸다
녹아내린 초 동강이 녹아내린 두 눈 속에서 어른거렸다
차가운 창 너머에서 여자들의 어깨가 떨었다
남자가 거울 앞에서 가르마를 타고 있었다

하지만 잿빛 아침은 이미 기만하지 않았다
오늘 그녀는 죽음같이 창백했다
저녁만 해도 그녀의 얼굴은 가로등 곁에서 빛났다
바로 이 방에서 사랑에 빠졌다

오늘은 셔츠 주름이 꼴사납게 늘어졌다
모든 것 위에 잿빛 막이 내려앉아 있었다

구석마다 가구가 튀어나왔고, 꽁초와 종잇조각이 나뒹굴었다
방안에서 무엇보다 끔찍한 것은 붉은 장롱이었다

갑자기 소리들이 날아들었다. 눈(芽)을 부풀린 갯버들이
눈(雪)을 흩뿌리며 바람 아래 흔들거렸다
교회에서 종이 쳤다. 환기창이 활짝 열렸고
서둘러 달려가는 소리가 아래에서 들리기 시작했다

사람들이 문 뒤에서 분주히 달려나갔다
(널빤지 담장이 거리를 감추었다)
아이들이, 여자들이, 문지기들이 무언가를 보았다
뭔지 모를 무늬를 그리며 손을 흔들었다

종이 쳤다. 고함소리, 개 짖는 소리, 말울음소리가 윙윙거렸다
저기, 사람들이 모인 더러운 거리에서
셔츠를 입고 무릎을 꿇은 한 창녀가
술 취한 욕망의 침상에서 위로 두 팔을 들어 올리고 있었다……

집들 위 높이 눈 폭풍의 안개 속에서
한낮의 먹구름들과 한밤의 별들의 자리에서
크게 벌어진 푸르름 속에서 장밋빛 지그재그로
가녀린 손이 가녀린 십자가를 갈랐다

「마지막 날」(1904)

묵시록적 울림을 지닌 제목에 상응하는 묵시록적 상황이 이야기되는 시다. 시적 공간은 페테르부르크의 매음굴. 아주 보잘 것 없는 삶의 산문적 광경이 제시된다. 도시의 주민인 남자와 창녀가 시적 인물로 등장한다. 시간은 아침. 〈아침이 꿈틀거렸다.〉 의인화된 아침은 잿빛이다. 〈희망 없이 다 타버린 초〉와 함께 희망 없음의 상징이다. 죄악의 밤의 탄산가스 자욱한 방. 매음굴의 비루한 상황이 제시된다.

구석마다 가구가 튀어나왔고, 꽁초와 종잇조각이 나뒹굴었다
방안에서 무엇보다 끔찍한 것은 붉은 장롱이었다

그리고 예기치 않은 무언가가 갑자기 일어난다. 무언지 모를 몹시 불안한 사건. 어떤 소리들. 종소리. 활짝 열린 환기창. 야단법석 달려 나가는 사람들. 더러운 길거리에 사람들이 모였고, 고함소리들과 개 짖는 소리와 말울음소리가 울려댔다. 더러운 거리 한가운데 무릎을 꿇은 창녀. 격정에 찬 참회 속에서 하늘에 펼쳐진 가는 십자가를 향해 손을 위로 들어 올리고 있다. 종소리와 창녀의 격정적인 참회로 도시의 아침의 광경이 마무리된다.

시인은 동시대 도시의 삶을 묵시록의 정신 속에서 묘사한다. 매음굴이 된 집들의 무서운 형상들이 대두된다. 속물적인 동시에 비극적인 세계다. 모든 것이 애수와 광기, 파괴와 자기 파괴의 갈망에 휩싸인 심연 속으로 질주한다. 시인은 묵시록에서 예언된 시간이 도래한 것으로 느낀다. 도시는 세계 종말의 상징이다.

시인은 환영의 도시 페테르부르크를 그로테스크 양식으로 묘사

한다. 실제적인 형상들과 더불어 신비로운 형상들이 출현하며 초기
시의 형상들이 재의미화 된다.

영원이 도시로 주석의
석양을 던졌다
하늘 끝이 찢겨 있다
골목들이 윙윙거린다

내 양 어깨 위에 놓인
모든 점술의 무력함
공장의 창들 안에는
방탕한 밤들에 관한 전설들

주석의 지붕들은
광기에 찬 모두의 은신처
이 매매의 도시로
하늘은 내려오지 않으리라

이 대기는 그토록 잘 울리고
기만은 그토록 유혹적이네
골목이여, 자욱한 부연
안개 속으로 데려가라……

「영원이 도시로 주석의」(1904)

『아름다운 여인에 관한 시』에 대립적인 형상들이 등장한다. 〈붉은 노을〉 대신 〈주석의 석양〉이 도시에 드리우고, 하늘은 푸르름을 잃고 〈끝이 찢겼다〉. 종소리가 울려 퍼지는 것이 아니라 〈골목들이 윙윙거린다〉. 〈주석의 석양〉과 〈주석의 지붕〉. 반복을 통해 의미가 강화되는 〈주석〉의 이미지는 단조로운 권태로운 실존, 짓누르는 불안, 높은 하늘의 〈금속성〉의 무거움 등의 상징적인 의미를 지닌다. 도시 속의 햇빛의 황금은 미 뿐 아니라 잔혹한 행위를 나타낼 수 있는 불길이나 금속의 힘도 구현한다.

도시 공간 일부의 의인화는 도시를 비현실적인 환영의 형상으로 변모시킨다.

이 대기는 그토록 잘 울리고
　기만은 그토록 유혹적이네
골목이여, 자욱한 부연
　안개 속으로 데려가라……

도시 공간은 영원의 세계에 대립된다. 잿빛 색조와 소음에 휩싸인 도시의 삶의 추한 광경. 그렇게 〈보편적 매매성〉의 도시의 형상이 태동한다.

이와 같은 페테르부르크의 형상 위에는 윤리적, 미적 심판의 기호가 자리한다. 페테르부르크의 형상은 죽음의 주제와 분리될 수 없이 결합되어 있다. 〈죽음〉의 주제가 연작 『도시』를 관류한다.

블로크는 페테르부르크의 형상을 통해 악과 인간의 고통의 기원으로서의 현대 도시의 주제를 전개한다. 다양한 종류의 악마의 장난을 낳는 현대 도시. 도시의 떠들썩하게 술 취한 패거리와 묵시록의 환영이 결합한다. 일상의 속물성이 암울한 환상으로, 끔찍한 꿈과 공포의 시로 옮겨간다. 일상의 사건들이 파멸, 세계 종말에 대한 암울한 예언의 의미를 획득한다.

4.

모더니즘 시에 공통적인 경향인 〈도시의 묵시록〉 속에서 블로크의 페테르부르크 주제가 지닌 고유한 음조와 관련하여 특별히 주목해야 할 시가 소위 〈다락방 연작〉이다. 시집 『눈 덮인 대지』의 「소시민의 생애」의 장에 실렸다가 〈3부작〉 시집의 연작 『도시』에 수록된 시들이다. 연작의 연원이 되는 시 「다락에서」(1906)다.

밝은 다락보다 세상에서
더 높은 것이 무엇이던가?
먼 선술집들의
굴뚝들과 지붕들이 보이네

길은 거기로 예약되어 있는데
이제 무슨 수로?
이제 나는 그녀와 엮여 있을 뿐······
이제 문은 닫혀 있네······

그녀는 들리지가 않네
들리는데 보이지가 않네
고요한 그녀가 숨 쉬지 않네
하얀 그녀가 말이 없네……

먹을 것을 달라고도 않네……
문틈으로 바람이 쉭쉭 대네
눈보라의 피리 소리가
난 참 듣기 좋다네!

바람이여, 눈의 북방이여,
내 오랜 친구인 너!
네가 젊은 아내에게
부채를 선물해 다오!

너처럼 하얀 옷을
그녀에게 선물해 다오!
그녀의 침상으로 눈꽃을
듬뿍 가져다 다오!

넌 내게 비애를, 먹구름을,
눈을 선물했네……
그녀에게는 노을을, 구슬을,
진주를 선물해 다오!

그녀가 화사하도록
그리고 눈처럼 새하얗도록!
저 구석에서
내가 욕망에 차서 바라보도록!……

눈보라여, 너는 눈 나팔을
더 달콤하게 불어다오
얼음의 관 속에서
내 사랑이 잠자도록!

판자여 삐걱대지 말아다오……
그녀가 일어나지 않게
소중한 친구를
놀래지 않게!

1906년 가을 블로크는 부모를 떠나 아내와 함께 페테르부르크
의 빈민 구역에 새로이 정착한다. 안마당으로 열린 창을 가진 아파
트였다. 비렁뱅이 부랑자들, 노래하는 소경들, 거리의 악사들, 춤추
는 불구의 아이들이 마당에 자주 나타나곤 했다. 시인을 둘러싼 삶
이 〈다락방 연작〉을 낳는다.

〈세상에서 더 높은 것이〉 없는 〈다락〉은 곧 더 이상 추락할 곳이
없는 삶의 밑바닥이다. 시 「다락에서」의 서두에서 영탄의 어조로
〈밝은 다락〉의 처소를 우쭐대는 시적 주인공이 처한 삶의 상황은
막다른 골목이다. 애잔하면서도 밝은 어조가 파국적인 삶의 상황

을 애써 견디는 주인공의 내면의 비극성을 증폭시킨다.

볕 잘 드는 다락이 좋은 이유는 밝은 날 세상을 잘 굽어볼 수 있기 때문일 터이다. 하지만 시적 주인공이 내려다보는 세상에서 그의 시선을 붙잡는 유일한 대상은 〈선술집들〉이다. 술의 취기만이 그의 삶에서 남은 유일한 위안이다. 〈먼 선술집들.〉 술집과 시적 주인공의 거리는 물리적 의미 뿐 아니라 심리적 거리의 의미도 담고 있다. 두 번째 연에서 시적 주인공의 비극적 상황이 구체적으로 대두되는 바와 같이, 그에게는 이제 술의 위안을 구할 수단조차 남아 있지 않다. 젊은 나이에 주인공은 〈젊은 아내〉와 함께 세상과 유리되어 〈다락〉에 유폐되어 있다. 〈다락의 긍지〉는 이내 세상으로부터 유폐된 자신에 대한 자조적인 한탄으로 바뀐다.

이어서 3연에서 등장하는 〈젊은 아내〉의 형상과 함께 보다 구체화되는 시적 주인공이 처한 비극적인 삶의 상황은 극에 달한다. 그는 죽은 아내와 〈다락〉에 유폐되어 있다. 햇볕 이외에는 온기를 기대할 길 없는 골방에서 핏기 없이 하얀 겨울을 닮은 모습으로 숨결이 멎은 아내의 곁을 지키는 젊은 인간의 비극. 그런 그에게 눈보라의 선율이 달콤하게 들려온다.

삶의 벼랑에 선 이 인간이 눈보라에게서 구하는 자조적인 위안은 눈보라를 향한 애잔한 간구와 결부되어 있다. 그는 삶에서 한순간도 바람을, 눈보라를 피하지 못했다. 그의 〈오랜 친구〉인 〈눈의 북방〉. 세상 그 어디에서도 도움의 손길을 기대할 수 없는 그는 자신에게 〈비애를, 먹구름을, 눈을 선물했〉던 눈보라에게 죽은 아내를 화사하게 치장해 줄 것을 간구한다. 죽은 아내와 단둘이 남은 유폐된 주인공의 삶의 공간으로 눈보라가 침범하고, 그는 눈보라의 세상과 하나 되는 마지막 삶의 순간의 아름다움을 기원하며 아내를 영면 속으로 떠나보낸다.

블로크는 삶의 나락으로 떨어진 〈작은 인간〉의 시적 형상에 신화시학적인 삶의 〈길〉의 의미를 부여한다. 블로크의 주인공과 여주인공은 1권의 시의 밝은 사원에서 〈추운 날〉〈침으로 얼룩진 구석〉, 〈악취 풍기는 마당〉, 도시의 막다른 골목으로 〈내려간다〉. 노동에 찌든 저주받은 삶에 동참한다.

나와 너는 사원에서 만나
즐거운 정원에서 살았네
하지만 이제 악취 나는 마당들을 지나
저주와 노동을 향해 갔네

우리는 모든 문을 지나치며
저마다의 굽은 등 위에
무겁게 내려앉은 노동을
창마다 보았네

그리고 낮은 천장 아래에서
우리가 살게 될 곳으로
노동에 으스러진 사람들이
서로를 저주한 곳으로 갔네

바닥에서 자고 있는 사람들 사이를

옷을 더럽히지 않으려 애쓰며 너는 걸었네
하지만 바로 저기 침으로 얼룩진 구석에 누운
그들의 잠 자체가 저주였네……

너는 고개를 돌리고 믿음에 찬 눈빛으로
내 눈을 바라보았네……
내 뺨에서 술 취한 눈물이
반짝이더니 굴러 떨어졌네

아니! 행복은 한가한 염원
실로 젊음은 오래전에 지나갔네
노동이 우리의 세기를 줄여주겠지
나는 망치, 너는 바늘

앉아서 바느질을 해. 창을 봐
노동이 사람들을 도처에서 좇고 있잖아
좀 더 힘든 사람들은
저 긴 노래를 부르잖아

내가 네 곁에서 일할게
절망을 술 속에 빠뜨리며
내가 술잔의 바닥을 보았음을
아, 너는 내게 떠올리지 않을 거야

「추운 날」(1906)

블로크의 새로운 시적 주인공은 빈곤에 처하고 사회적으로 소외된 외로운 인간이다. 그는 〈안마당으로 난 창을 가진〉 다락방의 거주자, 고통스러운 삶에 신음하는 도시 변두리의 거주자다.

공통의 특징을 토대로 다양한 주인공들의 형상이 대두된다. 그들은 이른 아침 애수로 신음하며 몽롱한 시선을 마당으로 던지다 〈옛 시절의 말〉을 떠올리고 어리석고 초라한 현재의 자신에 대한 생각에, 자신을 떠나지 않고 끈덕지게 괴롭히는 사악한 운명(러시아 민담의 재앙의 정령 〈리호〉)에 저항하지 못하는 무력한 자신 때문에 울음을 토하지만, 아내의 잠을 깨울까 이내 숨죽이는 연약한 남편이기도 하고, 사랑에 대한 소심한 희망으로 〈두려울 것도 잃을 것도 실로 아무것도 없는〉 삶을 견디며 기운 없이 골방을 서성이는 사내이기도 하다. 〈지상의 근심과 곤궁〉으로 인해 〈눈물에 젖은〉 누군가의 〈영혼〉은 죽음을 통해 맑고 푸른 존재의 시원으로 회귀하기를 갈망한다.

내게 남은 희망 하나
안마당을 바라보는 것
밝아온다. 아침의 넋 나간 빛 속에서
옷이 새하얘진다

들린다. 바닥 깊숙한 곳에서
옛 시절의 말이 깨어났다
저기 누군가의 창 안에서 잊어버린
노란 촛불들이 간신히 타고 있다

아침의 지붕들의 홈에
굶주린 고양이가 바싹 달라붙었다
내게 남은 한 가지. 울음을 터뜨리는 것
그리고 네가 평온하게 자는지 듣는 것

너는 자고 있고 거리는 고요하다
나는 애수에 지쳐 죽어가고
사악하고 배고픈 리호가
집요하게 관자놀이를 친다……

헤이, 꼬마야, 내 창을 바라봐!……
아님 말고. 안 볼 거면 가라……
완전히 나는 겨울 태양을
어리석은 태양을 닮았다

「마당으로 난 창」(1906)

기운 없이 홀로 비좁은 방안을
서성이며 걷는다
침울한 거리의 악사가 마당에서
울기 시작하리라……

내 몫이 아닌
저 자유로운 운명에 대해
벌판에 바람이 불고

마당에 봄이 깃들었음에 대해

그게 나와 무슨 상관이야?
잊힌 채 홀로 서성인다
초가 다 타오르고
시계추가 친다

바로 저기 그녀의 창안의
단 하나, 단 하나의 희망
그녀의 옷이 밝다
그녀가 내게 오리라

그러면 나는 눈썹을 찌푸리고
아는 사람들과 친구들을
얼마나 골려주었는지
수도 없이 그녀에게 전해야지

다시 우린 달콤해질 거야
고요해질 거야, 따뜻해질 거야……
구석에서 램프가 타오른다
마음이 가벼워졌어……

왜 그녀는 나와
얘기하러 오는 걸까?

왜 유쾌한 실을
바늘에 꿰는 걸까?

왜 무심코 그녀는
즐거운 말들을 하는 걸까?
왜 얼굴을 숙이고
레이스 속에 묻는 걸까?

그녀가 여기에 없을 때는
얼마나 춥고 갑갑한가!
창들 안에서 빛이 반짝일지 아닐지
얼마나 오래 알 수 없는가……

하얀 벽보다 더
내 얼굴은 하얗다……
그녀가 올 때는
다시, 또다시 수줍어하리라……

두려울 것도 잃을 것도
실로 아무것도 없다……
하지만 고백해야 할까?
하지만 고백할 수 있을까?

다정한 그녀에게 무슨 말을 할까?

가슴이 활짝 피어났다고?
눈바람이 분다고?
방안이 밝다고?

「기운 없이 홀로 비좁은 방안을」(1906)

나는 네 벽 속에서
지상의 근심과 곤궁에 살해당했다
하늘에는 금실로 수를 놓은
푸른 옷이 창백해진다

저 멀리 있는 나의 푸른 벗이여
얼마나 달콤하고 밝고 아픈가!
눈물에 젖은 영혼이
화려한 옷차림에 만족하고 감사한다

곤경에 낙담하지 않은
깊이와 높이의 영이여
하늘에 있는 너처럼
영혼은 그렇게 푸르게 될 수 있을 텐데

하지만 벽들 속에도 있는 나의 기쁨
너의 푸르름으로 타오르는 기쁨
보상이 가깝다고
내게 죽음이 선고되었다고 생각하는 기쁨······

가수의 푸르스름한 영이

창백한 하늘에서 엄격한 아버지의 품에서

고요한 연기가 되어

태생의 너와 섞인다

「나는 네 벽 속에서」(1906)

〈다락방 연작〉의 도시 풍경은 단지 이런저런 사건들이 이루어지는 배경이 아니다. 그것은 주인공의 세계 지각을 주변의 삶과 묶어주는 심리적 환경이다. 인생에 실패한 부랑자의 형상 속에서 블로크는 깊은 서정과 시적 인물의 성격의 사회적 해석을 결합시킨다. 블로크는 페테르부르크 외곽 공장지대의 삶에 지친 창녀들과 여공들, 더러운 판잣집에서 나오는 술 취한 고함들을 통해 당시 사회적 삶의 준혹한 진실을 본다.

〈다락방 연작〉의 주인공은 객관적으로 묘사된 도시의 가난뱅이와 인생의 낙오자의 사회적 유형이 아니다. 그는 〈역할시〉의 주인공이 아니라 블로크 자신이다. 블로크의 서정적 〈분신〉들 중의 하나, 작가적 개성의 구현의 하나인 동시에 신화시학에서 그의 인간이 걸어가는 〈길〉의 한 단계를 이룬다. 고뇌에 찬 〈지상의 삶〉으로, 〈사원〉과 〈즐거운 정원〉에서 〈저주받은 노동〉의 세계로 나아가는 블로크의 인간이 지닌 정신적 풍경이 그려진다(Гинзбург 1974: 278; Горелов 1970: 163). 바로 시인과 〈비동일성의 동일성〉 관계를 맺고 있는 이 연작의 시적 주인공들이 지닌 특성이 〈블로크의 하나이자 전체인 서정적 의식, 시대의 정신적 삶을 표현한 시인으로서 그의 시가 지닌 폭과 깊이〉를 대변한다.

〈다락방 연작〉은 블로크에게 민주적 성향이 얼마나 유기적이고 개인적인 것이 될 수 있었는지에 대한 증거다. 신비주의적 분위기와 결합된 페테르부르크의 기묘한 속물성의 이중적 세계상 속에서 민주적 정서가 발현된다.

창을 열었다. 시월의 수도는
얼마나 음침한가!
학대당한 갈색 말이
마당에서 서성인다

눈송이가 가벼운 솜털이 되어
바람에 실려 날아다닌다
전나무의 연약한 우듬지가
바람에 흔들린다

가볍게 살았다. 젊게도 살았다
나의 시절은 지나갔다
저기 추위에 새파래진 사내아이가
마당 가운데서 떨고 있다

모든 것, 모든 것이 예전 그대로이고
여느 때 같으리라
말과 어린 아이에게
추위는 달콤하지 않다

그래 나도 아무 이유 없이
다락으로 내몰렸다
아무도 내 주장에 귀 기울이지 않았다
담배를 꺼내 물었다

나는 줄곧 자유의지에 따른
자유로운 생을 원한다
비록 내가 술을 마신 이래로
행복한 별은 더 이상 없다 해도!

오래 전에 별은 내 잔 속에 가라앉았다
정말 영원히?……
자, 영혼이 다시 활기를 띠었다
나와 함께 나의 별이!

자, 자, 매혹적인 여인이 두 눈 속에서 흘러간다
창에서 흔들린다……
진정한 생이 시작되리라
내게 날개가 돋으리라!

내 모든 재산조차도
챙겨 가리라!
알았다, 내 위력을 알았다!……
자, 고함 한 번 지르고…… 난다!

난다, 어린 아이에게 날아간다

회오리와 불길 속에서……

모든 것, 모든 것이 예전 그대로다

그래 오직 나만 빼고!

「시월에」(1906)

여기 있는 모든 것은 아주 세태적이다. 하지만 세태는 곧장 염원으로 옮겨간다. 바로 시 「미지의 여인」에서와 같은 원칙이다. 블로크의 시적 주인공은 잃어버린 별을 술의 환각으로 대신하고자 한다. 고난과 궁핍 속에서 일그러진 삶을 통해 행복에 대한 인간적 갈망이 억제할 수 없이 터져 나온다. 삶의 불구성이 이 고통과 염원에 특별히 강렬하고 애잔한 음조를 부여한다. 〈다락방 연작〉 속에서 블로크는 러시아 문학의 인본적, 민주적 전통을 자신의 신화시학적 사랑의 시와 유기적으로 결합시켰다.

5
눈보라에 갇힌 대지

그녀는 눈과 포도주의
　　살아 있는 모닥불이었다
애타게 하는 그 눈동자를 들여다본 자는
　　그녀가 누구인지 안다

　　　　　　　　　　「나는 밤에 잉태되어 밤에 태어났다」(1907)

1.

아마 새롭고 신선한 나의 연작이 곧 도래할 것이다. 그리고 알렉 산드르 블로크는 디오니소스에게로. (Блок 1965: 86)

「미지의 여인」으로 문단의 총아가 된 스물여섯의 시인 블로크. 그는 젊은 문학가들 사이에서 대가의 평판을 얻었다. 그의 말에 귀 기울이고, 늘 직접적이고 솔직한 그의 평가를 소중히 여겼다. 하지 만 삶은 황폐했다. 술, 우연한 만남들, 끔찍한 자기 불만……

1906년이 저물어 가는 겨울. 블로크는 시대와 자신에 대한 환멸 의 늪에서 그를 벗어나게 할, 세계관과 삶에 있어 전환점을 맞는다. 그는 바로 니체에 대한 몰입 속에서 세계관적 전환을 이루게 되고, 디오니시즘에 물든 의식의 지평 속에서 새로운 사랑의 시가 창조 된다.

블로크의 시와 니체의 철학의 만남은 세기 전환기 러시아 문화 의 보편적 현상의 일환이었다. 20세기 초 러시아 문화에서 니체주 의는 톨스토이주의, 마르크스주의와 더불어 시대의 주요 정신적 조류의 하나였다. 『자라투스트라는 그렇게 말했다』는 당시 러시아 인텔리겐치아의 필독서였다. 특히, 세계의 갱생을 〈정신의 혁명〉에서 찾고자 한 러시아 문화 계층에게 니체의 철학은 가장 중요한 정신적 모티프들의 원천이었다(Паперный 1979: 84). 니체의 세계관은 러시아 상징주의자들을 전율시켰다. 그것은 러시아 예술과 종교에 던져진 예언, 계시 같았다. 그들은 니체의 삶과 창작을 자신의 삶과 예술과 혁명의 시대상황에 투사한다. 니체의 개성과의 유비 속에서, 그의 철학 속에서 자신의 삶의 절박한 문제들과 러시아 혁명이 러시아 문화에 던진 부름에 대한 답을 추구했다.

전통적인 공식 교회 속에서 만족을 얻을 수 없었던 러시아인의 종교적 감정은 세속 문화로의 출구 속에서, 예술과 철학 속에서 새로운 형태를 찾는다. 니체는 19세기 말~20세기 초 러시아 종교 철학의 토대에 본질적인 영향을 끼친다. 전통적인 종교 문화의 혁신을 꾀했던 니체의 이상에, 니체의 사고의 종교적, 신비주의적 음조에 러시아 상징주의자들 역시 환호했다(Жукоцкая 2001; 이현숙 2010: 342~344).

블로크의 니체와의 만남은 1900년, 그러니까 시인으로서의 삶의 초창기로 거슬러 올라가지만, 창작의 초기 단계에서 블로크의 시와 니체의 이념 사이의 직접적인 연관은 보이지 않는다. 블로크의 시적 의식의 형성과정에서 니체주의는 아무런 역할을 하지 않는다. 1900년에 『음악 정신으로부터의 비극의 탄생』의 첫 러시아어 번역이 나왔고, 그때 블로크는 이미 그 책을 읽었다. 하지만 당연히 당시 니체의 책은 신성한 〈소피아〉의 신비로운 계시에 대한 기다림 속에서 푸른 하늘을 응시하고 있던 이상주의자 시인의 관심을 끌지 못했다. 니체의 이념은 러시아의 니체주의가 만개하고 나서 블로크의 창작으로 스며든다.

1906년 12월 블로크는 『음악 정신으로부터의 비극의 탄생』을 다시 읽고, 이번에는 니체의 책을 일종의 〈계시〉로 받아들인다. 블로크의 의식 속으로 들어온 니체의 이념은 이내 그의 정신적 추구의 중심에 자리 잡는다(Клюс 1999). 니체와의 만남을 통해 블로크는 마치 되살아난 듯했다. 블로크의 첫 전기 작가 중의 한 사람이었던 비평가 콘스탄틴 모출스키는 그 시기 블로크의 생기 넘치는 멋진 모습을 회상하며 〈삶으로 되돌아왔다〉고 적었다(Mochulsky 1977: 57).

시인은 의식적으로 디오니소스를 요청하며 디오니시즘의 기호 아래 새로운 연작을 구상한다. 나탈리야 볼로호바라는 한 오페라 여배우에 대한 격렬한 사랑을 시화한 『눈 가면』(1906~1907)이 그 결실이었다. 강렬한 시적 영감의 원천이 된 세 번의 큰 사랑 중 두 번째 사랑이다. 그 사랑을 두고 새해의 벽두에 블로크는 이렇게 고백한다. 〈나는 눈보라에 갇혔다……〉(Орлов 1980: 294). 러시아의 겨울의 토포스 및 민속 신앙의 모티프들과 결부된(Борзых 2012: 22~27) 〈눈보라의 디오니시즘〉의 시가 그렇게 태동한다.

『눈 가면』서문에서 블로크는 이렇게 썼다. 〈검은 옷을 입은, 날개 돋친 검은 눈에 키가 큰 여인이여, 나의 눈의 도시의 화염과 암흑에 대한 사랑에 빠진 여인이여, 이 시를 그대에게 바친다〉(Блок 1997: 2, 152).

2.

또다시 포도주 잔에서 반짝인 너
무거운 뱀의 머리 타래 속에 깃든
네 순결한 미소가
가슴에 공포를 심었다

나는 검은 물결 속에 나자빠져
잊었던 키스의 꿈을
널 휘감은 눈보라의 꿈을
사랑하지 않으며 또다시 들이 마신다

경이로운 웃음을 웃고
황금 술잔 속에서 똬리를 트는 너
네 검은담비 모피 외투 위에서
푸른 바람이 노닌다

생기로운 물결을 들여다보며
어찌 화관을 쓴 자신을 보지 않으랴?
뒤로 젖힌 얼굴 위에서
어찌 네 키스를 떠올리지 않으랴?

「눈 포도주」(1906)

총 30편의 시로 이루어진 『눈 가면』은 1906년과 1907년 사이의 겨울에 단숨에 창작되었다. 거의 대다수의 시가 2주 만에 모습을 드러냈다. 눈보라와 같은 격렬한 사랑의 역사가 전개된다.

첫 시 「눈 포도주」에서 시인은 단절된 이야기를 계속하는 듯하다. 〈또다시〉로 시작되는 첫 행이 이내 익숙한 여인의 형상을 우리에게 인지시킨다. 포도주 잔에 어린 빛나는 여인의 모습. 바로 〈미지의 여인〉이다. 잊었던 키스의 숨결이 되살아난다. 〈뒤로 젖힌 얼굴 위에서 네 키스〉의 기억을 떠올린다. 그러나 〈잊었던 키스의 꿈〉은 이제 차갑고 무시무시하다.

시 「눈 포도주」는 시인의 새로운 연인의 모습을 제시한다. 〈너〉는 〈순결한 미소〉를 짓지만, 그 미소는 〈무거운 뱀의 머리 타래 속에〉 깃들어 있다. 그래서 공포가 시적 주인공의 가슴을 엄습한다. 블로크의 〈아름다운 여인〉(〈소피아〉)이 이전의 천상의 광채를 잃고 어두운 디오니소스 여신의 모습을 얻는다.

빛과 어둠, 선과 악, 환희와 공포가 〈너〉의 형상에 분리될 수 없이 결합되어 있다. 〈황금 술잔〉에 어려 〈경이로운 웃음〉을 웃는 〈너〉는 생기이자 빛인 환희의 존재다. 하지만 〈똬리를 트는〉 뱀의 형상에 결부된 악과 어둠의 공포. 〈무거운 뱀의 머리 타래〉를 가진, 〈황금 술잔 속에서 똬리를 트는 너〉는 메두사다. 연인은 메두사의 머리카락을 지녔다. 잔에 담긴 포도주의 물결치는 표면은 반영된 그녀의 얼굴을 일그러뜨리고 왜곡한다. 〈너〉의 존재와의 대면은 죽음의 공포를 야기한다. 〈너〉는 〈나〉를 휩쓰는 〈검은 물결〉이다. 〈너〉의 〈키스〉는 〈나〉의 존재를 휘감는 격렬한 〈눈보라〉.

생기로운 삶의 환희와 죽음의 공포가 〈너〉에 대한 사랑에 빠진 〈나〉를 함께 덮친다. 〈네 검은담비 모피 외투 위에서 푸른 바람이 노닌다.〉 네 〈검은 물결〉은 〈생기롭다〉. 지상의 어둠과 천상의 빛의 결집체인 〈너〉.

〈눈 포도주.〉 여인의 형상에는 〈취기〉와 〈눈보라〉의 모티프가 함께 결부되어 있다. 시인은 이들의 은밀한 동질성을 느낀다. 그것은 안정과 질서 속의 삶을 위협하는 사랑의 격정의 혼돈을 강조한다. 한계를 모르는 자유로운 격정은 보이지 않는 거미줄에 덮인 일상 위로의 존재의 비상을 약속하지만, 격정의 극치는 죽음과 맞닿아 있다.

이렇게 연작의 첫 시는 사랑의 주제와 결부된 죽음의 주도적인 모티프를 부각시킨다. 연작의 제목도 죽음을 구현한다. 추위, 공허, 암흑, 심연이 가면 아래 감추어진 채 파멸을 상징한다. 가면 뒤에는 심연 뿐, 이무 것도 없다. 가면의 존재, 〈미지의 여인〉의 미소는 가슴에 죽음의 공포를 깃들게 한다(Рыбас 2007: 37~38).

〈아름다운 여인〉을 향한 기사도적 경배와 〈미지의 여인〉의 아이러니적 절망을 대신하는 다른 사랑이 대두된다. 악마적 격정에 찬 파괴적 사랑. 그에 상응하여 시인의 세계 지각 역시 변화한다. 이제 세계는 시인에게 눈보라, 추위가 지배하는 카오스로 대두된다. 이 새로운 사랑의 격정에 결부된 파멸성의 모티프가 전면에 대두된다.

멀리서 오는 배는 필요 없다
곶 위에서 어둠이 잠든다
푸른 눈의 침대보 위에서
나는 네 약속의 기호를 읽는다

눈보라 사이로 네 목소리가 들린다
별들이 눈의 재를 흩뿌린다
얼음 같은 물결에 잠기며
밤배들이 날아갔다

내 운명보다 더 부러운 것은 없다
망각의 눈 속에서 활활 타오를 운명
눈 내린 강변의 들판에서
맑은 눈보라 소리를 들으며 죽을 운명

네 몸통을 휘감은
살아있는 어둠을 풀지 못할 운명
눈의 꿈을 헤치지 않도록
지상의 기호를 이해하지 못할 운명

「필요 없다」(1907)

은밀히 심장은 파멸을 청한다
가벼운 심장이여, 미끄러져라……
길들이 이제 눈의 은으로
나를 삶에서 끌어냈다……

저 먼 얼음 구멍 위에서
물이 고요한 김을 뿜어내듯이
네 고요한 걸음으로

너는 나를 이리로 이끌었다

시선으로 붙잡아 묶고
손으로 껴안았다
차가운 감시로
하얀 죽음에 내어 주었다……

어떤 다른 거처에서
삶을 질질 끌 운명이란 말인가
심장이 파멸을 원하는데
은밀히 바닥을 청하는데?

「저주받은 자」(1907)

『아름다운 여인에 관한 시』의 지고한 신비주의의 진선미의 이상을 악의 파토스가 대체하고, 조화와 창조의 이상에 반항, 파괴의 카오스가 대립된다. 빛을 어둠의 밤이, 봄을 눈보라의 겨울이 대체한다.

시인은 연작의 기본 주제인 사랑의 격정의 해석을 위해 눈보라의 상징적 형상을 창조한다. 눈보라의 형상에 결부된 혼돈, 격렬한 움직임, 죽음의 의미소가 〈눈 가면〉의 사랑의 파멸적인 세계의 형상을 창조한다. 날갯짓하듯 풍부하고 격정적인 선율에 담긴 사랑은 파괴적이다. 그것은 파멸을 가져오는 어두운 힘이다.

눈먼 어두운 열정에는 한없는 영감과 피할 길 없는 파멸의 느낌이 함께 결부되어 있다. 시인은 불가피한 파멸의 환희에 젖는다. 환희와 저주가 분리될 수 없이 결합된다. 이 비극적 황홀경의 세계에 변모된 블로크의 시적 주인공의 모습이 구현된다. 〈눈보라에 사로잡힌〉 그는 관조와 염원의 정적 상태에서 벗어나 격동의 삶을 산다.

연작의 여주인공은 구체적인 자질을 거의 지니고 있지 않다. 그녀는 낭만주의적인 조건적 형상, 실제 여인의 예술적으로 창조된 마스크다. 온기도 부드러움도 동요도 모르는 여인은 암흑과 화염과 얼음의 속성을 지닌다. 초현실적인 여주인공은 공공연히 모습을 드러낸 지옥의 존재다.

그 어떤 블로크 연구자보다도 탁월하게 〈눈 가면〉의 본질을 포착했던 이는 시집 『눈 가면』(1907)의 표지 삽화를 그렸던 화가 레프 박스트였다. 얼어붙은 별이 흩뿌려진 밤하늘. 눈 쌓인 나무들. 흩날리는 검은 치마를 입은 사악한 형상의 여인. 여인은 거의 암흑과 섞여 있다. 그녀가 암흑이다. 그녀의 얼굴에는 하얀 마스크. 마스크를 쓴 여인이 연미복을 입은 남자, 시인 블로크를 한밤의 품으로 유혹한다.

박스트의 삽화가 표현한 대로, 주위의 겨울 자연과 하나인 존재인 여주인공은 닫힌 공간에서 눈보라의 열린 세계로 주인공을 유인한다. 주인공은 자신을 사로잡은 열정에 저항하고자 시도하지만 유혹이 더 강하다. 연작은 〈눈 장작불 위에서〉 주인공이 파멸을 맞고, 여주인공이 눈 덮인 평원에 그의 유해를 흩뿌리는 것으로 마무리된다.

십자가에 못 박힌 자 위로
모닥불이 높이 치솟았다

무심한 눈(雪)의 눈(眼)을 지닌
밤이 창공에서 서성인다

젊은 밤이 돌아다닌다
눈의 겨울의 방적공 자매들이
눈을 뜨고 본다
하얀 연기를 휘젓는다

경쾌하고 부드러운 시선을
창공이 보낸다
굽이쳐라, 몸부림쳐라, 가벼운 불길이여!
십자가를 휘감아라!

눈의 가면 속에서, 소중한 기사여
눈의 가면 속에서 너는 타올라라!
내가 노래해 주지 않았니? 사랑해 주지 않았니?
노을이 뜨고 지고 다시 뜰 때까지
키스를 선물하지 않았니?

내 사랑이 되어라
사랑스런 기사여, 나는 날씬하다
사랑스런 기사여, 눈의 피로
나는 네게 헌신한다

세 밤 동안 나는 헌신했다

물결치며 불렀다

내 눈을 보게 했다

가벼운 날개를 주었다……

그렇게, 찬란하게 밝게 타올라라

내 가벼운 손길로

네 가벼운 유해를

눈의 평원에 뿌리리니

「눈 장작불 위에서」(1907)

　마지막 시의 시적 화자는 여주인공이다. 여주인공은 십자가에 못
박힌 주인공의 화형식을 주재한다. 주인공과 여주인공의 결합은
자기희생적 파멸의 십자가에 못 박힘이다. 〈눈 가면〉이 주인공을
끌어들이는 세계에는 불길과 눈, 온기와 한기가 하나로 결합되어
있다. 동시에 어둡고 찬란하고, 차갑고 뜨겁게 불태운다. 〈눈 가면〉
의 세계로의 침잠은 주인공에게 두렵지 않다. 그는 〈사랑했던 모두
를 잊고 스스로 너의 장작불로 간다〉(「눈보라에 바친 가슴」). 〈아
름다운 여인〉에 관한 〈푸른 꿈〉과 연관된 옛 세계를 잊고 〈눈 가
면〉의 세계로 나아간다. 그래서 연작을 종결하는 형상인 〈눈 장작
불〉 위에서의 주인공의 산화는 십자가의 고통인 동시에 즐거운 고
통이다. 『눈 가면』의 주인공은 눈의 장작불 위에서 타오르며 파멸
하고 겨울 자연의 세계, 〈눈 가면〉의 세계 속에 용해된다. 주인공의
움직임의 종착점은 〈하얀 선창〉이다.

여주인공은 자기가 주인공에게 〈삼 일 밤 동안 충실했다고〉 상기시킨다. 이 말은 십자가의 형상과 함께 주인공의 형상을 그리스도와 관련시킨다. 주인공은 전통적인 그리스도의 형상에 대립된다.

연작의 마지막 시에서 주인공의 형상이 그리스도의 존재에 대해 지닌 논쟁성은 블로크의 디오니시즘이 무엇보다도 그의 인간의 근본적인 변모, 종교적-윤리적 의식의 전환을 표현하는 것임을 말해 준다. 그래서 〈눈보라 속의 파멸과 죽음에 이르는 길〉의 슈제트와 결부된 〈십자가〉(책형)와 〈세례〉의 기독교적 형상과 모티프가 연작을 관류한다.

> 너는 노을 앞에 나타나는 여인
> 내 뒤로 저 멀리 눈 거품 속에서 일어선다
> 돌아올 길 없는 저 먼 곳을 향해
> 뱃머리가 돌아섰던 곳에서
>
> 눈 내린 곳으로부터 유혹했던
> 돛대도 돛도 보이지 않는다
> 먼 사원에서 마지막 십자가가
> 기쁨 없이 다 타올랐다
>
> 눈 덮인 이 길로
> 일어선다면 내려오지 않으리라
> 희망 없는 영혼으로
> 돌이킬 수 없는 것을 이해하리라

새하얀 항구로부터

너는 먼 호각소리를 들으리라

저 멀리 눈에 매여 자라나는

부름을 너는 이해하리라

「마지막 길」(1907)

연작의 세 번째 시다. 이 시에서 여주인공은 먼 노을 속 〈눈 거품〉 위에서 출현한다. 여주인공의 출현과 결부된 노을의 표지. 하지만 〈너〉는 눈, 〈눈 거품 속에서 일어선다〉. 〈너〉가 나타난 〈저 먼 곳〉은 희망의 상징인 〈배들〉이 돌아올 길 없는 길을 떠난 곳이다. 배들의 자취가 사라졌다. 돌이킬 수 없이 멀어진 희망. 전통적인 도덕의 계율의 거부의 상징이 되는 장면이 이어서 등장한다. 저무는 태양의 빛 속에서 〈먼 사원에서 기쁨 없이 마지막 십자가가 다 타올랐다〉. 십자가의 마지막 빛이 꺼졌다. 전통적인 기독교적 도덕의 상징, 인간의 죄악과 희생의 전통적인 상징인 십자가가 의미를 상실했다. 십자가의 기쁨이 소멸되었다.

〈기쁨 없이 다 타버린 마지막 십자가〉는 전통적인 〈책형〉의 윤리에 대한 거부를 의미한다. 〈책형〉의 의미와 목적은 인간이 신 앞에서 지닌 영원한 의무에 대해 상기시키는 것이다. 절대적인 선의 원칙인 신에 대한 순종과 온유에 대한 호소다. 블로크의 희생 제의는 반대로 보편적으로 받아들여진 도덕적 도그마에 대한 반항이다. 시인은 전통적인 기독교 윤리를 거부한다. 온유와 겸손, 평화와 조화의 정신의 화신인 그리스도를 거부한다. 전통적인 도덕에 대한 순응을 거부하며 자주적인 삶을 살고자 하는 강렬한 열망을 체험한다. 참회를 모르는 어두운 열정으로 타오르는 삶을 살고자 하는, 지상의 삶의 혼돈에 자신을 제물로 바치려는 갈망을 표출한다.

〈마지막 길〉은 새로운 삶의 길, 참회와 부활의 전통적인 도덕을 따르지 않는 길이다. 눈에 덮인 길, 부활의 희망 없는 길이다. 하지만 지상의 삶의 혼돈의 상징인 〈먼 눈보라의 부름〉에 따른 길은 돌이킬 수 없는 길이다.

　　눈보라가 내 문을 열었다
　　내 골방이 얼어붙었다
　　새로운 눈의 성수반 속에서
　　나는 제2의 세례를 받았다

　　새로운 세상으로 들어서며 나는 안다
　　사람들이 있음을, 일이 있음을
　　악의 길을 가는 모두에게
　　낙원을 향한 길이 분명 열려 있음을

　　차갑게 굳어 가는 대지 위에서
　　나는 연인의 애무에 그토록 지쳤다
　　눈보라의 보석이
　　얼음 조각이 되어 이마에서 빛난다

　　새로운 세례의 오만이
　　내 심장을 얼음으로 변모시켰다

너는 또 한순간을 명하는가?
봄이 오리라 예언하는가?

하지만 봐라, 심장이 얼마나 기쁜지!
창공은 눈보라로 가로막혔고
봄은 없을 것이고 또 필요 없다
제3의 세례는 죽음일 것이다

「제2의 세례」(1907)

전통적인 도덕의 상징인 십자가의 소멸에 이어 연작의 다섯 번째 시에는 새로운 〈세례〉의 모티프가 등장한다. 〈제2의 세례.〉 지상의 삶의 혼돈으로의 몰입, 혼돈이 시적 주인공의 영혼으로 침투함을 의미한다. 전통적인 세례의 의미에 반하는 새로운 기독교적 윤리가 제시된다. 〈나〉는 〈디오니소스-그리스도〉. 눈보라의 〈제2의 세례〉를 거쳐 〈새로운 세상〉으로 간다. 정적 속의 은둔의 삶을 거부하고 세상의 어둠과 악에 동참한다. 〈새로운 세상〉은 보편적으로 받아들여진 가치들이 전도된 곳이다. 악으로 간주되던 것들이 〈천국〉으로 이끄는 곳이다. 〈나〉는 〈악의 길을 가는 모두에게 낙원으로 가는 길이 분명 열려 있음을〉 확신한다. 시인과 그의 연인은 디오니소스적 혼돈의 밤 속으로 들어선다. 어떠한 금기도 제한도 없는 정열의 세계.

여주인공은 혼돈의 세계를 구현한다. 연작의 첫 시들에서 주인공은 여주인공이 꾀어내는 혼돈의 세계를 향한 길을 스스로 선택한다. 이 시에서는 혼돈의 힘이 처음으로 주인공이 있는 방안으로 침투한다. 이전 시들에서 주인공은 여주인공을 눈보라의 공간에서 만난다. 이 시에서 혼돈의 힘은 주인공과 여주인공 사이의 마지막 경계를 극복하고 주인공이 자리 잡고 있는 닫힌 공간으로 침투한다. 혼돈과 차단된 조화의 닫힌 공간은 더 이상 없다. 주인공의 여주인공에 대한 종속은 여주인공이 지배하고 있는 열린 공간으로의 주인공과 여주인공의 최종적인 이동을 이끈다. 시 「제2의 세례」의 마지막 연에서 연작의 여주인공의 진정한 본질이 펼쳐진다. 〈봄은 없을 것이고 또 필요 없다. 제3의 세례는 죽음일 것이다.〉 마지막 시에서 완성되는 〈제3의 세례〉로서의 죽음. 혼돈의 세계와의 동화의 완성이다. 기존의 〈나〉가 죽고 새로운 〈나〉가 탄생한다.

3.

『눈 가면』은 러시아 상징주의의 문화적 토양에 니체의 디오니시즘을 접맥시켰던 뱌체슬라프 이바노프의 〈디오니소스적 기독교〉의 이념에 대한 블로크의 깊은 공감 속에서 태동되었다. 이바노프의 디오니소스에 대한 경배는 니체의 경우와 원칙적인 차이를 보인다. 니체에게 디오니소스적 원칙이 미적 원칙이고 삶이 〈미적 현상〉인 반면, 이바노프에게 디오니소스적 원칙은 〈무엇보다도 우선 종교적 원칙이다〉. 이바노프는 디오니소스와 그리스도의 유사성을 강조한다. 그럼으로써 기독교 자체를 헬레니즘화한다. 이바노프의 디오니소스 신화를 통해 헬레니즘화된 기독교는 상징주의와 긴밀히 연관된 〈새로운 종교적 의식〉의 한 유형이다. 이바노프의 책『수난의 신의 희랍 종교』(1905)는 20세기 초 러시아의 종교 부흥의 토대에 놓인 책들 중의 하나다.

갈기갈기 찢겨 죽어 가며 디오니소스는 자신의 피(포도주)로 오르기야의 참여자들을 황홀경에 빠지게 하고 그럼으로써 그들 속에서 부활한다. 오르기야의 에로틱한 광기 속에서 참여자들은 새로운 삶을 향해 부활한다(Муриков 2010). 〈헬라인들에게 디오니소스는 신의 아들의 한 모습이다. 왜냐하면 그는《고통당하는 신》이기 때문이다〉(Столович 2005). 〈고통받은 신의 종교〉로서 디오니시즘과 기독교는 동등하다. 디오니소스는 신의 아들, 죽고 부활하는 신이다. 그는 신의 인간적 형상, 성육신의 신이다. 자신의 의지를 거절하고 아버지의 의지에 따라 세상 속의 고행을 받아들인 그리스도와 같은 존재다. 거인들에 의해 찢긴 디오니소스도 그리스도처럼 신의 제물이다(Ваганова 2010: 69). 솔로비요프주의자들의 종교 철학에서 〈소피아〉가 차지하던 위상과 역할을 이바노프에게서는 디오니소스가 대신한다(Столович 2005).

블로크는 이바노프의 디오니시즘과 함께 혁명의 소용돌이 속에 휘말려 들어간다. 그는 이바노프의 디오니시즘을 통해 상징주의자로서 사회적 삶 속에 들어가려, 예술을 사회적 삶 속으로 가져가려 시도한다.

시인은 내적 드러냄의 예술적 〈지옥〉을 거쳐 가야만 하고 그 자신 속에 감추어진 생의 강렬한 혼돈의 힘들에 출구를 주어야만 한다. 어떤 가정된 영원한 왕국의 조화를 이곳 지상에 재건하려는, 다시 말해 그것을 외부에서 가지고 들어오려는 시도들에 대립적으로 블로크는 〈세상과 아직 불탄 영혼 속에서 살고 있는 아이에게 다시 배우는 것〉이 불가결함을 말한다(Блок 1960~1963: 5, 436). 옛 신앙의 초월성에 아이러니적 태도를 취하고 자기 내부의 〈아이〉의 창조적인 디오니소스적 힘을 찬양한다. 『눈 가면』은 블로크의 새로운 신비주의적 상징주의의 구현이었다.

디오니소스적 오르기아와 기독교의 책형 사이에 노정된 대등한 관계의 최종 결과는 혼돈 속의 인간 실존의 찬양이다. 부조화, 열정, 고통, 파멸로서의 삶의 디오니소스적 원칙은 존재의 한 측면이다. 그것이 없이는 조화, 기쁨, 전체성, 부활이 불가능하다. 폭동, 혁명은 생기로운 삶의 발전의 불가피한 자질이자 단계다. 바쿠스적 광기와 희생적 파멸의 연상성. 블로크의 의식에 자리 잡은 그리스도의 형상은 이제 폭동, 세계의 거부로서의 디오니소스적 원칙을 담지한다. 순수한 정신성의 구현, 순수한 아이의 믿음과 순종의 형상이 아닌 디오니소스-그리스도, 민중의 폭동의 〈타오르는 그리스도〉다. 희생과 순종이 이제 대립한다. 기독교적 순종, 무저항의 윤리를 블로크는 받아들이지 않는다. 희생, 함께 책형 당함의 윤리가 인텔리겐치아의 민중을 향한 길에 관한 생각과 결합된다.

눈보라의 정서의 프리즘을 통해 의미화 되는 볼로호바에 대한 끌림. 변함없이 영원히 조화로운 세계를 대신하는 영원한 변모와 생성의 세계다. 눈 가면의 시적 슈제트는 세계의 실체 속으로의 개인의 해체로서의 시적 〈나〉의 열정, 고통, 파멸의 신화를 구현한다. 얼음의 정열의 눈 장작불 위에서 산화하여 무한한 평원에 뿌려지는 주인공의 유해. 산화는 동시에 책형이다. 디오니소스적 신화 시학에서 그와 같은 죽음은 미래의 부활, 조국의 몸속의 부활을 향한 불가피한 단계다(Минц 1982: 104~105, 109~111).

이렇듯 『눈 가면』은 삶의 정신적 좌표의 재설정이자 시인으로서 거듭나기의 의의를 지닌 작품이다. 〈제3의 세례〉로서의 죽음은 후에 블로크가 본격적으로 표출하게 되는 시인의 비극적 존재론의 표현이다.

너의 은밀한 선율에는
파멸에 관한 숙명적인 소식이 있다
성스러운 맹세의 저주가 있다
행복의 모독이 있다

내가 소문을 되풀이할 준비가 된
그토록 강한 유혹의 힘이여
네 아름다움으로 유혹하며
너는 천사들을 추락시켰을 테지……

네가 믿음을 비웃을 때는
언젠가 내가 보았던
저 자줏빛 감도는 잿빛의 희미한 원이
갑자기 네 위에서 타오르기 시작하지

악도 선도 아닌 너는 전부. 네 시원은 저곳
너에 대해 태평하게들 말하지
타인들에게 너는 시혼이자 기적
나에게 너는 고통이자 지옥

동틀 녘, 이미 힘이 없던 시각에
왜 내가 파멸하지 않고
네 얼굴을 알아보고 네 위안을 구했던지
나는 모른다

나는 우리가 적이길 원했다
꽃이 만발한 초원과 별이 가득한 하늘을
네 아름다움의 모든 저주를
무슨 목적으로 너는 내게 선물했던가?

네 끔찍한 애무는
북방의 밤보다 더 간교했고
금빛 아이보다 더 취하게 했고
집시의 사랑보다 더 짧았다……

소중한 성소의 유린 속에는
숙명적인 위안이 있었다
쑥같이 쓴 이 정열은
광포한 심장의 향락!

「시혼에게」(1912)

블로크는 자신의 예술의 성격을 규정하며 니체의 〈선악의 저편〉의 표현을 적용한다. 〈선인가, 악인가? 너는 전부다. 너의 기원은 이곳이 아니다.〉 그와 함께 〈선악의 저편에〉 머묾은 블로크에게

〈파멸에 관한 숙명적인 소식〉, 〈성스러운 맹세의 저주〉, 〈행복의 모독〉의 느낌을 환기시킨다.

세계에 보이지 않게 스며들어 있고 사랑하는 여인의 형상 속에 구현된 성스러운 〈소피아〉인 『아름다운 여인에 관한 시』의 시혼의 추락. 시혼은 이제 시인에게 파멸적인 〈어두운〉 혼돈이며 예술은 악마적인 신성 모독이다. 성서가 복음이라면, 예술, 시는 〈파멸에 관한 소식〉, 구원에 관한 신의 계시에 대척적인 무언가다. 그 숙명적인 선율에 극복할 수 없는 〈유혹의 힘〉이 담겨 있다. 천사를 추락시킬 수 있는 끔찍한 유혹의 〈미〉. 시혼과의 만남, 시적 영감은 달콤한 동시에 끔찍한 것이다.

아름다움은 이제 순수와 선을 파괴한다. 미, 창조의 원칙은 순수와 선의 원칙에 대립된다. 〈끔찍한 애무〉인 창조적 영감의 체험은 밝은 삶의 면모에 대한 인간의 믿음에 대한 조롱이다. 미는 악마적 원칙, 악마성에 대한 호소다. 믿음을 조롱할 때, 시혼의 머리 위에서 타오르는 〈저 자줏빛 감도는 잿빛의 희미한 원〉은 중세에 악마를 묘사할 때 그렸던 후광이다. 성자를 묘사할 때는 금빛 원을 그렸다. 시인은 시혼이 악마적 원칙의 구현임을 선언한다.

블로크의 시인론의 종국적 구현은 그의 〈푸슈킨론〉인 강연문 「시인의 사명에 관하여」(1918)이다. 여기에서 블로크는 시인의 비극적 존재상에 대한 생각을 푸슈킨의 형상에 투영시켜 전개한다. 블로크에게 시인은 〈조화의 아들〉이다. 하지만 그 존재는 비극적이다. 시인의 존재가 비극적일 수밖에 없는 이유는 세계상에서 조화 자체가 지닌 위상 때문이다. 블로크는 이렇게 말한다.

조화란 무엇인가? 조화란 세계의 힘들의 화합, 세계의 삶의 질서다. 질서는 무질서인 카오스에 대립되는 코스모스다. 고대인들이 가르쳐 준 바와 같이, 카오스로부터 질서가, 세계가 태동한다. 바다의 경쾌한 물결들이 대양의 파도의 무리들의 태생이듯, 코스모스는 카오스의 태생이다. 은밀한 하나의 특징을 제외하고 아들은 아버지의 그 어느 것도 닮지 않을 수 있다. 그러나 그 특징이 아버지와 아들을 닮게 한다.

카오스는 태초의 혼란스런 무원칙이다. 코스모스는 구축된 조화, 문화다. 카오스로부터 코스모스가 태동한다. 자연은 자신 속에 문화의 씨앗들을 은닉하고 있다. 무원칙으로부터 조화가 태동한다. (Блок 1960~1963: 6, 161)

후기 블로크의 세계상에서 조화는 단일하고 절대적인 중심적 가치가 아니다. 블로크는 질서와 무질서, 코스모스와 카오스의 관계를 서로를 배제하는 정태적인 대립적 관계로 이해하지 않는다. 카오스와 코스모스의 관계는 모태(母胎)와 그 산물의 관계다. 코스모스는 카오스의 자식이다. 카오스는 코스모스의 모태다.

카오스와 코스모스의 관계에 대한 블로크의 이해는 그의 신화적-형이상학적 역사관의 토대가 된다. 블로크의 신화적 역사 모델에서 태초에 존재하는 것은 로고스가 아니라 혼돈이다. 블로크는 시원의 모태로서 카오스가 지닌 생산의 힘으로서의 자질을 강조한다. 그에게 역사는 새로운 종의 부단한 창조 과정이며, 역사를 추동하는 힘은 카오스다. 새로운 종들은 카오스의 태내에서 그에 의해 길러지고 조화로서의 문화는 이들 중 그에 합당한 대상을 선택한다. 이때 문화(질서)는 〈광대한 어둠 속의 촛불〉과도 같이 절대적이지 못한, 오히려 카오스의 광대한 힘 앞에서 불안한 존재다. 카오스는 문화의 씨앗을 자신의 태내에서 기르고 구축된 질서로서의 문화를 다시 해체시킨다. 이렇듯 블로크의 세계상에서 질서와 무질서는 동적인 질서 속에서 분리될 수 없는 관련성을 맺고 있다.

혼돈과 분리된 조화란 불가능하며, 혼돈은 내적으로 조화의 씨앗을 담지하고 있는 힘이기 때문에 〈조화에 의해 선택된 존재〉인 시인은 혼돈에 몰입할 것을 요청받는다. 그래서 〈조화의 아들〉인 시인의 존재는 불가피하게 비극적이다.

초월적인 원(原)역사(원신화)와의 유기적인 상응 관계 속에서 삶과 자아의 상태의 각 단계가 지닌 의미와 목적을 의식했던 〈길의 시인〉(Максимов 1981: 13~22)인 블로크. 그가 피력하는 시인의 비극적 존재론은 창작의 진화 과정에서 그가 겪은 세계관의 뚜렷한 변화와 함께 대두된다. 블로크의 시학에서 조화의 이상이 지닌 내적 위상의 변화는 뚜렷하다.

블로크의 초기 시(테제)는 독백적인 코스모스의 세계다. 〈너무나도 선명한 빛에 순간적으로 눈먼〉(Блок 1997: 1, 388) 시인은 그 빛의 세계 이외에 다른 세계를 모른다. 〈아름다운 여인〉의 〈빛나는 시선〉(Блок 1960~1963: 5, 427)은 세계 전체를 통괄하는 단일한 조화의 원칙이다. 현실의 모순적이고 다양한 면모를 추상적 상징의 약호를 통해 〈괄호 치기〉한 상태에서 블로크의 시적 주인공은 절대적인 낙원의 세계의 유일한 거주자다. 상징적 시어는 시인에게 현실로부터 절대적인 조화의 세계로 초월하는 날개다. 시인은 상징적 언어의 신비주의적인 마법을 통해 창조된 세계 속에 참여하는 유일한 특권을 부여받은 존재이다.

블로크의 의식은 절대적인 조화의 단일한 세계가 삶과 유리된 순수 몽상의 세계임에 대한 자각을 통해 역사적 현실을 향해 열린다. 조화가 혼돈과 분리된 절대적인 안정성을 지녔던 초기의 독백적 세계상은 카오스와 코스모스, 선과 악의 양가적 관계로 대체된다. 블로크의 시는 상반되는 가치들의 모순 형용적인 통일로 채워지고, 후기 블로크의 세계 이해와 역사 인식은 이에 기반하고 있다.

푸슈킨과 후기 블로크의 시의 문맥에서 조화의 이상은 본질적인 차이를 지닌다. 푸슈킨은 시인의 창조적 영감의 동기에 대해 신성과 더불어 악마성이 지닌 동등한 권리를 인정한다. 심지어 그 거부할 수 없는 유혹에 대해 말하고 있기까지 하다. 그러나 두 세계는 시인에게 선택 가능한 대상이다. 푸슈킨에게 악마성은 객관적인 자기 성찰의 대상이자 극복의 대상이다(Непомнящий 1999: 473~476). 이와 같은 시인의 태도는 시인이 낭만주의적 열정의 분출로 들끓던 시기를 마감하며 일련의 시에서 보여 준 관조적이고 자기 성찰적인 태도의 일환이다. 블로크에게 암흑, 곧 악마성은 시인 자체의 영혼의 본질적인 속성이 된다. 암흑은 신화적 혼돈일 뿐 아니라 예술가의 영혼 자체의 암흑이다. 혼돈과 조화, 선과 악의 양가성의 문제는 세계 구조의 문제이면서 동시에 예술가 존재론의 문제이다. 푸슈킨에게서 혼돈과 조화, 빛과 어둠은 서로 분리된 객관적인 두 세계이며 그는 이에 대해 성찰적인 거리를 두었다. 반면, 블로크에게서 이들은 서로 양가적인 의미를 띠고 관련되는 분리될 수 없는 두 세계이며, 창조의 본질과 연관된 현재적인 문제다.

블로크는 서로 대등한 의미를 지니는 세계 창조와 시인의 창조 행위에서 혼돈의 능동적 역할을 강조한 후 본격적으로 시인의 초상을 그린다. 그 중심에 푸슈킨의 시 「시인」(1827)이 자리하고 있다.

> 아폴론이 신성한 제물로
> 시인을 요구할 때까지
> 그는 허망한 세상의 근심 속에
> 무기력하게 잠겨 있다
> 그의 신성한 하프가 침묵한다
> 영혼이 차가운 잠을 맛본다
> 세상의 무가치한 아이들 중에서
> 아마 그가 누구보다 무가치하리라
> 하지만 신의 말이
> 섬세한 귓전에 닿기만 하면
> 잠에서 깬 독수리처럼
> 시인의 영혼은 날개 친다
> 그는 세상의 오락 속에서 애수에 젖고
> 사람들의 소문을 멀리한다
> 민중의 우상의 발치에
> 오만한 머리를 숙이지 않는다
> 소리들과 곤혹으로 가득 찬
> 거칠고 준엄한 그는
> 황야의 물결의 기슭으로
> 드넓게 소란스러운 참나무들 속으로 달려간다……

푸슈킨의 시행들은 블로크에게 시인의 과제에 대한 자신의 생각의 예증이 된다. 시인은 반사회적, 반국가적 존재로서 문명의 세계로부터 가려진 〈영(靈)의 깊은 곳〉과 관계한다. 그 곳에는 시원의 세계 창조 행위와 유사한 소리들과 리듬들의 무질서한 흐름이 있다. 블로크는 푸슈킨의 「시인」에서 시인이 문명 세계의 〈무가치한 존재〉로부터 시인으로 탄생하는 과정을 본다. 영적 깊이의 세계로부터 차단되어 있을 때 시인은 그 누구보다 무가치한 존재다. 시인은 시원의 혼돈과 같은 영의 세계에 몰입할 때 비로소 시인이 된다. 세태의 〈차가운 잠〉에서 깨어나 혼돈의 세계에 과감히 몰입하는 존재가 블로크에 의해 이해된 푸슈킨의 시인이다. 푸슈킨의 〈시인〉은 내적 시선을 가린 장막을 걷어 내고 영의 깊은 곳을 열기 위해 〈허망한 세속의 근심들을〉 버린다. 시인은 거칠고, 준엄하고, 곤혹감에 가득 차 있다. 왜냐하면 영의 깊이를 연다는 것은 출산 행위와도 같이 힘겨운 것이기 때문이다. 시인이 향하는 곳이 바다이고 숲인 것인 오직 그곳에서 고독 속에서 〈소리의 파도들을〉 굴리는 〈태생의 카오스와〉, 〈무원칙의 자연〉과 교섭할 수 있기 때문이다(Блок 1960~1963: 6, 163).

블로크는 푸슈킨의 시인의 형상을 통해서 뿐만 아니라 다른 예술가들의 초상을 그리면서도 예술가의 이중적 존재 상황에 관해 되풀이 말했다. 예술의 세계는 경험적 세계와 완전히 상이한 차원의 세계다. 예술가가 관여하는 세계는 일차원적 현실 너머의 〈이차원적 세계〉(Блок 1960~1963: 5, 418), 미지의 동경의 세계, 존재의 진정한 처소로서의 초월적 실재다. 예술가는 예술의 세계로부터 불어오는 〈바람〉을 맞는다. 이 〈바람〉을 느끼기 위해 예술가는 세태가 쳐 놓은 〈장막을 걷어 내야〉 한다. 〈바람〉은 예술가에게 소리와 말을 실어 오고 예술가는 그것을 포착하여 구현한다. 이 말과 소리는 조화로운 이상적 세계의 모습(〈순결한 처녀〉, 〈약속의 땅〉, 〈하늘의 소리〉)이다(Блок 1960~1963: 5, 422~423). 그러나 예술의 세계로부터의 부름은 공포스럽다(Блок 1960~1963: 5, 433). 예술적 영감은 저주스러운 것이다. 예술적 영감이 예술가에게 세태와 부조화를 겪게 하고 그리하여 두 세계 사이의 중간자적 존재로서 방황하게 만들기 때문이다. 시는 십자가이고 영감은 시인을 소진시키는 불길이다. 그와 같은 예술가의 초상은 비극적 순례자의 모습이다(Блок 1960~1963: 5, 423).

블로크가 그린 예술가의 초상들에는 〈예술은 절대적으로 세태와 양립불가능하며, 예술적 영감은 무서운 것〉이라는 생각이 관류하고 있다. 블로크는 비극적 존재로서의 예술가에 대한 이해를 「시인의 사명에 관하여」에서 다시 표명하기까지 오랜 기간에 걸쳐 변함없이 지녀 왔다.

에세이 「시인의 사명에 관하여」에서 푸슈킨 시의 주요 형상과 모티프들은 오랫동안 블로크를 사로잡아 왔던 생각들 속에 녹아드는데, 그것은 블로크가 자신의 시인의 초상을 그리는 단초가 푸슈킨의 시 자체에 내재하기 때문이다. 세태와 갈등하는 푸슈킨의 시인의 형상은 시인의 이중적 존재론에 관한 블로크의 사고의 가장 중요한 기초다.

블로크가 주목하는 시 「시인」과 시인의 주제에 할애된 푸슈킨의 또 다른 대표적인 시 「예언자」(1826)는 〈상호 텍스트적〉 관련성을 통해 긴밀히 연관된 이부작을 이룬다. 두 편의 시에는 시인의 영적 각성의 중요성에 관한 푸슈킨의 생각이 관류하고 있고, 그것은 두 편의 시에서 모두 〈기적〉의 라이트모티프에 집약되어 표현되어 있다. 시 「예언자」의 전문(全文)이다.

영적 갈증에 지쳐
암흑의 황야를 나는 헤매었다
여섯 날개의 천사가
네거리에서 내게 나타나
꿈같이 가벼운 손가락들로
내 두 눈동자를 건드렸다
놀란 암독수리의 눈동자 같은
예언의 눈동자가 열렸다
그가 내 두 귀를 건드리자
소음과 소리가 귀를 가득 채웠다
하늘의 전율에
천사들의 드높은 비행에
바다의 파충류들의 물밑의 걸음에
계곡의 버드나무 움 돋는 소리에 나는 귀 기울였다
그는 내 입술에 매달려
실없는 소리 잘하고 교활한
내 죄 많은 혀를 뽑았다
피에 젖은 오른손으로
잠잠해진 내 입술 속에
지혜로운 뱀의 혀를 집어넣었다

그는 내 가슴을 칼로 갈랐고

떠는 심장을 꺼냈다

불길 일렁이는 석탄을

활짝 열린 가슴 속에 집어넣었다

나는 황야에 시체처럼 누워 있었다

그런 내게 신의 목소리가 호소했다

〈일어나라, 예언자여, 보라, 귀 기울이라

내 의지를 이루라

바다와 육지를 다니며

말로 사람들의 가슴을 불태우라〉

　푸슈킨의 〈예언자〉와 〈시인〉은 육체적–정신적 갱생의 기적을 겪는다. 그 결과 충만한 지각과 모든 존재론적 현상을 이해할 수 있는 예지력의 소유자가 된다. 두 형상에는 세인들의 보잘것없는 가치와 시적 재능의 신성한 본성을 대립시키는 푸슈킨의 사고가 관류한다. 섬세한 귓전에 감지된 신의 목소리는 시적 주인공을 재탄생시킨다. 〈예언자〉처럼 시인은 《신성한 말》의 조화로운 소리들의 실현자, 곧 그 악기〉다. 시는 세태의 불협화음에 대립적인 (혹은 삶의 소음과 모순의 배후에 감춰진) 조화로운 삶의 질서의 포착과 구현이다.

　블로크는 푸슈킨의 시인의 형상 속에서 시인의 이중적 본성과 자유와 고독의 중요성을, 그리고 조화로운 삶의 감각의 접촉으로서 문화는 인간의 내적인 삶에 관계하는 것이라는 푸슈킨의 생각을 포착하여 자신의 시인론 속에 구현했다. 그러나 예언자와 시인의 두 형상 사이의 관계는 블로크와 푸슈킨의 시인 정신의 본질적인 차이를 가늠하는 지표의 하나가 된다.

푸슈킨 시의 문맥에서 신과 아폴론의 두 제단과 이에 상응하는 예언자와 시인의 형상 사이에는 대립적 관계가 존재하지 않는다. 두 형상을 창조하며 푸슈킨이 〈기적〉의 모티프를 통해 표현하고 있는 것은 신성의 체험의 중요성이다. 시인은 곧 예언자이며, 시인이 된다는 것은 신성의 내적 체험이다. 이와 같이 푸슈킨의 〈예언자〉로서의 〈시인〉의 형상은 기독교 문화의 문맥과 중요한 관련성을 지닌다.

푸슈킨이 시인에 관해 쓴 대표적인 시들은 그가 겪은 세계와 삶에 대한 이해의 전환과 맞물려 있다. 푸슈킨의 시 「예언자」와 「시인」은 푸슈킨의 작가 의식의 변화, 가치의 재평가와 관련하여 동등한 중요성을 지닌다. 푸슈킨은 시 「예언자」를 통해 기독교 전통으로 회귀하고, 전통적인 기독교 문화의 문맥에서 정신적인 지주를 찾는다(Мальчукова 1998: 158).

푸슈킨은 영감의 신성한 본질, 〈예언자〉 속의 신적인 세계상의 신비로운 열림에 기초하여 〈시 그 자체〉의 이상을 주창했다. 삶에 대한 세속적이고 실용적인 접근을 거부하면서 시인은 〈시 그 자체〉의 이상 추구를 통해 삶의 조화로운 통일성을 추구하고 실현했다(Гей 1999: 59). 시인의 내적이고 창조적인 자유는 혼돈이 아니라 조화의 조건이다(Гей 1999: 68). 〈세태의 잠〉에서 깨어난 푸슈킨의 시인을 기다리는 것은 조화로운 삶의 감각의 회복이다. 푸슈킨의 시혼, 그의 〈마돈나〉는 침해될 수 없는 조화의 이상의 구현이다.

블로크의 시는 푸슈킨 이후 러시아 근대시의 심미적 의식에 일어난 변화의 선명한 표현이다. 블로크의 〈신비주의적 낭만주의〉 시의 정념은 열정의 불길 속에서 완전한 변모를 겪는다. 블로크의 시인이 세태의 〈장막〉을 걷고 들어서는 곳은 이제 절대적인 〈조화〉의 세계가 아니라 〈카오스의 모태〉다. 〈황홀경의 순간〉에 시인을 기다리는 것은 절대적인 조화의 순간이 아니라 혼돈과 조화의 쉼 없는 충돌 과정으로서의 존재상이다. 혼돈의 창조적 가치에 대한 긍정을 통해 시인의 내면은 〈멜랑콜리〉의 순화된 서정이 아닌 혼돈과 파괴에 대한 〈열기에 찬〉 매혹으로 채워진다.

블로크는 시와 에세이들에서 이와 같이 변모된 시인상을 의식적으로 구축하며 이를 통해 러시아 문화의 윤리적 기초에 일어난 변화가 지닌 정당성을 역설한다. 블로크의 시인상에서 시적 영감의 경이로운 순간을 둘러싸고 있는 것은 절대적이고 단일한 조화의 빛에 대한 갈구가 아닌, 정신에 깃든 균열과 선-악의 양가성에 대한 자각이다. 〈악마적 열기〉에 들린 영혼은 블로크의 시인됨의 본질적인 조건을 형성한다.

고전적 시인상에 대치된 시인으로서의 자의식 속에서 〈삶의 창조〉의 이상은 근본적인 변화를 겪는다. 순간과 영원, 현상과 실재의 합일의 순간에 대한 시인의 열망, 황홀경의 구조는 동일하다. 그러나 시인은 이제 혼돈을 〈축성(祝聖)〉한다. 〈멜랑콜리〉의 정념이 지향하는 〈조화의 순간에 대한 기다림〉을 거부하고, 삶의 혼돈의 소용돌이에 몰입하여 조화를 일구고자 지향한다. 〈소돔〉의 이상이 〈마돈나〉의 이상을 대체한다. 영감의 자유를 위해 세태의 질서를 거부하는 시인을 기다린 것은 혼돈과 파괴의 매혹이었다.

그래. 영감은 그렇게 명한다

나의 자유로운 염원은

모욕이, 더러움이, 어둠이 있는 곳으로

궁핍이 있는 그 곳으로 내내 향한다

저 세계가 더 잘 보이는

그곳으로, 그곳으로, 더 온순하게, 더 낮게……

[……]

「그래. 영감은 그렇게 명한다」(1911)

세태의 안정적인 질서를 거부하며 시인의 영감이 향하는 곳은 사회적 혼란의 어둠, 고통받고 궁핍한 사람들의 삶 속이다. 시인은 삶의 바닥으로의 몰입이 강렬할수록 〈다른 세계〉는 보다 선명하게 다가온다고 말한다.

블로크의 민주적 파토스에는 혼돈과 악에 대한 디오니소스적 찬양이 분리될 수 없이 결합되어 있다. 블로크가 〈제2의 세례〉로 의미를 부여한 역사적 현실에의 동참은 혼돈과 파괴의 〈눈보라〉, 현존하는 삶의 질서를 소진시키는 〈세계의 화재〉로서의 악 속에 내재된 선의 계기에 대한 긍정을 통해 가능했다. 블로크에게 영적 상승의 기적의 체험은 푸슈킨적인 내적 정화가 아닌 디오니소스적 열정의 선택을 통해 이루어졌고, 디오니소스적인 파토스와 민주적 파토스의 결합은 결국 시인 블로크를 〈집단적인 역사적 혼돈의 나팔수〉가 되게 했다(Непомнящий 1999: 419~420). 시인 자신을 소진시키는 영감의 불길은 〈기적〉이 아니라 〈고통이자 지옥〉이다. 〈예술은 지옥이다〉(Блок 1960~1963: 5, 433).

블로크는 창조적 영감이 지닌 저주스러운 악마적 본성에 대해 명확히 인식하게 되면서 시인으로서의 자신의 자의식을 고전적 시 문화의 시인의 위상과 구별하였다. 에세이 「러시아 상징주의의 현 상태에 관하여」에서 블로크는 상징주의자로서 그의 길의 궤적을 다름 아닌 〈예언자로부터 시인으로의 변모〉로 규정했다.

〈안티테제〉 시기에 우리에게 도대체 무엇이 일어났는가? 무엇 때문에 황금 검이 빛을 잃고, 남보랏빛 세계들이, 삶으로부터 예술 을 만들고, 자신들의 내부로부터 푸른 환영(幻影)을 방출하고, 그 것으로 영혼을 황폐하게 한 후, 카오스를 낳으며, 쏟아져 나와서는 이 세계와 섞였는가?
바로 이것이 일어난 것이다. 우리는 〈예언자〉였고, 〈시인들〉이 되기를 원했다……. (Блок 1960~1963: 5, 433)

블로크는 절대적이고 단일한 조화의 빛에 대한 갈구로부터 벗 어나 자신의 정신에 깃든 균열과 선-악의 양가성에 대해 자각하 게 되면서 시인이 되었다고 이야기하고 있다. 내적 비상(飛上)을 통한 조화의 이상적 세계와의 접촉을 꿈꾸던 시인은 개인적-사회 적 열정의 분출이 가져오는 엑스터시의 몽환적 희열에 자신을 내 맡겼다. 열정적인 사랑의 체험을 통해 일상으로부터의 탈출을 꿈 꾸고, 파괴적인 혼돈의 소용돌이 속에서 새로운 세계의 꿈을 꾸는 시인의 모습은 본질적으로 악마적이다. 블로크는 에세이 「서정시 에 대하여」(1907)에서 악마성과 창조적 영감의 본질적 관련성을 〈추락한 천사-악마-최초의 시인〉의 정의를 통해 제시했다(Блок 1960~1963: 5, 131). 이 정의를 통해 블로크는 시인의 형상 속에

천사와 악마, 그리스도와 적그리스도를 수렴시켰다. 혼돈의 어둠을 수용하는 시인의 길은 그리스도의 대속(代贖)의 고행이자 어둠 속의 빛의 계기에 탐닉하는 악마의 유희다. 대립적 가치의 모순적인 통일은 블로크의 시인에게 〈디오니소스적 어둠의 십자가를 진 그리스도〉의 형상을 부여한다(Минц 1999: 378~379). 블로크는 기독교의 〈성육신〉의 이상을 실현하는 유일하고 불가피한 길로서 〈악마성〉을 선택했다. 『눈 가면』의 〈디오니시즘〉이 그 길을 열었다.

4.

자, 나타났다. 화사한 차림의
모든 여인들이 빛을 잃었다
그녀가 예정한 원 속으로
내 영혼은 들어섰다

뜨거운 눈의 신음 아래에서
네 모습이 꽃피었다
트로이카만이 방울을 울리며
하얀 눈의 망각 속으로 질주한다

너는 종을 휘저었다
나를 벌판으로 이끌었다
검은 비단으로 숨막히게 한다

흑담비 모피를 활짝 펼쳤다……

저 자유로운 의지에 관해
바람은 강변을 따라 울지 않는가?
종은 그리고 불꽃은
들판에서 소리 내며 꺼지지 않는가?

꽉 조인 너의 금빛 허리띠
뻔뻔하게 정숙한 거친 눈동자!
모든 순간 기만당하고
일렁이는 불길 속에 잠기게 하라!

그렇게 바람이
기만을, 비단을 노래하게 하라!
네 손이 얼마나 가는지
사람들이 영원히 모르게 하라!

검은 베일 뒤에서
일순간 내게 저 먼 곳이 열리도록……
하얀 눈의 저 먼 곳 위로
검은 베일이 떨어지도록……

「자 나타났다. 화사한 차림의」(1906)

〈눈의 성수반〉에서 〈제2의 세례〉를 받고 〈제3의 세례〉로 눈 덮인 평원 위의 죽음을 맞는 『눈 가면』의 주인공의 길. 그를 부르며 이 끄는 눈보라의 호각 소리는 저 먼 러시아의 평원에서 들려온다. 그 래서 〈제3의 세례〉는 조국과의 동화이며, 대지, 민중의 삶과 단절된 〈나〉의 죽음이다. 『눈 가면』의 슈제트는 〈조용한 집의 세계에서 러 시아의 자유로운 평원을 향해 나아가는 길〉의 이상과 관련된다. 시 인이 품은 그와 같은 이상의 분명한 시적 구현이 동일한 대상에 대 한 사랑을 시화한 또 하나의 연작 『파이나』다. 〈저 먼 광활한 러시 아의 평원을 향한 길〉의 이상은 위에 인용한 첫 시에서 이미 선명하 게 대두되어 있다.

『파이나』는 31편의 시로 이루어져 있다. 1906년 12월 말~1908년 11월에 걸쳐 쓴 시들이다. 연작의 대다수의 시들은 1907년 10~11월 에 창작되었다. 『파이나』는 구성적, 시기적, 주제적, 문체적-형상적 관계에 있어 『눈 가면』에 직접적으로 접맥된다. 블로크의 볼로호바에 대한 사랑의 상황이 마찬가지로 파이나의 시적 슈제트의 골자를 이 룬다.

『파이나』의 첫 세 편의 시는 『눈 가면』의 첫 시와 함께 1906년 12월 말 여배우와의 첫 만남들에 대한 최초의 시적 반향이다. 마지 막 두 시는 관계의 종식과 연관된 갈등의 체험을 반영하고 있다. 이 시들이 형성한 일종의 틀 안에서 사랑의 체험이 시화된다. 첫 세 편 의 시를 제외한 다른 시들이 『눈 가면』의 완결 이후 창작되었지만, 대부분 『눈 가면』에서 주어진 주제 노선과 모티프들을 발전시키고 있다.

파이나의 서정적 여주인공은 〈눈 가면〉에 고유한 특징을 공유한 다. 눈보라와의 연관성, 〈디오니시즘〉, 검고 어두운 색조, 〈열린〉 공간 등이 그것이다. 혼돈성, 영계성, 내적 모순, 악마성, 파멸성 등, 〈눈 가면〉에 고유한 자질들이 〈파이나〉에 의해 계승된다.

하지만 같은 듯 다른 사랑의 모습. 모든 유사성에도 불구하고 차이가 지닌 의미가 본질적으로 중요하다. 블로크는 격정적인 몰입의 서두에 격정의 성격에 대한 차별적 이해를 지니고 있었다. 같은 날 쓴 두 연작의 첫 시에서 이미 차이가 뚜렷하다.

〈파이나〉가 〈눈 가면〉과 비교될 때 지닌 차별적 자질은 우선 보다 〈실제적〉이라는 점이다. 시적 여주인공의 인간화된 모습이 나타난다. 〈파이나〉의 모습에서 우리는 이전의 〈눈 가면〉의 눈, 얼굴을 본다.

> 나는 객석으로 들어가듯 속세에 들어섰다
> 술렁이던 극장의 불이 꺼졌다
> 나만 홀로 날개 돋친 두 눈의
> 생기 넘치는 불길로 암흑을 괴롭힌다
> [……]
> 바다 속의 파도처럼, 연이은 뇌우처럼
> 모두 오리라
> 활활 타올라라, 장례의 노을이여
> 날개 돋친 내 두 눈이여!
>
> 내 시선은 하늘 높이 던져진 횃불
> 검은 포도주 잔이 하늘에
>   엎질러진 것 같구나!

비단에 감싸인 내 가녀린 몸통

그대들에게 예정된 어두운 운명

　사람들아! 나는 날쌘하다!

[……]

「나는 객석으로 들어가듯 속세에 들어섰다」(1907)

　이제 블로크는 여주인공을 날카롭게 느끼는 것이 아니라 날카롭게 보고 그녀의 〈날개 돋친 두 눈〉의 힘을, 〈비단에 감싸인 가녀린 몸통〉의 미를 본다. 아직 『눈 가면』에서는 그녀를 향해 이렇게 말한다.

[……]

〈가면이여, 네 검은 심장 소리를

섬세하게 듣게 해다오

영혼을, 내 밝은 비애를

돌려다오, 가면이여!〉

「당혹」(1907)

　『눈 가면』에서 여인의 형상은 몰개성적으로 신화화되어 비극적인 강렬한 정열의 상징으로 나선다. 『파이나』에서는 〈베일이 떨어져〉 가면 아래 감추어진 초상이 그려지고 성격이 태동한다. 이미 첫 시의 마지막 4행에서 블로크는 이렇게 쓴다.

　검은 베일 뒤에서

일순간 내게 저 먼 곳이 열리도록……
하얀 눈의 저 먼 곳 위로
검은 베일이 떨어지도록……

『파이나』에서 여주인공의 형상은 새로운 자질들로 풍부하다.
〈파이나〉의 모습에는 신경질적이고 권위적인 동시에 수수께끼 같
은 여인의 초상이 그려져 있다. 예속을 모른 채 제멋대로인 격정적
인 여인.

뱀의 좁은 눈으로
네 눈을 바라보고
사랑하며 손을 쥘 때

헤이, 조심해! 나는 온통 뱀이야!
봐. 한순간 나는 네 것이야
그리고 너를 버려!

난 네게 싫증났어! 저리 가!
이 밤에 나는 다른 이와 함께 할 거야!
네 아내를 찾아!

가. 그녀가 슬픔을 쫓을 거야
애무하고 키스하게 해
가. 채찍을 휘두를 테야!

누구든 내 정원으로 와봐
내 검고 좁은 시선을 봐봐
내 정원에서 타오를 거야!

나는 온통 봄! 나는 온통 불길 속!
내가 사랑하고 기다리는
너도 내게 다가오지 마!

늙고 희끗한 누구든, 한창 때의 누구든
소리 나는 동전을 더 많이 주는 자는
맑은 외침에 이끌려 와!

내 가는 채찍아, 휘파람을 불어라
아름다움 위에서, 희끗한 머리카락 위에서
그대들의 어리석은 머리 위에서!

「파이나의 노래」(1907)

〈파이나〉는 육체가 결여된 투명한 환영을 닮지 않았다. 〈파이나〉를 통해 디오니시즘은 이제 러시아 여인의 기질로 대두된다. 그녀는 〈강렬한 영혼〉의 구현일 뿐 아니라 격렬한 민중의 삶의 표현이다. 시인은 이미 첫 시에 그려진 것처럼, 파이나의 모습에서 러시아, 러시아의 운명의 전통적인 형상인 트로이카, 그리고 러시아의 토포스인 겨울과 함께 러시아 민족의 기질을 본다.

자, 나타났다. 화사한 차림의
모든 여인들이 빛을 잃었다
그녀가 예정한 원 속으로
내 영혼은 들어섰다

뜨거운 눈의 신음 아래에서
네 모습이 꽃피었다
트로이카만이 방울을 울리며
하얀 눈의 망각 속으로 질주한다
[……]

〈파이나〉도 〈눈 가면〉처럼 〈미지의 여인〉의 모습을 계승한다. 〈비단을 두른 가녀린 몸통〉, 〈가녀린 손〉, 〈검은 베일〉, 〈저 먼 곳〉……. 삶의 어둠에 잠긴 채 잃어버린 빛나는 이상과의 조우를 위해 술에 의탁할 수밖에 없는 인간의 비극적 갈등을 구현한 「미지의 여인」은 〈눈 가면〉에 대한 사랑의 토양을 마련했다. 블로크는 『눈 가면』의 초개인적인 우주적 열정의 세계를 통해 「미지의 여인」의 회의주의와 아이러니적 주관주의를 극복한다. 이제 『파이나』에서 시인은 여인의 형상의 실제적인 구체적 면모를 대두시키며 절제를 모르는 강렬한 열정의 세계에 민족적 색채를 입힌다.

『아름다운 여인에 관한 시』에서 『파이나』에 이르기까지 사랑의 본질은 변함이 없다. 현실의 경계를 잃고 환희와 함께 시의 세계로 들어가는 여인들. 변함없는 낭만주의적 사랑의 신비. 시인은 기적을 기다린다. 유한 속에서 무한을, 사랑을 통한 일상의 경계 너머로의 출구를 추구한다. 그러나 영혼의 풍경이 완전히 변한다. 천상의 연인에 대한 순수하고 순결한 사랑이 죄악에 찬 열정적인 지상의 연인에 대한 애무로 변한다.

시인은 사랑의 열정의 체험 속에서, 지상의 연인에 대한 키스와 포옹 속에서 엑스터시, 자기망각, 열정적인 광란의 순간을 추구한다. 한없이 긴장된 열정이 시인을 유혹한다. 그것이 일상으로부터 영감과 황홀, 〈신비주의적 취기〉의 세계로의 출구이기 때문이다. 천상의 연인의 출현에 수반되던 투명한 봄의 〈노을〉과 금빛 찬란한 〈푸른 하늘〉을 〈낭랑한〉 눈보라, 얼굴을 〈태우는〉 〈광포한 바람〉, 〈하얀 날개를 단 눈보라의 화재〉, 미친 듯이 질주하며 시인과 그의 연인을 열린 어두운 심연 위에서 〈눈보라의 밤〉 속으로 데려가는 〈트로이카〉의 형상이 대신한다. 한도를 모르는 사랑의 엑스터시의 체험은 이 시기 블로크의 서정시에 러시아 시에서 전에 없던 대담하고 비이성적인 면모를 부여한다. 눈보라의 격렬한 가벼움 속에는 깊은 정신적 고통이 은닉되어 있다.

디오니소스적 열정에는 죄악과 고행, 애수와 상실의 느낌이 함께한다. 동시에 죄악과 고통 자체에는, 타락한 연인의 형상 자체에는 매혹적인 무언가가 있다. 바로 미지의 불가능한 향락을 통한 일상으로부터의 벗어남의 약속.

3권의 두 번째 판본과 세 번째 판본에 실린 자신의 마지막 시들에서 블로크는 집시적 사랑에 취해 넋이 나간, 더욱 더 힘겹고 희망 없는 숙취의 시인이다. 정열은 고통과 굴욕이 된다. 시인의 영혼은 〈천국의 푸른 강변으로의〉 회귀를 통해 어두운 정열로부터의 구원을 찾는다. 그러나 굴욕은 시인의 의지에 반하여 다시 자신의 심연으로 유혹한다.

> 오, 안 돼! 너와 함께 끔찍한 포옹 속으로 쓰러지기를
> 깍지 낀 손을 풀 수도 없고, 입술을 뗄 수도 없는
> 고통이 오래 지속되기를
> 나는 원치 않는다. 한밤의 어둠 속은 안 돼!
>
> 뇌우의 번개에 눈이 멀길 원치 않는다
> 바이올린의 울부짖는 소리를 듣길 (광포한 소리!)
> 네 타오르는 머리에 의해 재에 파묻혀서
> 말로 할 수 없는 권태의 밀려드는 파도를 겪길 원치 않는다!
>
> 최초의 인간처럼 성스러움으로 타오르며
> 모든 거짓을 죽이고, 독약을 다 없애고서 너를
> 천국의 푸른 해변으로 영원히 되돌리고 싶다……
>
> 하지만 네가 나를 부른다! 독기 어린 네 시선이
> 다른 천국을 예언한다! 네 뱀의 천국은
> 바닥 모를 권태의 지옥임을 알며 나는 굴복한다
>
> 「오 안 돼! 너와 함께 끔찍한 포옹 속으로 쓰러지기를」(1912)

정신적 굴욕, 죄악과 추락의 인식은 모든 마지막 시들을 관류한다. 하지만 추락 자체 속에는 무한에 대한 병적인 취함을 주는 신비로운 정열의 환희의 비상이 있다(Жирмунский 1928: 204~205).

그래서 추락한 영혼의 고통스러운 신음과 삶과의 적극적인 소통으로 고무된 영혼의 환희의 목소리가 함께 울린다. 우리는 〈탕진된 영혼〉의 고통에 따른 한편의 절망과 비관의 목소리를 억누르는 장엄한 삶의 찬가를 바로 연작 『파이나』 속의 시 「오, 봄! 끝도 한도 없어라!」에서 듣는 것이다. 전체적인 면모 속에서 시를 다시 읽어 보자.

오, 봄! 끝도 한도 없어라!
오, 염원! 끝도 한도 없어라!
생이여, 이제 너를 아노라! 너를 받아들이노라!
방패 부딪는 소리로 너와 인사를 나누노라!

실패여, 너를 받아들이노라
성공이여, 네게 인사를 보내노라!
매혹의 영역 속에서 울며
웃음의 비밀 속에 수치는 없다!

잠을 잊은 논쟁을
어두운 창 커튼 속의 아침을 받아들이노라
충혈된 내 눈을 자극해 다오, 봄이여!
봄이여! 날 취하게 해 다오!

황량한 촌락들을 받아들이노라!
지상의 도시들의 뒷골목을 받아들이노라!

드넓은 밝은 하늘과
노예의 노곤한 노동을 받아들이노라!

뱀의 머리타래 속에 광포한 바람을 지닌
꽉 다문 차가운 입술 위에
드러나지 않은 신의 이름을 지닌
너를 문턱에서 만나노라……

이 적대적인 만남 앞에서
나는 결코 방패를 내던지지 않노라……
너는 결코 어깨를 열지 않을 것이니……
하지만 우리 위에는 술 취한 염원!

바라보노라, 적의를 가늠하노라
널 질시하노라. 널 저주하노라, 널 사랑하노라
고통이어도 파멸이어도, 나는 아노라
그래도 널 받아들이노라!

「오, 봄! 끝도 한도 없어라!」(1907)

    블로크의 가장 밝은 시들 중의 한 편이다. 시인은 열정적이고 남성적인 태도로 삶을 대한다. 아름답고 슬픈 삶의 모든 면모를 담대히 긍정한다. 〈고통〉이어도, 심지어 〈파멸〉이어도 삶을 〈받아들인다〉. 삶과 화해한다. 낭만주의자에게 특징적인 자아와 세계의 대립이 이제 없다. 「미지의 여인」에서 해결되지 못한 대립들이 이제 화음을 이룬다. 대립들의 양립 가능성이 조화의 공식이 된다.

시적 주인공은 외친다. 〈생이여, 이제 너를 아노라! 너를 받아들이노라!〉 일곱 번에 걸쳐 반복되는 〈받아들이노라〉는 외침. 이 외침이 대립적 가치의 형상들을 양립시키며 충만한 삶의 지각과 체험의 주제를 확증한다. 〈실패〉와 〈성공〉, 〈울음〉과 〈웃음〉, 〈한밤의 논쟁〉과 〈아침〉, 〈황량한 촌락들〉과 〈지상의 도시들〉, 〈드넓은 하늘〉과 〈노예의 노곤한 노동〉이 모두 함께 받아들여진다. 어둡고 초라하고 추한 면모도 거부하지 않는다. 삶에는 갈등, 고통, 난관이 불가피하기 때문이다. 그것들이 없이는 충만한 삶이 불가능하다. 그것들이 없는 삶은 반편일 뿐이다. 그것들은 인내를 심어주고 내적 불굴성을 낳는다. 그래서 삶이 어떤 모습을 취하든 삶을 사랑한다. 삶에 대한 〈질시와 저주〉는 사랑과 등가다. 시는 낙관주의와 충만한 삶의 지각으로 침윤되어 있다.

〈나는 결코 방패를 내던지지 않는다.〉 시적 주인공은 굴복하지 않고 삶과 끝까지 싸우겠다는 의지를 피력한다. 삶의 수용의 주제와 병렬적으로 전개되는 내밀한 사랑의 주제를 통해 대두되는 연인의 모습처럼 삶은 〈뱀의 머리타래 속에 광포한 바람을 지닌〉 모습으로 대두되기 때문이다. 삶의 모습과 사랑의 모습이 동질적이다. 사랑이 삶으로의 출구를 마련한다. 찬란하고 열정적인 사랑의 체험을 통한 삶의 창조적이고 풍요로운 혼돈과의 혼합. 삶을 수용한다는 것은 단순히 삶에 순응하는 것이 아니다. 삶과 대결하며 〈한없는 염원〉의 실현을 삶에 요구하는 것이다. 낭만주의자로서 시인은 삶에 거대한 요구를 제기한다. 삶은 불길 일렁이는 열광적인 사랑의 대상으로서 아름답고 가치 있다. 〈세상에 노래해선 안 될 것은 아무것도 없다.〉 삶은 그 모든 충만 속에서, 그 가장 극단적인 발현 속에서 열광적으로 지각된다. 수수께끼 같은 여인과 같은 삶의 비밀을 끝까지 알고자 하는 것이다. 세상도 염원도 〈한이 없다〉. 삶과의 투쟁의 기쁨이 영혼을 고무시킨다. 『파이나』의 시들이 실린 세 번째 시집 『눈 덮인 대지』의 기본 주제다. 사랑과 질시가 착종된 삶에 대한 감정이 블로크 시의 모든 음조, 그 비극적 파토스를 결정한다.

이 시는 눈보라의 회오리의 끝을 알리는 전조다. 시인은 격정 속에 〈탕진된 영혼〉을 대가로 전체의 면모에 대한 인식과 함께 삶을 수용한다. 시인은 한편의 〈소진된 영혼〉의 비애를 딛고 〈맑은 소리를 내는 선물 같은, 한 움큼 황금 같은 세상을 받아들인〉 자신을 〈부자가 된〉 것으로 느끼며 자랑스러워한다.

맑은 소리를 내는 선물 같은, 한 움큼 황금 같은
세상을 받아들인 나는 부자가 되었다
바라본다. 화재가 자라난다. 떠들썩하다
　네 눈이 불탄다

얼마나 섬뜩하고 밝아졌는가!
전 도시가 찬란한 불의 다발이다
강은 투명한 유리
　오직 나만 없다!……

나는 여기 구석에 있다. 나는 저기 책형 당했다

나는 벽에 못 박혔다. 봐!

네 눈이 불탄다. 불탄다

　검은 두 노을처럼!

나는 여기 있을 것이다. 우리 모두 타오를 것이다

나의 도시 전체가. 강이. 그리고 내가……

불의 세례를 다오

오, 나의 사랑!

「맑은 소리를 내는 선물 같은, 한 움큼 황금 같은」(1907)

　삶과의 투쟁이 삶의 의미가 되고 삶의 진정한 기쁨이 된다. 한없는 염원을 실현하기 위해 삶과 투쟁한다. 〈삶의 무거운 잠〉에도 불구하고 삶을 창조하고자 하는 지속적인 갈망이 불안과 전율 속의 삶을 추동한다.

　〈눈 처녀〉에 대한 사랑은 블로크의 새로운 세계 지각을 구현한다. 이 사랑을 통해 시인은 세상에 대해 온전히 열린 존재가 된다. 희열과 고통이 착종된 디오니시즘의 사랑을 통해 블로크는 삶을 받아들이고, 나아가 그 속에서 자신의 삶에 대한 자세와 동질적인 민족적-민중적 삶의 원칙을 본다.

　〈눈 가면〉의 형상의 구체화와 함께 바로 여인의 형상이 지닌 민족적-민중적 원칙과의 연관성이 대두된다. 블로크는 볼로호바의 형상 속에서 〈러시아성〉을 포착한다. 시인은 이에 대해 직접 이렇게 말한다.

　나탈리야 니콜라예브나 한 사람이 러시아 여인이다. 어디서 온

것인지 모르는 러시아적 〈우연성〉을 지닌 여인. 오만하고 예쁘고
자유로운 여인. 자질구레한 노예적 습성들과 거대한 자유를 지닌
여인. (Блок 1965: 94)

블로크는 〈파이나〉의 형상에 러시아 민족의 속성에 관한, 러시
아의 운명에 관한 소중한 생각들을 불어 넣는다. 〈파이나〉의 형상
은 러시아 여인의 민족적 성격인 자유와 용기의 구현이다. 그녀는
자유롭고 용감한 젊은 러시아 여인의 자질들을 담지한다. 〈자유로
운 루시〉의 시적 형상이다. 〈파이나〉는 주인공의 영혼에 〈자유로운
루시〉의 기운을 불어 넣는다. 주인공은 〈파이나〉를 통해 정신적 변
모를 겪는다. 〈파이나〉를 통해 새로운 생의 힘과 자기표현의 자유
를 얻고, 넓은 세상과 민족적 원칙과 러시아와 만나는 것이다.

그녀는 저 먼 야만의 땅에서 왔다
다른 시대의 밤의 딸
그녀는 일가와 만나지 못했고
하늘은 그녀에게 빛나지 않았다

하지만 거대한 네바 강 위에서
휘몰아치는 한밤의 눈발 아래에서
가벼운 비명과 함께 그녀는
옴폭 들어간 얼굴을 지닌 스핑크스를 만났다

눈보라는 그녀의 어깨에 가슴에 몸통에

별 무더기를 쌓았고
흐릿한 북방의 안개 사이로
그녀는 내내 이집트의 고향을 꿈꾸었다

내 잿빛 철의 도시를
바람과 비와 물결과 어둠의 도시를
그녀는 이해할 수 없는 믿음으로
왕국으로 받아들였다

한밤의 벽지에서 잠든
육중한 덩어리가 그녀는 마음에 들었다
그녀의 영혼의 염원이
창에 어린 고요한 등불에 녹아들었다

물결과 연기를
불길을 어둠을 집을 그녀는 알아보았다
온통 알 길 없는 나의 도시
알 길 없는 그녀 자신

그녀는 내게 눈보라의 반지를 선물한다
내 망토가 별로 가득하다고
내가 강철 갑옷을 입었다고
사슬 갑옷 위에 준엄한 십자가를 지녔다고

담대한 적을 칭찬하며
그녀는 내 눈을 빤히 들여다본다
그녀의 차가운 밤의 벌판으로부터
내 영으로 눈이 침범한다

눈 처녀의 심장은 말이 없고
강철 투구의 띠를
정열의 손길로 잘라 낼
검을 결코 들지 않을 것이다

적군 지휘관 마냥
언제나 갑옷과 투구 속에 속박된 나는
장엄한 포옹의 염원을
성스러운 전율 속에 간직한다

「눈 처녀」(1907)

시인은 이 시에서 〈눈 처녀〉인 〈파이나〉가 구현하는 민족적 속성의 기원에 대해 말한다. 시적 주인공의 도시로 〈눈 처녀〉가 온다. 〈다른 시대의 밤의 딸〉인 그녀는 〈저 먼 야만의 땅에서 왔다〉. 〈눈 처녀〉가 도시에서 시적 주인공을 만난다. 〈눈 처녀〉는 주인공에게 〈눈보라의 반지를 선물하〉고, 그는 그녀에게 헌신한다. 주인공은 〈눈 처녀〉와 〈사랑의 결투〉에 돌입하고픈 욕망에 전율한다. 마주치는 시선 외에 두 주인공 사이의 육체적 접촉, 〈장엄한 포옹〉은 이루어지지 않은 채 시가 마무리된다.

시에서 시인의 도시 페테르부르크는 《《눈 처녀》의 《왕국》으로 변모된다. 그녀는 점차 도시에 익숙해진다. 도시는 그녀에게 친숙하다. 도시와 〈눈 처녀〉는 동질적인 존재다. 둘 다 알길 없는 수수께끼에 휩싸인 신비로운 존재다. 〈온통 알 길 없는 나의 도시. 알 길 없는 그녀 자신.〉 그래서 〈도시를 그녀는 (시적 주인공이) 이해할 수 없는 믿음으로 왕국으로 받아들였다〉.

눈보라가 휘몰아온 〈별 무더기〉가 쌓인 〈눈 처녀〉의 어깨와 가슴과 몸통. 〈별로 가득〉한 망토를 두르고, 〈강철 갑옷〉을 입고, 〈강철 투구〉를 쓴 시적 주인공. 그와 같은 모습을 한 두 주인공의 만남의 시적 슈제트가 블로크와 나탈리아 볼로호바 사이의 사랑을 반영한다. 나탈리아 볼로호바 역시 자신을 〈소피아〉로, 형이상학적 존재로 변모시키는 블로크의 신화창조에 저항한다. 그래서 블로크의 연정에 대한 그녀의 냉담함이 〈눈 처녀〉의 형상의 옷을 입는다.

안데르센 동화의 숨은 텍스트가 〈미지의 여인〉의 형상 이후 〈악마화〉된 〈소피아〉의 형상에 상응하는 〈눈 처녀〉의 형상을 창조한다. 〈눈의 여왕〉, 〈얼음 처녀〉인 〈눈 처녀〉. 사랑에 빠진 남자에게 파멸을 가져오는 팜므 파탈이다. 여인의 파멸적 속성과 도시 페테르부르크의 겨울 풍경이 하나로 섞인다.

북방의 〈눈 처녀〉는 무슨 영문인지 남방의 이집트 출신이다. 안데르센의 동화의 세계에서 나와서 페테르부르크에 모습을 드러낸 〈눈 처녀〉는 레핀 미술 대학 앞 네바 강가에 있는 스핑크스를 만나고는, 그 존재를 알아보고 반가움에 〈가벼운 비명〉을 지른다. 둘은 같은 태생이다. 〈흐릿한 북방의 안개 사이로 그녀는 내내 이집트의 고향을 꿈꾸었다.〉

이 모순에 대한 이해의 비밀은 블로크 시의 〈소피아〉의 형상의 직접적인 원천인 솔로비요프의 시에 있다. 솔로비요프는 서사시 「세 만남」(1898)과 다른 시들에서 이집트의 황야에서 〈소피아〉와의 만남에 대해 말한다. 〈이집트〉의 모티프는 〈눈 처녀〉의 형상에 〈클레오파트라〉의 형상 또한 투영시킨다.

〈눈 처녀〉의 묘사에 있어 또 하나의 기묘한 점은 다음 시구다. 〈그녀의 영혼의 염원이 창에 어린 고요한 등불에 녹아들었다.〉 〈눈 처녀〉의 영혼의 염원이 〈고요한 등불〉과 하나로 섞인다. 여기에서 〈등불〉은 종교적 어휘다. 『아름다운 여인에 관한 시』의 시적 주인공이 고요하고 어두운 사원에서 〈아름다운 여인〉의 출현을 고대하던 상황에 수반되던 그 〈등불〉이다. 〈등불〉은 〈눈 처녀〉의 성스러운 자질을 강조한다. 그녀는 자신에 대한 사랑에 빠진 남자의 목숨을 앗아 가는 악마적 존재이자 성스러운 존재다.

여인의 형상이 현실과 신화, 현재와 과거의 두 차원에 걸쳐 있듯이, 시적 주인공의 존재도 두 차원에 걸쳐 있다. 한편으로 주인공은 동시대의 존재다. 〈잿빛 철의 도시〉, 〈바람과 비와 물결과 어둠의 도시〉의 거주자다. 다른 한편으로 〈망토〉와 〈갑옷〉과 〈십자가〉의 외양은 주인공에게 중세 기사의 풍모를 부여한다. 〈눈 처녀〉에 대한 그의 사랑은 기사도적 숭배의 성격을 띤다(Панова 2008: 314~316).

그렇게 〈파이나〉의 형상 속에서 현실적, 〈러시아적〉 면모는 신화적, 다른 민족 문화적 연상들과 혼합된다. 그 중의 또 다른 중요한 하나는 러시아 영혼 속의 자유롭고 격정적인 지향의 상징인 집시성이다. 이집트는 집시의 시원의 땅으로 추측되는 곳(Блок 1997: 2, 837).

첫 정열의 시 이후 블로크의 사랑의 시에서 낭만주의적, 신비주의적 체험은 집시 로망스의 모티프와 지속적으로 결합된다. 그것은 제어될 줄 모르는 강렬한 정열, 그 환희와 슬픔을 표현한다. 격정적인 사랑의 체험 속에서 은밀히 유혹하고 매혹시키는 영적 고양과 창조적 영감의 분출의 느낌.

집시 문화는 낭만화된 세태의 세계다. 집시적인 열정의 노래는 방랑자의 자유로운 삶의 강렬한 체험이 지닌 비극성을 구현한다. 열정의 광기 어린 분출은 운명적인 고독과 애수를 완화하려는 시도이지만, 음울하고 발작적인 즐거움은 체험의 비극성을 증폭시킨다. 블로크의 자아 역시 격렬한 열정의 분출이 약속하는 행복에 대한 탐닉 속에서 생의 힘을 탕진하는 비극을 체험한다.

그렇듯 〈눈 처녀〉의 형상에는 〈눈의 여왕〉과 〈얼음 처녀〉, 〈이집트〉의 모티프와 결부된 〈소피아〉와 〈클레오파트라〉와 〈집시 처녀〉의 형상들이 결부되어 있다. 이 모든 동일시와 대비가 〈눈 처녀〉의 형상에 담긴 열정, 자유, 힘, 자연스러움의 모티프를 해명한다.

여주인공의 형상에 지속적으로 결부되는 〈원무〉, 디오니소스의 원칙과 연관된 〈춤〉의 모티프는 그녀가 민중의 세계에 속해 있음에 대한 표지다. 민속적인 시적 어휘, 민담적 억양과 함께 〈춤〉의 모티프는 시 「눈 처녀」의 주제의 발전으로 구상된, 그리고 바로 시 「오, 봄! 끝도 한도 없어라!」가 여는 연작 「화염과 암흑에 거는 주문」 (1907)의 후반부 시들에서 선명하게 부각된다.

오, 붉은 노을이 내게 무어냐?
이별의 사악한 불안이 무어냐?

세상의 모든 것은 빙빙 도는 춤과
떨리는 손들의 만남!

나는 창백한 뺨들을 본다
백조의 걸음걸이를 붙잡는다
거리낌 없는 말을 듣는다
나는 섬세한 이름을 사랑한다!

새로운 꿈들이 날아오르며
지친 길 속에서 불안하게 한다……
하지만 그래도 눈의 수의는
나를 데려갈 수 없어……

날려라, 빙빙 돌아라, 괴롭혀라
눈송이들이여, 차가운 소식이여……
내 영혼의 가는 실들이여
끊어져라, 흩날려라, 타올라라……

너, 추위, 나의 추위, 나의 겨울의 추위여
내 영혼에는 격정이 깃들어 있다……
심장이여, 탄식하는 수도사가 되어라
너희 찬가들아, 죽어라, 죽어라……

다시 난다, 난다, 난다

소리 낸다. 눈을 소용돌이친다, 소용돌이친다
　눈의 섬광의
　회오리가 덮친다……
너는 환영이 되어 부드러운 춤 속에서
여자 친구들 가운데에서
눈 덮인 평원을 따라
　빠르게 흐르고 끝없는
　원을 돌았다……

나는 너의 거리낌 없는 말을 듣는다
창백한 두 뺨을 본다
　빛나는 눈을 바라본다……

말로 하지 않을 모든 것을
미소 하나로 전하리라……
행복, 행복! 우리와 함께 하는 밤!
너는 다시 흔들리는 오솔길로
　저 멀리 날아간다……
　눈보라의 먹구름이
　날뛰며, 노래하며
네 유연한 몸통에 회오리를
　퍼부었다
　빼앗았다……

또다시 눈보라가, 눈보라가
몸을 비튼다, 노래한다, 빙빙 돈다……
모든 것이 환영, 모든 것이 배신
거품 가득한 눈의 술잔 속에서
　　취기가
　　울린다……
돌려라, 내달려라
심장이여, 침묵하라
처녀의 자취를 드러내라
　　죽음은 없다!

어두운 벌판에서
　　빛이 돌아다닌다!
쓰라린 운명으로 보낸
　　많은 세월이여……

자, 다시, 또다시 너는 춤추며
　　돌아오기 시작했다……
눈보라가 노래한다. 네 목소리가 또렷하다
　　지상의 친구에게
　　한순간 번쩍이고서
　　너는 다시
　　맹렬히 돌기 시작했다……

이건 어떤 춤인가? 이 어떤 빛으로

   너는 약 올리고 유혹하는가?

   이 원무 속에서

   너는 언제 지칠 텐가?

   누구의 노래인가? 누구의 소리인가?

   나는 무엇을 두려워하는가?

   가슴 아픈 소리들

   그리고 자유로운 루시?

염원처럼, 원무처럼

땅이 달아난다, 하늘이 사라진다

광기처럼, 고난처럼

망각과 용기, 당혹과 죽음

   너는 질주한다! 너는 질주한다!

   너는 두 팔을 앞으로

   내던졌다……

   노래가 일어선다……

모습들이 기묘한 빛으로 빛난다……

   용감한 춤!

오, 노래! 오, 용기! 오, 파멸! 오, 가면……

   아코디언아, 너냐?

「오, 붉은 노을이 내게 무어냐?」(1907)

아코디언아, 아코디언아!

헤이, 노래해, 새된 소리를 질러, 불태워!

헤이, 노란 미나리아재비들아
작은 봄꽃들아!

저기서 휘파람을 불며
노을이 질 때까지 노닌다
관목들이 조용히 바스락대며
내게 고개를 까닥인다. 봐

나는 바라본다. 그녀가 손을 위로 던졌다
넓은 춤 속으로 갔다
모두에게 꽃을 뿌렸다
노래 속에서 진이 빠졌다……

부정한 여인아, 교활한 여인아
간교한 여인아, 춤을 추어라!
영원히 탕진한 영혼의
독약이 되거라!

미쳐 가리라, 미쳐 가리라
광기에 차며 사랑한다
너는 온통 밤, 너는 온통 어둠임을
너는 온통 취기에 젖었음을……

네가 내 영혼을 앗아 갔음을

독약으로 말살시켰음을

너에 대해 네게 노래함을

노래가 헤아릴 수 없음을!……

「아코디언아, 아코디언아!」(1907)

억제를 모르는 춤과 비상, 가벼움의 니체적 모티프들이 연작 「화염과 암흑에 거는 주문」을 관류한다. 니체의 경우와 같이 블로크에게서 춤은 자유롭고 충만한 삶의 구현이다. 그것은 자유로운 인간에게 가장 적합하고 완전한 자기표현의 형식이다. 가벼운 비상의 모티프 역시 구속과 정체를 모르는 영원히 생성 중인 자유로운 삶의 표현이다. 〈파이나〉의 형상을 통해 니체적인 자유의 원칙은 민족적 기질이 된다.

5.

1914년 3월에 블로크는 1907년 1월만큼이나 맹목적으로 혼돈에 찬 격정에 자신을 내맡긴다. 마지막 사랑의 눈보라는 류보피 알렉산드로브나 델마스라는 오페라 여가수가 불러일으켰다. 그녀는 「카르멘」을 연기했고, 그 역으로 시인을 전율시킨다. 블로크는 별다른 기대 없이 찾은 극장에서 불길과 정열로 가득 찬 진정한 카르멘을 발견하고 영혼의 젊음이 회복되는 축복된 느낌에 젖는다. 행복감이 밀려들었다. 이 여인 속에, 이 되살아나서 그의 삶으로 들어온 카르멘시타 속에 행복을 줄 수 있는 모든 것이 있는 것 같았다.

암울함과 무거움이 없는 매혹적인 모습. 온통 햇빛 밝고 가볍고 쾌활한 모습. 블로크에게서는 정신적-육체적 건강의 느낌과 끝없는 생기가 풍겨 나왔다. 블로크는 아이처럼, 김나지움 학생처럼 사랑에 빠졌다. 환희에 젖어 창조적 영감으로 타올랐다. 그렇게 사랑과 창작과 행복에 대한 시, 연작 『카르멘』(1914)이 탄생했다.

『카르멘』은 류보피 델마스에게 바친 열 편의 시로 이루어진 작은 연작이다. 델마스가 구현한 카르멘의 무대 형상에 대한 인상의 시적 구현이다. 연작 『카르멘』은 블로크의 사랑의 시의 마지막 정점이다. 일순간 활활 타올라 시인의 영혼을 태우고 꺼지는 정열에 대한 마지막 시로 쓴 일기.

서시를 이루는 첫 시를 제외하고 모든 시가 2주에 걸쳐 창작되었다. 『눈 가면』의 경우와 같은 순간적인 격정과 창조적 영감의 고양. 그러나 일찍이 없던 낭랑하고 환희에 찬 장엄한 음조. 자유롭고 자유롭게 하는 강렬한 정열에 관하여, 인간을 범속한 세상 위로, 〈무서운 세상〉 속의 거짓된 삶 위로 높이 들어 올리는 정열에 대해 노래한다.

『카르멘』의 시적 주인공은 〈우울한 삶〉에 지친 인간이다. 〈행복의 눈물〉이 그를 숨 막히게 한다. 그는 자신의 〈검고 거친 운명에 대해〉 잊을 준비가 되어 있다. 예전에 그를 고무시키던 〈잊혔던 찬가〉를 붙잡는다. 최상의 미래에 대한 〈달콤한 희망〉이 그의 내면에서 되살아난다. 〈모든 것이 음악과 빛……〉

삶은 복잡하다. 분리될 수 없는 모순의 복합체. 삶에는 빛과 어둠이 공존한다. 〈슬픔과 기쁨이 하나의 선율로 울린다.〉 폭넓은 장조의 울림을 지닌 심포니에 비극적 음조를 집어넣지 않는다면 블로

크는 블로크가 아닐 것이다. 기쁨과 행복을 나타내는, 온통 금빛과
푸른빛과 진주빛인 사랑의 밝은 정령의 모습에 균열이 일어난다.

> [······]
> 하지만 한밤의 어둠이 푸른 하늘을 꿰뚫듯
> 때로 끔찍한 표정이 이 얼굴을
> 검붉은 빛이 황금 고수머리를
> 잊혔던 폭풍우의 노호가 목소리를 꿰뚫는다
>
> 「아침의 악마가 있다」(1914)

거대한 정열은 아름다운 해방구다. 그러나 그 속에는 무서운 위
험도 은닉되어 있다. 그것은 인간의 삶을 보상으로 요구할 수 있다.

> [······]
> 그리고 조국에 대한 기억을 씻으며
> 피가 심장을 덮쳤다······
> 목소리가 노래하고 있었다. 〈사랑에 대해
> 너는 내게 삶을 대가로 치를 것이다!〉
>
> 「눈 내리는 봄이 울부짖는다」(1914)

인용된 구절이 담긴 시를 델마스에게 보내며 블로크는 이렇게 덧
붙였다. 〈그래, 무섭다. 그런 불안이 깨어나면 이미 잠재울 수 없는
법〉(Блок 1997: 3, 876). 또한 다른 곳에서 이렇게 썼다. 〈공허하고
황량하고 무섭고 정처 없다. 열정으로부터의 구원은 없다〉(Орлов

1980: 523).

예핌 에트킨트가 유려하게 분석한 바와 같이(Эткинд 1996: 62~80), 『카르멘』은 삼원 구조로 된 〈3부작〉 구성의 사랑에 관한 서사시다. 이탤릭체로 나머지 시와 구분된 첫 시는 연작의 서시다. 그러므로 『카르멘』은 1+3+3+3의 구성적으로 완결된 구조를 갖추고 있다. 도입부인 1부와 사랑의 태동에 대해 이야기하는 2부, 그리고 사랑의 정열에 최종적으로 바치는 장엄한 찬가인 3부.

『카르멘』은 블로크의 사랑의 시의 정점이자 자유로운 집시적 격정 속에 〈3부작〉 시집의 3부에서 블로크가 다다른, 인간다운 삶에 대한 최종적인 이해를 구현한다. 『카르멘』의 사랑의 모습에는 블로크의 종국적인 삶의 철학이 구현되어 있다.

이 점과 관련하여 블로크는 『카르멘』의 세 번째 시 「아침의 악마가 있다. 무럭무럭 김이 나는 밝은 모습」과 마지막 시 「아니, 결코 내 것도, 그 누구의 것도 아니리」가 아주 중요한 시라고 스스로 밝혔다(Блок 1965: 221). 〈하지만 난 널 사랑하네. 나 자신이 그러하네, 카르멘.〉 그는 마지막 시를 델마스에게 헌정하며 그녀와 자신의 정신적 친연성에 대해 또한 이렇게 말한다. 〈당신과 나의 끔찍한 영감 —— 이 아침의 《악마》〉(Блок 1997: 3, 882). 그리고 이 시를 쓴 다음 날 시인은 수기에 시적 여주인공과 자신의 영혼의 본질을 일컬어 〈악마적 세계관〉이라 적고 있다(Блок 1965: 221).

〈악마적 세계관.〉 자신의 사랑에 관한 최상의 시인 연작 『카르멘』에서 성숙한 블로크가 도달한 존재 기반에 대한 철학적 성찰을 시인 스스로 규정한 말이다. 이 말의 의미를 이해하는 데 있어 시인 스스로 언급한 두 편의 시와 더불어 중요한 또 다른 시는 연작 전

체를 관류하는 철학적 모티프를 도입하고 선율의 기본적인 음조를
결정하고 있는 「서시」다.

> 켜켜이 쌓인 먹구름 속에서
> 순간적인 빛이 갑자기 타오를 때
> 태양이 제 색깔을 바꾸듯
> 선율의 폭풍우 아래에서 가슴은
> 숨죽이며 음조를 바꾸고
> 피가 두 뺨으로 몰려들고
> 행복의 눈물이 가슴을 짓누른다
> 카르멘시타의 현현을 앞두고
>
> 「켜켜이 쌓인 먹구름 속에서」(1914)

서시인 시 「켜켜이 쌓인 먹구름 속에서」는 오페라 「카르멘」의 전
주곡에 바쳐진 시다. 시 자체가 전주곡의 역할을 하며 연작을 관류
하는 정서를 응축된 형태로 제시한다.

시인은 이 시의 첫 초고를 델마스와 만나기 6년 전인 1908년
에 이미 썼고, 1913년 10월 시를 대략 완성한다. 시가 완결된 것은
1914년 3월 4일, 그러니까 전체 연작을 쓰기 시작하기 3주 전이다.
시인의 시는 무엇보다도 우선 그의 내적 세계의 사건의 반영임의
증거다. 시인은 실제로도 만남을 자신에게 〈예언할〉 수 있다는 것.
자신을 깊이 느끼기 때문이다.

2월 14일자 수기에 시인은 이렇게 쓴다. 〈엄마와 함께 《카르멘》.
행복하게도 다비도바가 병이 나서 안드레예바-델마스가 노래했

다. 행복이다〉(Блок 1965: 207). 되풀이되는 행복이라는 단어. 시인은 강렬한 흥분에 잠겨 있다.

3월 2일자 수기에는 바로 이 시의 동기가 되는 삶의 사실이 기록되어 있다(Блок 1965: 211~212). 1914년 3월 2일 블로크는 〈음악극 극장〉의 1층 객석 8열에 앉아서 카르멘 역을 연기하는 여배우 류보피 델마스가 출연하기를 기다린다. 시에는 수기에서 언급되는 객석도 8열도 여자와 함께 온 〈지저분한 얼간이〉 장교도, 귀부인 옆에 앉은 〈시인 협회 의장도〉, 다비도바도, 이미 전주곡을 연주하고 있던 오케스트라도 없다.

시에 등장하는 것은 태양, 천둥, 번개, 가슴……. 시인은 인간의 전 존재를 뒤흔드는 정열에 관해 노래한다. 사랑의 체험의 거대함은 무엇보다도 우선 시를 여는 형상인 태양이 표현한다. 태양과 가슴, 태양과 인간이 대비된다. 그리고 가슴은 소유 형용사 〈나의〉를 수반하지 않는다. 보편적 객관화를 통해 폭넓은 인간보편적인 의미를 얻는다. 시인은 마치 이렇게 주장하는 듯하다. 이것은 카르멘시타의 등장을 고대하는 모든 사멸할 존재의 운명이다.

자연의 격동, 태양 위의 뇌우가 여인의 등장을 고대하는 인간의 체험에 견주어져 있다. 뇌우는 직접 말해지지 않고 바꾸어 말해져 있다. 〈켜켜이 쌓인 먹구름 속에서 순간적인 빛이 갑자기 타오를 때.〉 진정한 우레를 자신 속에 감추고 있는 먹구름. 이어서 오페라 전주곡에 대해 이야기된다. 심장은 태양에, 오케스트라의 음악은 뇌우에 비유된다.

시의 주된 유비는 신성과 동일시된 카르멘시타다. 여기서 〈현현〉이라는 말에는 종교적 의미가 깃들어 있다. 그리고 그것은 매력적이지만 아주 현세적이고 심지어 저속하기까지 한 여인과 결부되어 있다. 카르멘도 아니고 지소형 애칭인 카르멘시타가 자연스럽게 여신의 이름으로 지각된다.

이로써 세 유비적 관계가 성립된다. 심장과 대양, 오케스트라의 음악과 뇌우, 그리고 카르멘과 여신. 색깔을 바꾸는 대양과 심장의 비유의 강대함도 그와 같은 지각을 촉진한다. 대양 위에서 번개가 번쩍 빛난다. 사랑에 빠진 남자의 전혀 말해지지 않은 기다림과 뇌우의 동일시도 그러하다.

문장의 형태도 이 구조 속에 자리한다. 시 전체가 끝을 지향하는 하나의 긴 문장이다. 복잡한 구조에 의해 느릿느릿 전개되는 장중한 구문이 끝을 향해 움직인다. 바로 〈카르멘시타〉의 이름을 향해.

관객은 오페라의 오케스트라를 듣는다. 아마 전주곡일 것이다. 〈선율의 폭풍우 아래에서.〉 그러며 여가수의 등장을 기대한다. 이것이 시의 한 층위다.

대양, 천둥과 번개를 품은 먹구름, 태고의 자연의 격렬한 혼돈처럼 사랑은 웅대하고, 믿음처럼 모든 것을 아우른다. 사랑하는 여인에 대한 기다림은 종교적 엑스터시의 상태, 기적, 유한한 평범한 인간에게 신이 현현하는 순간의 기다림에 필적한다. 엑스터시에 찬 긴장된, 행복의 기다림. 〈행복의 눈물이 가슴을 짓누른다.〉 시의 또 다른 층위다.

사랑은 종교다. 블로크 서정시 전체를 관류하는 사고다. 사랑하는 여인이 신과 우주와 동일시된다. 『아름다운 여인에 관한 시』에서 읽었던 〈우주가 내 안에 있네〉라는 구절. 사랑의 체험이 지닌 우주적인 진폭에 관해 말한다. 초기 작품에서는 추상성과 함께 실현되었던 사랑에 관한 블로크의 중심적인 생각이 『카르멘』에서 가장 충만하고 예술적으로 완결된 표현을 얻는다. 『카르멘』 서시는 사랑에 빠진 사람의 영혼 속에는 전 우주가 살고 있다는 것에 관한 시다. 〈오직 사랑에 빠진 사람만이 사람이라 불릴 자격이 있다〉라고 블로크는 말했다.

시인은 기적을 기다린다. 시의 전 구조가 기다림이다. 수수께끼인 문장. 그 해결은 맨 마지막에서야 주어진다. 〈[……] 앞두고 행복의 눈물이 가슴을 짓누른다.〉 무엇을 앞두고? 〈현현〉을 앞두고? 누구의 〈현현〉을? 이름이 말해지지 않은 동안에 이 이름은 독자에게 수수께끼로 남는다. 어떤 것이든 다른 단어에 대한 독자의 기대를 낳는다. 이를 테면, 아프로디테의 이름. 그리고 기적 같이 예기치 않은 단어, 앞의 단어와는 결합이 어울리지 않는 단어, 마치 공허에서 생겨나는 듯한 단어가 출현한다. 카르멘시타……(Эткинд 1996: 64~65).

연작의 세 번째 시이자 첫 삼원시의 두 번째 시 「아침의 악마가 있다. 무럭무럭 김이 나는 밝은 모습」을 보자.

아침의 악마가 있다. 무럭무럭 김이 나는 밝은 모습
금빛 고수머리를 지닌 행복한 모습
창공처럼 물결치는 옷옷이 푸르다
온통 물들인 진주빛

하지만 한밤의 어둠이 푸른 하늘을 꿰뚫듯
때로 끔찍한 표정이 이 얼굴을

검붉은 빛이 황금 고수머리를
잊혔던 폭풍우의 노호가 목소리를 꿰뚫는다
「아침의 악마가 있다. 무럭무럭 김이 나는 밝은 모습」(1914)

〈아침의 악마.〉 아침의 모습의 신화적 알레고리다. 시는 신화적 알레고리 속의 아침의 단일한 모습에 대한 묘사에서 출발해서 그 모습의 은밀한 균열에 대한 말로 나아간다. 알레고리적 형상을 통해 알지 못하거나 아니면 잊혔던 다른 모습이 비쳐 나온다. 즉 평화로운 현재를 통해 미래와 과거가 비쳐 보인다.

〈아침의 악마〉, 〈황금빛 고수머리를 지닌 행복한 악마〉는 결합될 수 없는 개념들의 결합이다. 시인은 〈아침의 악마〉의 형상을 통해 빛과 어둠, 평온과 혼돈의 분리될 수 없는 결합이 세계 질서와 인간 본성의 보편적인 법칙임을 말한다. 혼돈과 조화는 분리될 수 없이 결합되어 있다. 악마성은 존재와 정신의 구조의 본질적인 한 속성이다. 시인은 신화적 알레고리를 통해 이에 대해 고백한다.

이 시는 서시에서 표현된 존재론을 반복한다. 〈서시〉가 어둠에서 빛, 고통에서 행복으로의 변화에 대해 말한다면, 이 시는 빛, 조화에 스며드는 어둠과 혼돈의 공포에 대해 말한다. 귀결점은 하나다. 행복과 조화 등의 이상적 가치는 독백적 위상을 지니지 못한다는 것. 전적인 축복과 조화로서의 삶은 불가능하며, 일상의 평안 속에는 폭풍우의 잠재된 위협이 도사리고 있다. 삶은 대립적 가치들의 모순적인 복합체다.

인간 영혼의 이 균열은 일상적인 삶에서는 잠재된 채 지각되지 않는다. 그것은 사랑과 창조의 엑스터시 속에서 진면목을 드러낸다. 시인은 〈격렬하게 날뛰는 화음들 사이에서 그녀의 선율 가득한 몸통을 바라보고 창조적 꿈들을 본다〉(「카르멘 숭배자들 사이에서」). 일단 깨어나면 이미 잠재울 수 없는 사랑과 창조의 희열. 〈너는 사랑에 대해 내게 삶을 대가로 치르리라!〉 존재를 위협하는 사랑, 죽음의 위협이 도사린 사랑. 그래서 영감은 끔찍한 것이다. 〈때때로 이 얼굴에는 공포의 표정이 스민다.〉 격렬한 혼돈의 자연을 연상시키는 사랑. 시적 주인공이 선택한 여인의 목소리는 〈잊혔던 폭풍우의 노호로〉 가득 차 있고, 〈한밤의 어둠이 푸른 하늘을 꿰뚫듯 검붉은 빛이 황금 고수머리를 꿰뚫는다〉. 그녀의 머리 타래 속에는 〈붉은 밤〉, 시적 주인공의 심장은 대양 같다.

〈너-카르멘〉을 향해 부르는 사랑에 관한 로맨스인 3부의 마지막 시이자 연작 전체를 종결하는 시 「아니, 결코 내 것도 그 누구의 것도 아니리.」 시인은 이 장엄한 사랑의 찬가 속에서 이상과는 거리가 먼 존재인 카르멘이 사랑에 합당한 이유에 대해 말한다.

아니, 결코 내 것도, 그 누구의 것도 아니리
바로 그것이 우울한 시절의 심연을 뚫는, 텅 빈 나날의 심연을 뚫는
네 매력. 그 짐을 너는 벗지 못하리
바로 그래서 나는 네 숭배자이자 시인!

여기에는 파문당한 여인의 무서운 자국
경이로운 매력을 대가로 그것을 포착할 힘이 없네
저기에는 세계들의 거친 뒤섞임

우주의 영혼의 부분이 천체들의 조화를 발산하며 울부짖네

그날 밤 어두운 홀 안의 내 환희, 내 공포!
불쌍한 여인아, 무엇 때문에 널 염려할까!
그 눈이 저토록 이상하게 나를 뒤좇았네
아직 알아차리지 못한 채, 모르며…… 사랑하지 않으며!

자신이 곧 법. 날아라. 곁을 지나
궤도를 모른 채 다른 성좌로 날아가라
네게 이 세상은 달구고 노래하고 전율시키고 불타는 무언가가 담긴
자욱한 붉은 연기일 뿐!

그 노을 속에서 네 젊음은 분별없네……
온통 음악이자 빛. 행복도 배신도 없네……
슬픔과 기쁨이 하나의 선율로 울리네
하지만 난 널 사랑하네. 나 자신이 그러하네, 카르멘
　　　　　「아니, 결코 내 것도, 그 누구의 것도 아니리」(1914)

　블로크는 〈카르멘〉 속에서 자신과 동등한 인간을 본다. 〈카르멘〉은 그를 닮았다. 그녀 또한 이원적 세계상의 상황으로 살고 있기 때문이다. 그는 카르멘의 세계를 〈여기〉와 〈저기〉로 나눈다.
　사랑은 〈우울한 시절의 심연을〉, 〈공허한 나날의 심연을〉 극복한다. 〈여기〉에는 무가치한 편견들과 서로에 대한 질시가 지배하고 있

다면, 〈저기〉에는 세계들이 거칠게 뒤섞이고, 〈우주의 영혼의 부분이 천체들의 조화를 발산하며 울부짖〉는다. 〈여기〉와 〈저기〉의 두 세계가 대립하며 함께 엮인다. 〈여기〉와 〈저기〉의 대립은 세 층위다. 〈객석과 무대〉, 〈삶과 예술〉, 〈지상과 우주〉(Эткинд 1996: 74).

시는 세속적인 인간의 말로 시작된다. 동시에 1연에서 〈심연〉의 말과 결합된 두 어구는 이에 대립된다. 〈우울한 시절의 심연을 뚫는, 텅 빈 나날의 심연을 뚫는.〉 그리고 마지막 시구가 두 말의 흐름을 통일한다. 〈바로 그래서 나는 네 숭배자이자 시인!〉 시적 주인공은 〈카르멘〉의 〈숭배자이자 시인〉이다.

시적 주인공의 형상의 이중성이 2연의 〈여기〉와 〈저기〉의 대립에 상응한다. 〈나-숭배자〉는 여기에, 〈나-시인〉은 저기에 관계한다. 3연 전부와 4연 전부는 각각 세속의 세계와 우주의 세계에 상응하는 말이다. 마침내 5연에서 두 체계의 요소들이 적대적 충돌이 아닌 화해 속에서 만난다.

〈지상의〉 개념들인 〈행복〉, 〈배신〉, 〈슬픔〉, 〈기쁨〉에 영원의 개념인 〈음악〉과 〈빛〉, 그리고 〈사랑〉이 대립된다. 〈난 널 사랑하네〉라는 고백 속에서 세속의 저속한 원칙과 영원의 원칙이 화해한다 (Эткинд 1996: 74~75).

〈카르멘〉이 사랑에 합당한 이유는 미와 평안과 영원한 축복의 이상적인 아름다움의 존재이기 때문이 아니다. 마지막 시 바로 앞의 시에서 시인은 이렇게 카르멘을 찬양한다.

오, 그래, 사랑은 새처럼 자유롭다
그래, 어쨌든 나는 네 것!

그래, 어쨌든 나는 꿈꾸리라
　　네 몸통, 네 불길 일렁이는 몸통을!

그래, 아름다운 두 손의 야수의 힘 속에
　　배신의 슬픔이 담긴 두 눈 속에
내 헛된 정열의, 내 밤들의
　　모든 광희가 있다, 카르멘!

널 노래하리라, 하늘에
　　네 목소리를 전하리라!
사제처럼 네 불길을 위해
　　별들에게 성례를 바치리라!

내 시의 강에서 너는
　　격렬한 물결이 되어 일어서리라
카르멘, 나는 내 손에서
　　네 향수를 씻어 내지 않으리라

한밤의 고요한 시각에 일순간
　　번쩍인 불길처럼
네 집요한 얼굴이 내게
　　하얀 치아를 반짝이리라

그래, 낯선 나라에 네가 있다는

언젠가 은밀히 네가

나에 대해 생각하리라는

달콤한 희망으로 나는 괴로워하네……

생의 폭풍우 뒤에서, 불안 뒤에서

모든 배신의 슬픔 뒤에서

카르멘, 이 생각이 길처럼

먼 길처럼 엄격하고

단순하고 하얗게 나타나게 하라!

「오, 그래, 사랑은 새처럼 자유롭다」(1914)

〈카르멘〉은 악과 결합되어 있는 역동적이고 기만적인 형상이다.

그래, 아름다운 두 손의 탐욕의 힘 속에

배신의 슬픔이 담긴 두 눈 속에

탐욕과 미가 결부되고, 사랑의 체험은 순간적이다.

한밤의 고요한 시각에 일순간

번쩍인 불길처럼

네 집요한 얼굴이 내게

하얀 치아를 반짝이리라

화해될 수 없는 대립적인 생각들이 병치되어 있다. 그 하나가 이 여인의 죄악성, 부도덕성이다. 배신의 여인 〈카르멘〉. 다른 생각은 그녀에 대한 종교적 찬양이다. 그 모든 것에도 불구하고, 아니면 그 모든 것 덕분에 그녀는 신성을 닮았다.

> 널 노래하리라, 하늘에
>   네 목소리를 전하리라!
> 사제처럼 네 불길을 위해
>   별들에게 성례를 바치리라!

시 「시혼에게」의 시혼의 모순적인 자질들이 다시 모습을 드러낸다. 〈신성한 맹세에 대한 저주〉, 〈행복에 대한 모독〉, 악마주의, 신에 대한 모독, 도덕적 상대주의, 집시의 사랑의 순간성, 변덕, 포착 불가능성……. 희망 없는 찰나적인 사랑이 지닌 매력적인 힘이 노래된다(Эткинд 1996: 73~74).

그런 〈카르멘〉이 사랑에 합당한 이유는 존재의 토대를 형성하는 〈음악〉인 까닭이다.

> 온통 음악이자 빛. 행복도 배신도 없네……
> 슬픔과 기쁨이 하나의 선율로 울리네
> 하지만 난 널 사랑하네. 나 자신이 그러하네, 카르멘

세계와 삶의 리듬인 음악. 영원한 변화와 생성의 움직임 속에서 절대적이고 고립된 가치는 없다. 〈카르멘〉은 음악을 담지한 여인이다. 〈자신이 곧 법〉인 존재, 〈궤도를 모른 채 다른 성좌로 날아가

는〉혜성인 존재. 구현된 자유, 혼돈의 자연의 존재인 까닭이다.

그와 같은 음악 정신을 체현한 인간의 본성과 세계 지각이 〈악마성〉, 〈악마적 세계 지각〉이다. 악마성은 어떠한 제한에도 종속되지 않는, 혼돈의 자연 자체와 같은 자립적인 인간의 본성이다. 시인은 〈악마적 세계관〉을 통해 특정한 정신적 경향을 옹호하고 있는 것이 아니라, 세계 질서와 인간 본성의 보편적인 모습을 그리고 있다 (Минц 1999: 526).

블로크의 사랑의 시의 내용은 시인 자신의 말대로 〈개인적인 것으로부터 공동의 것을 향한〉(Блок 1965: 304) 길 위에서 본질적으로 변화한다. 『카르멘』에서 사랑과 창조의 끔찍한 영감에 대한 블로크의 찬양은 악마적 균열이 존재의 우주적 법칙, 〈카오스와 코스모스 사이의 영원히 극복할 수 없는 모순〉(Эткинд 1999: 76)을 반영한다는 그의 이해와 연관된다.

시인이 『카르멘』에서 영감에 차서 찬가를 부르는 사랑은 장엄하지만 단순하다. 그것은 시인이 체험한 〈성육신〉의 모든 정신적 경험을 자신 속에 받아들였다. 삶과 인간의 사명에 대한 블로크의 사색의 의미가 전개되는 상징적 시어들이 〈카르멘〉에 대한 사랑에 결부된다.

> [……]
> 생의 폭풍우 뒤에서, 불안 뒤에서
>   모든 배신의 슬픔 뒤에서
> 카르멘, 이 생각이 길처럼
>   먼 길처럼 엄격하고

단순하고 하얗게 나타나게 하라!

「오, 그래, 사랑은 새처럼 자유롭다」(1914)

여기에서 단 하나의 단어도 우연한 것은 없다. 〈생의 폭풍우〉, 〈불안〉, 〈먼 길〉……. 블로크의 시에서 집요하게 되풀이되는 이 상징들은 조국의 감정, 윤리적 의무의 의식, 세워진 목표를 향한 움직임의 느낌을 전달한다. 격렬하게 소용돌이치며 움직이는 공통의 삶과 단절된 〈천국〉의 실존의 정적과 축복된 부동성에 움직임의 혼돈이 대치된다. 여기에 격렬하고 생생한 인간적 열정에 대한 찬양이 결부된다.

하지만 이 마지막 사랑의 감정은 오래 가지 않았다. 행복에 대한 염원은 염원으로 그렇게 남았다. 사랑의 꿈이 흩어지고 다시 〈무서운 세상〉이 열린다. 그리고 시인은 카르멘과 작별한다.

너는 그 누구보다 찬란하고 신실하고 매력적이었다
날 저주하지 마라! 저주하지 마!
집시의 노래처럼, 저 돌이킬 수 없는 나날처럼
나의 기차는 질주한다……
사랑스럽던 모든 것이 스쳐간다, 스쳐간다
저 앞에는 길의 미지성……
축복이었다, 지울 수 없다
돌이킬 수 없다. 용서해!

「너는 그 누구보다 찬란하고 신실하고 매력적이었다」(1914)

연작 『카르멘』 이후 시인 블로크의 여정은 멈추었다. 「열둘」 이외에는 더 이상 창작이 불가능했다. 그 어떤 매력적인 여인도 더 이상 그에게 사랑과 정열에 대해 쓰게 하지 못했다. 『카르멘』이 마지막이었다. 사랑은 이미 충만한 삶의 느낌을 줄 수 없었다. 전쟁과 혁명의 일렁이는 불길에 노을이 불탔다. 〈안락은 없다. 평안은 없다.〉 블로크는 더 이상 사랑에 대한 시를 쓰지 않았다. 혁명이 모든 것을 덮어 씌웠다.

6.

〈카르멘〉과의 만남의 인상 아래에서 블로크는 자신의 흔들리는 정신의 지주를 그의 이전 시들에서 찾던 한 지인에게 이렇게 썼다.

[……] 삶에 대한 이 은밀한 열정은 어디에서 오는가? 삶에 대한 열정이 내 안에 강하다고 당신에게 우쭐대지는 않지만, 거짓은 아니다. 겨우 얼마 전에야 삶에 대한 열정의 작용을 겪었기 때문이다. 우리는 그것을 알고 있었고, 이것도 알아야 한다. 〈인간답게 사는 것.〉〈수업의 시절〉 후의 〈방랑의 시절〉. (Орлов 1980: 522)

블로크는 자신의 시에서 삶의 정신적 지주를 찾으려거든 『카르멘』을 읽으라고 말한다. 거기에 삶에 대한 열망이, 인간다운 삶의 모습이 있다고 말한다. 삶에 대한 열망은 어디에서 오며, 인간답게 산다는 것은 어떻게 사는 것인가? 이에 대한 이해를 블로크는 델마스에게 보낸 편지에서 쓴 〈단순성〉이란 말로 준다. 〈당신의 힘은 바로 이 단순성 속에 있다〉(Блок 1997: 883). 그는 〈단순하게〉 삶을 대하는 태도가 삶의 힘이 되며, 〈단순성〉 속에 〈인간다운 삶〉의 모습이 있다고 말한다. 무슨 말인가? 〈단순하다〉는 것은 말 그대로 복잡하게 생각하지 않는다는 것. 사변의 늪에 갇혀서 주저하며 신음하고 회의하다가 절망 속에 주저앉지 말라는 것이다. 삶은 여행, 〈방랑〉이다. 부단히 삶의 길을 가며, 기쁨도 슬픔도, 행복도 불행도, 환희도 절망도 체험하라는 것이다. 열린 전망 속에서 삶을 대하고 행동하며 삶의 전체적인 면모를 체험하라는 것이다. 그렇게 온갖 감정을 맛보며 발산하는 삶을 열망하라는 것이다. 그것이 〈인간답게〉 사는 것이라고 블로크는 말한다. 〈행동주의적〉인 삶의 자세 속에서 혼돈과 조화, 빛과 어둠이 분리될 수 없이 통일된, 존재의 전체성을 사는 것, 그것이 〈인간의〉 삶, 〈인간답게〉 사는 것이다.

왜 혼돈을, 어둠을 피하지 않고 그 속으로 난 삶의 길을 방랑하며 가야 하는가? 생동하는 삶, 의미 있고 가치 있는 삶에 혼돈과 어둠은 불가피하기 때문이다. 블로크는 그런 삶에 대한 이해를 바로 강연문 「낭만주의에 관하여」에서 피력한다. 블로크가 『카르멘』에서 도달한 삶에 대한 이해는 결국 낭만주의자적 삶의 이상이다.

블로크에게 낭만주의는 단순히 문학사의 개념이 아닌 삶의 철학이자 역사 철학이다. 삶의 태도로서의 낭만주의는 삶의 수용, 삶에 대한 격정적인 지향이다. 경직되고 정체된 형식을 파괴하는, 달리 말해 타성에 젖은 삶에 대항하는 정신이다. 제한과 구속을 거부하는 〈영혼의 청년기적 상태〉, 삶의 충만한 체험에 대한 격정적인 지향이다. 나아가 낭만주의는 인류사의 항구적인 동반자다. 블로크에게 세계사는 정신 유형의 교체사, 두 유형의 정신의 축 사이의 진자 운동의 역사다. 진자의 한 축을 낭만주의가 담당한다면, 다른 한 축은 고전주의가 담당한다. 블로크에게 진정한 낭만주의가 의미를 상실한 모든 정체된 형식을 거부하는 정신을 의미한다면, 진정한 고전주의는 〈낭만주의적 정신의 운동〉에 대한 일시적인 거부, 〈부단한 지향과 투쟁의 길 위의 짧고 밝은 휴식의 순간〉(Блок 1960~1963: 6, 368)이다.

블로크가 실존과 역사를 말하며 논하는 〈낭만주의〉와 〈고전주의〉의 관계는 니체의 정신의 유형학에서 〈디오니소스〉와 〈아폴론〉의 관계에 다름 아니다. 영원한 것, 이성적인 것, 즉, 균형, 조화, 절제의 신인 아폴론과 생동적이고 변화무쌍한 삶, 감성적인 것, 즉, 도취, 무질서, 본능, 광란, 열정을 다스리는 신인 디오니소스. 대립하는 성질을 가진 두 신이 한 신전 안에 함께 존재한다는 사실은 우연이 아니다. 둘 가운데 하나만으로는 올바로 설 수 없는 개인과 인류의 삶의 역사의 본질을 곧바로 말해주고 있는 것이다. 바로 그 양가적 모순성에 대한 이해를 기초로 블로크는 낭만주의적 의식, 곧 디오니시즘의 단계가 인간 실존과 인류 역사의 항구적이고 필수적인 동반자임을 말한다.

삶에는, 역사에는 혼돈이 불가피하다. 그것이 생기와 의미를 잃은 형식적인 안정과 조화의 상태에서 삶과 문화를 구원하기 때문이다. 블로크는 낭만주의가 〈혼돈과 주체의 새로운 관계맺음〉이라 말한다. 혼돈의 파괴적 힘은 창조의 계기를 동시에 내포하고 있다. 합리주의적 선택과 배제를 거부하는 낭만주의적 주체는 혼돈의 파괴적 힘을 적의와 사랑으로 대한다. 적의, 곧 대결의 의지가 강렬할 수록 사랑 역시 강해진다. 혼돈의 강렬한 힘은 동시에 창조의 강렬한 힘이기 때문이다. 낭만주의적 의식의 소유자는 혼돈의 파괴적 물결을 새로운 질서 형성의 힘으로 정립시킨다. 달리 말해 혼돈의 어둠을 문화의 빛으로 변모시킨다. 〈혼돈〉의 파괴적 물결은 그와 대결하여 그것을 자기 갱신의 힘으로 전환시킬 능력이 없는 질서를 파괴한다. 〈혼돈〉의 파괴적 물결에 무너지는 질서는 진정한 문화가 아니다. 그러므로 진정한 문화는 부단한 자기 갱신을 위해 〈혼돈〉을 필요로 한다. 그 점에서 〈혼돈〉은 문화를 구원하는 힘이다. 물론, 삶에 대해서도 그렇다.

블로크는 그의 낭만주의론에서 문화의 불가피한 생존 조건으로서 〈혼돈〉을 긍정했듯이, 그의 시에서 혼돈의 〈끔찍한 영감〉을 노래했다. 삶에 대한 갈망이 낳는, 반편(半偏)의 평안과 조화에 대한 거부는 형식적이고 의미 없는 질서를 파괴하는 역사의 〈혼돈〉의 물결에 대한 옹호와 맥을 잇는다. 낭만주의론을 통해 삶과 역사에 대한 종국적인 이해를 피력하기까지 블로크의 삶과 시에서 주도적이었던 것은 바로 삶의 전체적인 면모, 충만한 삶의 체험의 순간에 대한 강렬한 열망이었다.

블로크는 그렇게 〈단순〉하게 〈인간답게〉 사는 인간의 이상을 최종적으로 〈예술가 인간〉의 형상으로 표현한다.

[……] 움직임의 목적은 이미 윤리적 인간도, 정치적 인간도, 휴머니즘적 인간도 아니다. 그것은 예술가 인간이다. 그가, 그리고 오직 그만이 인류가 통제될 수 없이 돌진해 들어 간, 회오리와 폭풍우의 열린 시대 속에서 격정적으로 살고 행동할 수 있다. (Блок

1960~1963: 6, 115)

〈3부작〉의 마지막 책에서 블로크가 견지한 〈예술가 인간〉의 이상. 모순과 절망의 체험 없는 진정한 삶은 없다. 모순과 어둠에 잠재된 조화와 빛의 계기를 포착하고 이를 실현시키기 위해 투쟁하는 자인 〈예술가 인간〉은 그와 같은 건강한 비극적 세계 지각을 체현한 인간이다.

〈예술가 인간〉은 열린 시대의 인간, 열린 삶을 사는 인간이다. 그는 창조의 계기를 내포한 혼돈의 파괴적 힘에 개방되어 부단한 자기 갱신을 지속하는 〈음악 정신〉의 체현자다. 그는 혼돈과 조화의 역동적인 과정인 삶의 길을 부단히 걸으며 디오니소스적 혼돈을 아폴론적 조화로 변모시킨다. 〈예술가 인간〉만이 혼돈의 실존으로부터도, 생기를 잃은 무의미한 정체의 상태에서도 삶을 구할 수 있다. 블로크의 〈성육신의 3부작〉의 이상의 끝에는 그런 예술가로 살라는 가르침이 자리하고 있다.

블로크의 〈예술가 인간〉의 이상은 낭만주의적 인간의 이상의 유기적 한 고리다. 블로크 자신이 파악하는 바대로, 근대 서구정신에 일어난 낭만주의적인 의식의 〈전환〉의 기원은 괴테의 『파우스트』에 있다.

파우스트는 지상의 영(靈)을 알아보고, 〈새 포도주로 인해 정확히 취하고, 닥치는 대로 세상에 뛰어들어 지상의 모든 슬픔과 행복을 체험하며, 폭풍우에 맞서 싸우고, 난파선의 부서지는 소리에도 겁내지 않을 용기를 자신 속에서 느낀다.〉 (Блок 1960~1963: 6, 364)

선택과 평가를 배제하고 행동하고 체험하며 삶의 전체적인 면모를 수용하고자 하는 파우스트의 지향. 파우스트와 함께 디오니시즘의 정신이 부활한다. 파우스트는 블로크의 〈예술가 인간〉의 원류다. 낭만주의자들은 파우스트적 정신의 후예들이다. 〈누구든 줄곧 노력하며 애쓰는 이를 우리는 구원할 수 있다.〉 〈구하라, 인간이여! 방황하라, 인간이여!〉 파우스트의 형상이 지닌 의미, 메피스토의 유혹이 인간의 실존과 인류의 역사에 대해 지닌 의미의 핵심은 바로 괴테의 저 두 구절에 들어있다. 무엇을 위해 애쓰며 노력할 것인가? 무엇을 구하며 방황할 것인가? 이 질문에 대해 낭만주의가 준 한 가지 확실한 대답. 바로 〈자기실현〉의 이상이다. 무엇이든 자신의 내면이 진정으로 원하는 것을 찾아 실현하는 삶을 살라는 것, 그 과정에서 닥치는 실패의 아픔과 상실의 슬픔과 절망, 나아가 죄악마저도 견디고 다시 희망을 품고 폭풍같이 삶의 길을 헤쳐 나가라는 것이다(김용규 2006: 45~46). 그런 목표 속에서 삶과 사랑의 고통과 기만에도 불구하고 격정적인 삶에 대한 찬가(讚歌)를 부르라는 것이다. 그 찬가를 통해 어둡고 밝은 삶의 전체적인 면모를 수용하라는 것이다. 그렇게 블로크는 자신이 살았던 격동의 시대를 디오니시즘의 시대로 받아들이고, 시대와 삶을 예찬했다. 열린 시대의 자유. 자유하라, 인간이여! 블로크의 외침이다. 〈디오니소스적인 생의 축제 속에서 벌이는 삶에 대한 긍정〉(홍순길 2005: 78). 자유로운 인간만이, 타율적인 삶에 순응하는 것이 아니라 제 삶의 길을 스스로 개척하는 인간만이, 노예가 아니라 주인인 인간만이 운명을 긍정할 수 있다. 〈자신이 곧 법〉인 존재. 실러의 〈유희하는 인간〉, 니체의 〈위버멘쉬〉, 헤세의 〈카인〉, 사르트르의 〈무(無)의

인간〉, 카뮈의 〈시지프〉, 들뢰즈의 〈유목민〉…… . 블로크의 〈카르
멘〉의 형상, 그의 〈예술가 인간〉의 형상에 겹쳐지는 초상들. 그 자
유로운 〈예술가 인간〉의 모습을 시인들은 또 이렇게 노래했다.

무분별한 시절의 불 꺼진 즐거움이
어렴풋한 숙취처럼 난 힘겹네
하지만 포도주처럼 지난 시절의 슬픔은
내 영혼에서 오래될수록 더 강하네
나의 길은 우울하네. 미래의 요동치는 바다는
노동과 비애를 내게 명하네

하지만, 오, 벗들이여, 나는 죽고 싶지 않아
사색하고 고통 받기 위해 나는 살고 싶어
슬픔과 근심과 동요 가운데
향락이 내게 있을 것임을 나는 아네
때로는 다시 조화에 흠뻑 취하리라
창조물 위에 눈물을 쏟으리라
그리고 아마 내 슬픈 석양에
사랑이 작별의 미소로 빛나리라

알렉산드르 푸슈킨, 「비가」(1830)

푸른 하늘을
제압하는 노고지리가
자유로웠다고 부러워하던

어느 시인의 말은 수정되어야 한다
자유를 위하여
비상하여 본 일이 있는 사람은 알지
노고지리가 무엇을 보고 노래하는가를
어째서 자유에는
피의 냄새가 섞여 있는가를
혁명은 왜 고독한 것인가를
혁명은 왜 고독해야 하는 것인가를

김수영, 「푸른 하늘을」(1960)

블로크가 천명한 삶의 신조를 다시 음미해 보자.

오, 나는 미쳐 살고 싶어라!
모든 실재를 영원하게 하고 싶어라!
얼굴 없는 존재를 육화하고 싶어라!
이루어지지 않은 것을 구현하고 싶어라!

생의 무거운 잠이여, 짓눌러라
그 잠 속에서, 숨이여, 막혀라
앞날에 올 쾌활한 청년이
나를 두고 이렇게 말할지니

음울함을 용서하자. 그것이야말로
그의 은밀한 동력이 아니던가?

그는 온전히 선과 빛의 아이!

그는 온전히 자유의 영광!

「오, 나는 미쳐 살고 싶어라!」(1914)

6

오, 나의 루시여!
오, 나의 아내여!

오, 궁핍한 내 나라

너는 심장에 무엇을 의미하는가?

오, 불쌍한 내 아내

너는 무엇을 통곡하는가?

「가을날」(1909)

1.

러시아 정신의 모습을 투영하고 있는 동시에 풍부한 교감의 가능성을 배제하지 않는 블로크의 사랑의 시. 그 바탕에는 그의 조국의 모습이 변함없이 깔려 있다. 노을빛 찬란히 물든 광활한 전원의 루시, 짙게 드리운 파국의 기운에 잠긴 채 음울한 매력을 발산하는 북구의 도시, 그리고 눈보라를 뚫고 미지의 길을 향해 광야를 달려가는 루시…….

블로크는 사상가의 추상적인 이념이 아닌 시인의 내밀한 사랑으로 조국이 처한 운명에 다가간다(Жирмунский 1928: 211). 블로크의 시에서 조국은 인간적인 모습의 살아있는 존재다. 러시아는 시인에게 연인이다. 조국의 형상은 사랑하는 여인의 형상과 섞인다. 러시아에 대한 시인의 사랑은 개인적이고 혈연적이며 아주 깊이 내밀한 정서다. 그의 시에서 연인의 모습이 〈아름다운 여인〉의 형상에서 후기 시의 시혼의 형상에 이르기까지 변하듯이, 조국의 느낌도 변화하는 낭만적 사랑의 상징들 속에서 그 표현을 얻는다.

조국의 주제는 비단 블로크의 중심 주제의 하나이기를 넘어 그의 모든 시를 포괄하는 주제이다. 시인이 아주 다양한 시들을 읽었던 말년의 어느 시낭송회에서 청중들이 러시아에 대한 시를 읽어달라고 요청했을 때, 블로크는 이렇게 대답했다. 〈이 시들이 다 러시아에 관한 겁니다〉(Зоргенфрей 1980: 32). 〈나의 루시여, 나의 삶이여…….〉 그에게 러시아는 사랑이자 운명이자 삶 자체였다.

시인의 삶과 사랑은 모순된 질곡의 연속이었다. 그래서 시인의 내밀한 사랑과 개인적인 삶의 모습과 분리될 수 없이 대두되는 조국 러시아의 형상도 다면적이고 다채롭다. 블로크가 걸어간 길 곳곳에는 러시아의 삶의 다양한 측면들이 펼쳐져 있다. 드넓은 들판, 끝없이 잔잔한 수면, 바닥 모를 깊이의 푸른 하늘과 붉은 노을, 겨울 눈보라, 풀 향기, 교회 종소리와 기울어진 이즈바들과 부서진 길들과 공장으로 가는 노동자들의 지친 등짝과 군용열차와 혁명의 화재와 함께 하는 붉은 마가목 열매송이……. 그 모든 것이 서로 결합되며 대조와 모순 속에서 러시아를 드러낸다. 그리고 그 모두는 선택과 배제를 거부하는 소중한 사랑의 대상이다.

1908년 블로크는 스타니슬랍스키에게 보내는 편지에서 이렇게 썼다.

[……] 지금 나는 나의 주제를 마주하고 섰다. 러시아에 관한 주제. (특히 인텔리겐치아와 민중에 관한 질문이다.) 이 주제에 나는 의식적으로 그리고 돌이킬 수 없이 삶을 바치고 있다. 이것이 가장 시급한 문제, 삶에 있어 가장 중요하고 가장 현실적인 문제라는 의식이 내내 또렷해지기만 한다. 오래 전 의식적인 삶을 살기 시작한 때부터 나는 바로 이 문제에 다가가고 있다. (Блок 1960~1963: 8, 265~266)

조국에 대한 블로크의 다양하고 모순적인 시적 사유의 핵심을 이해하는 중요한 단초를 제공하는 말이다. 블로크에게 조국의 주제는 〈인텔리겐치아와 민중〉의 주제와 긴밀히 결부된 것이다. 시인의 조국에 대한 사유에는 인텔리겐치아의 자의식과 역사적 책임의식이 짙게 투영되어 있다.

블로크의 조국의 주제의 핵심에 대한 이해의 또 다른 중요한 단초는 다름 아닌 그의 시의 큰 문맥인 〈성육신의 3부작〉의 이상이 제공한다. 시인으로서의 삶의 의무적인 길. 그 길에 관한 블로크의 사유는 그리스도에 대한 관념과 분리될 수 없는 표상에 의거하고 있다. 블로크의 〈3부작〉의 이상의 중심 뼈대인 그리스도의 형상. 자신의 시의 단일한 문맥에 관한 블로크의 말은 곧 그가 그리스도의 존재에 대해 평생에 걸쳐 고민했음에 대한 고백이다. 그리고 실제로 그리스도는 시인의 길의 여명에서 황혼까지 그와 동행했다.

저 앞에는 하얀 장미 화환을 쓴
예수 그리스도.

시인 블로크의 길의 종착점인 서사시 「열둘」. 서사시의 말미에는 저와 같이 열두 명의 적위군 병사들을 저만치 앞서 가는 그리스도의 형상이 구현되어 있다. 저 그리스도의 형상의 태동에는 널리 알려진 일화가 얽혀 있다.

소비에트 혁명 직후 겨울의 어느 날 밤, 수도에는 좀처럼 보기 힘든 세찬 눈보라가 몰아쳤다. 인적이 끊긴 거리에서 눈보라에 휘말린 가로등 불빛만이 흐릿하다. 이 밤에 거리에 나선 시인 블로크의 시야에 밝은 점 하나가 들어온다. 그 점은 자라나 점점 거대한 환영으로 변모되었다. 시인은 흥분에 사로잡혀 환영을 들여다본다. 그리고 그는 당혹감 속에서 자신의 눈을 믿을 수 없다. 그리스도의 환영을 보았기 때문이다.

블로크는 당혹감 속에서 그리스도의 형상을 「열둘」로부터 배제하고자 했다. 그러나 그는 그리스도의 형상이 그의 정신적 삶의 실제임을 확언하며 끝내 작품에서 배제하지 않았다. 블로크의 말이다.

「열둘」 말미의 나의 그리스도는 물론 반쯤은 문학적 허구다. 그러나 그 속에는 진실 또한 있다. 나는 일순간 그리스도가 그들과 함께 함을 보았다. 그것은 내게 매우 유쾌하지 않은 정신적 체험이었다. 그리고 나는 심장의 고통을 무릅쓰고 마지못해 그리스도의 형상을 삽입해야 했다. (Блок 1981: 254)

그리스도의 형상은 시인의 여명과 황혼을 묶어 주는 유기적인 매듭이다. 시인의 길의 여명, 곧 『아름다운 여인에 관한 시』의 시 한 편을 보자.

너는 신비롭게 빛났네
네 미소도 단순치 않았네
너의 안개 낀 빛 속에서
나는 어린 그리스도를 이해했네

신비로운 선명한 광채가

예전의 먹구름을 꿰뚫고 비추었네

에메랄드 물결이 되어

한없이 부드럽게 우리를 흔드네

너의 사랑의 손길로

나는 빛나네, 그리고 꿈들을 보네

그러나 믿으라, 일찍이 없었던 봄의 징표를

나는 동화로 여기네

「너는 신비롭게 빛났네」(1902)

〈나〉는 밝은 빛 속에서 미소 짓는 〈너〉를 본다. 〈너〉의 빛은 기묘하고 〈너〉의 미소는 단순치 않다. 〈너〉의 모습은 신비로운 시적 체험 속에서 대두된다. 그러나 신비의 안개에도 불구하고 시적 체험의 실제 상황이 어렴풋이 드러난다. 시적 주인공의 시선은 먹구름에 막혀 있었다. 찬연한 빛줄기가 먹구름을 뚫고 시적 주인공을 비추인다. 시적 주인공에게 이 빛은 비상한 체험이다. 에메랄드 빛의 물결은 너무도 보드랍다. 그것은 요람의 세계 속 사랑의 손길의 섬세한 어루만짐이다. 시인은 신비로운 몽상 속에서 인격화된 존재로 자연을 체험한다.

시는 기도다. 우선 영감에 찬 사제인 시인이 성스러운 엑스터시 속에서 기도를 짓는다. 그리고 그가 기도를 바치는 모든 것, 그 속에 그의 진정한 신이 자리하고 있다. [……] 신은 모든 것 속에 있다. 바닥없는 하늘 그 한 곳에만 있는 것이 아니라, 〈봄의 애무〉 속

에도 〈여인의 사랑〉 속에도 있다. (Блок 1960~1963: 7, 22)

블로크의 수기의 한 대목이다. 이 구절은 시 「너는 신비롭게 빛났네」에 대한 일종의 주해로 읽힐 수 있다. 빛은 봄의 토포스와 결부된다. 시인은 봄빛과 여인의 사랑의 자애로운 손길 속에서 신의 존재를 느낀다. 봄과 여인의 사랑은 신의 다양한 현현 중의 일부다. 신은 봄을 통해 죽음으로부터의 부활, 새로운 탄생을 선물한다. 봄은 약속의 땅에 대한 소식을 전하는 성령의 현현이다.

위대한 사랑에 충만한 젊은 시인. 〈이곳, 우리들 가운데에〉 존재하는 조화의 실제에 대한, 자연과 영혼, 그리고 우주 속에서 일어나는, 모든 것을 통합하는 지고한 의지에 대한 생생한 감각에 몰두한다. 절대와의 접촉의 생생한 감각의 추구는 시인의 자기헌신적인 종교적 행위이다. 사랑하는 여인이 우주를 주재하는 절대적인 신성으로 경배되며, 이 존재에 대한 헌신 속에서 삶은 의미를 부여받는다. 그리고 강림한 〈영원한 여성성〉으로서의 사랑하는 여인의 모습에는 그리스도의 형상이 결부된다.

시적 주인공은 여인의 형상 속에서 〈어린 그리스도〉를 이해했다고 말한다. 〈너〉의 모습은 〈찬란한 푸르름〉 속에서 대두된다. 찬란한 빛이 여인과 그리스도의 존재를 결합시킨다. 신약에서 빛(태양)은 바로 그리스도의 상징이기 때문이다. 그러므로 빛은 여주인공의 성스러운 면모를 부각시킨다.

시 「그대는 신비롭게 빛났네.」의 구절은 「열둘」 속의 여성적인 환영으로서의 그리스도의 형상이 시인의 말년에 우연히 일어난 정신적 체험의 소산이 아님을 말해준다. 이 시에서 보이듯, 「열둘」 속의 〈여성적인 그리스도〉는 블로크가 살았던 정신적 삶의 궤적에 견줄 때 결코 짧지 않은 시간을 거슬러 『아름다운 여인에 관한 시』 속으로 흘러간다. 그리스도의 형상은 시인 블로크가 걸어간 길의 여명에서 황혼까지 그와 동행했다. 시인의 정신적 추구의 복잡다단한 변모 과정 속에서 그리스도의 형상은 어김없이 대두되며 변주된다.

블로크의 시를 포괄하는 주제인 조국의 주제는 그의 시의 큰 문맥인 〈성육신의 3부작〉으로 수렴되며, 그래서 〈의식적인 삶을 살기 시작한 때부터〉 블로크가 다가간 러시아의 주제에는 또한 그리스도의 존재에 대한 고민이 투영되어 있다. 내밀한 개인적 삶과 역사적 현실의 지평을 넘나들며 애잔하고도 준혹하게 울려오는 블로크의 조국에 대한 시의 선율을 〈인텔리겐치아〉와 〈그리스도〉의 형상을 통해 대두되는 러시아 문화사의 문제를 배음으로 하여 들어 보자.

2.

이 시끄러운 낙타 소리를 잊을 때다
주콥스키 거리에 있는 하얀 집을 이제 잊을 때다
돌아갈 때다, 자작나무들과 버섯들에게로 돌아갈 때다
모스크바의 드넓은 가을로 돌아갈 때다
지금 거기는 모든 것이 빛나니, 모든 것이 이슬 머금었으니
하늘은 드높이 올라앉고
로가춉스코예 대로는

젊은 블로크의 폭도의 휘파람 소리를 기억하고 있으니……
　　　　　안나 아흐마토바, 「이 시끄러운 낙타소리를 잊을 때다」(1944)

　독소 전쟁으로 중앙아시아의 타슈켄트로 소개(疎開)되었던 시인 안나 아흐마토바. 드디어 그리운 고국 땅으로 돌아가게 된 소회를 말하며 젊은 블로크의 모습을 떠올린다. 아흐마토바의 고국에 대한 그리움은 중부 러시아의 전원에 대한 회상을 일깨우고 여기에 블로크의 샤흐마토보의 서정이 자연스럽게 결부된다.

　바로 블로크에게 조국의 서정은 일찍이, 〈아름다운 여인〉의 몽상을 일깨웠던 샤흐마토보의 평원에서 깨어났다. 샤흐마토보의 숲과 들판과 꼬불꼬불한 시골길을 배회하며 마주한 조국의 대지의 한 결같이 우울한 매혹이 시인의 영혼을 무의식적인 환희에 젖게 했다.

　광활한 대지가 절대주의자의 묵시록적 사랑에 대한 갈망을 낳는다. 대지 저 멀리 노을이 내려앉은 푸른 하늘에서 시인은 성스러운 사랑을 느낀다. 러시아의 자연과 민속의 요소가 〈아름다운 여인〉의 형상에 결부된다. 그래서 모든 시가 러시아에 관한 시라고 한 시인의 말대로 『아름다운 여인에 관한 시』는 러시아에 관한 시다.

　[……]
　순백의 그대여, 그대의 깊이는 미동도 없네
　삶에서 그대는 엄정하고 냉혹하네
　그대의 근심은 은밀하고 그대를 향한 사랑도 은밀하네
　처녀여, 노을이여, 떨기나무여
　　　　　　　「닳고 닳은 오래된 책들의 페이지들 위에서」(1902)

〈처녀-노을-떨기나무〉인 〈아름다운 여인〉. 이 삼위일체에서 〈처녀〉와 〈노을〉의 의미 근접은 〈아름다운 여인〉이 지닌 속성에 유기적으로 부합한다. 곧 〈그대〉는 지상의 〈처녀〉이자 신성한 〈노을〉이다. 사랑하는 여인이 〈지상〉과 〈천상〉을 동시에 구현한다. 그리고 마지막 위인 〈떨기나무〉의 형상은 〈영원한 여성성〉이 지닌 불변의 신성한 자질을 구현하는 상징이다. 성서와 러시아 민속의 문맥의 작용 덕분이다.

> [……]
> 화재의 연기 속에서 무엇을 애석해 하리
> 십자가 곁에서 무엇을 슬퍼하리
> 내가 내내 타격을
> 혹은 모세의 떨기나무로부터
> 신의 선물을 기다릴 때!
>
> 「봄이 강에서 유빙을 부수네」(1902)

우선, 블로크의 〈떨기나무〉의 형상은 성서의 〈모세의 떨기나무〉의 형상과 연상 관계를 이룬다. 시 「봄이 강에서 유빙을 부수네」에서 시적 주인공의 형상은 모세의 형상에 투영된다. 모세는 타오르지만 재가 되지 않는 떨기나무를 통해 나타난 신을 통해 유대의 해방과 약속의 땅에 대한 소식을 들었다. 〈모세의 떨기나무〉는 징벌도 자비로운 선물도 줄 수 있는 신의 힘을 구현한다. 봄은 시적 주인공에게 〈모세의 떨기나무〉와 같은 해방의 약속이다. 푸른 하늘에서 목도하는 타오르는 노을은 시적 주인공의 떨기나무다.

성서의 문맥 외에 시「닳고 닳은 오래된 책들의 페이지들 위에서」에 숨겨진 또 다른 문맥은 바로 〈떨기나무〉의 형상과 관련된 민속적 상상력의 문맥이다. 〈떨기나무〉는 러시아의 민속적 상상력에서 성모의 형상과 관련된다. 봄과 여인의 형상은 모성의 자애로움을 구현한다. 그리고 여기에 부여된 성스러움의 계기는 성모의 형상과 관련된다.

〈흰색〉의 색채 상징은 〈떨기나무〉와 성모의 형상 사이의 의미 연결에 무관치 않다. 연인은 순백의 모습으로 연상된다. 흰색은 곧 순결의 전통적인 상징이다. 신성의 구현으로서의 연인은 〈떨기나무〉의 하얀 불길이자, 그것은 정화의 원칙, 〈소피아〉로서의 성모의 동정의 구현이다. 〈소피아〉는 성처녀 마리아의 형상을 통해 지각된다.

이처럼 〈아름다운 여인〉의 형상에는 〈성모〉와 〈러시아 대지〉의 모습이 분리될 수 없이 결부되어 있다. 〈아름다운 여인〉이 표상하는 러시아는 〈성스러운 루시〉, 〈순백의 루시〉, 동화적 세계의 루시다. 바스네초프, 빌리빈, 네스테로프 등의 화가들의 화폭 속에 그려진 모습의 루시. 티 없이 푸르고 맑은 하늘과 붉은 노을의 루시다. 시인은 순결한 〈천상의 연인〉인 루시를 기사도적 헌신으로 사랑한다.

[……]
성스러운 할멈, 우리를 용서해
우리를 성지로 데려가지 마!
우리는 여기에서 우리의
벌판의 그리스도의 발에 입 맞출게

마을마다 온통 불난리야

천둥이 치고 억수 같은 봄비가 쏟아지고 있어

하지만 오월의 섬세한 매력 뒤에서 서서히 타오르기 시작하는

떨기나무가 우리에게도 모습을 드러낼 거야

「노파와 작은 악마들」(1905)

푸른 하늘의 붉은 노을을 응시하던 〈초월적 신비주의〉의 사랑
이 끝나고 대두되는 〈일상의 신비주의〉. 세계 지각과 사랑의 모습
의 변모와 함께 러시아 전원과 민속의 면모도 변화한다. 블로크가
〈3부작〉의 이상을 피력하며 〈불가피한 늪지대의 삼림〉이라 말한
〈늪〉의 세계가 대두된다. 〈늪〉의 러시아, 저급한 민속의 러시아가
대두된다. 그리고 새로운 그리스도의 형상이 출현한다. 인용한 시
구 속의 〈벌판의 그리스도〉. 여기에서 그리스도의 형상은 바로 〈저
급한〉 자연의 일원으로 드러난다.

한 경건한 노파가 성지순례에 나선 길에 잠시 앉아 바람을 쐰다.
그 주위로 숲의 악마들과 난장이들이 몰려들어 야단법석이다. 이
작고 앙증맞은 악령들은 노파의 경건한 모습에 감화되어 회개한
다. 이 동화적인 광경을 마저 채우는 악령들의 말이 위의 인용이다.

인용한 시는 블로크의 세계 지각의 변모를 알리며 3부작 2권의
〈프롤로그〉로 자리 잡은 연작 『대지의 기포』(1904~1905)에 실려
있다. 이 시의 경우처럼 『대지의 기포』는 민속에 기원을 둔 형상들
로 채워져 있다. 민속 전통에 상응하는 늪의 세계는 인간을 위협하
는 어두운 힘이 깃든 폐쇄된 공간이다. 그러나 블로크는 민속의 악
령들을 정감 있는 선한 대상으로 변모시킨다. 〈늪의 사제〉의 형상

이나 늪의 악마와 도깨비들의 형상의 경우처럼, 민속과 기독교적 가치가 결합된 이중신앙 체계의 결과다.

민속 신화에 대한 블로크의 관심은 민중의 대지 숭배 사상에 대한 공감과 궤를 같이 한다. 루시의 대지에 깃든 성스러운 기운에 대한 시인의 느낌이 이 공감의 토대를 이룬다. 시인은 영원히 여성적인 〈세계영혼〉, 〈소피아〉가 루시의 대지에 녹아들어 있음을 느낀다. 그래서 어머니에 대한 표상 속에서 대지 숭배와 성모 마리아에 대한 숭배를 연관시킨다(Игошева 2006: 31~33). 늪의 정령들이 선한 모습으로 탈바꿈되고 기독교의 주요 가치와 연관되는 까닭이 여기에 있다. 신의 사랑이 전 러시아의 대지에 스며들어 있다.

대지 숭배와 성모 마리아에 대한 숭배의 혼합을 직접적으로 표출하는 것은 앞의 시 말미에 등장하는 〈떨기나무〉의 형상이다. 그리고 이 시의 〈떨기나무〉의 형상을 통해 〈영원한 여성성〉의 삼위일체에 부분적인 변화가 일어난다.

시 「닳고 닳은 오래된 책들의 페이지들 위에서」의 앞의 시구와 시 「노파와 작은 악마들」의 마지막 연은 일종의 〈자기 내적 논쟁 관계〉를 맺고 있다. 성모의 형상과 결부된 봄과 자애로운 모성의 모티프는 변함이 없다. 그러나 〈성스러운 여성성〉의 한 의미 고리가 대체되어 있다. 곧 성스러움의 또 다른 표상은 노을이 아니라 대지(늪)이다. 하늘이 아닌 대지에 성스러운 여성성이 깃든다. 이로써 1권의 〈세계영혼〉의 주제와 결부된 세계상에 대척적인 세계상이 구축된다(Игошева 2006: 32). 대지의 성화(聖火)에 상응하여 그리스도도 〈벌판의 그리스도〉가 된다. 〈벌판의 그리스도〉는 모든 피조물의 신, 인간의 신이자 악마, 난장이, 요정들의 신이다. 그래서 〈악마들이 그리스도의 발에 입 맞추고〉 늪의 사제는 〈모든 피조물을 위해 기도한다〉.〈벌판의 그리스도〉와 함께 시인의 의식이 〈지상〉,〈저급한〉일상,〈궁핍한 러시아〉를 향해 열린다.

블로크가 직접적으로 조국의 주제를 다룬 첫 시로, 동화와 민담의 코드 속에서 〈궁핍한 러시아〉의 모습을 그리고 있는 유명한 시가 「루시」(1906)다.

넌 꿈속에서도 멋지구나
네 옷깃을 스치지 않으리
나는 존다. 졸음 저편에 자리한 비밀
루시, 너는 비밀 속에서 안식하리

강들이 허리를 휘감아 흐르고
깊은 숲들에 둘러싸인 루시
늪과 백학들의 루시
마법사의 흐릿한 눈의 루시

서로 다른 얼굴을 지닌 민족들이
곳곳마다 골짜기마다
타오르는 마을의 빛 아래에서
한밤의 원무를 추는 곳

마법사들과 점쟁이들이
들판의 곡식들에 주문을 걸고

길의 눈 기둥 속에서
마녀들이 마귀들과 노닥거리는 곳

낡은 거처의 지붕까지
눈보라가 광포하게 휘몰아치고
눈 밑에서 처녀가
배신한 연인을 겨눌 칼날을 가는 곳

모든 길과 기로를
기운찬 지팡이가 녹초로 만들고
앙상한 가지에서 윙윙거리는 회오리가
옛 전설을 노래하는 곳……

졸음에 겨운 나는 그렇게
조국의 궁핍을 알았다
조국의 넝마조각들 속에
벌거숭이 영혼을 감춘다

한밤의 슬픈 오솔길을 걸어
묘지로 갔다
그곳 무덤 위에서 밤을 지새우며
오래도록 노래 불렀다

누구를 향한 노래였던지

어떤 신을 열렬히 믿었던지
어떤 처녀를 사랑했던지
이해할 수도 가늠할 수도 없었다

루시, 넌 네 광야의 요람에서
생기로운 영혼을 흔들어 잠재웠다
여기 영혼은
근원의 순수를 더럽히지 않았다

존다. 졸음 저 편에 자리한 비밀
비밀 속에서 안식하는 루시
꿈속에서도 멋지다
그 옷깃을 나는 스치지 않으리

〈비밀 속에 잠들어 있는 루시.〉 여기에서 조국은 금지된 동화의
나라다. 비밀에 감싸인 아름다운 동화의 나라. 마법에 걸린 잠자는
왕국. 마법에 걸린 비밀스러운 땅. 시적 주인공은 조국의 비밀에 물
들어 있다. 그의 생기로운 영혼은 졸음에 잠겨 있다. 루시가 그의
영혼을 자신의 광활한 공간 위에서 잠재운다.

시인은 첫 연들에서 온유한 헌신의 억양으로 경배에 찬 기도를
올린다. 〈나〉의 〈꿈속에서도〉 〈너〉의 모습은 〈특별하다〉. 〈네 옷깃
을 스치지 않으리〉라는 시인의 말은 어떤 신성한 존재를 연상시킨
다. 루시는 오직 기도할 수 있을 뿐 건드릴 수 없는 대상이다. 온통
비밀인 존재. 해명되지 않은, 그리고 해명될 수 없는 존재. 시인은

자신의 루시 속에서 어떤 포착할 수 없는 비밀을 본다. 시인은 졸음을 통해 계시와도 같이 루시의 은밀한 모습을 포착한다.

2~7연에서 시인은 루시의 영을 포착하고자 지향한다. 시인은 상상 속에서 단일한 시선으로 옛 루시의 모습을 아우른다. 광활한 대지 위에서 자유로운 삶을 영위하는 여러 민족들. 거기에 깃들어 살아 숨 쉬는 고대의 미신과 동화. 시인이 어린 시절 환상적인 동화 속에서 접했던 루시의 모습일 것이다. 매혹적인 동화의 모티프가 시를 관류한다. 활물화는 시의 동화적 색채를 강화한다. 〈살아 있는 목발〉은 루시의 먼 길을 돌아다니고, 〈눈보라〉가 〈고대의 전설을 노래한다〉. 낡은 〈넝마〉를 걸치고 〈강들을 허리에 두른〉 루시.

시인의 몽상의 시선 앞에 대두되는 궁핍한 조국의 모습. 〈낡은 거처의 지붕까지 눈보라가 휘몰아치고〉, 〈앙상한 가지에서 회오리가 윙윙거리는〉 〈궁핍한〉 나라. 시인은 〈벌거숭이 영혼〉으로 궁핍한 조국을 닮고, 조국과 하나다.

이어지는 8~11연은 참회의 기도다. 이전의 삶의 길을 반성하고 루시와 그 혼을 경건하게 받아들이려는 지향. 바로 루시가 영적 순수의 상실로부터 시인을 구원한다. 시인은 조국이 〈태고의 순수〉를 보존하고 있음에 긍지를 느낀다. 지친 영혼을 치유하고 구원하는 조국. 모든 것이 불가해한 루시. 늘 분명한 것은 오직 한 가지, 자신의 혼을 끝까지 오점이 없이 순수하게 보존해야 한다는 것이다.

마지막 연은 첫 연의 변주된 반복이다. 비현실성, 꿈과 동화의 인상을 강화한다. 시인은 민족혼, 루시의 생명력인 혼의 비밀을 직관적으로 포착했다고 주장한다. 1연과 마지막 연을 통해 살아 있는 사람을 대하듯 러시아를 대하는 시인. 러시아와 부드럽고 다정하

게 대화한다. 그의 말 속에서 러시아는 마치 특별하고 수수께끼 같
은 여인 같은 존재. 내밀히 품은 소중한 무언가로서 조국에 대한 사
랑이 울린다. 연인과 묶이듯이 조국과 모든 것이 묶인다. 삶도 죽음
도, 행복도 파멸도……. 그 깊은 감정이 시간 감각을 앗아가고 시인
을 어떤 행복한 무의식의 상태에 이르도록 사로잡는다.

루시의 비밀은 동화성 속에도, 매료시키는 아름다움 속에도 있
지 않다. 오랜 세기 동안 그 민족이 결코 〈근원의 순수를 더럽히지
않았다〉는 데에 있다. 여기에 첫 연에서 그리고 마지막 연에서 시인
이 상기시키는 비밀의 모든 해명이 있다.

3.

현실의 삶의 시적 포착이 확장된다. 동화와 민담의 코드 속의 대
지의 형상을 대체하는 개인적·사회적 삶의 일상이 시적 의식을 침
범한다. 삶, 인간에 대한 믿음이 환상과 몽상 속의 전면적인 파국에
대한 초기의 묵시록적 믿음을 대체하며 대두된다.

시인은 현재의 삶의 사건들에 대한 동참자로서 자기를 인식하게
되고, 그래서 조국의 형상이 폭넓게 그려지고 조국과 시적 주인공
사이의 유대 의식이 표출되는 시들이 특별한 의미를 지니게 된다.
조국의 주제를 지닌 시들에서 시적 주인공은 민중의 삶에 동화되기
를 갈망한다. 블로크에게 민중과의 동화는 작가의 사명이다. 블로
크의 말이다.

작가는 다른 그 무엇에 앞서 우선 인간일 것이다. 그래서 그는 극심한 고통과 비탄 속에서 자신의 인간적 〈나〉를 돌이킬 수 없이 소진하게 된다. 자기의 〈나〉를 까다롭게 요구하는 데다 감사할 줄도 모르는 다른 〈나들〉의 무리 속에 용해시키게 되는 것이다. (Блок 1960~1963: 5, 247)

스케일이 크든 작든 자신의 소명에 대한 믿음을 간직한 작가는 조국의 얼굴을 마주 대할 때 조국이 안고 있는 질병을 그 자신이 앓고 있다고 여긴다. 조국과 함께 십자가에 매달리는 것이다. [······] (Блок 1960~1963: 5, 443)

블로크의 시인 정신에는 두 정신적 지향이 통일되어 있다. 블로크는 자기의 시인 의식이 (그리고 모든 진정한 작가의 의식이) 〈타인들의 《나》 속에 자신을 용해시킴〉을 통해 발현된다고 말한다. 시인은 타자의 의식에 자기를 내어 줌을 통해 자신의 시적 개성을 얻는다. 타자의 의식과 분리될 수 없는 하나로 동화되는 것, 그것은 곧 조국, 민중과 혼연일체가 된 삶에 대한 지향이다. 또 다른 사실은 이 조국, 민중에 대한 지향이 기독교 정신에 침윤되어 있다는 점이다. 타인의 아픔을 내 것으로 앓는 것, 이것은 함께 〈책형 당함〉이다. 조국과 하나가 된다는 것은 십자가의 고통을 함께 나누는 것이 된다. 그러므로 하나의 주제를 넘어 시인 정신의 본질을 이루는 민중(조국)과의 동화의 이상은 그리스도적 고행의 의미를 띤다. 조국, 민중을 향한 길은 곧 그리스도를 향한 길인 것이다. 이것이 그리스도의 형상이 조국의 주제와 불가분 결합되어 대두되는 까닭이다.

여기 그가, 사슬에 묶이고 장미에 덮인 그리스도가
내 감옥의 창살 뒤에 섰네
여기 새하얀 제의(祭衣)를 입은 온순한 어린 양이
와서 감옥의 창을 들여다보네

푸른 하늘의 소박한 틀 속에서
그의 이콘이 창을 들여다보네
서툰 화가가 하늘을 창조했다네
그러나 얼굴과 푸른 하늘은 하나네

밝고 조금 슬픈 단일한 얼굴
그 모습 뒤에서 곡초가 자라나네
작은 언덕 위에 자리한 양배추 밭
골짜기로 내달리는 자작나무들과 전나무들

나란히 서서 잡을 수 없이
모든 것이 그토록 가깝고 또 그토록 멀기만 하네
스스로 오솔길과 같이 되기 전에는
푸른 눈을 깨닫지 못하리라……

그와 같은 걸인이 되기 전에는
짓밟힌 채 황량한 골짜기에 눕기 전에는

모든 것을 잊기 전에는, 모든 것에 대한 애착을 버리기 전에는
죽은 곡초처럼 시들기 전에는

「여기 그가, 사슬에 묶이고 장미에 덮인 그리스도가」(1905)

다섯 개의 연으로 이루어진 시 「여기 그가, 사슬에 묶이고 장미에 덮인 그리스도가」는 구조상 세 부분으로 나뉜다.

도입부인 1연은 시적 인물과 시적 상황을 제시한다. 서두에 곧바로 주의를 환기시키며 그리스도의 형상이 등장한다. 그리스도의 형상은 통사적 리듬의 반복 속에서 변주된다. 사슬이 고행의 상징이라면, 문화적 전통에 있어 장미는 순결과 형제애의 상징이다 (Федотов 2003: 547; Горелов 1970: 102). 장미는 또한 〈어린 양〉의 형상과의 연상을 통해 희생과 속죄의 보혈의 의미도 띤다. 〈어린 양〉에 결부된 〈새하얀 제의〉의 형용은 그리스도의 온유함과 빛과 같은 고결함을 나타낸다.

시적 주인공 〈나〉는 그리스도와의 공간적 대립 속에서 대두된다. 〈나〉는 감옥에 갇힌 존재다. 그리스도가 와서 감옥의 창을 들여다본다. 〈나〉와 그리스도는 감옥과 외부 세계, 닫힘과 열림, 구속과 자유의 대립적 관계를 맺는다.

이어지는 단락(2~3연)은 러시아의 자연 정경을 묘사한다. 감옥의 세계에 갇힌 시적 주인공이 창밖으로 보는 풍경이다. 창밖에 선 그리스도와 자연 정경의 관계는 필연적이다. 그리스도의 모습은 창밖의 풍경과 결부된 환영이기 때문이다. 단순히 결부된 것이 아니라 단일한 전체를 이룬다. 러시아의 자연, 푸른 하늘, 들판, 숲, 골짜기가 이콘의 얼굴과 단일한 전체를 이룬다. 맑고 밝은 평화로운

러시아의 자연 정경에 그리스도의 고결하고 온유한 얼굴이 어린다. 러시아의 자연 정경이 그리스도의 모습으로 시적 주인공에게 대두되는 것이다. 그러므로 감옥의 창을 통해 시적 주인공을 들여다보는 이는 자연 정경이자 그리스도다.

시의 마지막 부분을 이루는 4~5연은 복음서의 주요 모티프의 시적 변주다. 시구 〈스스로 오솔길과 같이 되기 전에는〉의 〈길〉의 모티프는 〈나는 길이요 진리요 생명이다〉라는 그리스도의 말을 상기시킨다. 뒤이은 시행의 〈걸인〉의 형상은 복음서적인 〈가난〉의 모티프의 반향이다. 마지막 행의 〈죽은 곡초〉의 형상 역시 〈썩은 밀알〉의 비유를 떠올리게 한다.

시인은 이 시의 풍경이 네스테로프의 화폭에서 영감을 얻은 것이라 밝힌 바 있다(Блок 1997: 2, 654). 네스테로프적인 풍경과 성서의 문맥은 유기적인 의미 연쇄를 이룬다.

러시아의 자연 정경과 하나를 이룬 그리스도의 모습은 우선 〈길〉의 모티프로 구현된다. 언덕 사이를 지나 골짜기로 난 길이 〈감옥〉에 갇힌 시적 주인공을 부른다. 〈곡초〉의 무덤인 골짜기로 난 길은 죽음을 향하는 그리스도의 고행의 길이다. 조국의 대지는 〈그토록 가깝고 또 그토록 멀다〉. 감옥에 갇힌 채 시선만으로 마주서서는 조국을 알 길이 없다. 감옥을 벗어나서 스스로 죽음의 길이 되어야 조국을 알 수 있다. 조국은 〈푸른 눈〉의 존재, 그리스도와 같은 고결한 존재다. 〈푸른 눈〉의 깨달음은 죽음을 향한 고행의 길을 뒤따름을 통해 가능하다(Мочульский 1999: 31~32).

러시아의 자연 정경은 티 없이 맑고 밝은 동시에 초라하다. 그것은 〈서툰〉 그림이다. 맑고 밝은 모습에 가난의 슬픔이 드리운다. 이

〈고결한 초라함〉 속에서 대지의 정경과 그리스도의 모습이 합치된다. 짓밟혀 쓰러져 누운 초라한 곡초는 그리스도의 상징이다. 그리스도를 아는 것은 조국의 가난을 운명으로 받아들이는 것이다. 그래서 가난의 모티프에는 성스러운 의미가 결부된다. 척박한 대지의 형상은 종교적 금욕의 의미를 부여받는 것이다.

마지막으로 〈죽은 곡초〉의 형상은 〈썩은 밀알〉의 비유와의 연상을 통해 시적 연상의 흐름을 마무리한다. 곡초는 그리스도의 죽음과 부활의 상징이다. 가난한 조국의 운명을 숙명으로 받아들이고 금욕적 고행 끝에 파멸의 운명을 받아들이는 것은 영원한 생명을 얻는 길이다.

온유하고 고결한 동시에 척박한 러시아의 자연과 단일한 얼굴로 대두되는, 짓밟혀 쓰러지는 앙상한 곡초와 같은 모습의 그리스도 역시 〈벌판의 그리스도〉다. 그리스도는 러시아의 대지, 러시아의 삶 자체의 모습으로 대두된다. 평화롭지만 척박한 러시아의 대지는 그리스도의 온유와 고결, 그리고 가난의 실천을 품는다. 그래서 그리스도를 알기 위해서는 자기 존재의 감옥에서 벗어나서 조국의 고행의 길에 동참해야 하는 것이다. 〈모든 것을 잊는〉, 〈모든 것에 대한 애착을 버리는〉 전면적인 자기 부정을 통해서만 그 길의 출발이 가능하다.

블로크는 조국의 삶과의 동화를 선언적으로 표명한 시, 아흐마토바가 말한 바로 그 〈로가춉스코예 대로〉의 풍경이 투영된 시 「가을의 자유」(1905)를 이 시와 거의 동시에 썼다.

〈감옥〉의 모티프와 시적 주인공을 〈길〉로 이끄는 〈걸인〉의 형상이 두 시를 유기적으로 묶는다.

누가 나를 익숙한 길로 이끌었나?
누가 감옥의 창 너머로 내게 미소 지었나?
돌길에 이끌리며
찬송가를 부르는 걸인인가?

　조국의 주제와 결부되어 묘사되는 러시아 대지의 풍경 또한 유사하다. 여름과 가을 정경의 차이를 불문하고 척박한 땅의 슬픔이 함께 울린다.

시야가 탁 트인 길로 나선다
낭창낭창한 나뭇가지가 바람에 휜다
돌 부스러기가 깔린 산비탈
노란 점토의 성긴 지층

　이 척박한 삶이 그리스도의 성스러운 고행이라면, 〈감옥〉은 고립된 부정한 삶의 세계다. 블로크의 시적 주인공은 의미 없는 과거의 삶과 결별하고 조국의 성스러운 가난의 운명에 동참하기 위해 방랑길에 나선다. 블로크의 주인공은 〈익숙한〉 길을 가며 〈사랑을 모른 채 죽어 가는〉 사람들의 쓰라린 운명을 함께한다. 조국의 〈가난〉의 운명은 비애에 신음하고 술에 취한 시적 주인공의 가난한 영혼의 운명에 부합한다. 〈가을의 자유〉의 부름에 더 이상 잃을 것 없는 시적 주인공의 술 취한 영혼이 호응한다. 〈가을의 자유〉는 가진 것 없고 얽매일 것 없는 가난한 방랑자의 자유다. 운명의 동질성의 확인을 통해 시적 주인공은 영혼의 안식을 찾는다.

내 성공에 관해 노래할까?
취기 속에 파산한 내 젊음을?
네 밭의 슬픔을 울리라
네 광야를 영원히 사랑하리라……

자유롭고 젊고 우람한 많은 우리들
사랑을 모른 채 죽어간다……
너는 광활한 저 멀리에 깃들라!
너 없이 어찌 살며 어찌 울까!

　시인 블로크의 조국에 대한 애잔한 사랑의 선율의 뒤에는 이전
세대 러시아 시인들의 많은 목소리가 있다. 그중에서도 〈피로 산
영광〉 대신 〈스텝의 차가운 침묵〉과 〈슬픈 촌락의 떨리는 불빛〉의
러시아를 사랑하며 그 사랑을 〈이상한 사랑〉이라고 했던 레르몬토
프의 목소리가 특별한 울림을 갖는다. 블로크는 레르몬토프가 유
언으로 쓴 유명한 시 「나 홀로 나선 길」(1841)의 선율과 주제를 떠
올리며 이 시를 썼기 때문이다(Тарановский 2000: 372~403; Ja-
kobson 1979: 465~466).

나 홀로 나선 길
안개 사이로 자갈길이 빛나네
고요한 밤. 황야가 신에게 귀 기울이네
별과 별이 말하네

하늘은 장엄하고 경이롭네!

푸른빛 속에 잠든 대지……

왜 나는 이다지도 아프고 힘들까?

무엇을 기다릴까? 무엇을 슬퍼할까?

이미 난 삶에서 아무것도 기다리지 않는데

과거는 조금도 아쉽지 않아

나는 자유와 평안을 구하네

잊히고 잠들고 싶어라!

하지만 무덤의 저 차가운 잠은 원치 않아……

가슴에서 생의 힘이 졸도록

가슴이 숨 쉬며 조용히 부풀어 오르도록

밤새도록, 온종일 내 귓전을 어루만지며

달콤한 목소리가 내게 사랑을 노래하도록

무성한 참나무가 내 위에서 영원히 푸르며

고개를 기울이고 소란을 떨도록

영원히 난 그렇게 잠들고 싶어라

원시의 5운각 강약격의 〈서사적 선율〉에 부합하는 〈길〉의 주제가 두 시에 공통적이다. 블로크의 시적 주인공은 고독한 낭만주의자 레르몬토프의 삶의 운명이었던 고립된 실존의 〈감옥〉의 애수를 뒤로 하고 조국의 대지의 광활한 저 먼 곳을 향한 영혼의 해방의 길을 나선다.

4.

백야의 잔혹한 오월!
영원한 문 두드림. 나오라!
어깨 너머 푸른 안개
저 앞에는 알길 없는 어둠과 파멸!
광포한 두 눈에
영원히 구겨진 장미를 가슴에 단 여인들!
깨어나라! 나를 칼로 찌르라!
나를 정열에서 벗어나게 하라!

사방에 펼쳐진 드넓은 초원에서
타오르는 원무 속에서 걷는 것이 좋다
소중한 친구와 술을 마시며 웃고
알록달록한 꽃다발을 엮어
타인들의 여인에게 꽃을 나누어 주는 것이 좋다
정열을, 슬픔을, 행복을 다 맛보고 진이 빠지니 좋다
하지만 아침에 생기로운 이슬 속에서
무거운 쟁기질을 하러 감이 더욱 값지다!

「백야의 잔혹한 오월」(1908)

1905년의 1차 혁명 이후 출구를 알 수 없는 안개에 잠겨 있었던 러시아. 러시아의 운명을 좌우할 결정적인 나날에 대한 예감이 짙어 가고 있었다. 그 시절에 블로크는 조국의 주제에 깊이 몰두한다. 〈집〉에서 거리로, 광장으로, 대지로 나오라는 조국의 부름이 끈질기게 들려온다.

1908년은 블로크 창작의 중대한 전환점이었다. 그의 앞에 러시아의 주제가 본격적으로 대두되고, 조국에 헌신해야 할 작가의 사명이 그의 의식에서 분명하게 무르익는다. 이미 1907년 가을, 블로크는 〈파이나〉에 이끌린 길의 끝에서 벨리에게 보낸 편지에서 이렇게 말한다.

내 영혼의 윤리적인 측면은 우리 시대의 편향된 에로티시즘을 받아들이지 않는다. 나는 에로티시즘이 낳는 답답한 공기를 원하지 않는다. 자유로운 대기와 열린 공간을 원한다. [……] 이념보다 사람을 더 좋아한다는 것. 그것이 내 심리적 특질의 하나다. (Блок 1960~1963: 8, 197)

그리고 1년 후 1908년 겨울에 블로크는 스타니슬랍스키에게 보내는 편지에서 앞에서 인용한 러시아의 주제에 대한 그 유명한 말을 했다.

시 「백야의 잔혹한 오월」은 블로크 시의 전환점을 알리는 시다. 여기에서 시인은 그의 삶의 우선 사항이 변모된 모습을 명확히 표현한다.

하지만 아침에 생기로운 이슬 속에서
무거운 쟁기질을 하러 감이 더욱 값지다!

　네 번째 시집 『한밤의 시간』에 실려 세상에 나온 시. 시는 두 부분으로 이루어져 있다. 출구 없이 갇힌 삶의 한탄이 전반부라면, 시의 후반부는 새로운 삶이 시작되는 광경을 그린다. 첫 눈에는 상호 배제적인 시의 두 부분이 실제로는 서로를 보완한다. 시의 밝은 결말은 시집의 전체적인 음조와 부조화를 이룬다. 시집에서 시인은 곁을 날아가서 멀리 숨은 잃어버린 행복에 대한 애수를 노래한다. 이 시의 결말은 시인의 이상적인 염원의 표현으로 중요하다.
　〈사람들과 일을 향해.〉 삶의 자세와 시의 변모를 알리는 블로크의 선언의 바탕에는 데카당의 세계에서 출구 없는 애수에 신음하던 인텔리겐치아의 자기반성과 역사적 소임에 대한 자각이 깔려 있다. 국민 시인으로서 블로크가 지닌 높은 위상을 기리기 위해 흔히 인용되곤 하는 스타니슬랍스키에게 한 고백에서 블로크는 바로 인텔리겐치아로서의 자기 자각을 뼈저리게 말한다. 그는 인텔리겐치아로서의 자기 자각과 함께 조국을 마주 대하고 있음을 강조한다. 인텔리겐치아와 민중의 관계에 대한 고통스러운 질문이 그의 조국의 주제의 중심에 자리하고 있었던 것이다.

　실로 위대하고, 실로 고통스러운 이 전환의 시대 [……] 모든 교차로마다 어떤 짙은 어둠이, 우리가 내내 열렬하게 기다리는, 우리가 두려워하는, 우리가 희망을 거는 사건들의 저 먼 어떤 적자색 노을이 숨어서 우리를 기다리고 있다. (Блок 1960~1963: 5, 257)

두려움이 깃든 기대 속의 기다림. 자신을 민중의 자식으로 여기는 인텔리겐치아 시인이 변혁의 시대에 불가피하게 품게 되는 착종된 정서. 시인은 인텔리겐치아로서의 작가의 사명 의식 속에서 피할 길 없이 다가오는 새로운 역사적 파국의 예감을 그렇게 표현한다.

그렇다. 우리는 〈위대한 봉기의〉 전야에 있다. 그렇다. 우리는 사건들의 전야에 있다. 한 번, 두 번, 세 번 성공하지 못하면 네 번째 는 성공할 것이다. (Блок 1960~1963: 5, 258)

블로크가 1908년 3월 러시아극의 현재와 미래의 주제로 한 강연 (〈연극에 대하여〉) 중에 한 말이다. 부분적인 동기로도 말하지 않을 수 없었던, 그의 영혼을 불태우던 생각. 또한 그는 〈숙명적인 시절〉의 갈림길에서 헤매는 인간 앞에 놓인 유일한 길은 〈일〉, 〈새로운 일〉을 향한 길임을 말한다.

작가의 일이란 그의 문학이다. 〈새로운 일〉이란 〈새로운 문학〉인 것. 여기에서 블로크는 새로운 문학의 과제를 제기하며 역설적으로 〈옛 문학〉으로 되돌아간다. 작가는 〈민중의 자식〉이고, 민중에게 빚을 진 존재라는 생각. 19세기 러시아 작가들이 민중에 대해 지녔던 역사적 부채 의식, 그리고 이로부터 비롯되는 러시아 작가의 특별한 사명에 대한 생각의 부활이다.

블로크는 작가는 공기와 빵처럼 필요한 것을 민중에게 전할 사명을 지님을 말한다. 〈특히 러시아 작가는 민중에게 자신의 전 영혼을 바쳐야 한다.〉 왜냐하면 〈그 어느 곳을 막론하고 오직 러시아에서 문학은 사활의 문제이고, 말은 삶으로 실현되고 빵이 되고 돌이 되기 때문이다〉. 〈작가의 의의는 진실성과 진정성에 의해, 참회의 목소리와 자기희생의 준비에 의해 검증된다〉(Блок 1960~1963: 5, 246~247). 〈참회〉와 〈자기희생〉……. 바로 인텔리겐치아의 역사적 원죄 의식을 표현하는 말이다.

자신들을 〈1812년의 자식들〉이라 지칭했던 데카브리스트들. 1812년의 나폴레옹 전쟁은 〈조국 전쟁〉이면서 동시에 민중의 사회적 자유를 위한 정치적 운동의 본격적인 시작이었다. 그리고 1825년의 〈데카브리스트 봉기〉는 인텔리겐치아의 역사적 책임에 대한 자각이 낳은 근대 러시아 사회 변혁 운동의 시발점이었다.

알렉산드르 1세와 독대하며 나눈 대화에 대한 데카브리스트 세르게이 볼콘스키의 회상을 보자.

나는 아락체예프 없이 폐하를 독대했다. 그때 군주는 내게 이런 질문을 했다. 「군대의 정신 상태는 어떤가?」 나는 대답했다. 「폐하! 사령관부터 개개 병사들에 이르기까지 모두가 조국과 폐하를 지키는 데 목숨을 바칠 준비가 되어 있습니다.」 그가 다시 물었다. 「민중의 정신 상태는 어떤가?」 그 질문에 나는 이렇게 대답했다. 「폐하! 민중을 자랑으로 여기셔야 합니다. 개개 농민이 다 조국과 폐하께 헌신하는 영웅입니다.」 군주가 또 물었다. 「귀족은?」 나는 그에게 말했다. 「폐하! 제가 귀족에 속한 것이 수치스럽습니다. 말은 많지만, 아무런 행동도 하지 않습니다.」 그때 군주가 내 손을 잡고 말했다. 「그대 안에서 이런 감정을 보니 기쁘다. 고맙네, 많이 고마워.」
(Левченко 1987: 172)

그와 같은 귀족의 자기 계급에 대한 수치심이 19세기 사회 변혁 운동의 시작이었다. 러시아 역사학의 대부 바실리 클류쳅스키가 갈파한 바와 같이, 러시아 귀족의 역사적 죄의식의 근원에는 18세기가 노정한 러시아 근대의 모순적 풍경이 자리한다.

표트르의 개혁은 전제주의가 민중, 민중의 타성과 벌인 싸움이었다. 그는 권력의 공포로 노예화된 사회 속에 자주성을 불러일으키고, 노예를 소유한 귀족을 통해 서구의 학문과 사회적 자주성의 필수적인 조건인 민중 계몽을 러시아에 정착시키기를 희망했다. 노예가 노예로 남은 채로 의식적으로 그리고 자유롭게 행동하기를 원했다. 압제와 자유, 계몽과 노예 제도의 공동 작용. 이것이 우리나라에서 표트르의 시대부터 2세기 동안 해결을 모색해 왔고 지금도 풀지 못한 정치적 해결 불능 문제, 수수께끼다. (Ключевский 1958: 221)

표트르의 근대화 기획은 러시아 사회와 문화에 깊은 내적 균열을 가져왔다. 계몽의 결실을 누리는 특권 계급인 귀족과 억압된 민중의 대립. 민족 문화의 뿌리를 경시하고 망각해 왔던 러시아 귀족은 1812년 전쟁을 통해 민중을 〈발견한다〉. 나아가 귀족 인텔리겐치아는 기생적 특권 계층인 자기 존재의 기만성을 뼈아프게 자각하게 된다. 19세기를 관류하는 사회 변혁 운동의 막이 오른다.

19세기의 시대정신은 러시아 문학에 〈참회하는 귀족〉의 형상(Бердяев 1990b: 48~49)을 낳았다. 〈조국 속의 이방인〉인 역사적 실존 상황에 맞서 민중의 삶과 민중 문화를 알고자 추구하고, 민중과 혼연일체가 됨으로써 역사적 죄과를 씻고자 하는 귀족의 형상. 인텔리겐치아의 정신세계의 근간을 이루는 민중에 대한 도덕적 콤플렉스는 〈잡계급〉의 대두와 더불어 보다 적극적인 사회적-시민적 입장으로 표출된다.

그와 같은 근대사의 맥락에서 19세기 러시아 문학에 대한 전체적인 시각을 보다 정치화할 것에 대한 요구가 설득력을 지닌다. 근대 러시아 사회의 거울인 19세기 러시아 문학은 보다 엄밀한 의미에서 교양 계층이 처한 실존적 고뇌로부터의 출구 모색이었다. 교양 계층의 자기 인식과 역사적 콤플렉스가 투영된, 〈인텔리겐치아의 실존 문학〉이었던 것이다(Аксючиц 2011).

근대 러시아가 시초부터 떠안은 민중의 사회적-법적 자유의 실현과 민족 문화의 통합의 과제는 이루어지지 못했다. 그것은 곧 인텔리겐치아의 역사적 소임의 실패를 의미했다. 그리고 그 문학적 표출이 사회와 문화 통합의 이상과 과제의 담지자로서의 이상적 개인, 곧 19세기 문학의 주인공의 죽음이었다. 두 문화가 극복될 수 없는 괴리에 처했다는 명확한 인식과 함께, 인텔리겐치아 휴머니즘 문화의 죽음과 함께, 러시아의 19세기는 종말을 고한다. 〈민중〉이 새로운 역사적 주체로 대두되는 것이다. 블로크는 마지막 인텔리겐치아였다. 그는 자신 속에 깃든 인텔리겐치아의 역사적 책임에 대한 자각을 통해 데카당에 물든 영혼의 해방과 치유의 기쁨을 맛본다.

[……] 내 앞에서 〈시민〉의 개념이 자라난다. 그리고 이 개념을 내 자신의 영혼 속에서 드러내기 시작할 때, 그것이 얼마만 한 해방과 치유를 주는지 나는 이해하기 시작한다. (Блок 1960~1963: 8, 252)

시 「여기 그가, 사슬에 묶이고 장미에 덮인 그리스도가」와 「가을의 의지」의 근간을 이루는 〈길 떠남〉과 〈궁핍〉의 주제는 바로 인텔리겐치아로서의 자기 자각을 지닌 시인을 고통스럽게 한 인텔리겐치아와 민중의 관계의 문제와 긴밀히 연관된 것이다. 그래서 이 시들은 〈참회하는 귀족〉 신분에 대한 고통스러운 자각의 표출로 읽힌다. 이 주제, 이 문제의식을 통해 블로크는 19세기 러시아 인민주의 사상과 문학 유산의 적법한 상속자로 나섰다. 러시아 인텔리겐치아의 민중에 대한 역사적 콤플렉스와 속죄에 대한 지향. 블로크의 조국 주제 시의 기본 줄기다. 블로크는 러시아 인텔리겐치아의 인민주의자적 콤플렉스를 유산으로 물려받아 〈민중에 대한 사랑의 사도〉로서 시인의 길을 걸었다.

〈민중과 인텔리겐치아〉의 주제는 1908년 내내 블로크의 의식을 사로잡는다. 〈러시아와 인텔리겐치아〉를 주제로 한 강연을 일주일 앞두고 그는 어머니에게 보낸 편지에서 이렇게 토로한다.

인간이 민중에 가까우면 가까울수록(멘델레예프, 고리키, 톨스토이), 그는 더더욱 분노에 차서 인텔리겐치아를 증오한다. (Блок 1960~1963: 8, 258~259)

그리고 강연문 「러시아와 인텔리겐치아」에서 민중을 두고 〈서서히 깨어나는 거인〉(Блок 1960~1963: 5, 323)이라 말한다. 민중과 인텔리겐치아 사이의 몰이해가 러시아 역사를 비극으로 치닫게 한다. 얼굴 없는 민중의 집단의 소름 끼치는 격동의 물결이 깨어난다. 민중이 적극적인 역사적 삶을 향해 깨어난다. 민중과 단절된 인텔

리겐치아는 자기 거절, 자기 살해를 통한 민중의 세계에의 동참만
이 살 길이다.

고골에 의해 러시아의 상징이 되었던 미지의 먼 곳으로 질주해
가는 트로이카의 형상. 블로크는 고골의 트로이카를 민중의 상
징으로 해석한다. 트로이카는 인텔리겐치아와 민중의 비극적 충
돌의 무서운 환영으로 자라난다. 양 진영이 〈다가갈 수 없는 모
습〉(Блок 1960~1963: 5, 324)을 지우지 않으면 피할 수 없는 충
돌이다. 블로크는 민중의 트로이카가 달려와서 인텔리겐치아를 짓
밟을 것임을 예언한다.

얼마 후에 블로크는 19세기의 〈참회하는 귀족〉의 희생적 정서에
친연적인 자신의 생각을 보다 정치하게 표명한다.

> 혼돈이 오고 있다. 이 껍질 아래에서 어떤 불길이 뿜어져 나오고
> 있는가? 파멸의 불길인가, 구원의 불길인가? 그리고 만약 이 불길
> 이 오직 우리만(인텔리겐치아만) 파멸시킨다면, 우리는 이 불길이
> 파멸적인 것이라고 일반화하여 말할 권리를 가질 것인가? (Блок
> 1965: 127)

그리고 그는 그와 같은 정신적 상황과 지향 속에서 연작 「쿨리코
보 들판에서」(1908)를 쓴다. 3권의 연작 『조국』에 실린 다섯 편의
시로 이루어진 작은 연작 「쿨리코보 들판에서」는 근대 러시아의 역
사적 길이 다다른 막다른 골목에서 적극적인 의의를 띠고 대두되는
〈쿨리코보 전투〉의 의미에 관한 사색이다. 연작에 대한 주석에서
블로크는 이렇게 쓴다. 〈쿨리코보 전투는 러시아 역사의 상징적 사

건들에 속한다. 그런 사건은 되돌아오도록 운명 지어졌다. 그런 사건들의 해명은 아직 앞으로의 일이다〉(Блок 1997: 3, 911).

우리는 〈쿨리코보 연작〉의 첫 시 「강이 펼쳐졌다. 굼뜨게 흐르며 슬퍼한다.」를 러시아 문화의 정신적 기초에 대한 이해와 관련하여 이미 읽은 바 있다. 블로크의 조국의 주제에 대한 이해에 핵심이 되는 시이니만큼 조국의 주제의 견지에서 여기에서 다시 읽어 보기로 하자. 아울러 시대에 대한 진단과 시대를 대하는 시인의 자세를 선명히 드러낸 연작의 마지막 시를 소개한다.

강이 펼쳐졌다. 굼뜨게 흐르며 슬퍼한다
    강변을 적신다
노란 절벽의 빈약한 흙 위에서
    스텝에서 건초 더미들이 슬퍼한다

오, 나의 루시여! 나의 아내여! 고통스럽도록
    우리에게 선명한 긴 길이여!
우리의 길은 고대의 타타르의 자유의 화살로
    우리의 가슴을 꿰뚫었다

우리의 길은 초원의 길. 우리의 길은 한없는 애수에 잠긴 길
    오, 루시! 너의 애수에 잠긴 길
심지어 어둠도, 한밤의 국경 밖의 어둠도
    나는 두렵지 않아

밤이 오게 하라. 단숨에 달려가자. 스텝 저 멀리
　　모닥불을 타오르게 하자
스텝의 연기 속에서 신성한 깃발과
　　칸의 검의 강철이 번뜩일 것이다……

그리고 영원한 전투! 평안은 오직
　　피와 먼지를 통해서만 우리에게 꿈꾸어진다……
질주한다, 스텝의 말이 질주한다
　　나래새를 짓밟는다……

그리고 끝이 없다! 이정표들이 비탈들이 어른거린다……
　　멈춰!
간다, 놀란 먹구름들이 간다
　　피에 젖은 노을!

피에 젖은 노을! 심장에서 피가 물결쳐 흐른다!
　　울어라, 심장아, 울어라……
평안은 없다! 스텝의 말이
　　전속력으로 질주한다!

　　　　　　　　　　「강이 펼쳐졌다. 굼뜨게 흐르며 슬퍼한다」(1908)

또다시 쿨리코보 들판 위로
어둠이 떠올라 무너져 내렸다
마치 혹독한 구름으로

미래의 날을 덮은 것 같다

깨어날 줄 모르는 고요 뒤에서
넘쳐흐르는 암흑 뒤에서
기적적인 전투의 우레가 들리지 않는다
전투의 번개가 보이지 않는다

그러나 너를 알겠다, 지고하고
격렬한 나날의 시작이여!
예전처럼 적의 진영 위에는
백조들의 날갯짓과 울음소리

심장은 평온하게 살 수 없다
까닭이 있어 먹구름들이 몰려들었다
전투를 앞둔 것처럼 갑옷이 무겁다
이제 너의 시각이 도래했다. 기도하라!

「또다시 쿨리코보 들판 위로」(1908)

블로크는 단순히 영웅적 과거에 대한 찬양이 아닌, 러시아의 역
사적 운명에 대해 상징적 의미를 지닌 사건으로 〈쿨리코보 전투〉를
시화했다. 역사적 과거와 현재, 두 층위가 서로 엮이고 서로 침투한
다. 옛 선조, 쿨리코보 전투에 임하는 루시의 병사의 정신의 용모
와 동시대인의 세계 지각이 명확한 구분 없이 서로 엮인다. 〈지고하
고 격렬한 나날의 시작이여.〉 〈쿨리코보 전투〉의 상징은 시인 자신

의 운명과 결부된 동시대 러시아가 처한 상황과 미래에 대한 사색에 이용된다. 전투를 앞둔 소름 끼치는 고요에 따라, 널리 퍼진 암흑 속에서 시적 주인공은 그와 같은 운명의 나날이 도래함을 인지한다. 새로운 세기의 소름 끼치는 사건들이 예감된다. 앞날의 폭풍우의 예감, 20세기의 비극의 예견이다. 과거 역사의 기념비적 사건에 대한 찬양은 동시에 역사적 전환점에 선 현재의 러시아에 대한 찬양이다. 〈이제 너의 시각이 도래했다. 기도하라!〉는 말은 시인 자신을 향한 말이다.

쿨리코보 들판에서 서로 대치하는 두 군대. 드미트리 돈스코이의 러시아 군의 진영과 마마이가 이끄는 타타르 군단. 두 진영의 대치는 전환의 시대에 대한 블로크의 고민의 중심에 놓인 민중과 인텔리겐치아의 대립과 임박한 충돌을 상징한다. 그 점에 대해 블로크 자신이 스타니슬랍스키에게 보내는 편지에서 바로 이렇게 말했다.

[……] 가슴을 열자. 환희가, 새로운 희망이, 새로운 힘이 가슴에 차고 넘칠 것이다. 의심과 모순과 절망과 자기 살해적인 애수와 〈데카당적 아이러니〉 등등의 빌어먹을 〈타타르의〉 멍에를, 〈지금의〉 우리가 가득 지니고 있는 그 모든 멍에를 떨쳐 내는 법을 다시 배우게 될 것이다. 가슴을 열지 않으면 우리는 파멸할 것이다. (2 곱하기 2가 4라는 것처럼 나는 그것을 안다.) [……] (Блок 1960~1963: 8, 265)

두 진영, 민중과 인텔리겐치아의 진영 사이에는 서로 일치되는 어떤 자질이 있다. 러시아 군의 진영과 타타르 군의 진영, 명백히 적대적인 두 진영 사이에는 그런 결합 자질이 없었다. 그러나 은밀히 적대적인 두 진영 사이의 작금의 이 자질은 얼마나 미묘한가! [……] 이 자질은 안개 낀 네프랴드바 강같이 미묘하지 않은가? 전투를 앞둔 밤에 강은 투명하게 두 진영 사이를 구불구불 흘렀다. 전투가 벌어진 후의 밤에 그리고 또 일곱 밤을 연이어 강은 러시아 군과 타타르 군의 피로 붉게 물들어 흘렀다. (Блок 1960~1963: 4, 323~324)

오랜 세월 극복되지 못한 민중과 인텔리겐치아의 대립과 갈등의 해결이 임박했다는 블로크의 예언이다. 같은 맥락에서 서사시 「운명의 노래」(1908)의 주인공 게르만은 이렇게 말한다.

일어난 모든 것이 또 일어나리란 생각이 날 둘러쌌다. 이 날들 동안 정확히 나는 모든 시대의 삶을 살고 있다. 내 조국의 고통들을 살고 있다. 쿨리코보 전투의 무시무시한 날을 기억한다. (Блок 1960~1963: 4, 148)

바로 러시아와 민중을 〈추구하던〉 인텔리겐치아 주인공이 하는 말이다. 쿨리코보는 두 러시아의 숙명적인 충돌을 의미한다.

그렇다면 왜 굳이 쿨리코보인가? 〈스텝〉의 상징성 때문이다. 블로크의 말처럼, 〈스텝〉은 되풀이되는 〈러시아의 역사적 길〉과, 우리가 앞에서 살펴보았듯이, 그 길의 토대로서의 〈러시아 정신〉의 유형을 상징한다. 〈러시아의 길〉은 〈스텝의 길〉이다. 〈고대 타타르의 자유와 애수의 길〉이다. 한없는 자유와 애수는 루시의 숙명이다. 〈타타르의 자유〉가 〈루시의 자유〉인 까닭은 연작의 첫 시에서 묘사되는 자연 정경이 루시와 타타르의 공간적 차이를 무화시키기 때문이다.

> 강이 펼쳐졌다. 굼뜨게 흐르며 슬퍼한다
> 강변을 적신다
> 노란 절벽의
> 메마른 흙 위에서
> 초원에서 건초 더미들이 슬퍼한다

드넓은 강이 자유롭고 굼뜨게 흐르며 슬퍼하고 광활한 초원에서 건초더미 역시 슬픔에 잠겨 있다. 〈슬픔〉의 정서는 〈루시인〉의 정신적 긴장을 전달한다. 그는 루시의 운명과 그의 개인적 운명이 내일 결정되리라는 것을 알고 있다. 그래서 조국 땅과의 이별의 날카로운 음조와 함께 주위에 사랑의 시선을 던지다. 스텝과 강의 넓게 펼쳐진 공간에 대한 그 사랑 속에서 목전에 둔 전투를 위한 힘을 구한다. 이것은 동시대인인 시적 주인공의 통찰이자 불안에 찬 예감이기도 하다. 그는 선조들의 강인함 속에서 새 세기의 드라마 속의 정신적 지주를 찾는다.

초원은 타타르의 공간, 곧 적대적인 공간이다. 하지만 광활한 공간의 우수가 러시아의 자연 정경과 동질적이다. 〈초원의 건초더미〉역시 〈나〉와 〈타자〉의 공간의 대립을 무화시킨다. 〈오, 나의 루시여!〉이 외침을 통해 자연 정경이 지닌 〈러시아성〉이 텍스트의 전면으로 대두된다. 조국의 형상의 라이트모티프가 이어 등장하는 길의 형상이다. 길의 형상이 평온한 슬픔에 잠긴 첫 연의 정경을 대체한다. 평온한 억양을 파괴하는 2연의 강한 탄성과 함께 시의 억양과 템포가 급격히 증가하고 정서적 긴장이 심화된다.

자유로운 길은 구속 없이 제멋대로 흐르는 강의 형상과 연상 관계를 이룬다. 의식에 선명하게 각인된 끝없는 길. 심장을 파고드는 화살처럼 고통스럽다. 정주를 모르는 쏜살같은 질주의 길. 길의 형상에 정주와 구속을 모르는 〈볼랴〉로서의 자유의 모티프가 결부된다. 쏜살같이 질주하는 〈스텝의 말〉은 러시아의 상징이다.

블로크는 러시아를 〈폭풍〉이라고 말했다. 〈폭풍〉의 러시아는 〈민중의 러시아〉다. 〈민중의 러시아〉가 〈볼랴〉로서의 자유의 구현 체임을 말한 것이다. 민중은 인텔리겐치아는 물론 의미를 다한 구시대의 질서를 덮치는 〈혼돈〉의 집단이다. 블로크는 동시대의 민중 봉기, 사회적 〈혼돈〉 속에서 역사의 길을 통해 반복되는 〈볼랴〉의 정신의 발현을 보았다.

「쿨리코보 들판에서」의 시구들은 전율에 차 있다. 정복자에 대한 승리의 순간에 대한 찬양과는 거리가 먼 비애에 찬 비극적 음조가 낳은 전율이다. 바로 〈보복〉에 대한 비극적인 예감 때문이다. 블로크의 주제이자 〈은 세기〉의 시대정신이었던 〈보복〉은 민중을 새로운 주체로 내세운 역사가 19세기 인텔리겐치아의 휴머니즘적인 인민주의 문화에 내린 징벌을 의미했다. 그 자신이 인텔리겐치아의 일원이었던 블로크는 자기 파멸을 역사의 불가피성으로 받아들였다. 블로크에게 민중 봉기, 러시아 혁명은 인텔리겐치아의 죄악의 정화를 위한 파괴의 불길이었다. 에세이 「휴머니즘의 붕괴」(1919)에서 블로크는 러시아 고전 문화의 주체였던 인텔리겐치아의 자기 거절 행위로 반(反)휴머니즘을 선언한다.

휴머니즘의 문제는 〈고전적 휴머니즘〉에 대한 주요 공격자들인 마르크스와 니체가 불러일으킨 폭넓은 반향 속에서 세기 전환기 러시아 지성계가 사로잡힌 화두(話頭)의 하나였다(Голубков 2001: 74~80). 블로크는 휴머니즘의 폐기를 역사적 당위, 시대적 불가피성으로 주장한다(Блок 1960~1963: 6, 93~115). 〈실로 나는 모유와 함께 러시아《휴머니즘》의 정신을 받아들였다〉(Блок 1960~1963: 6, 507)라고 말했던 〈휴머니스트〉 블로크가 〈반휴머니즘의 저자〉가 된다. 그것은 그의 시의 정신적 모태(母胎)의 부정을 의미했다. 블로크는 서구 근대의 엘리트적 개인주의 문화의 이념인 휴머니즘은 그 역사적 소명을 다했음을 선언한다. 그에 따르면 휴머니즘 문화의 생성과 몰락은 삶의 근원이자 리듬으로서의 디오니소스적 〈음악 정신〉에 의해 결정되었다. 대중이 문화를 추동하는 세력이 아니었을 때 휴머니즘은 비범한 인문주의 예술가의 문화로서 그 소임을 다했다. 그러나 19세기의 전 역사를 통해 휴머니즘이 문화의 〈전체성〉을 상실하고 기계적 문명을 지향했을 때, 〈음악 정신〉은 문화의 새로운 주체로 대중을 선택했다. 블로크는 그와 같은 상징주의자적 역사의 형이상학에서 출발해서 휴머니즘 몰락의 시대적 정당성을 주장한다. 그는 디오니소스적 집단주의 속에서 러시아 문화의 본질적인 딜레마인 인텔리겐치아 문화의 극복을 본다.

블로크의 〈햄릿〉의 주제는 시인의 자기 내적 문제로서 〈인텔리겐치아성〉을 표현한다.

나는 햄릿. 피가 식어 간다

기만이 그물을 짜고

세상에서 유일한 여인에 대한 첫사랑이

가슴에서 살아 숨 쉴 때

너를, 나의 오필리아를

삶의 한기가 저 멀리 데려갔다

독 묻은 칼날에 찔린 채

왕자는 고향에서 죽는다

「나는 햄릿. 피가 식어 간다」(1914)

블로크에게 〈햄릿〉의 주제는 인간 실존의 운명적인 합법칙성으로서, 객관적인 불가피성으로서 대두된다(Родина 1972: 117). 햄릿의 실존은 끝나고 그의 시대도 저물었다. 이로부터 존재한다는 것은 행동의 의미를 띤다. 블로크의 〈햄릿〉에 대한 관심은 그의 인간의 태도가 수동성에서 적극성으로, 내적 침잠에서 세계와의 능동적 소통으로 전환되는 순간에 집중되어 있다(Родина 1972: 115).

존재 방식의 전환은 외부 세계로부터 격리된 인텔리겐치아 문화의 집이 삶의 혼돈의 힘 앞에서 무너질 운명에 처해 있다는, 시대의 바람 앞에서 자신의 문화가 버림받았다는 인식을 통해 이루어진다. 평안도 안락도 행복도 없다. 오직 모든 존재를 자신의 궤적 속으로 끌어들이는 역사의 움직임이 있을 뿐이다. 디오니소스적 열정이 지닌 창조적 계기에 대한 환희 속에서 세계와의 유대를 확립하는 것만이 유일하게 가능한 실존이다.

5.

블로크는 그와 같은 인텔리겐치아의 역사적 문제의식과 지향을 그리스도의 형상과 주제에 투영했다. 그에게 인텔리겐치아의 희생 제의는 바로 그리스도의 고행과 같은 것이었다. 그래서 자기 거절의 이상이 비단 사회적 의미뿐만 아니라 종교적 의미도 띤다. 그는 민중 앞에 자기 계급이 진 죄를 그리스도의 십자가와 같이 짊어진다. 그런데 그리스도-인텔리겐치아의 자기희생 제의는 내적으로 모순된 성격을 띠고, 여기에 〈3부작〉에서 그리스도의 형상이 지닌 이중적 면모가 상응하게 된다.

축축한 녹빛 잎사귀에서
마가목 열매 송이가 붉게 물들어 갈 때
뼈가 앙상한 손으로 형리가
손바닥에 마지막 못을 박을 때

납빛 강의 잔물결 위에서
축축한 잿빛 창공에서
모진 조국의 얼굴을 대하며
내가 십자가에서 흔들리기 시작할 때

그때 나는 임종을 앞둔 눈물의 피 사이로
광활한 사위 저 멀리 보네
넓은 강을 따라 나룻배를 타고

내게 다가오는 그리스도를 보네

눈에 품은 그와 같은 희망과
그와 같은 몸에 걸친 누더기
못 박힌 손바닥이
옷 밖으로 가련하게 드러났네

그리스도여! 조국의 평원이 슬프네!
십자가에서 나는 지쳐 가네!
당신의 나룻배는
책형당한 나의 창공에 닻을 내릴 텐가?

「축축한 녹빛 잎사귀에서」(1907)

『파이나』에 실린 작은 연작 「가을 사랑」(1907)의 첫 시다. 바로 이 시에서 그리스도의 주제와 결부된 인텔리겐치아의 자기희생제의가 충만한 울림을 얻는다. 시적 주인공은 이제 자기 존재의 〈감옥〉을 버리고 길을 나서 고난에 처했다.

시적 주인공은 책형당한 존재다. 그는 조국의 대지 위로 솟은 십자가에 못 박혔다. 녹빛에 물든 척박한 대지가 축축하게 젖었다. 하늘은 잿빛이다. 붉게 물들기 시작하는 마가목 열매 송이만이 선명하게 부각된다. 그것은 가을의 깊이, 소멸의 완성을 말한다. 바로 이 마가목이 시적 주인공의 십자가다. 가을 풍경의 완성은 곧 책형의 완성이다. 마가목 열매 송이가 익어 갈수록 책형의 고통이 더해 간다. 축축한 잿빛의 척박한 조국의 대지 위에서 마가목이 납빛 강물을 굽어보며 흔들린다. 시적 주인공이 십자가 위에서 흔들린다. 그는 조국과 함께 책형 당했다. 녹빛 잎사귀 사이 마가목의 붉은 열매는 책형당한 납빛 손에서 흐르는 붉은 피다.

시적 주인공은 조국에 대한 힘겨운 사랑의 십자가를 스스로 졌다. 십자가는 고통, 그리스도의 고행에 대한 동참의 상징이다. 시인은 고통당하는 조국, 민중과 하나가 됨으로써 그리스도를 닮는다. 그는 외양과 내면 모두 그리스도를 닮았다. 임종을 앞두고 흘리는 눈물에 그리스도와 같은 연민과 구원의 희망이 고인다. 시적 주인공도 그리스도도 남루한 누더기를 걸쳤다.

시적 주인공은 조국과 하나 된 고행의 길의 끝에서 그리스도에게 구원을 호소한다. 그는 그리스도를 뒤따라 길을 나섬으로써 드디어 그리스도의 반열에 올라선다. 시적 주인공도 그의 조국도 고행의 성스러움 속에서 구원의 자격을 지닌다. 이처럼 이 시는 구원을 호소하는 단일한 기도의 말이다.

나탈리야 볼로호바에게 바친, 그래서 사랑의 주제와 조국의 주제가 분리될 수 없음의 증거가 되는 시 중의 한 편인 이 시에서 블로크는 처음으로 그에게 가장 중요한 시인의 사명에 대해 확고하게 말한다. 조국의 슬픈 대지에 대한 시인의 의무, 조국의 이름으로 지고 가야 할 십자가의 고통이 그것이다.

인텔리겐치아의 자기희생 제의의 다음 행보는 그리스도와의 유비를 넘어 직접적인 동일시를 향해 있다. 이 자기희생을 통한 사랑의 절정의 표현이 다름 아닌 연작 『조국』(1907~1916)을 여는 시 「네가 떠나고 난 황무지에 남아」(1907)이다.

네가 떠나고 난 황무지에 남아
뜨거운 모래에 드러누웠네
이제부터 혀는
오만한 말을 내뱉을 수 없네

있었던 것을 한탄하지 않으며
나는 네 높이를 이해했네
그래. 나 부활하지 않은 그리스도에게
너는 갈릴리 고향

다른 이가 너를 어루만지게 하라
난잡한 소문이 무성하게 하라
그의 머리를 어디에 놓을지
사람의 아들은 모르네

    사랑하는 여인(아내)의 형상은 조국, 조국의 대지(갈릴리)의 형상과 합치되고 〈나〉는 그리스도에 동일시된다. 시는 전부 성서의 인용 위에 구축되어 있다. 러시아에 대해 말하며 갈릴리에 대해 말한다. 그리스도가 받아들여진 곳. 하지만 그리스도는 고향 땅이 아닌 예루살렘의 골고다 언덕에서 죽음을 맞는다.

    시적 주인공은 그리스도이되 부활하지 않은 그리스도. 이 형상을 통해 시인은 겸손과 자기 비하의 절정에 도달한다. 인간 예수의 고난이 시적 주인공의 형상에 겹쳐지는 것이다. 그리스도는 고난에 쫓겨 정처 없이 세상을 떠도는 인간의 상징이다. 그는 모든 특권을 버렸다. 그는 세상 위에 군림하지 않고 뜨거운 모래 위에 드러 누워 고통과 죽음의 운명에 순종한다. 이 고통과 죽음의 운명이 성스러운 위업이다.

마태오의 복음서(8장 20절)에서 차용된 마지막 두 시행은 그리스도의 대속의 길을 떠올리게 한다. 시인의 지상의 삶은 자기희생을 통한 고난의 길이다. 이제 그리스도와의 동일시를 통해 시인은 진정한 인간됨의 조건, 그것은 고난의 십자가를 불가피한 숙명으로 받아들이는 것이라고 말한다.

이상의 시들에서 보는 바와 같이, 조국과 하나가 된다는 것은 그 궁핍을 사랑하고 내 것으로 받아들이는 것이다. 그리고 여기에는 비단 사회적·물리적 의미만 있는 것이 아니다. 다른 무엇보다 중요한 것이 궁핍과 파멸의 운명이 지닌 성스러운 의미다.

> 황금 세기처럼 다시
> 닳고 닳은 세 개의 말 가슴걸이가 펄럭인다
> 채색된 바큇살들이
> 헐거운 홈에 끼워져 있다……
>
> 러시아, 궁핍한 러시아
> 내게 네 잿빛 이즈바들은
> 내게 네 바람의 노래들은
> 첫사랑의 눈물 같구나!
>
> 나는 널 불쌍히 여길 줄 모르고

제 십자가를 소중히 나른다……
어떤 마법사든 네 마음에 들면
약탈의 미를 내어 주어라!

꾀어내어 속이게 해라
너는 사라지지 않을 것이다. 몰락하지 않을 것이다
오직 근심이
네 아름다운 모습에 어둠을 드리울 뿐……

그래 뭐? 근심 하나 더하고
눈물 한 방울로 강이 더 소란스러운들
넌 여전하다. 숲과 들판,
눈썹까지 두른 무늬 스카프……

불가능한 것이 가능하다
긴 길이 가볍다
길 저 멀리 스카프 아래에서
순간적인 시선이 번뜩일 때,
마부의 황량한 노래가
감옥의 애수가 되어 울릴 때!……

「러시아」(1908)

1906년에 러시아가 블로크에게 비밀스러운 존재였다면, 2년 후
블로크는 조국에 대한 염려로 인한 고통의 눈물을 쏟는다. 하지만

조국은 연민의 대상이 아니다. 사랑과 연민은 함께 할 수 없는 것. 조국에 대한 사랑, 조국에 대한 환희가 시 전편을 관류한다. 조국이 걸어갈 길에 대한 사랑이자 환희다. 길의 형상이 1연에서 출현하여 모든 특질과 함께 시를 관류한다.

> 황금 세기처럼 다시
> 닳고 닳은 세 개의 말 가슴걸이가 펄럭인다
> 채색된 바큇살들이
> 헐거운 홈에 끼워져 있다……

〈닳고 닳은 세 개의 말 가슴걸이〉, 〈채색된 바큇살〉, 〈헐거운 홈〉. 이 풍부한 예술적 디테일들이 독자의 상상의 토대가 되고, 이를 통해 전체적인 광경이 마저 그려진다. 질주하는 트로이카의 형상이 생생히 대두되는 것이다. 그리고 러시아에 대한 가슴 시린 사랑의 고백이 이 형상 위에 놓인다.

> 러시아, 궁핍한 러시아
> 내게 네 잿빛 이즈바들은
> 내게 네 바람의 노래들은
> 첫사랑의 눈물 같구나!

〈연민에 대한 거부〉는 존재의 동질감과 자존감이 함께할 때 가능하다. 시적 주인공은 〈제 십자가를 소중히 나른다〉. 사랑, 믿음, 헌신과 자기희생의 십자가다. 조국은 오직 믿음과 헌신의 대상이다. 그는 자신의 조국의 모든 결함을 보고 그것에 연민을 느끼지도 그것을 부정하지도 않고 받아들인다.

시인은 이어서 그가 예측한 러시아의 비극적 운명의 예감으로서 울리며 오늘날 전율시키는 예언적 구절들을 쓴다.

어떤 마법사든 네 마음에 들면
약탈의 미를 내어 주어라!

꾀어내어 속이게 해라
너는 사라지지 않을 것이다. 몰락하지 않을 것이다
오직 근심이
네 아름다운 모습에 어둠을 드리울 뿐……

20세기의 많은 실제가 러시아를 꾀어내어 속이는 마법사와 연상 관계를 이룬다. 여기서 〈마법사〉는 권력, 국가의 지배자를 의미할 것이다. 시인은 조국은 누가 통치하던 간에 여전할 것이라 확신한다. 〈근심 하나〉, 어떤 사건이든 아무것도 변모시키지 않을 것이다. 번영은 없었으니 하나의 재앙이 아무것도 바꾸지 않을 것이다. 그 무엇에도 불구하고 그의 조국은 사라지지 않을 것이라 말한다.

조국의 모습은 길과 바람을 통해 시인에게 보인다. 그는 러시아에 끔찍한 무언가가 닥쳐오리라는, 러시아가 자신을 〈꾀어내어 속일〉 〈마법사〉에게 〈약탈의 미〉를 내어 주리라는 예감을 말한다. 그리고 그와 더불어 〈러시아는 사라지지 않을 것〉이라는 믿음을 표출한다.

> 넌 여전하다. 숲과 들판,
> 눈썹까지 두른 무늬 스카프……

조국은 땅이자 여인이다. 시인은 다른 많은 시와 마찬가지로 러시아를 여인에 대한 사랑에 비유한다. 그리고 등장하는 〈긴 길〉의 형상. 조국이 걸어야 할 고난과 가난의 길의 운명.

조국 러시아는 시인에게 성스러운 대상이다. 조국에 대한 사랑은 내밀한 것이며 사회적인 것이자 동시에 종교적인 것이다. 궁핍한 조국에 대한 사랑, 그것은 바로 가난의 모티프와 결부된 복음서의 문맥을 떠올리게 한다. 가난은 물질적 궁핍과 불행만을 의미하지 않는다. 복음서의 문맥은 여기에 〈마음의 가난〉의 의미를 부가한다. 이와 무관치 않은 것이 십자가의 형상이다. 시인은 조국이 진 궁핍의 십자가를 함께 진다. 궁핍의 고통 속에서 어린아이와 같은 순진무구하고 순결한 존재로서의 러시아를 보기 때문이다. 물리적 궁핍 속에서 그리스도적 겸손과 온유의 성스러운 정신적 자질이 포착된다. 그래서 시인은 러시아를, 그 기쁨과 비애를 자기 삶으로 산다. 조국은 시인에게 순종하며 지고 가야 할 고통과 시련의 십자가다. 조국과 하나인 시인은 겸손과 온유 속에 고통의 운명의 십자가를 지고 갈 것을 설파한다.

> [……]
> 작은 이즈바 안에서 어미가 비탄에 잠겨 아들을 보살피네

〈자 먹자, 어서, 젖 물자, 어서 빨자

자라나거라, 순종하거라, 십자가를 지거라〉

[……]

연작 『조국』의 마지막 시 「솔개」(1916)에서 〈순종하다〉와 〈십자
가를 지다〉는 동의어다. 궁핍과 고난의 길은 성스러운 운명이다.
그러므로 순종하며 이 파멸의 십자가를 소중히 져야 한다.

〈영적 가난〉, 겸손과 온유와 순종의 정신을 구현하는 그리스도
의 형상은 자기 존재를 거절하고 〈신성한 궁핍과 파멸의 운명〉 속
에서 민중과 하나가 되는 인텔리겐치아의 상징이 된다. 그런데 블
로크의 조국의 주제에서 〈가난〉의 모티프는 유일한 선율이 아
니다.

6.

블로크에게 조국은 폭넓은 개념이다. 내밀한 사랑의 시들도, 직
접적인 모습으로 〈무서운 세상〉의 문제 틀과 연관된 시들도 연작
『조국』에 함께 실려 있다. 나아가 많은 시들에서 개인적 삶의 지각
과 사회적 삶의 지각은 분리될 수 없이 함께 얽혀 있다. 블로크는
바로 시 「네가 떠나고 난 황무지에 남아」를 3부작 시집 최종 판본
의 연작 『조국』에 서시로 수록함으로써 조국의 주제의 사회적, 역
사적, 종교적 맥락과 개인사적 맥락이 분리될 수 없는 것임을 스스
로 밝혔다.

〈나〉가 〈부활〉의 희망 없이 파멸의 운명에 순종하는 〈부활하지 않은 그리스도〉가 된 까닭은 〈너〉가 돌이킬 수 없이 〈나〉를 떠났기 때문이다. 〈너〉가 떠남으로써 세상은 〈황무지〉가 되어 버렸고, 돌아갈 〈고향〉, 〈집〉을 잃은 〈나〉는 〈어디에 머리를 둘지 모른다〉. 내밀한 가족사의 치부를 거리낌 없이 드러내는 시인. 부부 아닌 부부의 삶이 예정한 갈등과 분규 속에서 시인의 곁을 떠나 〈난잡한 추문〉에 잠겨 버린 아내의 삶. 하지만 시인은 부부 사이에 일어난 일을 한탄하지 않는다. 시인은 조국 러시아에 대해서도 같은 말을 한다. 〈나는 널 불쌍히 여길 줄 모르고 제 십자가를 소중히 나른다……〉 비참한 부부의 삶의 현실도 궁핍한 조국의 현실도 인내와 순종으로 지고 가야 할 십자가다. 〈나〉의 삶의 현실과 조국의 현실은 분리될 수 없이 결부되어 있다. 궁핍과 고난에 처한 〈나〉와 조국의 삶에는 〈숨은 뜻〉이 있다. 그 뜻에 순종하며 삶의 길을 간다. 우리가 〈쿨리코보 연작〉 첫 시에서 이 유명한 구절을 읽는 까닭이다.

　　오, 나의 루시여! 오, 나의 아내여! 고통스럽도록
　　우리에게 선명한 긴 길이여!

「러시아」, 「쿨리코보 들판에서」, 그리고 「네가 떠나고 난 황무지에 남아」. 드라마틱한 갈등 속에서 전개된 부부의 삶의 사실이 창작의 개인사적 토대로 이 세 편의 시를 통일한다. 블로크가 〈민중과 인텔리겐치아〉의 주제에 몰두하며 인텔리겐치아의 역사적 책임을 뼈저리게 자각하던 무렵에 쓴 시들. 극도의 분규와 혼란에 휩싸인 부부의 삶의 상황 속에서 류보피 블로크의 형상이 이 시들을 통해 블로크의 시로 되돌아온다. 시인은 떠나간 아내의 모습을 회한 속에서 떠올리며 그녀가 돌아오기를 기다리는 가운데 조국에 관한 시를 쓴다. 아내에게 쓴 편지에 〈쿨리코보 연작〉의 시를 추신으로 동봉하여 보낸다. 왜인가? 류보피 블로크는 곧 조국 러시아였기 때문이다. 류보피 블로크의 형상이 되돌아옴과 함께 그녀의 형상과 결부된 러시아의 모습이 블로크의 시에 다시 대두된다. 샤흐마토보에서 썼던 젊은 시절의 시들의 풍경 속에서 대두되던 러시아가 되돌아온다. 맑고 밝은, 평화로운 전원의 러시아. 성모의 모습의 〈소피아〉의 순결과 자애가 깃든 고결한 러시아. 그리스도의 온유와 가난의 실천을 품은 〈고결한 초라함〉의 세계. 〈쿨리코보 연작〉 첫 시 초고에는 류보피 블로크와 연관된 이 〈평화로운 집〉의 주제를 구현하는 구절이 있었다.

영원한 전투! 우리의 평화로운 집이
영원히 꿈꾸어질 것이다!
하지만 집은 대체 어디에? 여인아! 매력적인 여인아!
우리는 집에 이르지 못할까?

시의 최종 판본에서 이 연은 제외되었지만 생각은 남았다. 바로 그래서 조국에 대한 시에 계속해서 아내의 형상이 나타난다.

겸손한 내 벗, 너와 함께
그루터기 남은 밭을 따라 서두름 없이 걷는다
어두운 시골 교회 안인 듯

영혼이 흘러넘친다

가을 한낮은 높고 고요하다
제 동료들을 부르는
메마른 까마귀 울음과
노인의 기침 소리만 들릴 뿐

헛간이 낮은 연기를 퍼뜨리고
헛간 아래에서 오래도록
우리는 집요한 시선으로
학들의 비행을 좇는다……

난다, 사각으로 난다
우두머리가 소리 내어 운다……
무엇에 관해 말하는가, 무엇에 관해, 무엇에 관해?
가을의 울음은 무엇을 의미하는가?

초라하고 궁핍한 마을들은
셀 수도 눈으로 헤아릴 수도 없다
어둑해진 대낮에
먼 초원에서 모닥불이 빛난다……

오, 궁핍한 내 나라
너는 심장에 무엇을 의미하는가?

오, 불쌍한 내 아내
너는 무엇을 통곡하는가?

「가을날」(1909)

사회적 삶의 모습, 조국의 역사적 현실에 시인의 내밀한 개인적
삶의 모습이 스며든다. 시인의 나라에서 일어나는 역사적 사건들
은 시인의 영혼 속에서도 일어나는 것. 역사적 사건이 서정적 사건
이 된다. 그것이 블로크로 하여금 지극히 개인적인 시들을 연작 『조
국』에 수록하게 한다.

소리가 다가온다. 가슴 저미는 소리에 순종하며
    영혼이 젊어진다
꿈속에서 숨을 멈추고 예전의 네 손을
    입술에 댄다

꿈에서 나는 다시 아이, 다시 연인
    골짜기도 풀도
풀숲에는 가시 많은 들장미
    그리고 저녁 안개

나는 안다, 꽃과 잎과 가시 많은 가지 사이로
    옛집이 내 가슴을 들여다본다
끝에서 끝까지 장밋빛으로 물들며 하늘이 다시 바라본다
    그리고 네 작은 창

이 목소리, 그것은 너의 목소리. 이해되지 않는 그 소리에
　　삶과 비애를 내어 주리라
꿈속에서라도 예전의 네 사랑스러운 손을
　　두 입술에 대리라
　　　　　　　「소리가 다가온다. 가슴 저미는 소리에 순종하며」(1912)

잠들 시간이야. 그래 아쉬워
난 잠들고 싶지 않아!
말 흔들의자가 흔들린다
말을 타고 내달리고 싶어!

안개에 잠긴 듯한 램프의 빛
하나-둘, 하나-둘, 하나!……
기병대가 간다…… 유모가
이야기를 풀어놓는다……

나는 옛 동화에 귀기울인다
용사들에 관한
바다 건너 나라의 공주에 관한
공주에 관한 옛…… 아……

하나-둘, 하나-둘! 갑옷을 입은 기병이
말을 건드린다
나를 뒤따라 부르며

어딘가로 달려간다……

바다 건너로, 대양 건너로
그는 부르고 달려간다
공주가 자고 있는
피어나는 푸른 안개 속으로……

잔다, 잔다, 작은 유리 침대에서
백 일 밤 동안 긴 잠을 잔다
작은 램프의 초록빛이
그녀의 눈에 빛난다……

검이 소리 내며
유리벽을 치는 소리가
금은실로 짠 비단 아래에서, 빛 아래에서
그녀에게 잠결에 들린다……

분노에 찬 기병이 저기에서 누구와 싸우나?
칠일 밤을 싸우고 있나?
일곱 번째 날 밤, 공주의 머리 위
빛의 밝은 원……

졸음에 겨운 덮개를 뚫고
빛이 슬금슬금 기어든다

감옥의 빗장에서
열쇠가 짤그랑거린다……

작은 침대에서 달콤하게 졸고 있다
조니? 들어…… 자
초록빛, 작은 램프의 빛
난 널 사랑한다!

「꿈들」(1912)

보다 복잡하고 특히 의미심장한 경우가 시 「모닥불 연기가 푸른 물결이 되어」(1909)다. 시집 『한밤의 시간』에 연작 『조국』이 처음 모습을 드러냈을 때, 이 시는 〈로망스〉라는 제목으로 수록되어 연작의 구성상의 변화에 상관없이 연작 속에 남는다.

떠나지 마. 조금만 더 나와 함께 있어
그토록 오래전부터 난 널 사랑하잖아

모닥불 연기가 푸른 물결이 되어
황혼 속으로, 하루의 황혼 속으로 흘러가네
오직 붉은 벨벳이 붉은 장미가 되어
오직 노을빛이 나를 덮었네

모든 것이, 모든 것이 기만. 잿빛 안개가 되어
음울한 곳들의 슬픔이 기어가네

전나무가 십자가가 되어, 진홍색 십자가가 되어
저 멀리 공중의 십자가를 놓네……

여인아. 저녁 주연에
이곳에 머물러. 조금만 더 나와 함께 있어
잊어, 무서운 세상은 잊어
하늘의 깊이로 숨 쉬어

슬픈 위안과 함께 바라봐
노을빛 속으로 기어들어가는 연기를
울타리가 되어 널 지킬게
손가락에서 뺀 반지로, 강철 반지로 널 지킬게

울타리가 되어 널 지킬게
살아 있는 반지로, 손가락에서 뺀 반지로
우린 연기처럼 흘러야 해
잿빛 안개가 되어 붉은 원 속으로 흘러가야 해

　이 시는 블로크의 〈3부작〉의 독특한 농축이다. 첫 시집 네 권에
기초했던 〈3부작〉 시집 첫 판본에서 블로크 시가 변모되는 초점,
상징들의 연속적인 성층이 제시되어 있다. 〈황혼〉, 〈붉은 노을빛〉,
〈붉은 원〉, 〈안개〉. 이것들은 『아름다운 여인에 관한 시』의 상징들
이다. 두 번째 연은 『예기치 않은 기쁨』의 음울한 풍경과 늪의 상
징들을 상기시킨다. 세 번째 연에는 마지막 시기에 그토록 중요한

〈무서운 세상〉의 주제가 나타난다(Гинзбург 1974: 293).

　왜 블로크는 거듭되는 판본에 상관없이 끈질기게 이 시를 연작
『조국』에 넣었을까? 이 시가 비록 외적으로는 아니지만 연작의 문
제틀과 긴밀히 연관된 까닭이다. 〈3부작〉 시집 최종판 3권에서 시
「모닥불 연기가 푸른 물결이 되어」는 연작의 핵심적인 시들 중 한
편인 시 「가을날」 바로 뒤에 온다.

　　오, 궁핍한 내 나라
　　너는 심장에 무엇을 의미하는가?
　　오, 불쌍한 내 아내
　　너는 무엇을 통곡하는가?

　이웃한 두 시는 내적으로 유사하다. 무엇보다도 두 시 다 시 소설
의 여주인공인 사랑하는 여인을 향해 있다. 그리고 슬픈 풍경에서
광범한 상징이 자라난다.

　두 시를 연결하는 라이트모티프는 〈연기〉의 형상이다.

　　헛간이 낮은 연기를 퍼뜨리고
　　헛간 아래에서 오래도록
　　우리는 집요한 시선으로
　　학들의 비행을 좇는다……

　　　　　　　　　　　　　　　　　　　　　「가을날」(1909)

　　모닥불 연기가 푸른 물결이 되어

황혼 속으로, 하루의 황혼 속으로 흘러가네

오직 붉은 벨벳이 붉은 장미가 되어

오직 노을빛이 나를 덮었네

[……]

슬픈 위안과 함께 바라봐

노을빛 속으로 기어들어가는 연기를

울타리가 되어 널 지킬게

손가락에서 뺀 반지로, 강철 반지로 널 지킬게

울타리가 되어 널 지킬게

살아 있는 반지로, 손가락에서 뺀 반지로

우린 연기처럼 흘러야 해

잿빛 안개가 되어 붉은 원 속으로 흘러가야 해

「모닥불 연기가 푸른 물결이 되어」(1909)

「모닥불 연기가 푸른 물결이 되어」에서 〈연기〉는 핵심어다. 이 시에서 〈연기〉의 의미는 복잡하다. 그것은 우선 조국, 고향집 화덕에서 피어오르는 달콤한 연기다. 또한 그것은 〈가을날〉〈초라하고 궁핍한 마을들〉에서 피어오르는 쓰라린 연기다. 동시에 그것은 집시의 〈모닥불〉의 연기다. 유명한 집시 로망스의 구절인 시의 제사가 이 연상을 불러일으킨다. 조국의 주제가 집시의 주제와 교차한다. 블로크에게 집시 로망스는 혼돈에 찬 강렬한 정열의 구현일 뿐 아니라 러시아 문화유산의 하나다. 그렇게 〈연기〉의 형상을 통해 이 시는 조국의 주제의 종합성과 〈내가 쓴 시는 모두 러시아에 관한 것이다〉라고 한 시인의 생각을 확증한다.

러시아 문화에서 조국의 전통적인 표상은 어머니다. 시인 블로크에게는 연인인 조국. 그것이 조국의 형상에 역동성을 부여한다. 연인의 형상의 변모와 함께 조국의 형상도 변모한다. 그리고 연인의 형상의 변모가 지닌 의미가 그렇듯, 조국의 형상의 변모에는 신화 시학적이고 역사 철학적인 의미가 부여된다.

회한 어린 회상 속으로 멀어져 간 아내의 형상. 그와 함께 〈천상의 연인〉의 러시아, 고결하고 순결하며 온유한, 〈평화로운 집〉의 러시아도 멀어져 간다. 다른 사랑의 선율과 함께 다른 조국의 모습이 보인다. 시인은 러시아의 모습에서 〈파이나〉와 〈카르멘〉의 모습에서 동시에 보았던 광포함과 혼돈성과 열광에 찬 열정과 술 취함의 자질들, 깨어난 〈혼돈〉, 〈볼랴〉로서의 자유의 구현을 본다.

아내의 모습을 그리며 썼던 시 「러시아」와 「쿨리코보 들판에서」에는 아내의 형상과 결부된 자질과는 다른 자질을 의미하는 모티프들이 출현한다.

어떤 마법사든 네 마음에 들면
약탈의 미를 내어 주어라!

「러시아」(1908)

우리의 길은 초원의 길. 우리의 길은 한없는 애수에 잠긴 길
오, 루시! 너의 애수에 잠긴 길

심지어 어둠도, 한밤의 국경 밖의 어둠도
　　나는 두렵지 않아
　　　　　　　　「강이 펼쳐졌다. 굼뜨게 흐르며 슬퍼한다」(1908)

　힘과 열정으로 가득 찬 광포한 여인으로서의 조국의 모습이 온
유하고 경건한 여인의 모습인 조국의 형상을 꿰뚫고 대두된다.
〈약탈의 미〉를 부여받은 여인인 조국. 〈술 취한 루시.〉 변모된 연
인-조국의 모습에 역사적 당위성이 결부된다.

　그리고 영원한 전투! 평안은 오직
　　피와 먼지를 통해서만 우리에게 꿈꾸어진다……
　질주한다, 스텝의 말이 질주한다
　　나래새를 짓밟는다……

　그리고 끝이 없다! 이정표들이 비탈들이 어른거린다……
　　멈춰!
　간다, 놀란 먹구름들이 간다
　　피에 젖은 노을!

　피에 젖은 노을! 심장에서 피가 물결쳐 흐른다!
　　울어라, 심장아, 울어라……
　평안은 없다! 스텝의 말이
　　전속력으로 질주한다!
　　　　　　　　「강이 펼쳐졌다. 굼뜨게 흐르며 슬퍼한다」(1908)

블로크의 시에서 고골의 새가 날듯 질주하는 트로이카의 형상을 대신하여 러시아의 상징으로 대두된 〈스텝의 말〉. 저 시구들을 읽을 때 우리는 〈스텝의 말〉의 질주를 멈추는 것이 불가능하다는 느낌을 받는다. 숨이 막히는 맹렬한 질주는 충돌과 파국을 통해서만 비로소 끝날 수 있다. 러시아는 억제할 수 없이 자신의 〈무서운 시절〉을 향해 돌진한다. 역사적 파국의 미래에 대한 예언으로 새로운 연인-조국의 형상이 대두된다. 그리고 시인은 어떤 파국과 고난이 기다리고 있을지라도 조국은 변함없이 건재하리라는 것을 믿는다.

> 꾀어내어 속이게 해라
> 너는 사라지지 않을 것이다. 몰락하지 않을 것이다
> 오직 근심이
> 네 아름다운 모습에 어둠을 드리울 뿐……
>
> 「러시아」(1908)

〈전쟁의 나날, 자유의 나날의 핏빛 잔영〉이 러시아의 아름다운 모습을 흐리게 할 수는 없다. 조국에 대한 연민이 아닌 사랑과 믿음은 조국의 모든 것을 받아들이게 한다. 결함 없는 존재는 없다. 진정한 사랑이란 대상의 장점과 결함 모두를 끌어안는 것. 존재 자체를 사랑하기에 그 존재의 모든 것을 받아들이는 것이다. 러시아에 대한 시인의 사랑이 그렇다. 그는 온 가슴, 온 영혼으로 조국을 사랑한다. 한없이 추한 모습도 내 것으로 받아들인다. 그래서 시인은 조국의 주제 속에서 이런 시도 쓴다.

수치를 모르고, 깨어날 줄 모르고 죄를 짓다
밤과 낮의 셈을 잃다
숙취로 힘겨운 머리를 하고
눈길을 피해 신의 사원으로 가다

세 번 아래로 몸을 구부리다
일곱 번 성호를 긋다
남몰래 침투성이 마루에
뜨거운 이마를 대다

접시에 동전 하나 놓으며
수없이 입을 맞춘, 백 년 된
초라한 천개(天蓋)에 세 번
또 일곱 번 연이어 입을 맞추다

집으로 오는 길에 동전 한 푼어치
누굴 등쳐 먹다
딸꾹질 한 번 하고 굶주린 수캐를
발로 걷어차 문 앞에서 내쫓다

이콘 곁의 등불 아래에서
주판을 튕기며 차를 마시다
그러고는 배가 불룩한 장롱을 열고
손에 침을 묻혀 가며 지폐들을 세다

무거운 잠에 빠져들어
솜털 이불 위로 쓰러지다……
그래, 나의 러시아여, 그런 모습으로
너는 그 어떤 세상보다 내게 더 소중하다
「수치를 모르고, 깨어날 줄 모르고 죄를 짓다」(1914)

러시아가 지닌 천하고 비굴하고 사악한 면모가 그 자질들이 인격
화된 인물을 통해 제시된다. 저토록 추한 장면의 묘사 이후에 이렇
게 말하기 위해서는 격심한 정신적 고통과 진정한 사랑이 필요한 법.

그래, 나의 러시아여, 그런 모습으로
너는 그 어떤 세상보다 내게 더 소중하다

기형적인 몰골로 일그러진 조국의 모습에서 얼굴을 돌릴 수 없
다. 〈무서운 세상〉도 러시아다. 시인은 가장 저열한 현실까지도 있
는 그대로의 조국의 모습을 담대히 사랑한다. 거리낌 없이 질시에
찬 사랑을 표현한다. 정신적 고통과 인내 속에서 미래에 대한 힘겨
운 믿음을 품는다.

다 잘 될 것이다. 러시아는 위대해질 것이다. 하지만 얼마나 오
래 기다려야 하며 얼마나 힘겨운 기다림 끝에 도달할 것인가.
(Блок 1965: 318)

저런 혼의 상태가 많은 점에서 혁명으로 이끎을 이해한다. 〈땅

밑에서 들끓다가 표면으로 쏟아져 나온 혼돈〉(Блок 1960~1963: 7, 14)에서 어둠을 흩을 정화의 불길을 본다.

7.

블로크의 조국의 주제에서 고결한 〈가난〉의 모티프와 더불어 또 다른 주조음으로 함께 울리는 취기에 찬 광포한 격정의 선율. 〈격정〉은 궁극적으로 다른 그리스도의 형상으로 귀결되는 다른 십자가의 형상으로 대두된다. 연작 『눈 가면』에서 마주쳤던 〈정열의 고통의 십자가〉가 그것이다.

> 눈보라가 하얀 십자가를 세운다
> 고독한 회오리바람이
> 눈의 십자가를 흩뿌린다
> [……]
> 눈보라가 회오리바람을 일으킨다
> 하얀 눈의 십자가를 세운다
> 창공을 뒤덮는다……
>
> 「다시 또 눈이」(1907)

> 십자가에 못 박힌 자들 위로
> 장작불이 높이 치솟았다
> 눈(雪)의 눈(眼)을 지닌 무심한

밤이 창공을 서성인다

[······]

맹렬하고 밝게, 그렇게 타올라라

네 가벼운 재를

내 가벼운 손으로

눈 덮인 평원에 흩뿌릴지니

「눈의 장작불 위에서」(1907)

격정에 휩싸인 영혼의 토로에 환희와 비애가 함께 한다. 〈정열의 술잔〉이 가져오는 환희는 저주와 파멸의 예감으로 인한 비애를 동반한다. 광포한 정열의 탐닉이 독신(瀆神)적 행위의 비극과 연결된다. 타오르는 격정은 〈하얀 눈보라의 십자가〉를 세운다.

시인이 이 십자가의 의미로 내세운 것이 바로 〈제2의 세례〉의 이상이다. 〈제2의 세례〉는 신비적인 영적 고양의 환희와 영적 추락의 끔찍함을 동시에 상징한다(Минц 1969: 38). 신비주의자에게 인간적 열정의 엑스터시는 성속의 계기를 모두 지니는 것이다. 그것은 종교적 엑스터시와 맞닿아 있다. 그래서 블로크의 시적 주인공은 이 열정의 불길의 세계를 의식적으로 맞아들인다(Бердникова 2001: 160). 『눈 가면』의 세계에서 열정에의 탐닉은 일종의 종교적 고행이다. 지속적으로 대두되는 십자가의 형상과 책형의 모티프가 열정의 죄악에 성스러운 고행의 의미를 부여하는 것이다.

그리스도의 형상과 결부된 두 정신적 계기 중 후자의 연장선에 「열둘」의 그리스도를 〈분노와 징벌〉의 정신의 구현으로 읽을 때 직접적인 시적 문맥으로 기능하는 〈타오르는 그리스도〉의 형상이 자리한다.

> 빽빽한 숲이 들어선 가파른 비탈들
> 언젠가 저곳, 저 높은 곳에서
> 선조들이 땔나무를 베며
> 그들 자신의 그리스도를 노래했네
> [……]
>
> 깊은 숲의 어둠 속에서 태어나는
> 녹슨 물방울들이
> 타오르는 그리스도에 관한 소식을
> 공포에 사로잡힌 러시아에 가져가네
>
> 「빽빽한 숲이 들어선 가파른 비탈들」(1914)

한편으로는 온유하고 다른 한편으로는 격정적인 그리스도의 형상. 블로크의 그리스도의 형상이 지닌 상충된 면모는 〈3부작〉 슈제트의 전개 과정에서 역동적인 순환의 관계를 맺는다.

온유와 격정의 정서적 불협화음이 교체되는 한 흐름은 각각 연작 「가을 사랑」과 『조국』의 첫 시를 이루는 두 시, 곧 「축축한 녹빛 잎사귀에서」와 「네가 떠나고 난 황무지에 남아」와 연작 『눈 가면』 사이의 관계를 통해 볼 수 있다. 두 시가 모두 파멸의 운명에 대한 온유한 순종에 대해 말하고 있음은 이미 살펴본 바다. 이때 『눈 가면』의 격정의 섬광은 이 의식 상태의 전사(前史)가 된다. 앞의 두 시는 『눈 가면』의 섬광 같은 격정이 소진되고 얼마 지나지 않아 비슷한 시기에 창작되었기 때문이다. 곧 『눈 가면』의 십자가와 책형은 〈머리 둘 곳 없는〉 그리스도의 형상을 예비한다.

〈격정의 고통스러운 십자가〉와 이를 뒤따르는 〈절망과 저주〉 속의 파멸의 운명에 대한 온유한 순종이 이 시들의 관계에서 드러나는 정신적 삶의 순차적 행보다. 그러나 이 슈제트의 흐름은 절대적인 것이 아니다. 바로 연작 「가을 사랑」 자체가 〈격정〉과 〈온유〉의 교체를 순환의 과정으로 만든다.

세 편의 시로 이루어진 이 작은 연작에 두 음조가 공존한다. 첫 시에서 궁핍한 조국의 파멸의 운명을 온유한 순종 속에 자기 운명으로 받아들였던 시적 주인공은 마지막 시에서 다시 파멸적 격정으로 되돌아간다.

> 바람을 맞으며 차가운
> 네 어깨를 안으니 이리 위안이 되누나
> 너는 다정한 어루만짐을 생각하지
> 내가 아는 것은 폭동의 환희!
> [······]
> 승리에 들뜬 시각이 지나갔다
> 임종을 앞둔 불안 속에서
> 취한 내 입술이
> 차가운 네 입술에 입 맞춘다
>
> 「바람을 맞으며 차가운」(1907)

블로크의 조국의 주제가 다층적인 국면 속에서 충만하게 펼쳐지는 연작 『조국』은 작은 연작 「가을 사랑」에 담긴 이중적 음조를 직접적으로 이어받는다. 앞에서 언급한 연작 『조국』의 두 시, 즉 서시 「네가 떠나고 난 황무지에 남아」와 시 「빽빽한 숲이 들어선 가파른 비탈들」이 책형의 운명에 대한 〈순종〉과 독신(瀆神)적 〈반항〉의 모티프가 연작에 공존함을 대변한다. 〈부활하지 않은 그리스도〉가 가난의 성스러운 운명에 동참하며 순종하는 인텔리겐치아-그리스도의 사랑의 주제 의식을 구현하고 있다면, 〈타오르는 그리스도〉의 형상은 〈어두운 격정〉과 결부된다.

〈타오르는 그리스도〉의 형상에는 〈혁명가 그리스도〉에 대한 시인의 이상이 투영되어 있다. 블로크는 강한 기독교적 파토스와 결부된 혁명적 인민주의의 이상 속에서 이 그리스도의 형상에 새로운 삶의 시작을 위해 불가피한 파괴와 폭력의 공포에 대한 생각을 담았다.

시인이 표명한 〈3부작〉의 이상의 견지에서 보면 이 그리스도와 「열둘」의 그리스도는 〈3부작〉 슈제트의 결말에 해당하는 〈사회적 인간〉, 〈예술가 인간〉의 형상과 관련된다. 〈온유〉와 〈격정〉의 두 대립적 자질은 이 인간의 형상 속에서, 〈예술가 그리스도〉의 성육신의 이상 속에서 모순적 통일을 이룬다.

한편으로, 자기 거절을 통한 조국과의 동화는 〈가난의 성스러움〉의 실천이다. 민중과 하나 되어 온유하게 죽음의 운명에 순종하는 그리스도의 길의 실천인 것이다. 다른 한편으로, 그리스도적인 온유로 받아들이는 파멸의 상태는 성스러운 개인적·사회적 격정, 창조의 시원(始原)으로서 디오니소스적 혼돈이 지닌 성스러움과 관계된다. 인텔리겐치아-그리스도는 애수에 찬 시대의 격정의 십자가에 못 박힌다.

> 황혼의 저녁 미사를 마치고 가네
> 심장에 피가 없네……
> 지친 그리스도가 십자가를 지고 가네……
>
> 「나는 그녀와 바다로 떠났었네」(1909)

예술과 문화에 대한 시적 사색을 담고 있는 연작 『이탈리아 시』(1909)에서 그리스도는 십자가를 지는 데 지친 모습이다. 모든 고난에 온유하게 순종할 운명을 부여받은 그리스도가 바로 그 십자가의 운명에 지친 모습이다. 서구 문명의 가망 없는 부정성을 말하고 있음이다. 곧 이 〈지친 그리스도〉의 형상은 〈기독교 휴머니즘〉 시대에 종언을 고하는 블로크의 문화 철학적 사유(「휴머니즘의 붕괴」)와 직접적으로 관련된다.

〈지친 그리스도〉는 사랑의 정신으로 고난에 동참하고 순종하는 온유한 그리스도의 연장선에 있다. 블로크는 그 〈기독교 휴머니즘〉에 종말을 고하고 〈양심에 따른 피〉의 불가피성을 받아들였다. 새 시대를 여는 〈악의 창조적 역할〉에 충실한 새로운 〈예술가 인간〉의 이상을 피력했다. 그의 작가로서의 삶의 결산이자 〈폭풍우로서의 러시아〉에 대한 확신에 찬 선언인 서사시 「열둘」의 그리스도는 분노에 찬 보복의 정신과 창조적 격정의 구현이어야 했다. 그런데 블로크는 이 형상이 불만스러웠다. 종국에 그가 도달한 작가적 이상에 부합하지 않았던 까닭이다.

[……] 요 며칠 무서운 생각이 떠나지 않는다. 지금 예수가 동행하고 있는 저 적위군 병사들이 그에게 합당하지 않다는 것이 문제가 아니다. 문제는 바로 그가 그들과 함께 가고 있다는 사실이다. 다른 이가 가야 하는 것이다. (Блок 1960~1963: 7, 326)

서사시 자체는 민중과 인텔리겐치아의 관계에 대한, 〈휴머니즘의 붕괴〉에 대한 그의 고통스러운 사색의 최종적인 결실이었다. 반면 파멸을 통한 정화의 불길을 구현하는 그리스도의 이름(그리고 손에 든 붉은 깃발)과 달리 그의 형상 자체는 여성적인 온유한 사랑의 원칙을 구현한다.

이 모순의 통일에 혁명의 불길을 옹호한 인텔리겐치아의 착종된 정서가 담겨 있다. 인텔리겐치아-그리스도는 민중 봉기를 옹호하는 동시에 그 속에서 파멸할 자기 운명에 온유하게 순종하며 혁명의 폭력을 용서했다. 그는 기독교적 휴머니즘의 정신을 통해 기독교적 휴머니즘을 거부했다. 그래서 그리스도의 형상은 마지막까지 이중적인 모습으로 남았다.

커다란 얕은 여울 위에서
삶의 바지선이 일어섰다
노동자들의 우렁찬 고함 소리가
멀리서 들려온다
텅 빈 강 위의
노래들과 전율
농민의 잿빛 외투를 입은

강인한 누군가가 들어온다

널빤지 키를 움직였고

돛을 풀었다

갈고리를 던졌고

가슴으로 밀어붙였다

붉은 고물이

조용히 방향을 돌렸다

잡다한 집들이

스쳐 달려갔다

이제 그들은 멀리 있다

유쾌하게 항해한다

오직 우리만

아마 데려가지 않으리라!

「커다란 얕은 여울 위에서」(1904)

　시인은 결국 러시아와 하나 될 수 없었다. 혁명이 창조한 새로운 러시아에 그의 자리는 없었다. 실로 결국 블로크는 곤궁 속에서 죽음을 맞이한다. 하지만 블로크에게 그것은 비극이 아니다. 옛 러시아와 함께 파멸하는 것은 그에게 절망, 고독이 아니라 사명, 의무, 행복, 길, 운명이었다. 블로크는 그 점을 이해하고 마지막 작품 「열둘」을 썼다. 조국의 운명을 함께할 준비가 되었던 시인은 〈시월 혁명〉을 불가피한 것으로 받아들였다. 러시아 인텔리겐치아에게 전형적인 수 세기에 걸친 민중의 고통에 대한 죄의식이 「열둘」 속에서 폭력과 피를 정당화하게 했다. 그렇게 블로크는 혁명을 받아들였다. 하지만 그와 더불어 그는 죽었다. 그가 구현했던 시대가 죽었기 때문이다. 〈혁명가 시인이 아니라 혁명의 시인인〉(Жирмунский 1928: 217) 블로크 시의 진정성이 여기에 있다.

7

나의 블로크

블로크는 거대한 내적 긴장과 두려움을 모르는 담대함으로 가득 찬 삶을 살았다. 늘 평안을 모르고 헌신하며 일했다. 위대한 시인들만이 그런 삶을 산다.

블로크는 비단 우리 시에 커다란 영향을 끼쳤고 끼치고 있을 뿐 아니라, 그에 못지않게 중요한 것은 수많은 독자들의 가슴 속에 그의 시가 살아 있다는 것이다. 그의 시는 우리의 정신적 관행의 거대한 부분을 이루고 있다.

[……] 순수한 영혼의, 고양된 감정의, 깊은 진정성의 [……] 시가 그를 우리에게로 이끌었기에 우리는 그를 기리고 사랑한다.

알렉산드르 트바르돕스키(Твардовский 1973: 204, 206)

1.

러시아인의 황량한 삶의 시대에 꽃핀 블로크의 시. 변혁의 시대의 선명한 구현인 그의 시를 두고 〈혁명가 시인〉 블라디미르 마야콥스키는 〈시의 한 시대 전체〉라고 했다(Маяковский 1959: 21).

밝고 아름다운 삶, 인간다운 삶을 향한 블로크의 추구와 방황은 영원히 절실한 울림을 가진다. 세상에 행복이 불가능하다는 인식 뒤에는 행복한 세상에 대한 깊은 의무감이 놓여 있었다. 블로크는 〈삶의 이름으로〉 자신을 희생하며, 새로운 삶, 새로운 러시아를 위해 자신을 제물로 바쳤다. 블로크의 선택에 대한 찬반에도 불구하고 한결같은 사랑으로 기억되는 그의 면모는 바로 그것이다. 즉, 막심 고리키가 〈두려움을 모르는 진실성의 사람〉(Семеновский 1983: 87)이라고 했듯이, 정직과 대의를 위한 자기희생의 면모다.

혁명의 불길 속에서 블로크의 시의 산실이자 그가 대표하는 문화와 시대의 상징인 샤흐마토보의 서재도 재가 되어 사라졌다. 그 사건에 대해 블로크와 나눈 대화를 마야콥스키는 이렇게 회상한다.

[……] 나는 기억한다. 혁명 직후의 어느 날 나는 겨울 궁전 앞에

피워 놓은 모닥불 가에서 등을 숙이고 몸을 녹이고 있던, 병사 차림새를 한 비쩍 마른 사람을 지나쳐 가고 있었다. 소리쳐 나를 불렀다. 블로크였다. [……] 내가 묻는다. 〈마음에 듭니까?〉 〈좋네.〉 블로크가 말했다. 그러고 나서 덧붙였다. 〈시골에 있는 내 서재를 태워 버렸네.〉 바로 이 〈좋네〉와 〈서재를 태워 버렸네〉가 그의 서사시 「열둘」 속에서 환상적으로 결합된 혁명의 두 느낌이었다. [……] (Маяковский 1959: 21~22)

블로크가 마흔둘의 나이에 때 이른 죽음을 맞았을 때 막 작가의 길에 들어섰던 콘스탄틴 페딘은 후에 또 이렇게 회상했다.

블로크는 젊은 나이에 죽었다. 하지만 이상하게 이전의 옛 시대가 블로크와 함께 떠난 느낌이 들었다. 혁명까지 살고 혁명의 품으로 걸음을 옮긴, 어디로 가야하는지 보여 준 듯하고는 자신의 먼 길에 힘이 빠져서 쓰러진 그 시대가 블로크와 함께 곁을 떠난 것 같았다. 이미 누구도 거기로부터 그런 걸음을 옮기지 못할 것, 만약 그 걸음을 되풀이한다면, 거기에는 알렉산드르 블로크가 보여 준 그런 담대함과 미래의 정의에 대한 그런 애수는 없을 것이라는 점이 명백해졌다. (Федин 1986: 231)

〈나의 블로크.〉 츠베타예바의 〈나의 푸슈킨〉이라는 말을 변주한 것이다. 〈나의 푸슈킨〉이라는 말의 함의에 대해 푸슈킨 연구자 발렌틴 니폼냐시는 이렇게 말한다.

〈나의 푸슈킨〉은 단순히 나의 시각, 나의 견해, 혹은 학적 개념, 아니면 나의 특별한 관심과 사적인 애호를 의미하지 않는다. 〈나의 푸슈킨〉은 나의 자화상, 실제 모습대로 적용된 나의 가치 체계다. 〈나의 푸슈킨〉은 나의 정신세계로 들어가는 문이며, 나의 믿음이다. 그리고 푸슈킨의 주제들에 대한 무수히 많은 진지한 논쟁은 모두 결국 가치론적 논쟁, 다시 말해 상이한 세계상들과 삶의 입장들, 그리고 믿음들의 대립이다. (Непомнящий 1999: 445)

근대 러시아 문화사에서 푸슈킨은 민족 문화 내적인 대화적 소통 구조의 중심에 서 있다. 이는 그 자신의 시대에 이미 공고히 뿌리내린 러시아 문화의 구심적-통합적 힘으로서 푸슈킨이 지닌 상징적-실제적 위상에 말미암는다. 러시아 문화 자체의 상징으로서 푸슈킨의 이름이 지닌 상징성을 거부하든 발전시키든, 어떠한 경우에도 푸슈킨 이후의 문화적 의식은 그와의 관계 속에서 자신을 규정한다. 즉, 푸슈킨은 여러 문화적 〈나〉들이 그와의 상호 주체적 관계 속에서 자신을 반추하여 인식하는 거울이라 할 수 있다. 블로크 자신이 그랬듯이, 〈나의 푸슈킨〉은 〈푸슈킨의 거울〉에 비친 정신적 자화상이다.

러시아 문화에서 블로크의 이름 역시 높은 상징성을 지닌다. 20세기 시인들에게 블로크 역시 그와의 관계 속에서 자신을 규정하게 하는 존재다. 블로크는 그들의 시대와 그들 자신을 반추하는 거울이다. 20세기 러시아인의 삶과 문화에서 블로크가 지닌 의미를 후대의 몇몇 시인이 그린 블로크의 시적 자화상을 통해 가늠하는 것으로 결어를 대신한다.

2.

　　[······]
블로크는 바라보았다
　　모닥불이 타오른다
〈아주 좋아.〉
사방에서
　　블로크의 러시아가
　　　　가라앉고 있었다······
통조림의
　　찌꺼기들과
깡통들이
　　건듯이
미지의 여인들이
　　　　북방의 안개들이
바닥을
　　향하고 있었다
　　[······]
블로크는 시선을 고정했다
　　　　블로크의 그림자가
벽에 슬며시 일어나서
　　　　멍하니 바라본다······
마치 둘 다
　　물 위를 걷는

그리스도를

기다리는 모양이다

하지만 블로크에게

그리스도는

나타나지 않았다

블로크의

눈에 깃든 애수

그리스도 대신

살아 있는

사람들이

노래와 함께

구석에서 나온다

[……]

블라디미르 마야콥스키, 「좋아」(1927)

블로크에 뒤이어 1920년대 러시아 시의 정점에 섰던 마야콥스키. 그는 블로크에게서 많은 영향을 받았다. 블로크의 형상은 늘 마야콥스키의 의식과 영혼 속에서 살았다. 조국의 운명에 대한 깊은 관심, 하층민들에 대한 공감, 그들의 비애, 아픔, 고통을 느끼고 표현하는 능력, 나아가 혁명이 거스를 수 없는 대의라는 믿음이 두 시인을 하나로 묶어 주었다. 하지만 마야콥스키는 미래주의자로 〈미래의 시〉를 창조하기 위해 〈상징주의의 잔재를 영혼에서 씻어 낼 것〉(Маяковский 1959: 21)을 선언하고 실천했다. 그리고 혁명 직후 블로크와 나눈 대화 속에서 감지했던 블로크의 비극, 그의 의식의 균열을 받아들이지 않았다.

마야콥스키가 시월 혁명 10주년에 부쳐 쓴 혁명 서사시 「좋아」. 마야콥스키의 작가적 여정의 분기점으로 평가되는 이 서사시는 예술적 가치 뿐 아니라 역사적 가치도 지닌 작품이다. 서사시 「좋아」는 시대의 시적 초상화, 혁명 이후 첫 시절의 시적 기록이다.

이 서사시에는 혁명 이후 조국을 떠나야 했고 마지막 날까지 향수로 고통당하며 망명지에서 죽었던 수많은 사람들의 비극이 반영되어 있다. 혁명기의 혼란 속에서 또한 심하게 고통당한 이들인 러시아에 남은 인텔리겐치아의 역경도 담겨 있다. 그럼에도 「좋아」는 밝고 낙관적인 작품이다. 동시대의 무수한 난관과 문제들은 시대의 객관적인 문학적 구현의 목적보다는 러시아가 새로운 사회를 건설하기 위해 얼마나 값비싼 대가를 치렀는지를 보여 주려는 목적으로 시화된다.

이 서사시의 7장에는 바로 마지막 나날의 블로크의 시적 초상이 그와의 만남의 회상이 되풀이되는 시구들과 함께 짜여 있다. 마야콥스키는 서사시의 인물로 블로크를 등장시키고, 그와 나눈 대화와 「열둘」을 언급한다.

블로크에 대한 마야콥스키의 논쟁적 태도는 혁명에 대한 시각과 관련된다. 두 시인 다 혁명을 환영했지만, 혁명에 대한 시각은 완전히 상이하다.

서사시 「열둘」에서 마야콥스키는 혁명에 대한 가장 흥미롭고 모순적인 시각 중의 하나를 발견한다. 마야콥스키에게 혁명은 역사의 객관적인 법칙에 의해 예정된 것이다. 그에게 혁명 이전의 세계는 낡고 갑갑하고 비인간적인 세계다. 블로크도 물론 혁명을 예감했다. 하지만 그것은 옛 세계가 너무 낡았기 때문만이 아니다. 옛 세계 속에서 블로크는 지속적으로 증대되는 민중의 혼돈의 물결, 한도와 멈춤을 모르는 혼돈의 힘을 본다. 혁명에서 블로크에게 중요했던 것은 러시아 민중의 원칙이다. 〈그래, 우리는 스키타이다! 그래, 우리는 아시아인들이다!〉(「스키타이」, 1918) 〈때가 도래했〉기 때문에 더 이상 억제할 수 없는 러시아 민중의 원칙. 혁명은 서구 문명의 힘과의 충돌 속에서 이 혼돈의 힘의 피할 수 없는 구현이다. 혼돈과 문명, 아시아와 유럽 사이의 이 충돌의 결과로 새로운 러시아가 탄생되어야 한다. 블로크에게 혁명은 전 세계를 아우르는 혼돈의 광란으로 대두한다.

마야콥스키 또한 혁명의 혼돈성을 본다. 하지만 그는 블로크와의 지속적인 대화인 서사시 「좋아」의 7장을 다음과 같은 말로 끝낸다.

[……]
생각에서 방아쇠에 이르기까지
        이 회오리를
건설을
    화재의 연기를
당은
    엄격히
        통제했다
방향을 제시했고
    가지런히 세웠다

마야콥스키는 당의 위대한 조직적 역할을 본다. 마야콥스키에게 혁명의 대중은 의식적이며, 그 활동은 계획된 것이다. 블로크의 혁명은 전 세계적인 파국이다.

마야콥스키의 혁명 또한 위대한 〈홍수〉, 모든 옛 세계의 파멸이다. 그러나 마야콥스키에게는 과거처럼 미래도 선명하다. 그의 혁명은 새로운 세계, 한결같이 밝고 아름다운 세상의 탄생의 이름으로의 죽음이다.

블로크의 혁명은 〈제3의 진리〉를 낳아야 했다. 그러나 〈제3의 진리〉는 태어나지 않았다. 시인은 옛것을 잘 본다. 하지만 저 앞에는 시인이 아무리 들여다보아도 그리스도 외에는 아무도 없다. 비록 〈다른 누군가여야 했어도〉. 〈무엇이 앞에 있는가〉의 질문은 대답 없이 남는다.

혁명의 뒤에는 두 시인 모두가 보는 옛 세계가 있다. 블로크의 혁명의 혼돈은 옛 세계를 파괴한다. 그러나 그 파괴는 마야콥스키처럼 무조건적인 시화의 대상이 아니다. 블로크는 죽음의 비극성을 강조한다.

블로크의 〈열둘〉은 십자가 없이, 신 없이 간다. 〈열둘〉은 그리스도를 거절한다. 하지만 러시아 민족의 도덕성의 상징인 그리스도는 그들을 버리지 않는다. 〈눈보라 위의〉, 〈혼돈 위의〉 행보로 가는 그리스도. 그는 〈열둘〉을 부활과 신성함으로 이끌어야 한다.

블로크에게 「열둘」이 유일한 〈혁명 문학〉이라면, 마야콥스키의 모든 서사시는 혁명의 슬로건이다. 블로크에게 〈하얀 장미 화환을 쓴 예수 그리스도〉가 혁명의 유일한 정당화였다면, 마야콥스키는 다른 관점에서 혁명을 바라본다. 그에게서는 〈그리스도 대신 살아 있는 사람들이 노래와 함께 구석에서 나온다〉. 블로크는 혁명의 영적 정당화를 추구했다. 마야콥스키는 어떠한 정당화도 필요치 않았다. 「좋아」에서 마야콥스키는 최종적으로 그리스도의 자리를 살아 있는 인간들이 차지했음을 선언한다. 그는 블로크의 의식의 착종 없이 혁명을 받아들였다. 그는 건설의 이름으로 옛 세계의 파괴를 옹호한다. 혁명의 혼돈이 행진으로 정렬된다.

블로크는 러시아의 아시아적 원칙의 그 끔찍한 폭발로부터 〈제3의 진리〉가 태동하기를 고통스럽게 기다린다. 그리고 그것을 찾지 못한다. 마야콥스키는 블로크의 의심과 주저를 이해할 수 없었다. 그것이 블로크 시의 성격 규정과 평가에 있어 명백하게 경향적인 태도를 낳는다(Зайцев 2001).

마야콥스키가 그린 블로크의 초상의 토대에는 성서상의 유명한 일화가 숨은 텍스트로 놓여 있다. 갈릴리 바다를 배를 타고 가다가 물 위를 걷는 그리스도를 본 제자들에 관한 성서의 이야기다. 그리스도는 베드로에게 자기에게 걸어오라 명한다. 물 위를 걷던 베드로는 폭풍우와 바람에 놀라 빠지기 시작한다. 그때 그를 붙잡으며 그리스도가 말한다. 〈믿음이 적은 자여! 왜 의심하였느냐?〉

믿음이 부족하여 물에 빠진 베드로의 형상이 블로크의 형상에 겹쳐진다. 블로크의 운명은 여기서 성서의 이야기가 지닌 영원한 의미를 통해 해석된다. 마야콥스키는 블로크의 내적 곤혹, 혁명이 블로크에게 야기한 〈두 느낌〉(〈좋네〉와 〈서재가 불탔네〉)을 언급하며 그를 의심에 차서 물에 빠진 베드로에 비유한다.

의심한 베드로는 물에 빠졌지만, 그리스도가 그를 붙잡아 파멸에서 구원한다. 〈블로크에게 그리스도는 나타나지 않았다.〉 마야콥스키는 블로크의 그림자를 인물화한다. 〈혁명의 두 느낌〉을 상징하는 분열된 블로크의 모습이다. 독자의 의식 속에서 그것은 의심하는 베드로의 형상과 연상 관계를 맺는다.

마야콥스키는 블로크에 관한 추도사 「알렉산드르 블로크가 죽었다」를 이렇게 끝맺는다. 〈더 이상은 길이 없었다. 더 이상은 죽음. 그리고 죽음이 왔다〉(Маяковский 1959: 22). 마야콥스키는 후손을 위해 마지못해 분열된 블로크의 초상을 구현한다. 마야콥스키의 블로크는 곤혹 속에서 그리스도를 기다리는, 그리고 신에 의해 버림받은 채 남겨진 블로크다(Воропаев 2014).

마야콥스키는 블로크와 같은 낭만주의적 절대주의자였다. 〈오늘 우리는 옷의 마지막 단추까지 삶을 새로이 만들 것이다〉(「혁명. 시인의 기록」, 1917). 그의 말은 단순한 시적 과장이 아니다. 그에게 과거는 즉각적인 단절의 대상이었다. 그는 새로운 세상에서 과거의 그 어떤 것도 받아들이지 않았다. 그는 블로크의 의식의 균열 없이 〈혁명이 모든 것을 새롭게 만들어야 함〉을 믿었다. 하지만 그에게도 삶이 더 잔혹하고 쓰라린 것이 되었을 때, 그는 영혼에 간직한 혁명의 이상의 실현을 〈공산주의의 먼 미래〉로 미루었다. 그리고 〈외치며 선동하는 선도자〉의 형상을 기억 속에 간직할 것을 후손들에게 유언으로 호소했다(「목청을 다해」, 1929~1930). 그는 혁명의 영광을 겪고 미래의 정의롭고 밝은 삶의 이름으로 위대한 제물을 바친 그 지도자와 민중을 찬양하고서 그 결과들에 대한 환멸에 처한다. 현실과 믿음의 결렬의 비극은 그를 블로크보다 더 때 이르게 스스로 삶과 작별하게 했다. 그의 나이 서른여섯이었다. 마야콥스키의 앞에는 믿음의 완전한 상실의 비극이 기다리고 있었다.

그에게도 〈더 이상은 길이 없었다〉.

마야콥스키의 경우와 같은, 블로크의 다면적인 시에 대한 선별적이고 지극히 정치화된 접근은 비단 그 혼자만의 것이 아니었다. 그것은 시대와 정치적 입장에 의해 조건 지워진 것이었다. 하지만 이미 당시에 〈은 세기〉의 다른 뛰어난 시인들의 작품에는 다른 접근이 나타난다(Зайцев 2001).

3.

그대는 태양의 서쪽을 향해 지나쳐 가네
그대는 저녁의 빛을 보리라
그대는 태양의 서쪽을 향해 지나쳐 가네
눈보라가 흔적을 거두네

그대는 차분하게 내 창의 곁을 지나
눈의 정적 속으로 들어서리라
나의 아름다운 이여, 신의 정의를 구현한 이여
내 영혼의 고요한 빛이여

나는 그대의 영혼을 갈망하지 않네!
그대의 길은 침범될 수 없으니
입맞춤으로 인해 파리해진 손에
내 자신의 못을 박지 않으려네

그대의 이름에 환호하지도
손을 내밀지도 않으려네
납빛의 성스러운 얼굴에
그저 멀리에서 경배할 뿐

서서히 내리는 눈 아래 서서
눈 위에 무릎을 꿇고
그대의 성스러운 이름으로
저녁의 눈에 입맞춤하리라

위대한 행보로 그대가
무덤의 정적 속으로 지나쳐 간 그곳에서
성스러운 영예의 고요한 빛이여
내 영혼의 주재자여

마리나 츠베타예바,
「그대는 태양의 서쪽을 향해 지나쳐 가네」(1916)

　블로크의 전율과 격정, 그의 〈은밀한 열기〉에 깊이 공감했던 망명 시인 마리나 츠베타예바. 츠베타예바는 20세기 전반 러시아 시에서 가장 찬란하게 빛나는 시인들 중 한 명이다. 시인은 1892년 〈은 세기〉의 시작과 함께 학문과 예술 인텔리겐치아의 집안에서 태어나 유복한 환경에서 자라났지만, 조국을 등지고 베를린, 프라하, 파리를 전전한 혁명 이후의 삶은 시련의 연속이었다.

조국에 대한 향수! 오래전
모습을 드러낸 환영!
[……]

내겐 모든 집이 낯설고, 모든 사원이 내겐 텅 비었다
모든 것이 마찬가지, 모든 것이 한결같다……
하지만 길을 가는 내게 키 작은 나무 한 그루
일어선다면, 특히 마가목 한 그루가……

「조국에 대한 향수! 오래전」(1934)

　망명지에서 고독과 향수를 노래했던 시인은 그리던 조국으로 마
침내 돌아오지만 스탈린의 공포 정치 속에서 남편과 딸을 잃고 결
국 곤궁과 감시 속에서 자살했다.

　〈절대적인 고독의 시인〉 츠베타예바에게 블로크는 시인의 이상
이었다. 시인 블로크의 죽음을 전후한 시기에 쓴 연작 『블로크에
게 바친 시』(1916~1921)에서 츠베타예바는 블로크의 형상에 시인
의 존재에 대한 자신의 사색과 자신의 운명을 투영시킨다(Кудрова
1997: 185~186).

　연작은 총 열여섯 편의 시로 이루어져 있다. 첫 여덟 편의 시는
1916년 블로크와의 첫 만남을 계기로 창작되었고(블로크 시 낭송
회에 갔던 시인은 그를 먼발치에서 바라볼 뿐 다가가지 못했다), 아
홉 번 째 시는 1920년에 그리고 후반부 일곱 편의 시는 시인의 죽
음(1921년)과 함께 창작되었다. 시인이 블로크의 생전에 쓴 시들
이 선배 시인에 대한 사랑과 경배의 노래라면, 블로크의 죽음을 맞

아 쓴 후반부 시들은 블로크의 임종에 대한 통곡과 축도의 노래다. 그러나 이와 같은 시기에 따른 의미론적 강조점의 구분이 절대적인 것은 아니다. 연작 전체를 관류하는 것은 비장한 어조 속에 담긴, 어떤 지고한 존재로서의 블로크에 대한 경배와 그의 비극적 운명에 대한 레퀴엠이다. 여기에 옮긴 연작의 세 번째 시「그대는 태양의 서쪽을 향해 지나쳐 가네」에서 보듯, 츠베타예바는 블로크의 죽음을 몇 해 남긴 시점에 이미 그에게 드리운 짙은 죽음의 그림자를 본다.

시인의 〈영혼의 주재자〉인 블로크는 시인의 곁을 스쳐 석양을 향해 간다. 츠베타예바는 자신의 세계 속에 갇힌 채 곁을 스쳐 가는 블로크를 붙잡을 수 없다. 그러나 시인에게 다가갈 수 없음에 대한 안타까움은 시인의 영혼을 침범하지 않겠다는 선언으로 바뀐다. 블로크의 길은 츠베타예바가 침범할 수 없는 대상이다. 츠베타예바는 그의 이름에 열광하지도, 그에게 손길을 내밀지도 않는다. 아니, 그렇게 할 수 없다. 시인은 먼발치에서 블로크의 형상에 경배할 수 있을 뿐이다. 그리고 시인이 지나간 자취에 엎드려 입맞춤한다.

츠베타예바의 시적 자아가 지닌 〈주저〉의 태도는 일종의 〈성물 모독 행위〉에 대한 자기 검열이다. 블로크는 성스러운 존재다. 〈성스러운 영예의 고요한 빛〉, 〈내 영혼의 주재자〉인 그의 모습에는 그리스도의 형상이 투영된다. 그의 이름을 발설하거나 그와 접촉하는 행위는 금지된다. 블로크의 성스러운 형상과 〈침묵〉과 〈접촉의 거부〉의 모티프는 함께 결합된 채 연작「블로크에게 바친 시」를 관류한다.

일종의 금기된 존재로서의 블로크에 대한 시인의 사랑은 억눌린 고백의 욕망을 낳는다. 그래서 시인은 특히 연작의 첫 번째 시「너의 이름은 손아귀 속의 새」(1916)에서 이름을 〈부르고 싶음〉과 〈부를 수 없음〉이 교차하는 착종된 심리를 블로크의 이름이 연상시키는 일련의 간접적인 비유들을 통해 표현한다.

> 너의 이름은 손아귀 속의 새
> 너의 이름은 혀 위의 얼음 조각
> 단 한 번 입술의 움직임
> 너의 이름은 다섯 철자
> 날아가다 붙잡힌 작은 공
> 입속의 작은 은방울
> [……]
> 너의 이름은, 아, 안 돼!
> 너의 이름은 눈(眼)에 대한 입맞춤
> 움직임 없는 눈꺼풀의 부드러운 한기에 대한 입맞춤
> 너의 이름은 눈(雪)에 대한 입맞춤
> 얼음같이 찬 푸른 샘물 한 모금……
> 너의 이름과 함께 꿈이 깊다
>> 마리나 츠베타예바, 「너의 이름은 손아귀 속의 새」(1916)

츠베타예바는 부드러운 전율 속에서 블로크의 이름의 소리를 지각한다. 아나포라가 강조하는 선배 시인에 대한 종교적 환희에 찬 사랑과 함께 그의 이름의 비유들을 찾는다. 블로크의 이름에 대한 모든 정의가 지닌 공통의 자질은 순간성이다.

블로크의 존재가, 그의 이름과 정신이 성스러운 이유는 그가 세태의 한계를 초월한 자유로운 정신의 삶을 산 존재이기 때문이다. 블로크의 존재의 뿌리는 이 세계에 있지 않다. 그는 〈부드럽고 사랑스런 환영(幻影)〉이다. 그는 〈신의 정의를 구현한 이〉다. 시인 츠베타예바는 블로크의 성스러운 모습에, 〈이 세계〉와 완전히 다른 세계에 속한 그의 존재상에 전 영혼으로 매료되어 있다. 세상에 정신적으로 대립하는 자유로운 혼돈의 담지자인 시인의 형상이 페테르부르크 시인 블로크와 모스크바 시인 츠베타예바를 하나로 통일한다.

연작에서 츠베타예바의 시적 주인공인 여성 자아는 블로크의 지고한 성스러움에 대비되는 〈지상적〉 존재다. 시인은 블로크에 대한 사랑을 고백하고, 또 그에게 인정받고 싶은 욕망을 의식적으로 억제한다. 블로크의 초월적이고 자유로운 영을 지상의 삶의 척도 속에 가두기를 거부하는 것이다.

시인 블로크에게 지상의 삶은 비극이다. 그것은 고독과 고행의 연속이다. 그는 〈낯선 곳〉의 삶으로 인해 지쳤고, 〈친위대와 나라 없는 공후〉로, 〈친구들 없는 친구〉로 삶에서 남았다.

바로 그다. 보라. 낯선 곳에서 지친
친위대 없는 영도자
보라. 산의 급류를 한 움큼 마신다
나라 없는 공후가
[……]
너의 유산은 아름답다. 이끌어라, 친구들 없는 친구여!

「바로 그다. 보라. 낯선 곳에서 지친」(1921)

그에게 삶은 〈가시 면류관〉이다. 〈저곳〉에서 그는 모든 것의 소유자지만, 〈이곳〉에서 그는 책형에 처해진 고독한 고행자, 〈인간으로 오해받은 성자〉다. 그래서 츠베타예바의 자아는 블로크에게 사랑을 고백하고 표현하고픈 욕망을 억누른다. 그것은 블로크에 대한 책형에 동참하는 것이기 때문이다. 시인은 블로크의 존재의 이 비극적인 장엄성 앞에서 경배할 뿐이다.

츠베타예바의 시에 그려진 이 비극적인 시인 블로크는 〈눈보라의 세계〉의 블로크다. 〈눈보라〉의 모티프는 블로크의 전율에 찬 내적 삶, 시대의 흐름 속에서의 그의 비극적인 자기지각의 기호다. 〈눈보라의 세계〉의 반향들이 연작 전체를 관류한다.

블로크의 〈눈〉, 〈눈보라〉의 형상이 구현하는 것은 〈영혼의 열기〉의 신성함이다. 시 「그대는 태양의 서쪽을 향해 지나쳐 가네」에서 충만한 전개를 얻은 바와 같이, 〈눈〉은 블로크적인 모순 형용의 상징, 곧 낭만주의적 영혼의 변증법의 상징이다. 〈눈〉은 곧 삶의 고난과 마주한 인간의 인내와 극기의 자세를 낳는 응축된 내면적 열정이다. 〈눈〉의 한기는 뜨거운 열기를 내포한다. 어둠은 빛을 내포한다. 츠베타예바는 블로크의 〈눈〉의 형상에서 자신과 그의 정신적 일체감을 형성하는 〈은밀한 열기〉를 본다. 낭만주의자는 〈은밀한 열기〉로 인해 〈지상의〉 삶의 혼란과 격정에 몰입하며, 맞서며, 그리고 인내하며, 존재의 절대적 위상에 대한 꿈을 일군다. 그래서 〈꿈〉의 모티프가 연작을 열며 연작 전체의 의미의 발생판으로 기능하는 시 「너의 이름은 손아귀 속의 새」에서 시인 블로크의 이름과 관련된 일련의 연상적 비유들을 마무리한다. 입술에 전해져 오는 〈눈〉의 한기, 존재를 엄습하는 시대의 어둠은 목젖을 타고 흐르는 차가운 〈샘물〉의 느낌과 같다. 그것은 정신을 각성시키는, 그리하여 극도로 긴장된 정신적 삶을 살게 하는 생기로운 전율의 자극이다. 시인은 이 자극을 통해 무한히 자유로운 정신의 삶을 산다. 츠베타예바가 블로크의 이름을 통해 빠져드는 〈깊은 꿈〉의 의미가 이것이다. 시어 〈꿈〉의 술어이자 마지막 시어인 〈글루보크глубок〉는 시인의 이름의 모든 소리들을 지니고 있고, 또 시인의 이름과 운을 이룬다. 블로크의 이름은 〈지상〉의 삶의 자극들을 영적인 충만감으로 전화시키는 이상적인 시인의 상징이다.

츠베타예바는 디오니소스의 시인 블로크를 찬미하고, 그 속에서 자신을 발견한다. 그는 블로크에게서 〈혈관을 따라 흐르는 눈보라의 피〉(「그의 벗들이여, 그를 성가시게 하지 말라」, 1921)를 보듯이, 자신에 대해 〈나는 피 속에 눈보라를 지닌 폭도〉(「김나지움 여학생」)라고 말한다. 그러나 츠베타예바의 블로크에게는 디오니소스적 엑스터시에의 몰입과 함께 견지되었던 신비주의자적 역사주의의 전망이 없다.

츠베타예바는 고독과 고행에 처해진 성자 블로크의 면모를 〈날개 꺾인 천사〉, 〈추락한 천사〉로 묘사한다. 시인은 블로크의 〈길의 신화〉의 한 단계를 이루는 〈추락한 천사〉의 형상에서 그의 모순과, 그리고 그에 따른 삶의 비극을 본다. 츠베타예바가 보기에, 블로크에게 있어 역사의 의미는 생산적이 아니라 파괴적이다. 블로크의 길은 영혼의 완전한 파국에까지 이르는 자기 파괴의 역사다. 그래서 그의 시는 고행의 시다.

츠베타예바는 블로크에게 일종의 〈죄〉를 묻는다. 근본적으로 역사의 척도와는 다른 세계에 존재하는 순수한 서정시인인 그가

(Цветаева 1933) 역사에, 동시대의 삶에 휩쓸린 까닭이다. 그렇게 츠베타예바의 블로크의 형상에는 블로크 자신이 고심하며 실현시킨 바와 같은 의미의 〈길의 신화〉가 없다. 아니, 보다 엄밀한 의미에서, 츠베타예바는 블로크에게서 〈길의 시인〉의 형상을 보지만, 그것은 블로크의 문맥과는 다른 의미의 〈길〉이다.

블로크가 창조한 〈자기 신화〉 속의 블로크처럼 츠베타예바의 블로크 역시 〈지상의 삶으로 추락한, 그래서 이 추락의 모든 고통을 인내하는 천사〉다. 그리고 이 형상의 블로크적인 의미는 여기까지다. 블로크가 그리스도의 의미론적 후광 속에서 시대의 구원자가 되기 위한 불가피한 과정으로서 시대의 삶에의 동화를 긍정했던 반면, 츠베타예바에게 고통당하는 그리스도로서의 시인은 그 스스로가 구원되어야 할 존재다. 순수한 서정시인은 결코 자신의 시대와 동화될 수 없는 존재이기 때문이다. 스스로를 파멸로 내몬 블로크는 오직 죽음을 통해 부활한다.

4.

〈롤리타 신드롬〉으로 일약 유명 작가의 반열에 오르고 영문학의 고전이 된 작가 블라디미르 나보코프. 하지만 그의 문학의 뿌리는 러시아 문학이다. 나보코프는 수백 편의 시를 쓴 시인이기도 했는데, 소설가 나보코프와 달리 시인 나보코프는 모국어를 포기하지 않았다. 시를 통해 간직된 모국어와 곳곳에서 느껴지는 선배 시인들의 숨결이 망명 작가 나보코프를 모국의 문화적 전통과 이어

주는 중요한 끈이었다. 그 끈의 굵직한 한 가닥이 나보코프 스스로 〈목소리를 분간하는 것이 불가능할 정도로 그에게 친연적인 시인이〉(Wilson 1979: 94)라 말했던 블로크다.

나보코프가 남긴 두 편의 시로 이루어진 짧은 연작 「블로크 추도시」(1921)는 블로크를 향한 나보코프의 사랑의 집약된 표현이다. 나보코프 초기 시의 한 부분인 「블로크 추도시」는 나보코프의 작가 정신의 핵심과 맞닿아 있어서 나보코프의 문학이 근대 러시아 고전 문학의 전통과 관련되는 맥락을 이해하는 중요한 프리즘이다.

> 연이어 안개가 흘렀다
> 연이어 달이 꽃을 피웠다……
> 지상에 없는 봄이 노래하는
> 푸른 나라들을 그는 찬미했다
>
> 안개 속을 아름다운 여인이
> 흘러가며 저 멀리서 불렀다
> 먼 사원의 종소리처럼
> 달빛 어린 강의 잔물결처럼
>
> 저녁의 전율하는 장밋빛 그림자들 속에서
> 눈보라 속에서, 마법을 부리는 조국의
> 곤혹 속에서, 침묵 속에서
> 그는 그녀를 알아보았다

그는 그녀를 오만하게 또 부드럽게 사랑했다

균형 잡힌 몸매의 단정한 그는 그녀에게 이끌렸다

하지만 눈같이 새하얀 그녀의 손바닥을

창백한 기사는 건드릴 수 없었다……

거친 대지는 너무나 음울해졌다

너무나 교활해졌다

그는 찬란한 방패에 기대어

텅 빈 벌판을 훑어보았다

말해지지 않은 염원에 기만당한 채

차가운 어둠에 휩싸인 채

안개에 갇힌 달처럼

먼 기도의 종소리처럼 그는 녹아 사라졌다

블라디미르 나보코프, 「연이어 안개가 흘렀다」(1921)

「블로크 추도시」의 첫 번째 시다. 블로크의 죽음을 애도하는 선율이 흐른다. 그러나 직접적인 슬픔의 표출은 억제되어 있다. 그 대신 나보코프는 블로크 시의 이미지들로 시를 채우며 죽음에 이르기까지의 시인의 여정을 그린다. 이 시는 블로크의 시 전체에 대한 일종의 몽타주다(Долинин 1991: 39~40). 그것이야말로 최상의 경의를 갖춘 추도의 방식인 셈이다.

6연 4행 시 형식의 시는 의미상 각 2연씩 대칭적인 세 부분으로 이루어져 있다. 각 부분이 블로크의 시적 여정의 단계를 형상화한다.

시의 첫 부분은 『아름다운 여인에 관한 시』의 시 세계를 형상화한다. 〈안개〉, 〈달〉, 〈푸른 나라〉, 〈봄〉, 〈사원〉 등의 『아름다운 여인에 관한 시』를 관류하는 형상들과 함께 〈아름다운 여인〉의 형상이 시에 직접 등장한다. 블로크의 세계는 안개가 자욱한 달빛의 세계로 표상된다. 블로크는 푸른 나라를 찬미한 시인이다. 안개 낀 밤 속에서 찬란한 푸른 낮을 노래했다. 지상과는 다른 영원한 봄의 세계를 꿈꾼 시인 블로크의 모습이 대두된다. 청명한 봄의 저 세계는 『아름다운 여인에 관한 시』의 세계다.

시의 두 번째 부분을 이루는 3, 4연에서 대두되는 〈눈보라〉와 〈눈 처녀〉의 형상은 블로크의 3부작 중 2권의 세계를 연상시킨다. 눈 덮인 대지를 물들인 장밋빛 노을은 전율에 찬 곤혹스러운 격정의 상징이다. 여기에 젊은 블로크의 형상이 결부된다. 〈균형 잡힌 몸매〉와 〈오만한〉 인상을 풍기는 〈단정한〉 모습의 젊은 블로크와 〈눈 처녀〉의 모습으로 화한 〈아름다운 여인〉 사이의 사랑이 재현된다. 다가갈 수 없는 여인을 향한 〈창백한 기사〉의 〈오만하고도 부드러운〉 사랑이다.

시의 마지막 부분은 후기 블로크의 비극적 시혼과 함께 말년에 블로크가 처했던 삶과 죽음의 상황을 시화한 것이다. 염원의 표상들이 흔적도 없이 사라져 버려 텅 빈, 거칠고 황량한 조국의 대지의 모습이 대두된다. 포기할 수 없는 염원의 〈방패〉에 의지한 채 대지를 둘러보는 기력을 소진한 기사의 형상이 말년의 블로크의 시적 초상이다. 그리고 블로크의 죽음의 원인은 〈말해지지 않은 염원〉에 의한 〈기만〉과 시인을 둘러싼 〈차가운 어둠〉으로 제시된다. 〈안개〉, 〈달〉, 〈교회 종소리〉의 이미지가 다시 등장하여 시인의 죽음의 이미지에 녹아든다.

　시인의 죽음에 대한 애도에 뒤이어 나보코프는 블로크의 구원을 기원한다. 「블로크 추도시」의 두 번째 시는 바로 구원받은 시인 블로크에 대한 시적 묘사다.

　　푸슈킨은 온 땅에 걸친 무지개
　　레르몬토프는 산 위의 은하수
　　튜체프는 어둠 속에서 흘러나오는 샘물
　　페트는 사원 안의 붉은빛

　　우리들 곁에서 사라져
　　널리 향기로운 낙원으로 떠난 그들 모두가
　　알렉산드르 블로크의 영혼을
　　제때 맞이하기 위해 모였네

　　[……]

　　기다렸던 친구가 그들 가운데서
　　이곳과 다른 온화한 봄의 광활한 대지를 찬미할 것이네
　　그리고 그와 같은 빛이 주위에 넘쳐 날 것이네
　　그토록 부드럽게 그들은 노래할 것이네

　　그토록 한없이 부드럽게 노래해서 우리도
　　이 비애와 분노의 시절에 아마

그들의 은밀한 선율의 메아리를

감옥에서 듣게 될 것이네

「푸슈킨은 온 땅에 걸친 무지개」(1921)

이 시에서 나보코프는 사후 세계에서 이루어진 블로크와 선배 시인들과의 만남을 상상한다. 구원받은 블로크가 당도하는 다른 세계, 시인들이 거주하는 천국의 모습이 생생히 묘사된다.

푸슈킨, 레르몬토프, 튜체프, 페트. 근대 러시아 고전 시를 대표하는 시인들이다. 이 시인들의 시의 전체적인 이미지를 구축하는 연들이 일종의 후렴구로 반복되는 가운데 블로크와 선배 시인들이 천국에서 만나는 장면이 그려진다.

시의 도입부와 함께 여기에 인용된 마지막 부분은 죽음을 통해 구원받은 블로크가 당도하는 이 시인들의 나라에 통일적인 이미지를 부여한다. 〈그곳〉은 〈이곳〉과는 다른 〈봄〉과 〈빛〉의 세상이다. 시인들의 〈은밀하고 부드러운 선율〉이 〈비애와 분노의 시절〉의 삶의 〈감옥〉에 갇힌 〈우리〉에게 〈봄〉과 〈빛〉의 세상의 소식을 전한다. 그 〈선율〉을 통해 〈우리〉는 고난의 삶을 견뎌 낸다. 이렇듯 낭만주의적 시혼이 시인들의 세계를 통일한다. 시의 사명은 내면에서 체험되는 조화로운 미의 감각을 통해 고통과 슬픔의 삶으로부터의 출구가 되는 데에 있다. 선택받은 자로서의 시인의 사명을 말하는 페트의 시구가 시인들의 형상을 통일한다.

썰물에 매끈해진 모래에서

일격에 밀어 살아 있는 배를 띄우기

한 물결로 다른 삶 속으로 상승하기
꽃핀 강변에서 불어오는 바람을 느끼기
[……]

「썰물에 매끈해진 모래에서」(1887)

페트처럼 나보코프도 현실의 삶의 고통과 비애를 알고자 하지
않는다. 〈은밀한 선율의 메아리〉를 통해 현실 너머의 조화롭고 밝
은 세상으로 비상하기를 원한다. 이를 통해 〈비애와 분노의 시절〉
의 삶의 〈감옥〉에서 해방되어 자유를 누리기를 소망한다. 나보코
프가 이해하는 시인 블로크의 본질도 그가 계승하는 낭만주의 시
인의 계보에 포함된다. 구원받은 블로크의 모습이 바로 페트의 시
구와 합치된다.

천사들의 아름다운 정원으로 와서 선배 시인들과 만난 블로크가
노래하기 시작한다. 다른 시인들이 저마다 자기 시의 목소리로 노
래하는 가운데 〈푸른 옷〉을 입은 블로크는 〈이루어진 신성한 꿈들
과 희망들에 대해〉 노래한다. 빛으로 넘쳐 나는 광활한 대지의 봄
을 찬미하는 시인 블로크의 모습이 부각된다. 바로 『아름다운 여인
에 관한 시』의 블로크의 꿈과 희망의 실현이다. 첫 번째 시의 이미
지의 수미 상관 구조와 합치되는 블로크의 구원의 의미가 바로 그
것이다. 시인들의 나라에 당도하는 시인 블로크는 〈봄〉과 〈빛〉의
시인이다. 구원받아 부활한 시인 블로크는 『아름다운 여인에 관한
시』의 블로크다.

〈숨 쉬게 할 무언가가 더 이상 없을 때, 시인은 죽는다〉(Блок
1960~1963: 6, 167). 말년에 블로크가 푸슈킨을 추도하며 이 말을

했을 때 그는 이미 〈살아 있는 죽음〉이었다. 그래서 이 말에는 그 자신의 죽음이 그의 말대로 이해되기를 바라는 시인의 소망이 투영되어 있다. 나보코프는 시인의 소망대로 〈숨 쉴 무언가를 잃은〉 시인의 비극적 죽음의 운명에 경의를 표했다. 〈말해지지 않은 염원에 기만당한 채 차가운 어둠에 휩싸인〉 시인은 무시무시한 애수에 숨을 잃었다. 하지만 블로크의 죽음을 대하는 나보코프의 태도는 경의에 그치지 않는다. 동시에 그는 블로크의 비극적 운명의 책임을 시인 자신에게 묻는다. 이 점에서 나보코프의 시는 같은 망명의 운명에 처했던 츠베타예바의 「블로크에게 바친 시」의 문맥과 만난다.

나보코프의 첫 번째 시의 마지막 두 시구는 블로크에 관한 추도의 시구 중 가장 유명한 츠베타예바의 시구를 떠올린다.

안개에 갇힌 달처럼
먼 기도의 종소리처럼 그는 녹아 사라졌다

나보코프

너의 이름은 손아귀 속의 새
너의 이름은 혀 위의 얼음조각

츠베타예바

달이 안개 속으로 스며들어 잠기듯, 먼 기도의 종소리가 서서히 사그라지듯 블로크는 삶을 떠났다. 한순간 날아가 버린 〈손아귀 속의 새〉처럼, 생기로운 여운을 남기고 녹아 버린 〈혀 위의 얼음 조각〉처럼 그의 흔적은 가늠할 길이 없다. 부드럽고 생기로운 환영같이 세상에 머물다 흔적도 없이 홀연히 사라진 시인. 두 시인에게 블로크는 시인의 본질의 구현이다. 시인의 존재의 뿌리는 〈이 세계〉에 있지 않다. 시인은 〈이 세계〉와는 완전히 다른 세계에 속한 존재다. 두 시인이 블로크에게 바친 시 모두 지고한 존재로서의 시인 블로크에게 바치는 경배와 그의 비극적 운명에 대한 레퀴엠이다.

나보코프가 그리는 죽음에 이르는 블로크의 삶의 길 역시 츠베타예바의 이해의 자장 안에 놓인다. 지상에는 없는 영원히 찬란한 봄의 나라를 갈구하며 〈안개〉와 〈달빛〉의 신비로운 염원의 세계에 머물던 시인. 그러다가 지상의 삶으로 떨어져 〈눈보라〉와 〈어둠〉 속에서 영혼을 소진하고 비극적인 최후를 맞이한 시인. 그리고 죽음을 통해 세상의 한기와 어둠에 영혼을 잠식당한 〈죄〉로부터의 구원을 얻은 시인. 나보코프가 그린 시인 블로크의 초상의 요체다. 나보코프의 텍스트에서 블로크의 〈죄〉, 그의 〈추락〉의 문맥은 츠베타예바의 텍스트에서처럼 분명치는 않다. 그 대신 나보코프는 죽음을 통해 구원을 얻은 블로크의 형상을 그렸다.

나보코프는 블로크의 3부작의 문맥이 창조한 〈길의 신화〉의 모습을 집약적으로 재현했다. 〈지상에 없는 푸른 봄〉의 형상은 블로크 초기 시의 절대적인 조화의 세계다. 블로크의 시적 의식이 역사적 현실을 향해 열림으로써 초기 시의 절대적 조화의 세계상은 혼돈과 조화, 선과 악의 양가적 관계의 세계상으로 대체된다. 이를 나보코프는 〈찬란한 방패〉와 〈차가운 어둠〉의 대립으로 표현했다. 조화로부터 혼돈을 향한 길과 블로크의 영혼을 잠식해 가는 어둠은 시인의 비극적 길의 모습이다.

이에 상응하여 〈아름다운 여인〉의 형상의 변화가 시화된다. 〈눈 처녀〉는 혼돈에 처한 세상, 〈고요한 전원의 토포스〉를 대체하는 〈눈보라의 러시아〉의 구현이다. 〈눈 처녀〉의 형상에 결부된 〈음울하고 교활한 대지로서의 러시아〉의 모습, 그 〈차가운 어둠〉의 모습이 블로크의 혼돈의 시혼을 의미한다. 디오니소스적 혼돈의 어둠, 혼돈의 세상의 삶의 물결에 자기 파괴적으로 몰입하는 시인의 모습이다. 자기 파괴적 몰입을 통해 삶의 어둠과 혼돈을 드러내며 동시에 그 속에서 빛과 조화를 일구어 내고자 투쟁했던 후기 블로크의 모습이 그려진다. 그리고 그 투쟁에서 패배한 시인의 죽음이 애도된다.

이렇듯 나보코프가 그린 블로크의 길의 〈시적 초상〉은 츠베타예바 시의 문맥과 맥이 닿아 있는 동시에 그의 시적 여정을 〈종교적 비극〉으로 보는 여러 비평가들의 견해에 합치된다. 이미 동시대에 베르댜예프와 플로렌스키가 블로크의 〈소피아〉의 이상과 〈아름다운 여인〉의 형상의 변모에서 독신(瀆神) 행위를 보았다(Бердяев 1993: 323; Бердяев 2004: 453~455; Флоренский 1931). 같은 맥락에서 특히 나보코프의 시는 (앞에서 말한 바와 같이) 블로크의 삶의 길을 〈존재의 사다리를 내려오는 하강 운동〉으로 보는 다니일 안드레예프의 시각의 직접적인 연장선에 있는 것으로 읽힐 수 있다. 나보코프의 시는 블로크의 삶의 길을 〈추락〉과 〈숙명적인 최후〉, 그리고 〈죽음을 통한 속죄〉로 보는 안드레예프의 시각과 맥이 닿아 있다(Чудотворцев 2004).

츠베타예바의 경우처럼, 블로크의 창작의 길을 〈추락〉으로 보는 견해 위에 선 나보코프가 창조한 블로크의 길의 형상에도 블로크 자신이 고심하며 실현시킨 바의 〈길의 신화〉가 없다. 블로크가 처했던 어둠과 혼돈은 미래의 빛과 조화를 위한 불가피한 과정이 아니다. 츠베타예바처럼 나보코프도 블로크가 신화적 의미를 부여했던 어둠과 혼돈의 시대의 삶과의 동화를 긍정하지 않았다. 시대의 어둠 속에서 고통당한 시인 블로크는 그 스스로가 구원되어야 할 존재다.

나보코프가 사랑하고 받아들인 시인 블로크는 낭만적 초월의 시인이다. 그는 부활한 시인 블로크의 초상에 현실을 초극게 하는 시의 힘에 대한 믿음을 투영시켰다. 비단 『아름다운 여인에 관한 시』뿐 아니라 블로크의 시 전체를 일관하여 나보코프가 사랑한 것은 〈삶의 수용〉과 〈시대에의 동화〉의 이상이 아니라, 낭만적 초월의 계기였다.

나보코프의 시에서 울리는 블로크의 반향에는 블로크 자신의 시가 그렇듯 〈사랑〉과 〈조국〉의 두 주제가 결부되어 대두되어 있다. 즉, 블로크의 흔적이 뚜렷한 〈천상의 먼 연인을 향한 플라톤적 사랑의 호소〉의 시구들에는 조화와 행복의 세계에 대한 낭만적 동경과 함께 상실된 유년의 천국으로서의 조국에 대한 향수가 스며 있다(Александров 1999: 69).

> 우리는 투명한 구 안에 들어 있었네
> 너와 나 둘이서 별들 곁을 스쳐 날았네
> 축복된 푸른 광채에서 광채로
> 말없이 맹렬히 미끄러져 다녔네
> [……]
>
> 　　　　　　　「우리는 투명한 구 안에 들어 있었네」(1918)

내내 더 슬프고 황량하게
세상이 강철의 꿈속으로 멀어져 갈지라도
우리 단둘이 여기 있고, 우리 영혼은
봄 하나로 하얗게 빛나네

우리 함께, 우리 함께, 그리고 영원히
보이지 않는 우리의 세상을 세우자
내가 숲과 강을 만들었으니
너는 별과 꽃을 만들어

이 불길과 분노의 세기에
우리는 다른 세기들에 살자꾸나
내 시원한 선율 속에서
은방울꽃 피는 네 계곡에서 살자꾸나

우리 손자들의 손자들은
오직 내 봄의 시구를 사랑하며
천상의 소리들의 그림자와 빛을 통해
새하얀 네 모습을 볼 거야……

「내내 더 슬프고 황량하게」(1922)

블로크의 목소리가 뚜렷한 동시에 「블로크 추도시」의 문맥에 부합하는 나보코프의 시구들이다. 사랑에 빠진 온유하며 행복한 주인공은 전 생애를 이별과 슬픔과 고통이 없고 오직 〈한없는 입맞춤〉과 〈영원의 환희〉만이 존재하는 〈투명한 세상〉에서 살기를 꿈꾼다. 〈강철의〉 세기, 〈불길과 분노의 세기〉의 준혹한 삶과 대면하기를 원하지 않는다. 시의 선율이 창조하는 하얗고 푸른 세상, 청명한 봄의 세상으로의 영혼의 비상을 꿈꾼다. 부활한 블로크가 거주하는 영원한 시인의 나라에 동참하기를 희망한다. 영원한 봄과 빛의 시인 블로크가 〈우리〉에게 〈비애와 분노의 시절〉의 〈감옥〉으로부터의 해방구가 되듯이, 〈우리〉 또한 시의 선율로 후손들이 영혼의 눈으로 보게 될 〈천상의 봄과 빛〉을 창조하자고 다짐한다.

나보코프가 블로크에게서 받아들인 것은 (그의 필명 〈시린〉의 의미에 부합하는) 고난의 삶으로부터의 구원으로서 문학에 대한 믿음이다(나보코프 2011: 247). 나보코프에게 문학이 구원인 까닭은 시간의 창조적 극복인 까닭이다. 예술가에게는 단 하나 창조적 현재만이 있다. 시적 지각을 통해 예술가는 역사적 현재의 혼돈을 꿰뚫고 빛과 조화의 영원한 현재의 세계에 들어선다(Филимонов 2001).「블로크 추도시」의 두 번째 시에서 그린 시인의 나라에 당도한 블로크의 모습이 이에 상응한다. 불멸의 존재로 부활한 블로크의 모습에 나보코프의 문학적 입장이 투영되어 있다. 나보코프의 문맥에서 블로크의 모든 선율은 한 지점의 이상으로 귀결된다. 영원의 세계에 대한 낭만주의적 갈망. 나보코프에게 블로크는 세태와 시대를 초월한 자유로운 정신의 삶을 산 존재로서 소중하다.

〈눈보라의 어둠〉이 휩쓴 러시아인의 삶에 〈안락과 평안이 없을 것〉이라는 블로크의 예언은 나보코프의 운명으로 실현되었다. 나보코프는 생의 비애와 비관을 딛고 조화에 대한 믿음을 견지한 푸슈킨주의자로 그 운명에 맞섰다. 망명의 비애와 분노, 출구가 보이

지 않는 삶의 고난에 푸슈킨적인 시인의 고독과 자유를 대치시키며
맞섰다.

푸슈킨주의자 나보코프가 견지한 예술의 이상의 빛 속에서 그가
그린 구원받은 시인 블로크의 초상은 푸슈킨과 같은 계열의 시인
의 자리에 자리한다. 하지만 블로크의 푸슈킨론을 통해 살펴본 바
와 같이, 시혼의 전체적인 모습의 측면에서 블로크와 푸슈킨은 대
척적인 지점에 자리하는 시인들이다. 푸슈킨이 〈조화〉의 시혼을 통
해 억제시킨 〈혼돈〉의 원칙이 블로크의 시혼을 통해 선명히 표현된
다. 푸슈킨은 혼돈을 딛고 조화의 세계를 구축한 시인이고, 블로크
는 조화의 세계로의 비상의 날개를 잃고 혼돈의 나락으로 추락한
시인이다. 나보코프는 시대의 어둠과 동화되었던 시인 블로크를 거
부하고 현실을 초극한 영원한 조화의 세계상을 노래한 시인 블로
크에게 불멸의 위상을 부여했다. 나보코프의 예술적 유희의 이상의
출발점에는 그가 푸슈킨과 블로크의 전통에서 이어받은 현실을 초
극하는 낭만주의적 예술의 이상이 놓여 있다.

츠베타예바와 나보코프가 블로크에게 바친 시에서 표명하는 블
로크와의 정신적 친연성에는 상징적인 역설이 결부되어 있다. 블로
크는 츠베타예바와 나보코프가 등지고 떠났던 그 〈볼셰비키의 러
시아〉를 긍정하고 혁명의 불길로 생의 마지막을 소진했던 시인이
다. 문화사적 견지에서 보면 두 시인과 블로크는 상극적인 지점에
서 있다. 그래서 츠베타예바와 나보코프, 두 시인이 쓴 블로크 시,
〈그들이 사랑한 블로크〉는 20세기 러시아 문화의 〈내적 균열〉을
비추는 선명한 프리즘 중의 하나다.

5.

1889년 오뎃사에서 태어나 푸슈킨의 〈수업 시대〉의 무대였던 차르스코예 셀로에서 성장하며 시인의 꿈을 키웠고, 첫 두 시집 『저녁들』(1912)과 『묵주』(1914)로 곧바로 우레 같은 전 러시아적 유명세를 얻었던 시인 안나 아흐마토바. 그는 상징주의 이후 시대 페테르부르크 시의 상징인 시인 중의 한 명이었다. 시어의 상징성에 대한 상징주의자들의 지향의 계승인 동시에 미지의 초월적 세계에 대한 지향은 거부했던 아크메이즘 시파를 대표하는 여류 시인이었던 아흐마토바는 상징적 표현력이 풍부하면서도 선명한 시들을 썼다.

아흐마토바는 혁명을 받아들이지 않았다. 하지만 전남편이었던 시인 니콜라이 구밀료프가 총살당했던 1921년, 마지막 〈철학의 배〉에도 몸을 싣지 않고 〈죄악에 찬 황량한〉 조국 땅에 남았다.

내게 목소리가 울렸다. 위로하며 불렀다
목소리가 말했다. 〈이리로 와
죄악에 찬 황량한 네 땅을 버려
영원히 러시아를 버려

피에 젖은 네 손을 내가 씻어 줄게
심장에서 검은 수치를 꺼내 줄게
패배와 울분의 아픔을
새 이름으로 감싸 줄게〉

하지만 이 가치 없는 말로

비애에 찬 영을 더럽히지 않도록

냉담에 찬 차분한 두 손으로

나는 귀를 막았다

「내게 목소리가 울렸다. 위로하며 불렀다」(1917)

1920년대 중반부터 1940년까지 아흐마토바는 새로운 시를 출판하지 않았다. 1940년에야 작은 선집 『여섯 권의 책에서』가 출간되었고, 일시적인 성공이 이어졌다. 하지만 1946년 아흐마토바는 조센코와 함께 소비에트 작가 동맹에서 제외되었다. 그것은 사실상 생존 수단의 상실을 의미했다. 아흐마토바는 번역을 통해 생계를 꾸려 나갔고, 그 일환이 한국 고전시가의 번역이었다. 아흐마토바의 시는 생의 말년인 1960년대에야 〈해빙〉의 시대적 분위기 속에서 다시 빛을 보았다. 시인이 22년에 걸쳐 쓴 『주인공 없는 서사시』(1962)와 시집 『시간의 질주』(1963)에 독자들은 열광했다. 아흐마토바는 잊혔던 시인이 아니었다. 그는 깊은 존경과 함께 20세기 러시아 최고의 시인들 중 한 명으로 늘 기억되고 있었다. 1960년대에 아흐마토바의 시는 세계적 명성을 얻어 각국의 언어로 번역되었고, 국제 시 문학상이 고난에 찬 시인의 길에 대한 경의로 바쳐졌다.

20세기 러시아인의 삶의 가장 암울한 시기였던 1930~1940년대에 아흐마토바는 수많은 동포들과 운명을 공유한다. 그는 아들과 남편이 체포되고, 벗들이 파멸하는 것을 지켜보아야 했다. 강제로 문단과 결별당하고 침묵해야 했던 그는 시대 자체에 의해 수억

의 민중과 함께 이렇게 말할 윤리적 권리를 부여받았다. 〈단 하나의 재난도 우리는 피하지 않았다.〉

조국 땅을 적들에게 내던져 갈기갈기
찢기게 한 자들과 나는 함께 하지 않는다
그들의 조악한 아첨에 귀 기울이지 않는다
그들에게는 내 노래를 주지 않으리라

하지만 나는 망명자가
죄수같이, 환자같이 영원히 불쌍하다
방랑자여, 너의 길은 어둡다
낯선 빵은 쑥 냄새가 난다

여기, 화재의 코를 찌르는 탁한 냄새 속에서
청춘의 잔재를 죽이며
단 하나의 재난도
우리는 피하지 않았다

때늦은 평가 속에서 매 시각이
정당화될 것임을 우리는 안다
하지만 세상에 우리보다 더 눈물을 모르는
더 오만하고 더 단순한 사람들은 없다

「조국 땅을 적들에게 내던져 갈기갈기」(1922)

아흐마토바의 개인적 삶은 고난의 시대 러시아 민중의 삶의 증거였다. 그래서 시인의 시적 세계 지각의 가장 중요한 측면은 〈민족의 삶, 민중의 삶으로서의 자신의 개인적 삶의 느낌〉이었다. 시인의 삶의 〈모든 것은 보편 민족적인 의미를 지닌 것이었다〉. 〈이로부터 역사로의, 민중의 삶으로의 출구가 생기고, 이로부터 선택받음, 사명, 위대하고 중요한 일의 느낌과 결부된 독특한 담대함이 생겨난다〉(Ахматова 2001: 49). 스탈린 시대의 준혹한 상황은 아흐마토바 시의 시민적 울림을 강화한다. 남편을 잃은 한 여인의, 그리고 아들의 고초를 지켜보아야 하는 어머니의 개인적 슬픔이 억압에 찢긴 나라의 비극과 합쳐진다. 아흐마토바의 시는 스탈린의 전체주의를 강력히 비난하는 민중의 목소리가 된다.

시인 아흐마토바의 출현은 러시아 시의 일종의 혁명적 현상이었다. 사적인 삶의 시적 표현에 그쳤던 많은 여류 시인들과 달리, 아흐마토바는 자기 시대의 여성의 목소리가 되었다. 그는 영원한 인간 보편의 의의를 획득한 여성 시인이었다. 아흐마토바의 시적 여주인공은 여성의 운명, 여성의 영혼의 모든 다양한 국면을 구현한다.

시인 아흐마토바는 빈번히 자신의 시에서 블로크에게 관심을 돌린다. 그는 창작의 길 전체에 걸쳐 블로크의 주제에 대한 충실성을 간직했다. 인간적으로 자신에게 가까운 블로크의 생생한 모습을, 그와 더불어 시대의 특징, 시대의 분위기를 담지한 위대한 시인의 형상을 그린다.

시인 블로크의 생전에 아흐마토바는 블로크에게 이렇게 고백한다.

전율이, 시를 쓰는 능력이
그대로부터 내게 오곤 했다

「알렉산드르 블로크에게」(1914)

그리고 또 같은 해에 〈알렉산드르 블로크에게〉라는 헌사를 지닌
유명한 시 「시인의 집을 찾아갔었다」를 쓴다. 아크메이즘의 시인
아흐마토바가 그린 블로크의 시적 초상이다.

알렉산드르 블로크에게

나는 시인의 집에 손님으로 갔다
정확히 한낮. 일요일
널찍한 방은 고요하고
창들 너머에는 추위

부연 털북숭이 연기 위에는
검붉은 태양……
말 없는 주인은 나를
얼마나 선명히 바라보는가!

그는 누구나 기억에 새겨야만 하는
그런 두 눈을 가졌다
세심한 나는 아예
그의 눈을 보지 않는 게 나아……

하지만 네바 강의 바다로 나가는 문 곁
잿빛의 높은 집 안에서의 대화는
연기 자욱한 한낮은
일요일은 기억되리라

「나는 시인의 집에 손님으로 갔다」(1914)

아흐마토바는 이 시를 블로크의 마드리갈에 대한 응답으로 썼
다. 시인을 만나러 그의 집을 찾았던 일화를 수기를 쓰듯 담담히
말하는 이 시의 구체적이고 명료한 시어에는 풍부한 심리적 디테일
이 담겨 있다. 그것은 바로 블로크의 정신에 깃든 숙명적인 혼돈을
드러낸다.

그는 누구나 기억에 새겨야만 하는
그런 두 눈을 가졌다
세심한 나는 아예
그의 눈을 보지 않는 게 나아……

이 만남에 대한 기억이 전 생애에 걸쳐 보존된다.
블로크의 죽음은 아흐마토바에게 깊은 상실감을 안긴다. 그 비
극적인 사건에 진정 어린 시로 반향하지 않을 수 없었다.

지금은 스몰렌스크의 명명일
푸른 유향이 풀 위로 퍼지네
지금은 슬프지 않고 밝은

추도의 노랫가락이 흐르네

연지를 바른 과부들이

사내아이들과 계집아이들을 데리고

아비의 무덤을 보러 묘지로 오네

묘지는 나이팅게일의 숲

찬란한 햇살 속에 고요하네

우리 손에 든 은빛 관 속에

고통 속에 불이 꺼져 잠든 우리의 태양을

순결한 백조 알렉산드르를

스몰렌스크의 수호 여신에게

거룩한 성모에게 우리는 데려갔네

「지금은 스몰렌스크의 명명일」(1921)

블로크의 죽음에 대한 레퀴엠. 블로크는 페테르부르크의 스몰렌스크 묘지에 묻혔다. 아흐마토바는 1921년 8월 10일 블로크를 스몰렌스크 묘지에 안장하고 나서 곧바로 이 시를 썼다.

아흐마토바는 블로크의 장례일이 스몰렌스크의 성모 마리아 이콘의 날이었음을 말한다. 츠베타예바가 그랬듯이 시인의 형상을 신성화한다. 시인은 기독교적 경건 속에서 시인을 추도하며 영면한 시인에 대한 전 러시아 민족의 비애를 민담적 문체와 결부된 장례의 통곡-기도의 형식 속에서 표현한다. 아흐마토바는 시인의 죽음에 대한 민중의 비애를 표현한다. 푸슈킨의 파멸과 등가인(《우리의 태양》) 믿기 어려운 무거운 상실감. 그와 동시에 앞으로 남을 시인의 공적의 위대함에 대한 인식이 마음을 밝게 한다.

아흐마토바에게 블로크는 시의 스승일 뿐 아니라 〈자기 시대의〉 시적 〈주인공〉이었다. 시인이 죽은 후 많은 세월이 흐르고 그 세월 속에서 고난의 삶을 지속했던 아흐마토바. 블로크에 대한 기억은 빛바래지 않는다. 오히려 시간이 흐를수록 인간 블로크와 그의 시의 의의는 아흐마토바에게 점점 더 크게 다가온다. 1940~1960년대의 침묵과 인고의 삶을 옛 시절에 대한 기억으로 버티던 아흐마토바에게 블로크의 시와 시인의 형상 자체는 그 시절의 상징이었다. 그녀는 삶의 길의 중요한 고비마다 블로크를 회상하며 그에게 바치는 시를 쓴다. 역사적 객관성에 대한 지향 속에서 블로크를 회상하고 그 의의를 평가한다. 그 시들을 묶은 작은 연작이 「세 편의 시」(1944~1960)다.

I.

이 시끄러운 낙타 소리를 잊을 때다
주콥스키 거리에 있는 하얀 집을 이제 잊을 때다
돌아갈 때다, 자작나무들과 버섯들에게로 돌아갈 때다
모스크바의 드넓은 가을로 돌아갈 때다
지금 거기는 모든 것이 빛나니, 모든 것이 이슬 머금었으니
하늘은 드높이 올라앉고
로가쵭스코예 대로는
젊은 블로크의 폭도의 휘파람소리를 기억하고 있으니……

II.

검은 기억 속을 샅샅이 뒤져서 너는

팔꿈치까지 오는 긴 장갑을 찾으리라
페테르부르크의 밤도. 객석 특별석의 어스름 속
숨 막히는 달콤한 냄새도
만에서 불어오는 바람도. 거기서, 시구들 사이에서
아아들과 오오들을 지나가며
네게 굴욕에 찬 미소를 지으리라
시대의 비극적 테너인 블로크가

III.
그가 옳다. 또다시 가로등, 약국
네바, 침묵, 화강암……
그가 푸슈킨스키 돔에게
작별하며 손을 흔들고
죽음의 노곤함을 합당치 않은
평안으로 받아들였을 때
세기 초의 기념비로
저기 이 사람이 서 있다

　연작의 첫 시는 우리가 이미 앞에서 읽었다. 1944년 타슈켄트 소
개 시절에 쓴 시다. 시인은 집, 러시아, 과거에 대한 향수와 회귀에
대한 지향을 노래한다. 고국으로의 귀환의 주제가 젊은 시절에 대
한 지향과 결부된다. 그 지향 속에서 광활하고 생생한 조국의 자연
의 공간과 분리되지 않는 젊은 블로크의 형상을 창조한다. 중부 러
시아의 풍경에 대한 그리움에 젊은 블로크의 모습이 겹쳐진다. 광

활하고 자유로운 조국 땅의 아름다움과 그 땅에 대한 사랑을 노래했던 활기 넘치던 블로크. 바로 〈로가촙스코예 대로〉의 인상을 노래한 시 「가을의 자유」 속의 블로크의 모습이다.

1960년 창작된 중심이 되는 두 번째 시는 첫 번째 시와 대조적이다. 블로크 시의 다른 흐로노토프를 배경으로 다른 시인의 형상이 태동한다. 시적 여주인공의 회상 속에서 1910년대 페테르부르크의 귀족 사교계의 모습이 어른거린다. 1910년대의 암울하고 답답한 밤의 북방의 수도의 삶 속에서 비극적으로 찢긴 블로크의 모습. 그는 자기 시대의 정신과 아픔을 표현한 시대의 주인공이다.

아흐마토바는 연작의 마지막 시를 시인의 죽음 이후 사반세기가 흐른 1946년에 다시 맞은 그의 기일에 썼다. 이 시에서 블로크에 대한 기억은 그의 두 시 「밤, 거리, 가로등, 약국」과 「푸슈킨스키 돔에게」의 뚜렷한 반향과 결부되어 있다. 아흐마토바는 자신의 삶에서 가장 힘들었던 이 시기를 가장 비극적인 블로크 시의 선율에 의지하며 인내한다.

이제 블로크는 〈세기 초의 기념비〉로 보인다. 나아가 그는 아흐마토바가 살았던 시대의 기념비다. 삶은 변하지 않았다. 아흐마토바는 삶의 중대한 전환점에서 블로크의 기억에 관심을 돌리며 그와의 만남을 다시 체험했다. 그것이 또한 출구가 보이지 않는 암울한 시대의 삶을 살게 하고 시를 쓰게 했다.

6.

아흐마토바와 더불어 〈황량하고 죄악에 찬 조국의 땅〉에 남아
동시대의 삶을 겪었던 작가들 중에서 블로크에 관한 시를 쓴 또
한 명의 중요한 문학사적 의의를 지닌 시인이 있다. 바로 우리 독
자들이 『의사 지바고』의 작가로 기억하는 시인 보리스 파스테르나
크다.

온 땅에 눈보라가 쳤네
온 세상이 눈에 덮였네
탁자 위에서 초가 타올랐네
초가 타고 있었네

여름에 날벌레 무리가
불꽃으로 날아가듯이
마당에서 창틀로
눈송이들이 날아들었네

눈보라가 유리에
고리들과 화살들을 새겼네
탁자 위에서 초가 타올랐네
초가 타고 있었네

불빛에 환한 천장에

그림자들이 누웠네
두 손이 겹쳤네, 두 다리가 겹쳤네
운명이 교차했네

슬리퍼 두 개가 탁 소리 내며
바닥에 떨어졌네
촛대에서 촛농이 눈물방울이 되어
원피스에 떨어졌네

잿빛과 새하얀 빛의 눈의 암흑 속에서
모든 것이 자취를 감추었네
탁자 위에서 초가 타올랐네
초가 타고 있었네

구석에서 초를 향해 바람이 불었네
유혹의 열기가
천사처럼 십자가 모양으로 두 날개를
들어올렸네

2월 한 달 내내 눈보라가 쳤네
다시 또다시 눈이 내렸네
탁자 위에서 초가 타올랐네
초가 타고 있었네

「겨울밤」(1946)

이 부드러운 서정의 세계. 온 세상을 뒤덮는 세찬 눈보라의 암흑 속에서 생명의 촛불이 타오른다. 믿기지 않는 힘든 조건 속에서 이 아름다운 시가 태어났다.

파스테르나크는 자기 세대의 시인들 중 가장 훌륭한 교육을 받고 가장 박식했던 시인이었다. 유대인 예술가 집안에서 태어난 파스테르나크는 1913년 러시아 미래주의 시파의 일원으로 첫 시를 발표하며 문단에 등장했다. 혁명 이후에 그는 어떤 문학 집단에도 가담하지 않고 독자적인 작가의 길을 걸었다. 그리고 1921년 부모와 누이들이 조국을 등졌지만, 그는 조국에 남았다.

시인 파스테르나크는 1934년 소비에트 당국에 의해 소비에트 최고 시인의 공인된 칭호를 얻는다. 하지만 권력과 작가의 밀월의 시간은 짧았다. 1936년 시인은 〈삶과 유리된 문학〉과 〈시대에 부합하지 않는 세계관〉이라는 비난과 함께 권력으로부터 버림받는다. 아흐마토바처럼 파스테르나크도 번역을 통해 생계를 꾸려 나가야 했다. 셰익스피어, 괴테, 실러 등 파스테르나크의 세계 문학 고전 번역은 지금 러시아어 번역의 정수로 인정받고 있다.

조국을 버린다는 것은 내게 죽음과 다를 바 없다. 나는 탄생과 삶과 일로 조국과 묶여 있다. (Пастернак 1958)

『의사 지바고』의 출간과 노벨 문학상 수상자 선정으로 파스테르나크가 조국에서 겪어야 했던 고초는 널리 알려져 있다. 조국을 떠나라는 요구. 하지만 그럴 수 없었다. 러시아의 밖에서 자신을 생각할 수 없었던 것. 그는 조국에서 살기 위해 당대의 권력자 흐루쇼프

에게 강요된 (하지만 인용된 구절은 작가의 진심인) 탄원의 편지를
보내며 노벨 문학상 수상을 포기해야 했다.

울에 갇힌 짐승처럼 나는 사라졌다
어딘가 있을 사람들, 자유, 빛
내 뒤에는 추적의 소란
내게 밖으로 나가는 길은 없다

검은 숲과 연못의 기슭
쓰러진 전나무의 통나무
길은 도처에서 잘려 있다
어찌 되던 상관없다

내가 무슨 더러운 짓을 했단 말인가?
내가 살인자이고 악한인가?
나는 온 세상을
내 땅의 아름다움에 울게 했다

하지만 거의 무덤에 다다라 나는 믿는다
비열과 악의의 힘을
선의 영이 극복할 때가
오리라 믿는다

「노벨상」(1959)

시인은 저 시를 쓰고 1년 후 생을 마쳤다. 비극적이었던 시인의 운명은 전체주의 국가에서 모든 재능 있는 인간이 겪는 운명이었다.

파스테르나크가 블로크 시에 이르는 길은 더뎠다. 파스테르나크의 전 생애에 걸쳐 그의 편지에서 주기적으로 나타나는 블로크의 이름. 1912년, 1927년, 1940년. 그다음 블로크의 이름은 1945~1947년에 특히 집중적으로 나타난다. 1940년대 중엽에 파스테르나크는 블로크에 대한 논문을 구상하기도 했다. 나중에 그 페이지들이 에세이 『사람들과 상황들』(1956~1957)에 들어간다.

1946년에 파스테르나크는 유형 중에 이미 유명을 달리한 시인 오시프 만델슈탐의 부인인 나데주다 만델슈탐에게 보내는 편지에서 이렇게 말했다. 〈나는 블로크에서부터 최근 전쟁에 이르기까지의 우리 모두의 삶에 대한 산문을 쓰고 싶다〉(Пастернак 1992: 448). 소설 『의사 지바고』에 관한 언급이었다. 소설 집필에 몰입하던 시기인 1947년 3월 말에 파스테르나크는 또 이렇게 쓴다. 〈나는 지금 블로크와 나 사이에 동등하게 작용하는 무언가를 이루는 사람에 대한 큰 산문 소설을 쓰고 있다〉(Пастернак 1992: 460). 블로크에 대한 사색은 파스테르나크의 후기 예술 세계의 중심 문제의식과 직접적으로 맞닿아 있다.

파스테르나크는 블로크에 관한 시로 4부작 연작 「바람(블로크에 관한 네 단편)」(1956)을 남겼다.

[……]
하지만 블로크는 고맙게도 다르다
행복하게도 다른 부류다

그는 시나이 산에서 우리에게 내려오지 않았고
우리를 자식으로 받아들이지 않았다

계획에 따라 칭송받지 않은
시파와 체계 밖에서 영원한
그는 손으로 만들어지지 않았다
누구도 우리에게 매어 주지 않았다

의미상의 발단인 첫 시. 4연 4행 시의 후반부 두 연이다. 파스테르나크는 시인 블로크의 전체적인 면모에 대한 사색을 전개한다. 여기에 블로크의 시 「벗들에게」(1908)의 반향이 결부된다.

[……]
슬픈 운명이다. 그렇게 복잡하게
그렇게 힘들고도 떠들썩하게 산다는 건
교수의 재산이 된다는 건
새 비평가들을 낳는다는 건
[……]

시 「벗들에게」에서 블로크는 문학 연구와 비평에 의해 만들어진 권위에 거부감을 드러내는 동시에 그와 같은 자신의 〈운명〉을 슬퍼했다. 파스테르나크는 블로크의 이 주제를 발전시킨다. 블로크가 예감한 〈운명〉을 받아들이지 않고, 그를 〈손으로 만들어지지〉 않은, 〈시파와 체계 밖에서 영원한〉 시인으로 규정한다. 여기에는 정치적—문화적 독재의 시대의 〈개인숭배〉에 대한 시인의 혐오가 투영되어 있다. 블로크는 자유와 진정성의 상징이다. 거짓과 억압의 시대의 대척점에 선 시인이다.

파스테르나크 자신이 그랬다. 후기 파스테르나크의 중심적인 사유가 바로 강압적인 시대의 전체주의적 정신에 대한 대항추로서 창작의 자유에 관한 신념이다. 존재의 복잡성과 비극성에 대한 이해 속에서 자유롭고 진실하고 정직한 인간이고자 하는 지향의 목소리가 울린다.

소음이 멎었다. 나는 무대로 나갔다
문설주에 기대어
나의 세기에 무엇이 일어나고 있는지
먼 메아리 속에서 붙잡는다

한밤의 어스름이 수천의 쌍안경으로
나를 겨누었다
나의 아버지여, 만약 가능하다면
이 잔을 내게서 지나가게 하소서

당신의 집요한 계획을 사랑하며
이 역을 맡는 데 동의합니다
하지만 지금은 다른 극이 상연 중이니
이번에는 날 벗어나게 하소서

하지만 각본이 짜여 있으니
길의 끝을 피할 길 없네
홀로인 나. 모두 바리새파에 빠져드네
산다는 건 들판을 건너는 게 아니다

「햄릿」(1946)

파스테르나크에게 자유로운 블로크는 〈바람〉의 시인이다. 시인의 시적 상징인 〈바람〉의 형상은 두 번째 시 첫 행부터 등장하여 나머지 시들을 관류한다.

바람처럼, 아직 육두마차의 선두에서
기수장이 말을 달리던 시절의
영지에서 소란 대던 바람처럼
그는 바람이다

크리스탈의 영혼의 급진주의자
자코뱅주의자 할아버지가 아직 살았었다
바람인 손자도 새끼손가락 하나도
그에게 뒤처지지 않았다

갈빗대 밑을, 영혼을 파고든
그 바람이 여러 세월 시에서
좋고 또 좋지 못한 영광으로
말해지고 노래되었다

그 바람은 도처에 있다. 집에도 있고
나무들 속에도, 마을에도, 빗속에도
3권의 시에도, 「열둘」 속에도
죽음 속에도 있다. 곳곳에 있다

〈바람〉의 형상은 블로크의 모습에 직접적으로 투사된다. 단절적인 리듬의 시의 서두부터 바람은 예술가를 꿰뚫고 시험하는 삶의 혼돈으로 그려진다. 여러 세기 동안 지속되는 바람. 삶의 혼돈의 지속적인 작용의 느낌을 낳는다. 파스테르나크의 〈바람〉은 마야콥스키 이래 1920년대의 여러 시인들의 경우와 같은, 단일한 혁명적 의미가 결코 아니다. 반대로 그것은 블로크 자신의 경우처럼 다층적이고 내적으로 모순적인 면모를 드러낸다.

〈갈빗대 밑을, 영혼을 파고든 그 바람〉은 블로크의 운명과 시를 낳은 혼돈의 존재상과 역사의 부름의 형이상학적 의미를 통찰하는 햄릿인 파스테르나크의 시적 〈나〉의 세계 지각의 친연성을 드러낸다. 긍정적이고 부정적인, 모순적 면모의 통일인 〈바람〉은 러시아 자체의 모습이다.

츠베타예바 연작에서처럼 파스테르나크의 세 번째, 네 번째 시에서 블로크의 형상은 러시아의 삶의 혼돈성을 배경으로 그려진다.

블로크가 샤흐마토보의 영지에서 보냈던 여름날의 삶이 그려지는 세 번째 시. 연작의 핵심 형상인 〈바람〉은 중부 러시아의 자유로운 공간과 결부된 블로크의 어린 시절의 광경에 자리를 내주고 배면으로 물러난다.

드넓게, 드넓게, 드넓게
강과 초원이 펼쳐졌네
풀베기 철. 함께 바삐 일하느라
주위가 북새통이네

강가에서 풀 베는 일꾼들은
눈길을 돌릴 짬이 없네
풀베기가 블로크의 흥미를 끌었네
귀족 자제가 큰 낫자루를 쥐었네
[……]

공동의 노동의 열정이 미래의 시인도 사로잡는다. 하지만 시의
후반부에서는 이 외견상의 목가 속으로 전율의 음조가 침투한다.
〈바람〉의 형상이 자연 현상의 틀 속에 머무르며 위험하고 사악한
새로운 자질들을 획득한다.

[……]
저녁 무렵 동쪽에서 몰려오는 먹구름
북쪽과 남쪽을 뒤덮었네

때아닌 혹독한 바람이 불어 들어
풀 베는 일꾼들의 낫을, 풀을
강굽이의 날카로운 수풀을
갑자기 치네

[……]

어린 시인의 초상의 배경에 예기치 않은 변화가 일어난다. 이 변모된 광경에는 바로 〈민중과 인텔리겐치아〉, 〈문화와 혁명〉의 문제에 관한 블로크의 긴장된 사색이 숨은 텍스트로 자리하고 있다. 농민의 세태가 보여 주는 집단적인 노동의 격정과 어우러지는 역동적인 자연의 형상 속에서 「열둘」의 시인이 예감했던 민중이 체현하는 혼돈의 파국적인 파괴성을 드러내는 불안한 음조가 증가한다.

지평선이 불길하고 급작스럽다
노을의 피멍 속에서
아물지 않은 상처 자국 같다
풀 베는 일꾼의 두 발에 흐르는 피 같다

무수히 많이 베인 하늘의 상처들
폭풍우와 역경의 전조들
늪지대의 대기는 물과 철과
녹 냄새를 풍긴다

숲에서, 길에서, 골짜기에서
작은 마을이나 큰 마을에서
먹구름들에 난 그런 갈지자들이
악천후를 대지에 약속한다

큰 수도 위 하늘 끝이
그렇게 녹빛과 핏빛으로 물들 때
권력에 무슨 일이 생기고
광풍이 나라를 덮치리라

블로크는 하늘에서 문양들을 보았다
큰 뇌우를, 악천후를
위대한 폭풍우를, 태풍을
지평선 위 하늘이 그에게 예언했다

블로크는 이 폭풍우와 동요를 기다렸다
그 불길의 띠들이
결말의 두려움과 갈망으로
그의 삶과 시에 놓였다

연작을 결산하는 마지막 시에서 〈바람〉은 다시 전면에 대두되어
시를 관류한다. 지상의 존재와 천상의 존재, 자연의 혼돈과 역사의
혼돈의 은유적 연결 속에서 〈시대의 표상인 인간〉이 된 시인의 실
존을 관통한 소용돌이치는 러시아의 형상이 태동한다. 〈숲에서, 길
에서, 골짜기에서 [⋯⋯]〉 파스테르나크는 열거 속에 고조되는 억
양으로 아포칼립스의 문턱에 선 러시아의 면모를 조망한다.
〈폭풍우〉, 〈악천후〉, 〈광풍〉, 〈뇌우〉, 〈태풍〉. 바람의 형상은 이
제 거대한 재앙을 예고하는 여러 동의어 어휘들의 연쇄 속에서 펼
쳐진다. 〈바람〉은 자연의 영역에서 사회적 영역으로, 시골에서 도

시로, 현재에서 미래로 옮겨 가며 닥쳐오는 비극적 사건들과 파국의 예감이 된다. 〈간다, 놀란 먹구름들이 간다. 피에 젖은 노을!〉 거대한 파국을 예감한 「쿨리코보 들판에서」의 시인의 목소리가 함께 울린다.

시인의 이름으로 시작되는 마지막 두 연. 파스테르나크는 시를 마무리하는 동시에 연작 전체를 결산하며 시인의 개성에 초점을 맞춘다. 이미 자연적이 아닌 사회적 비극과 파국들을 자신 속에 담지하고 자신의 영혼과 운명과 창작 속에서 깊이 겪은 시인 블로크의 초상이 그려진다.

블로크의 초상에는 파스테르나크가 그린 햄릿의 드라마가 반복된다. 블로크가 돌이킬 수 없이 휘말려 들어간 폭풍우의 불길은 〈하늘이 그에게 예언했다〉. 그는 〈결말의 두려움과 갈망으로〉 폭풍우의 〈불길의 띠들〉을 삶과 시에 받아들였다. 그의 담대한 자기 거절은 세기들의 행보에 관한 창조주의 〈집요한 계획〉을 포착했기 때문이다. 블로크는 〈길의 끝을 피할 길 없〉음을 예감하고 파멸의 운명에 순종한 햄릿이다.

블로크와 같은 극도의 진정성의 울림을 가진 파스테르나크의 시. 그뿐 아니라 그는 역사의 전망에 대한 깊은 예감 또한 공유했다. 동시대의 소리 속에서 미래의 목소리를 듣는다. 아흐마토바가 블로크를 〈시대의 비극적 테너〉라고 한 것처럼, 파스테르나크도 〈블로크 연작〉에서 그 자신을 양육시킨 토양이었던 옛 문화의 파멸을 예견하고 애석해 했으며 〈역사의 숙명적인 순간들〉에 얼굴을 마주했던 블로크의 비극적이고 담대한 예언에 대해 말했다. 파스테르나크의 〈블로크 연작〉은 단순히 블로크에 대한 시가 아니라 블로크의 시대에 대한 시, 세기의 현상에 대한 시다. 블로크의 시대에 대한 시이자 파스테르나크 자신의 시대에 관한 시다.

7.

우리 모두의 눈앞에서 블로크가 죽어 가고 있었다. 우리는 오래도록 그걸 알아차리지 못했다. 믿음을 호소했던, 〈혁명의 음악을 들으시오!〉라고 우리에게 주문을 걸었던 사람이 다른 누구보다 일찍 그 믿음을 상실했다. (Зоргенфрей 1980: 36)

〈암울한 애수 외에는 아무것도 없던〉(Блок 1960~1963: 7, 389), 생애의 마지막 해의 첫 달을 보내고 2월 6일자 일기에 블로크는 이렇게 적는다. 〈만약 나온다면 다음 시집은 《검은 하루》다〉(Блок 1960~1963: 7, 403). 〈검은 하루〉⋯⋯. 블로크는 이 두 단어를 2월 11일에 유언으로 쓴 시 「푸슈킨스키 돔에게」에서 되풀이했다.

[⋯⋯]
은밀한 네바 강 위의
   우리의 정열적인 슬픔
작렬하는 백야에
   우리는 검은 하루를 어떻게 맞이했던가

강은 우리에게
　타오르는 저 너머 멀리 무엇을 열어 주었던가!
하지만 우리는 이 나날이 아니라
　미래의 세기를 불렀다

가혹한 나날의 일시적인 기만을
　지나치며
앞날의 푸르른 장밋빛 안개를
　통찰했다
[……]

「푸슈킨스키 돔에게」(1921)

〈혁명의 음악〉이 그친 후의 삶의 시절은 블로크에게 〈검은 하루〉였고 〈가혹한 나날〉이었다. 그는 미래에 대한 믿음의 시인이었던 푸슈킨과 함께 〈이 나날이 아니라 미래의 세기를 불렀다〉. 〈앞날의 푸르른 장밋빛 안개를 통찰했다.〉 그렇게 블로크는 어느 〈쾌활한 청년이〉 그를 두고 이렇게 말할 〈앞날〉을 〈미래의 세기〉로 미루었다.

음울함을 용서하자. 그것이야말로
그의 은밀한 동력이 아니던가?
그는 온전히 선과 빛의 아이!
그는 온전히 자유의 영광!

「오, 나는 미쳐 살고 싶어라!」(1914)

〈일시적인 기만〉의 시절이 지속되리라는 암울한 예감 속에서 시인의 반년의 생이 마저 흘렀다. 20세기 내내 러시아인의 삶에 〈선과 빛〉, 〈자유의 영광〉의 순간은 오지 않았다. 정화를 위한 혼돈의 폭풍우는 새로운 조화로운 문화를 낳지 않았다. 그렇게 블로크는 아흐마토바와 파스테르나크가 노래한 바와 같이 〈세기의 기념비〉가 되었다. 상징주의 이후 세대의 20세기 러시아 시를 대표하는 시인들의 〈블로크 시〉는 파국의 시기에 러시아 문화가 취한 긴장된 자기 인식 행위였다.

블로크가 실천했던 민중을 위한 자기희생의 윤리를, 집단에 대한 개인의 종속의 이념을 극단으로 몰고 간 나머지 20세기 러시아 문화는 반민중적인 것이 되었다. 민중 해방의 이름으로 민중이 억압당했고, 민중이 주인인 세상에서 대다수의 사람들이 이념의 노예가 되었다.

그런 암울한 시절이 지속되는 가운데 이내 환멸로 바뀌었지만 빛에 대한 기대의 시절이 있기는 했다. 소위 〈해빙기〉였다. 스탈린의 죽음과 함께 도래한 변화의 기운 속에서 1960년대 러시아 문화는 소비에트 역사상 처음으로 〈내적 자유〉에 대해, 자기 자신으로 존재할 권리에 대해, 진실하게 살 권리에 대해 말한다. 한마디로 인간답게 살 권리에 대해 말한다. 민주주의와 표현의 자유에 기초한 〈인간적인 얼굴을 지닌 사회주의〉에 대한 기대와 환멸의 시적 목소리가 울린다. 그리고 그 속에서 블로크의 목소리가 어김없이 함께 울린다.

너희는 부랑자도 술꾼도 아니어라

일곱 바다의 식탁에 둘러앉아
노래 불러라, 노래 불러라
내 여인에게 영광을 노래 불러라!

너희의 구원을 보듯
그녀의 두 눈을 들여다보아라
비교하여라, 그녀를
가까운 기슭과 비교하여라

우리는 그 누구보다 지상의 인간들
도대체 빌어먹을 신들에 관한 동화들!
사람들은 팔에 안고 가지만
우리는 그저 날개에 태우고 가네

이 푸른 등대들을
그저 무지 믿기만 해
그러면 예기치 않은 기슭이
안개에서 나와 너희에게 갈 것이어라

불라트 오쿳자바, 「너희는 부랑자도 술꾼도 아니어라」(1957)

20세기 후반 러시아인들의 사랑을 한 몸에 받았던 아르바트의
음유 시인 불라트 오쿳자바는 20세기 러시아 문화에서 60년대 세
대를 대표하는 시인들 중 한 명이다. 그의 초기 노래 시 「너희는 부
랑자도 술꾼도 아니어라」에서 블로크의 「미지의 여인」의 반향을

포착하는 것은 어렵지 않다(Александрова 2011: 23~26). 〈두 눈〉, 〈기슭〉, 〈푸른 등대〉, 〈안개〉. 블로크적인 이원적 세계상의 시 적 세계가 펼쳐진다. 여인의 눈동자는 〈푸르게 꽃 피어나는 먼 기 슭〉의 이상의 세계로의 통로다. 〈푸른 등대〉에 대한 믿음을 통해, 곧 여인에 대한 숭배를 통해 〈안개〉에 가렸던 〈기슭〉의 세상이 〈예 기치 않게〉 열린다.

　　이 푸른 등대들을
　　그저 무지 믿기만 해
　　그러면 예기치 않은 기슭이
　　안개에서 나와 너희에게 갈 것이어라

　그와 같이 마지막 연은 지극히 구체적인 블로크 시의 인유다. 오 쿳자바는 「미지의 여인」의 서정적 장면을 재현한다. 그러며 블로 크의 아이러니는 받아들이지 않는다. 그는 블로크의 부조화를 극 복한다. 〈너희는 부랑자도 술꾼도 아니어라.〉 바로 첫 시구가 아이 러니와 서정성 사이의 충돌을 낳는 블로크의 시적 상황을 파괴한 다. 〈술꾼〉은 곧 근교 레스토랑의 단골인 「미지의 여인」의 술 취한 주인공이며, 〈부랑자〉는 또한 블로크 2권의 주인공의 집요한 자기 규정이다. 저 시구를 통해 블로크의 시적 주인공의 군중 속의 고독 의 상황과 저열한 세태와 시적 몽상 사이의 대립이 해소된다. 오쿳 자바는 블로크의 시인의 고독한 독백에 합창의 목소리를 대치시킨 다. 〈노래 불러라, 노래 불러라. 내 여인에게 영광을 노래 불러라!〉 블로크에게 있어서는 시인 자신만이 〈영원한 여성성〉의 환영의 세계에 도달 가능하다면, 오쿳자바의 시에서는 합창의 참가자 저마다가 이상과 만난다. 〈너희의 구원을 보듯 그녀의 두 눈을 들여다보아라. 비교하여라, 그녀를 가까운 기슭과 비교하여라.〉 〈너희〉와 〈나〉가 〈우리〉로 통합되는 이 연대 의식 속에 오쿳자바의, 나아가 1960년대 세대의 인간다운 삶에 대한 소망이 깃들어 있다.

재앙을 이겨 낼 힘이 없을 때
절망이 다가올 때
나는 달려가는 푸른 트롤리버스에
우연히 만난 마지막 트롤리버스에 오르네

마지막 트롤리버스여, 거리들을 질주하라
가로들을 돌며
한밤에, 한밤에 만신창이가 된 모두를
태워라

마지막 트롤리버스여, 내게 문을 열어라!
네 승객들이, 네 선원들이
살을 에는 한밤에 도움을 구하러 온다는 걸
나는 알아

그들과 나는 단 한 번도 재앙을 떠나지 않았어
나는 그들에게 어깨를 기댔어……
침묵 속에는, 침묵 속에는

생각해 보라, 얼마나 많은 선이 있는가

마지막 트롤리버스가 모스크바를 따라 항해하네
모스크바가 강처럼 자취를 감추네
찌르레기 새끼가 되어 관자놀이를 쪼아 대던 아픔이
가라앉네, 가라앉네

불라트 오쿳자바, 「한밤의 트롤리버스에 관한 노래」(1957)

오쿳자바의 주인공의 연대 의식에는 블로크의 주인공과 동일한 불구적 삶의 현실에 대한 절망의 체험이 자리한다. 삶은 변하지 않았다. 절망의 체험을 공유로 다른 지향이 대두된다. 블로크의 주인공이 고독한 낭만적 몽상을 통해 현실의 초극을 지향하는 반면, 오쿳자바의 주인공은 재앙의 공유에 기반을 둔 연대 의식을 지향한다. 저마다의 삶이 절망에 처했음을 서로 확인하며 고독에서 벗어난다. 그는 주변의 취객들에 대한 정신적 우월을 누리는 고독한 낭만주의자가 아니라 소비에트의 평범한 시민이다. 오쿳자바는 블로크의 〈미지의 여인〉의 주제를 계승하며 시대의 삶과 동화된 3권의 블로크의 모습을 이어 받는다.

선한 구원의 배인 한밤의 모스크바의 트롤리버스. 삶에 지친 고독한 영혼들이 말없이 서로 기대는 어깨의 따스한 느낌이 절제된 애잔한 목소리 속에서 잔잔히 전해져 온다. 그 느낌이 비극적 갈등을 해결하지는 못하지만, 그럼에도 영혼을 평안하게 한다.

우리는 그 누구보다 지상의 인간들

도대체 빌어먹을 신들에 관한 동화들!
사람들은 팔에 안고 가지만
우리는 그저 날개에 태우고 가네

　상처 입은 영혼들이 부르는 구원에 대한 갈구의 노래. 희망 없는
삶일지라도 구원은 〈여기〉에 있다. 오쿳자바는 합창의 〈우리〉가
있는 〈지상〉의 영역이 결코 가치를 상실한 곳이 아님을 말한다. 전
적으로 〈지상적인〉 존재일 권리를 주장한다. 〈나의 여인〉 속에 구
현된 이상에의 동참을 통해 〈지상〉의 모든 불구적인 존재의 비상을
염원한다. 블로크의 주인공은 취기 속의 시적 영감을 통해 홀로 저
속한 삶의 집약체인 레스토랑의 세계를 떠나 〈푸른 기슭〉으로 항
해해 간다. 오쿳자바에게는 불구의 영혼들이 함께 둘러앉은 탁자
가 〈일곱 바다〉 가운데 놓여 있다. 모두 함께 벌이는 주연 속에서
레스토랑의 세계가 물러나고 경이로운 세상이 열린다. 〈우리〉 모두
는 〈부랑자도 아니고 술꾼도 아니어라〉. 시인들이어라. 영혼의 상
처를 서로 어루만지며 삶이 경이롭게 변모되는 순간을 함께 꿈꾸
는 사람들이어라. 〈푸른 등대〉에 대한 믿음으로 〈구원의 배〉에 올
라 엄혹한 삶의 물결을 헤치고 온기 가득한 〈기슭〉에 닿기를 소망
하는 평범한 인간들이어라.
　오쿳자바가 노래한 〈아르바트〉의 토포스. 〈붉은 광장〉과 〈크레
믈〉의 화석화된 이념 속에서 죽은 삶의 세계에 대립되는 진정하고
활기찬 생이 펼쳐지는 곳이다. 그곳의 소박하고 소담한 일상 속에
서 평범한 인간들은 서로가 한 마당의 이웃으로 나누는 온정 가운
데 저마다 자기 삶의 이상과 행복을 추구한다. 열린 마음으로 서로

를 대하고 가슴으로 공명하는 세계. 이념이 아닌 지상의, 마당의, 거리의 토대 위의 형제애. 계급적 친분이 아닌 이웃의 친분이 넘치는 세상. 그 평범한 인간들의 정감과 꿈이 있는 일상에 대한 소망 속으로, 평범한 인간들의 이름으로 노래하는 오쿳자바의 잔잔한 목소리 속으로 「미지의 여인」의 시인의 목소리가 녹아든다. 〈무서운 세상〉 속의 희망 없는 삶에 신음하며 죽어가는 사람들의 이름으로 말하던 「다락방 연작」의 시인 블로크의 목소리가 여전히 애잔하게, 하지만 밝게 되살아난다.

> 넌 강처럼 흐르는구나. 이상한 이름이여!
> 아스팔트도 강 속의 물처럼 투명하여라
> 아, 아르바트, 나의 아르바트
>   넌 나의 사명이어라
> 넌 나의 기쁨이어라, 넌 나의 재앙이어라
>
> 네 행인들은 위대하지 않은 사람들
> 뒷굽을 딸각대며 서둘러 일터로 가네
> 아, 아르바트, 나의 아르바트
>   넌 나의 종교여라
> 네 길들이 내 아래 놓여 있네
>
> 사만 개의 다른 길들을 사랑하며
> 네 사랑에서 넌 치유되지 못하리라
> 아, 아르바트, 나의 아르바트

넌 나의 조국이어라

결코 끝까지 널 지나가지 못하리라

불라트 오쿳자바, 「아르바트에 관한 노래」(1959)

소비에트의 평범한 인간의 온정이 있고 꿈이 있는 삶에 대한 저 소망은 1960년대 러시아 시의 민주주의적 파토스의 중요한 한 부분이었다. 획일적인 이념의 굴레 속에서 말살되지 않는 개인적 삶의 권리에 대한 꿈은 실현되지 못했다. 그래서 잠시 녹는 듯했던 땅이 다시 얼어붙자 출구 없는 암울한 생에 대한 절망이, 멈추어선 삶의 시간의 무의미로 인한 신음이 되풀이된다. 더 불확실하고 더 희망 없고 더 흉측해진, 광포한 세기의 느낌과 함께(Зайцев 2001).

가벼운 가을 차림 그대로인 나무들

기름에 얼룩진 강

물 위의 보랏빛 얼룩들

〈재앙이 있을 거야.〉 넌 조용히 내게 말했네

[……]

1월인지 4월인지 넌 모를 테지

눈보라가 치는지 눈 녹은 물이 떨어지는지 모를 테지

얼어붙지도 유빙이 흐르지도 않는 강

낡은 해건만 넌 새해라 말했네

[……]

오, 이 잿빛의 울타리여
스무 번째 작품에서는
하루하루가 조서 같고
밤은 심문만 같아라

모든 것이 까닭 없다가도 그렇지 않네
그 무엇도 견고한 건 없네
몇 시인가, 그건 누구도
정확히 모르네

세기의 징후들 속에서
달력만이 변함없네
한밤의 거리. 가로등
운하. 약국……

[……]

알렉산드르 갈리치, 「새해 전날의 폭음」(1969)

숨 쉴 수 없다. 벌레들이 우글거리는 하늘
어느 별 하나 말하지 않는다
[……]

오시프 만델슈탐, 「정거장에서의 콘서트」(1921)

〈시인은 죽는다. 그를 숨 쉬게 할 것이 이미 아무것도 없기 때문이다. 삶은 의미를 잃었다〉(Блок 1960~1965: 6, 167). 생각의 자유, 느낌의 자유가 없는 곳에, 자유롭게 숨 쉴 대기가 없는 곳에 삶은 없다. 어디나, 언제나, 그렇다…….

Аверинцев С.С.(1996) "Размышления над переводами Жуковского," *Поэты*, М.: Языки славянской культуры.

Аксючиц В.(2011) "Русская интеллигенция о русском народе(http://www.golos-epohi.ru/?ELEMENT_ID=1695)

Александров В.(1999) *Набоков и потусторонность*, СПб.: Алетейя.

Александрова М.А., Мосова Д.В.(2011) "Блоковские истоки стихотворения Булата Окуджавы «Не бродяги, не пропойцы……»," *Вестник Нижегородского университета им. Н.И. Лобачевского, 2011, No. 6(2)*, Нижний Новгород: ННГУ.

Андреев Д.(1997) *Роза мира. Метафилософия истории: В 3 т.*, Т. 2, М.: Прометей.

Арутюнова Н.Д.(2003) "Воля и свобода," *Логический анализ языка. Космос и хаос: Концептуальные поля порядка и беспорядка*, М.: Индрик.

Ахматова А.(1976) *Стихотворения и поэмы*, Л.: Советский писатель.

Ахматова А.(2001) *Анна Ахматова: pro et contra*, Т.2, СПб.: РХГИ.

Белинский В.Г.(1986) *Избр. эстетические работы: В 2 т.*, Т. 1, М.: Искусство.

Бердникова О.А.(2001) ""Второе крещение" Александра Блока," *Вестник*

ВГУ. Серия 1. Гуманитарные науки 2001, No. 1, Воронеж: ВГУ.

Бердяев Н.А.(1990a) *Истоки и смысл русского коммунизма*, М.: Наука.

Бердяев Н.А.(1990b) "Русская идея. Основные проблемы русской мы
сли XIX в. и начала XX веков," *О России и русской философской
культуре*, М.: Наука.

Бердяев Н.А.(1993) *О русских классиках*, М.: Высшая школа.

Бердяев Н.А.(1997) *Собрание сочинений*, Т. 5, Париж: YMCA Press.

Бердяев, Н.А.(2004) "В защиту Блока," *Ал. Блок: pro et contra*, СПб.: И
здательство Русского Христианского Гуманитарного Института.

Бердяев Н.А.(2008) *Русская идея*, СПб.: Азбука-классика.

Блок А.А.(1936) *Письма Ал. Блока к Е. П. Иванову*, М.;Л.: Изд. АН СС
СР.

Блок А.А.(1960-1963) *Собр. соч.: В 8 т.*, М.;Л.: Художественная литер
атура.

Блок А.А.(1965) *Записные книжки*, М.;Л.: Художественная литература.

Блок А.А.(1978) *Литературное наследство. Т. 89. Александр Блок.
Письма к жене*, М.: Наука.

Блок А.А. (1981) *Литературное наследство. Т. 92. Кн. 2. Александр
Блок. Новые материалы и исследования*, М.: Наука.

Блок А.А.(1997) *Полн. соб. соч.: В 20 тт.*, М.: Наука.

Борзых(2012) "Роль белого цвета в лирическом сюжете цикла А. Бл
ока «Снежная маска»," *ВЕСТНИК ВГУ. Серия: Филология. Журна
листика. 2012, No. 1*, Воронеж: ВГУ.

Булгаков С.(1990) "Жребий Пушкина," *Пушкин в русской философской
критике: Конец XIX — первая половина XX вв.*, М.: Книга.

Ваганова Н.А.(2010) "Дионисийство как прахристианство в книг
е Вяч. Иванова «Дионис и прадионисийство»," *Вестник ПСТГУ I:
Богословие. Философия 2010. Вып. 4 (32)*, М.: ПСТГУ.

Вежбицкая А.(2001) *Понимание культур через посредство ключевых слов,* М.: Языки славянской культуры.

Венедиктова Т.Д.(1998) "Литература как разговор (опыт описания нац иональной традиции)", *Литературоведение на пороге XXI века: мат ериалы международной научной конференции (МГУ, май 1997),* М.: МГУ.

Верховский Ю.Н.(1981) "В память Александра Блока: Отрывочные за писи, припоминания, раздумья," *А. Блок и современность,* М.: Совре менник.

Веселовский А.Н.(1999) *Поэзия чувства и «сердечного воображения»,* М.: Интрада.

Виницкий И.Ю.(1997) *Утехи меланхолии, Уч. зап. Московского Культ урологического лицея, No. 1310, Вып. 2,* М.: Московский культуроло гический лицей.

Виницкий И.Ю.(1998) *Нечто о привидениях, Уч. зап. Московского Культурологического лицея, No. 3-4,* М.: Московский культурологич еский лицей.

Воропаев В.А.(2014) "Кругом тонула Россия. О евангельской паралле ли в поэме В.В.Маяковского «Хорошо!»," *Слово* (http://www.portal-slovo.ru/philology/48245.php)

Гей Н.(1999) " "Свобода", "Вдохновение" и "Труд" как эстетические к онстанты мира Пушкина," *Пушкин и теоретико-литературная мысль,* М.: ИМЛИ-Наследие.

Гинзбург Л.Я.(1974) *О лирике,* Л.: Советский писатель.

Голубков М.М.(2001) *Русская литература XX в. После раскола,* М.: Ас пект-Пресс.

Горелов А.(1970) *Гроза над соловьиным садом,* Л.: Советский писатель.

Гребенщикова Н.(1998) "Понятие воля в русском языковом сознании," *Вопросы функциональной грамматики,* Гродно: ГрГУ.

Григорьян К.Н.(1990) *Пушкинская элегия,* Л.: Наука.

Громов П.П.(1986) *А. Блок. Его предшественники и современники*, Л.: Советский писатель.

Грякалова Н.Ю.(1994) "Комментарий," *Блок А.А. Стихотворения: В 3 кн.*, СПб.: Северо-Запад.

Долинин А.А.(1991) "Набоков и Блок," *Тезисы докладов научн. конф. «А. Блок и русский постсимволизм»*, Тарту: ТГУ.

Дунаев М.М.(1996) *Православие и русская литература. Т. 1.*, М.: Христианская литература.

Жирмунский В.М.(1928) *Вопросы veории литературы*, Л.: Academia.

Жирмунский В.М.(1996) *Немецкий романтизм и современная мистика*, СПб.: Аксиома.

Жукоцкая З.Р.(2001) "Дионисийский феномен в творчестве Ницше и Вячеслава Иванова," *София: Рукописный журнал Общества ревнителей русской философии. Выпуск 2-3*(http://www.read.in.ua/book 205049/)

Зайцев В.(2001) "В русле поэтической традиции (О цикле Александра Галича «Читая Блока»)," *Вопросы литературы, 2001, No. 6*(http://magazines.russ.ru/voplit/2001/6/zai.html)

Зеньковский В.В.(1991) *История русской философии, Т. 1, Ч. 1*, Л.: Эго.

Зоргенфрей В.А.(1980) "Александр Александрович Блок," *Александр Блок в воспоминаниях современников*, М.: Художественная литература.

Игошева Т.В.(2006) *Ранняя лирика А.А. Блока (1898-1904): религиозный аспект : автореф. дис. на соиск. учен. степ. д-ра филол. наук*, Великий Новгород: НовГУ.

Казин А.Л.(1999), "Пушкин и чудо. К постановке проблемы. (На материале пушкинских сказок)," *Христианство и русская литература 3*, СПб.: Наука.

Канунова Ф.З., Янушкевич А.С.(1998) "В.А. Жуковский на рубеже

XXI века," *Литературоведение на пороге XXI века*, М.: МГУ.

Ким Чжин Кю(2001) "Отражение русской ментальности в словах ИС ТИНА-ПРАВДА-СУДЬБА," 『슬라브학보』 16(1), 한국슬라브유라시아 학회.

Клюс Э.(1999) *Ницще в России*, СПб.: Академический проект(http:// sbiblio.com/biblio/archive/klus_nicshe/04.aspx)

Ключевский В.О.(1958) *Курс русской истории*. Т. 4, М.: Издательство с оциально-экономической литературы.

Ключевский В.О.(1987) *Курс русской истории. Соч.: В 9 т.*, Т. 1, М.: М ысль.

Кондаков И.В.(1997) *Введение в историю русской культуры*, М.: Аспек т Пресс.

Корнилов О.А.(2003) *Языковые картины мира как производные национальных менталитетов. Изд. 2-е, испр. и доп.*, М.: ЧеРо.

Королева Н.В.(1973) "Ф. Тютчев «Silentium!»," *Поэтический строй русской лирики*, Л.: Наука.

Кошелев А.Д.(1991) "К эксплицитному описанию концепта "свобода"," *Логический анализ языка: Культурные концепты*, М.: Наука.

Крохина Н.П.(2010) "Космогония и эсхатология Софии в поэзии С еребряного века," *Известия Волгоградского гос. педагогического университета. Сер. Филологические науки. 2010. No. 5 (49)*, Волгогра д: ВГПУ.

Крохина Н.П.(2011) *Софийность и ее коннотации в русской литературе XIX-начала XX веков (поэтика всеединства). Дисс. на соиск. уч. стен. доктора фил. наук. Автореферат*, Шуя: ШГПУ.

Кудрова И.В.(1997) *После России. О поэзии и прозе Марины Цветаевой*, М.: РОСТ.

Кузьмина Е.О.(2012) "Метафизическая сущность «авось», «небось» и «как-нибудь» как средство выражения ментальности русского нар ода (на материале сказки С. Кржижановского «Когда рак свистнет »)," *Филология и лингвистика в современном обществе: материалы междунар. науч. конф. (г. Москва, май 2012 г.)*, М.: Ваш полиграфический партнер.

Мануйлов В.А.(1981) *Лермонтовская энциклопедия*, М.: Советская Энциклопедия.

Левченко В.Г., Володин В.В.(1987) *Недаром помнит вся Россия*, М.: Молодая гвардия.

Лихачев Д.С.(1984) *Заметки о русском*, М.: Советская Россия.

Лихачев Д.С.(1993) "Концептосфера русского языка," *Изв. РАН. Сер. лит. и яз.*, Т. 52, No. 1, М.: Наука.

Лосев А.Ф.(1991) *Философия. Мифология. Культура*, М.: Политиздат.

Лотман Ю.М., Минц З.Г.(1964) ""Человек природы" в русской литературе XIX века и "цыганская тема" у Блока," *Блоковский сборник I*, Тарту: ТГУ.

Лотман, Ю.М.(1992) *Избранные статьи: В 3 т.*, Т. 2, Таллин: Александрия.

Магомедова Д.М.(1997) *Авто-биографический миф в творчестве А. Блока*, М.: Мартин.

Магомедова Д.М.(2009) "Александр Блок. "Незнакомка": Внутренняя структура и контекст прочтения," *Вестник ПСТГУ III: Филология. 2009. 2(16)*, М.: ПСТГУ.

Максимов Д.Е.(1981) *Поэзия и проза Ал. Блока*, Л.: Советский писатель.

Маяковский В.В.(1959) *Полное собрание сочинений: В 13 т.*, Т. 12, М.: Художественная литература.

Мальчукова Т.Г.(1998) "Лирика Пушкина 1820-х годов в отношении к церковнославянской традиции (к интерпретации стихотворений "Воспоминание" и "Пророк" в контексте христианской культуры)," *Евангельский текст в русской лиυературе XVIII-XX веков. Цитата, реминисценция, мотив, сюжет, жанр. Сб. науч. тр. Вып. 2*, Петрозав одск: ПетрГУ.

Минц З.Г.(1964) "Поэтический идеал молодого Блока," *Блоковский сборник*, Тарту: ТГУ.

Минц З.Г.(1969) *Лирика А. Блока (1907-1911)*, Тарту: ТГУ.

Минц З.Г.(1974) "Понятие текста и символистская эстетика," *Мат ериалы всесоюзного симпозиума по вторичным моделирующим сист емам I(5)*, Тарту: ТГУ.

Минц З.Г.(1982) "А. Блок и В. Иванов. Статья I: годы первой русской революции," *Уч. зап. Тартуского гос. университета, Вып. 604*, Тарту: ТГУ.

Минц З.Г.(1999) *Поэтика Александра Блока*, СПб.: Искусство-СПб.

Мочульский К.(1997) *Александр Блок. Андрей Белый. Валерий Брюсов*, М.: Республика.

Мочульский К.(1999) *Кризис воображения*, Томск: Водолей.

Муриков Г.(2010) "Религия дионисийства. Заметки о творчестве Вя ч. Иванова," *Топос. Литературно-философский журнал*(http://www. topos.ru/article/7029)

Непомнящий В.(1999) *Пушкин. Русская картина мира*, М.: Наследие.

Орлов В.Н.(1980) *Гамаюн. Жизнь Александра Блока*, Л.: Советский пи сатель.

Осанкина В.А.(2001) *Библейско-евангельская традиция в эстет ике и поэзии русского романтизма (Автореферат диссертации на соискание ученой степени доктора филологических наук)*, Екатеринб ург: Уральский гос. ун-т.

Панова Л.Г.(2008) "Софийный дискурс Александра Блока(на приме ре "Снежной Девы")," *Логический анализ языка. Между ложью и фантазией*, М.: Индрик.

Паперный В.М.(1979) "Блок и Ницще," *Уч. зап. ТГУ. Вып. 491*.

Типология русской литературы и проблемы русско-эстонских литерат урных связей. Труды, Тарту: ТГУ.

Пастернак Б.Л.(1958) "Письмо Б.Л. Пастернака Н.С. Хрущеву," *Правда. 1958. 2 ноября* (http://www.alexanderyakovlev.org/almanah/inside/almanah-doc/55910)

Пастернак Б.Л.(1992) *Собр. соч. в 5 тт.* Т. 5, М.: Художественная литер атура.

Паустовский К.(1979) *Повести и рассказы,* Л.: Лениздат.

Петровых Н.М.(2002) "Концепты воля и свобода в русском языковом сознании," *Известия Уральского государственного университета, No. 24,* Екатеринбург: УрГУ.

Поплавская И.А.(1999) "Мотив покоя в раннем творчестве В.А. Жуко вского," *Вестник Томского Государственного Университета. Т. 268. Филология. Литературоведение,* Томск: Том. гос. ун-т.

Попова И.Ю.(1984) " "Свинцовое эхо" Дж. М. Хопкинса. К проблеме п еревода "сложной" поэзии," *Тетради переводчика. Вып. 21,* М.: Выс шая школа.

Родина Т.М.(1972) *Блок и русский театр XX века,* М.: Наука.

Рыбас А.Е.(2007) "Философия «Снежной маски»," *Вече. Альманах русской философии и культуры. 2007. Вып. 18,* СПб.: СПбГУ.

Рыжкова Т.(2009) "Вокруг медного всадника, или душа петербург а," *Литература. 2009. № 18(738),* М.: Первое сентября. (http://lit.1september.ru/view_article.php?ID=200901812)

Семеновский Д.А.(1983) *М. Горький. Письма и встречи,* М.: Советский писатель.

Тынянов Ю.Н.(1977) *Поэтика. История литературы. Кино,* М.: Наука.

Столович Л.Н.(2005) *История русской философии. Очерки,* М.: Рес публика (http://sci.house/russkaya-filosofiya/dionisiyskiy-simvolizm-vyacheslava-55638.html)

Тарановский К.(2000) *О поэзии и поэтике*, М.: Языки русской культуры.

Твардовский А.(1973) *О литературе*, М.: Современник.

Фатеева Н.А.(2000) "Три цвета: Голубой, черный, красный (Поэзия А. Блока как источник интертекстуальных заимствований)," *Александр Блок и мировая культура*, Вел. Новгород: НГУ.

Федин К.(1986) *Горький среди нас: Картины литературной жизни. Собр. соч. в 12 тт.* Т. 10, М.: Художественная литература.

Федотов Г.(2003) *Святые древней Руси*, М.: АСТ.

Филимонов А.(2011) "Набоков в зеркалах Серебряного века," *Набоковский вестник. Вып. 6: Набоков и Серебряный век*, СПб.: Дорн(http://www.proza.ru/2007/11/27/514)

Флоренский П. "О Блоке"(http://www.pereplet.ru:18000/text/florenskiy25ynv02.html)

Франк С.Л.(1990) *Непостижимое. Онтологическое введение в философию религии*, М.: Правда.

Франк С.Л.(1992) *Духовные основы общества*, М.: Республика.

Цветаева М.(1933) "Поэты с историей и поэты без истории (Пастерна к)"(tsvetaeva. km.ru/WIN/prose/poetsistor.html)

Цветаева М.(1965) "Пушкин и Пугачев," *Вопросы литературы, 1965, No. 8.*

Чудотворцев Иоанн(2004) "Владимир Набоков и Даниил Андреев о Б локе"(http://rozamira.org/paper/druzyarozy/chudotvortcev/01/)

Эткинд Е.Г.(1963) *Поэзия и перевод*, М.;Л.: Советский писатель.

Эткинд Е.(1988) *Симметрические композиции у Пушкина*, Париж: Institut d·Etudes slaves.

Эткинд Е.Г.(1996) *Там, Внутри. О русской поэзии XX века*, СПб.: Макс има.

Шадурский, В.В.(2000) "А. Блок в художественном мире В. Набокова," *Александр Блок и мировая культура*, Вел. Новгород: НГУ.

Шмелев А.Д.(2000) "Широта русской души," *Логический анализ языка: Языки пространств*, М.: Языки русской культуры.

Ясенский С.Ю.(1991) "Роль и значение реминисценций и аллюзий в поэме "Ночная Фиалка"," *Александр Блок: Исследования и мат ериалы*, Л.: Наука.

Jakobson R.(1979) *Selected Writings*. Vol. 5, The Hague: Mouton.

Kermode Frank(1976) *Romantic Image*, London: Fontana.

Mochulsky K.(1977) *Andrei Bely: His Life and Works*, Ann Arbor: Ardis.

Taylor Charles(1989) *Sources of The Self*, Harvard: Harvard University Press.

Wilson Edmund(1979) *The Nabokov-Wilson letters: correspondence between Vladimir Nabokov and Edmund Wilson, 1940-1971*, N, Y.: Harper & Row.

강태용(2010)『동방정교회』, 홍익재.

길윤미(2011)「러시아 언어-문화에서〈자유〉의 개념화 양상」,『인문과학』23, 경북대학교 인문학술원.

김수환 (2009)「유리 로트만Yu. Lotman의 도시기호학」,『도시연구 (1)』, 도시 사학회.

김용규(2006)『철학카페에서 문학 읽기』, 웅진지식하우스.

김희숙(2014)「러시아 상징주의 문학 속의 오르페우스」,『러시아연구』24-2, 서울대학교 러시아연구소.

남진우(2001)『미적 근대성과 순간의 시학』, 소명출판.

박경미(2003)「영지주의 이원론과 관련해서 본 여성 형상의 의의」,『종교연구』25, 한국종교학회.

박영은(2004)「블라지미르 솔로비요프의 상승의 진화론 — 로고스와 소피아의 결합체인 그리스도 양성론(兩性論)」,『슬라브학보』19(2), 한국슬라브유라시 아학회.

박종소(1999)「블라지미르 솔로비요프 서정시의 관능성」,『러시아연구』9-2,

서울대학교 러시아연구소.

블라디미르 나보코프(2011)『절망』, 문학동네.

알렉산드르 블로크(2009)『블로크 시선』, 지식을만드는지식.

옥타비오 파즈(1999)『활과 리라』, 솔.

이규영(2009)「러시아 종교문화의 신비주의 양상 속에 나타난 합일의 이상」, 『노어노문학』21(3), 한국노어노문학회.

이기웅(2007)「문학 텍스트화와 언어-문화 공간의 토포스: 러시아어 〈프라브다〉 토포스를 중심으로」, 『러시아연구』17(2), 서울대학교 러시아연구소.

이기웅(2012)「감정과 언어: 러시아어의 〈toska〉에 대한 고찰을 중심으로」, 『러시아어문학연구논집』41, 한국러시아문학회.

이기웅, 김성택(2013)「〈슬픔〉의 토포스들 — 러시아의 〈toska〉와 프랑스의 〈méancolie〉」, 『한국프랑스학논집』83, 한국프랑스학회.

이덕형(2008)『이콘과 아방가르드』, 생각의나무.

이명현(2011)「В.л. 솔로비요프의「신인성에 관한 강의」와 소피아론」, 『노어노문학』23(3), 한국노어노문학회.

이현숙(2010)「러시아 상징주의와 니체: 가치의 재평가와 미래의 문화창조」, 『노어노문학』22(4), 한국노어노문학회.

이형구(2000)「미하일 브루벨의 양성(兩性)적 악마 — 상보(相補)적 세계를 향하여」, 『노어노문학』12(2), 한국노어노문학회.

프랭크 커모드(1993)『종말의식과 인간적 시간』, 문학과지성사.

홍순길(2005)「헤세와 니체-운명애를 중심으로」, 『헤세 연구』13, 한국헤세학회.

이 책의 기반이 된 글과 출처

「나코보프의「블로크 추도시」」, 『러시아어문학연구논집』44, 한국러시아문학회, 2013.

「〈미지의 여인〉의 형상의 변주: 이해의 문맥에 관하여」, 『러시아어문학연구논집』48, 한국러시아문학회, 2015.

「봄의 토포스와 묵시록」, 『러시아연구』18(2), 서울대학교 러시아연구소, 2008.

「블로크 시 번역 노트」, 『비교문화연구』 13(2), 경희대학교 비교문화연구소, 2009.

「시인의 자유와 문화의 자율성의 두 얼굴」, 『러시아연구』 14(2), 서울대학교 러시아연구소, 2004.

「시와 러시아정신-자유, 그리고 애수에 관하여」, 『러시아연구』 21(2), 서울대학교 러시아연구소, 2011.

「『아름다운 여인에 관한 시』의 문화적 의미에 관하여」, 『외국문학연구』 51, 한국외국어대학교 외국문학연구소, 2013.

「인텔리겐치아와 그리스도」, 『러시아어문학연구논집』 36, 한국러시아문학회, 2011.

「〈은밀한 열기〉: 레르몬토프-블로크-츠베타예바」, 『러시아연구』 15(2), 서울대학교 러시아연구소, 2005.

「주콥스키의 〈황홀경〉의 문화적 패러다임」, 『러시아연구』 16(2), 서울대학교 러시아연구소, 2006.

「쿨리코보-보로디노-파리의 선율」, 『러시아연구』 22(2), 서울대학교 러시아연구소, 2012.

「파우스트적 세계지각과 반휴머니즘」, 『러시아어문학연구논집』 18, 한국러시아문학회, 2005.

「황홀경과 낭만주의적 혁명의 구조」, 『슬라브학보』 23(4), 한국슬라브유라시아학회, 2008.

지은이 **최종술** 서울대학교 노어노문학과와 동 대학원을 졸업했다. 러시아 학술원 산하 러시아문학연구소에서 「알렉산드르 블로크와 19세기 러시아 낭만주의 시인들: 기억과 암시의 시학」으로 박사 학위를 받았다. 현재 상명대학교 러시아어문학과 교수로 재직 중이다. 주요 논문으로 「파우스트적 세계지각과 반휴머니즘」, 「인텔리겐치아와 그리스도」, 「시와 러시아 정신-자유, 그리고 애수에 관하여」, 역서로는 리디야 긴즈부르크의 『서정시에 관하여』(공역), 알렉산드르 블로크의 『블로크 시선』, 블라디미르 나보코프의 『절망』 등이 있다.

알렉산드르 블로크 노을과 눈보라의 시, 타오르는 어둠의 사랑 노래

발행일   **2017년 2월 15일 초판 1쇄**

지은이   **최종술**
발행인   **홍지웅 · 홍예빈**
발행처   **주식회사 열린책들**

경기도 파주시 문발로 253 파주출판도시
전화 **031-955-4000** 팩스 **031-955-4004**
www.openbooks.co.kr

Copyright (C) 최종술, 2017, *Printed in Korea.*
ISBN 978-89-329-1820-4 03800

이 도서의 국립중앙도서관 출판예정도서목록(CIP)은 서지정보유통지원시스템 홈페이지(http://seoji.nl.go.kr)와 국가자료공동 목록시스템(http://www.nl.go.kr/kolisnet)에서 이용하실 수 있습니다.(CIP제어번호 : CIP2017002413)